新潮文庫

薄桜記

五味康祐著

目次

薄《はく》桜《おう》記《き》

麒《き》麟《りん》児《じ》

江戸小石川中天神下に一刀流指南の看板を掲げた堀内《ほりうち》道場がある。

当主源太左衛門《げんたざえもん》正春の父は、武州館林《たてばやし》の城主松平伊豆守《いずのかみ》の家来だった人で、知恵伊豆と謳《うた》われた主君に常々目をかけられていた。至って人柄が実直で、物事に小才覚せず、愚鈍のように見えるのが却《かえ》って知恵伊豆の気に入ったのである。武芸は一刀流免許の腕前で、日頃備前物を愛用していたが、この刀、切先《きっさき》三寸ばかり焼きはずれがあって、

「あたらかかる名刀に焼きはずれありとは」

と人々に惜しまれた。当人は、

「何、刀は切先は要らず、物打さえ焼《やき》があれば物の用に立つものよ」

と一向に平気でいる。

或《あ》る年。

伊豆守の意に叛《そむ》いて屋敷に立籠《たてこも》って弓鉄砲を構え、必死に反抗した家臣があった。この上意討ちを堀内嘉左衛門《かざえもん》が命ぜられた。嘉左衛門は早速家来を従えて謀反者《むほんもの》の宅へ赴き、塀際《へいぎわ》へ馬を横に乗付けて「やっ」と一声するや塀を躍り越え、忽《たちま》ち内に居た郎党両三名を仆《たお》した。それより門を開けて家来を招き入れ、自ら謀反者の籠る書院へ斬込《きりこ》んで悉《ことごと》くを仆したが、自らも深手を負うて遂《つい》に書院内で討死した。その時の刀を見ると、つば元で切った跡ばかりだったという。

この嘉左衛門の子が道場を構えた源太左衛門正春である。江戸の町道場といえば、元禄《げんろく》時代先《ま》ずこの堀内道場が一番だった。門人も多く、奥向き出稽古《でげいこ》をねがう大身の旗本も多い。

ところで、元禄六年の暮も迫った十一月すえに、新入門を願って来た浪人者がある。別に門弟たちの紹介もないので、源太左衛門が念のため太刀すじを見てみると、あきれ返った下手糞《へたくそ》である。

「いずれで修行いたされたかは知らぬが、その手の内では数年練磨してようよう切紙《きりがみ》程度が当道場の順位であるが、よいか？」

なかば顰蹙《ひんしゅく》の面持で問うと、

「結構ですな」

あっさり答える。眉《まゆ》の秀《ひい》でた実に涼しげな眼許《めもと》だった。色が白く、年を問うと二十四歳と答える。

「生国は？」

「越後新発田《えちごしばた》」

「いつから浪人いたされたな？」

「左様《さよう》、――もう五年になりますか」

静かに嗤《わら》った。少しも悪びれた様子がない。

源太左衛門はじっとその男の眼を見入ったが、

「よろしかろう。明日からなりと稽古に参られい」

それから師範代の高木敬之進を手招いて、

「今日より新入りの仁じゃ」

引合わせると、つと道場を立って奥へ入った。

高木敬之進は三十八。師の源太左衛門より二歳の年長である。他の門弟の稽古をつけながら、先刻、師の前に太刀すじを披露《ひろう》するのを横目で見ていたのである。

「よくお主の入門を先生が許されたわ。ま、折角修行いたされるがよかろう」

言い捨てて、これももう相手にならない。道場床板に坐《すわ》った儘《まま》の相手を見下して立

つと、おのれの座へ戻りながら、

「念のため聞いておこう、姓は？」

「中山安兵衛《やすべえ》」

翌日から安兵衛は堀内道場に通った。住居は牛込天竜寺《うしごめてんりゅうじ》竹町にある。そこから歩いて天神下へかよう。

一刀流は古風の形兵法を重んじて袋竹刀《しない》を排したので、柳生《やぎゅう》流の試合籠手《こて》やタイ捨流の円座などを支度する必要はなかった。もっとも、一刀流は下段から中段の構えが主だから、突当ると危険なので初心者には竹鎧《たけよろい》という一種の胸当てが用意されているが、安兵衛これを須《もち》いない。

常時、堀内道場には二百人の門弟がいた。そんな中へ、越後訛《なま》りのある二十四歳の田舎青年が混っての稽古である。抜群の腕前なら兎《と》も角《かく》、師範代の高木が匙《さじ》を投げた凡手だから殆《ほと》んどの者は相手にしないし、声もかけぬ。安兵衛が門下に加わったのを知らぬ者が大方だった。

時々、それでもお節介を焼きたがる先輩がいるもので、

「中山、一手参ろうか」

手をとるように教えてくれる。

「そ、その間合ではとてもの事に当流の型は覚えられぬ。もそっと、前へ」

「こうですか」

「まだまだ。肘《ひじ》を今少しさげて」

言われる通り素直に安兵衛は木刀を構えた。或《あ》る時これを見かけた師の源太左衛門が、あとで居間に呼んで、

「その方は親切で致したことであろうが、あれでは型には嵌《はま》っても人は斬れぬ。わしに思う仔細《しさい》もあれば以後、中山を指導するは歇《や》めに致せ」

先輩は不満の頰を脹《ふく》らまして、

「拙者はただ中山の為によかれと存じて致したること、仰《おお》せでは、まるで拙者、人が斬れぬような――」

「何でもよい、とにかく中山には構わぬ方が良かろう」

時々やすむ。

牛込竹町の浪宅で内職の筆造りに忙しいのである。筆は米沢《よねざわ》藩の名産で、米沢の家中の賤士《せんし》なども内々、江戸詰の出費を補うため始めていたが、その材料を分けてもらうらしい。そういう内職をするようではお国許の親戚《しんせき》とやらも噂《うわさ》ほどの御身分ではな

いのであろうと長屋の他の住人は囁《ささや》きあった。家主六次郎が店子《たなこ》として安兵衛をこの裏長屋へ入れたときの話では、何でも、越後溝口《みぞぐち》家でかなりな重臣の血すじという前触れだったからである。

長屋に住む大方は人形売りや俵売り、大工、左官などの真面目《まじめ》な町民で、安兵衛はあまり付合いがなかったが、共同井戸で朝の挨拶《あいさつ》をうける時の態度などは腰がひくく、鄭重《ていちょう》だった。

「あのかたは今に偉くおなりなさるぜ」

二三度、朝の挨拶をうけた大工なぞは感激して女房《にょうぼう》に告げた。

道場では至極目立たぬ存在だったから竹町の浪宅を訪ねてくる者は無論ない。相変らず、というより、いよいよ道場で安兵衛は孤独の人だったわけである。

ところが大晦日《おおみそか》も旬日にせまった或る日、道場では比較的軽輩の者数人が打連れて芝居見物に往《い》くことになって、珍しく安兵衛も仲間入りをしたが、さて見物の武士たちが刀のツカを上にして持っているのを見て、ふと笑った。仲間の一人がこれを見咎《とが》めてなじると安兵衛は言った。もし事があったらどうなさる、昔から殿居の武士は必ずツカを下にしていると。

芝居見物に往った大方は小普請《こぶしん》といって非役だから、旗本でも暇のある者が多い。だいたい、堀内道場に通うのは部屋住みの二男坊か諸藩の家中でも比較的暮し向きに余裕のある者で、武辺で世に出る時代ではもうなかったから、武士のたしなみとは言え、内実は暇つぶしの稽古である。よほどの田舎者か、古い時代を慕う無骨漢でもなければ、性根を据えて武道に身を入れなかった。従って道場稽古も、幾分そうした時代の好みにあうように出来ている。型の華麗さや、太刀捌《さば》きの残心のとり方なぞで矢鱈《やたら》に味を見せようとする。

武芸も実戦向きではなかったわけなのである。

芝居を見ていて、刀の持ちように小賢《こざか》しい意見を述べた安兵衛なぞは、だから感心されるどころか、何たる田舎者よ、と嘲侮《ちょうぶ》の目で見られたにすぎない。もう少し気の大きい者は、

「こ奴《やつ》おもしろい男じゃ」

無粋者を粋人が却って酒のサカナにする――その程度の気安さで、

「どうじゃ、今宵《こよい》皆で一席もうけるが、貴公も同道いたさんか」

誘うようになった。

三度に一度は安兵衛も附合《つきあ》う。まんざら酒は嫌いでもなさそうである。当時は、こ

の年（元禄六年）十一月に、諸大名旗本の遊女町に遊ぶことを戒めた触れが出たばかりで、以前のように仲之町《なかのちょう》あたりに登楼するのは慎しまねばならぬ、酒宴をはると言っても至極みみっちいものである。それでも興いたれば談論風発、大いに美女の品定めをやり、部屋住みの無聊《ぶりょう》をかこち、道場先輩の誰彼の実力を嘲笑《あざわら》う。あれは世智《せち》にたけてはおるが、いざ鎌倉《かまくら》となれば我ら程に用には立つまい、なぞと肩をそびやかす。他愛《たわい》のない、要するに残念会である。安兵衛は終始おだやかな笑顔をうかべて、末席で、チビリチビリやりながら聞いている。本当は酒量のもっとも多いのはそんな安兵衛だったかもしれない。

それでいて、顔色ひとつ変えなかった。酒豪のお手本みたいな男である。さかずきの献酬《けんしゅう》が或る晩、そうして例によって数人で浅草川端の料亭にあがった。さかずきの献酬がかなりすすんだころ、

「丹下《たんげ》さんが近く帰府するそうなが貴公、聞いたか」

上座にある一人が隣りへ盃《さかずき》を渡した。小普請で眉の細いのが自慢の男である。

「聞かいでか。内々どうなることかと案じておる。――おぬしのように、まだ妻も娶《めと》らぬ男には丹下さんの苦衷分るまいがな」

「分る。分るから訊《き》いたのじゃ」

「併《しか》し武兵衛どの」

これは安兵衛の向いに坐っていたのが、盃を洗い、ぐいと上座へ腕を延ばして出して、

「そのこと丹下どのは存じておられるのですか」

「分らん。人の口に戸は立てられんで、或《ある》いはもう耳に入っておるかも知れん」

「では、どういうことに相成りますか」

「きまっておるわ」

眉のほそいのが己《おの》が事のように眼を据えた。

「不、不義密通をいたしたような妻《さい》ならいかに家老の娘とて……」

「野母、言葉をつつしめよ」

武兵衛と呼ばれた上座の武士が眉のほそい相手をたしなめた。

「夫たる丹下氏が申されるなら兎も角、道場仲間のよしみとて、我ら如《ごと》きが左様のこと滅多に口にいたしてはならん」

「併し、もはや隠れもなき事実ではないか。堀内道場のみではない。そもそも遠山主殿頭《とのものかみ》さま家中で誰ひとりあの妻女の」

「――分らぬ男じゃ。不義の有無を今は言うておるのではないぞ。丹下さんの立場を思えと申しておる」

「立場？　これは貴公の言葉とも思えん。――一体、口に衣《きぬ》きせて素知らん顔をいたすが丹下さんへの好意とでも言われるか？　兼ねて丹下氏に兄事する貴公が、そ、その様に冷淡な」

「冷淡ではない」

「では何故《なにゆえ》忠告いたそうとはせん。そもそも貴公、当初から噂を聞きながら黙っておるゆえ、世間の口に戸は立てられず今では知らぬ者無い迄《まで》の醜態とは相成った。貴公さえ早くに忠告しておれば、如何《いか》に江戸・大坂に離れておるとは言え、今少し丹下どのにも取るべき手段はあった筈《はず》じゃ。だいたい貴公――」

眼を据えて、大分酔いがまわっている。武兵衛はにがりきった面持にわざと苦笑をうかべ、

「もうこの話はやめる。――さ、各々《おのおの》も気分を変えて呑《の》め」

手を拍《う》つと女を呼んだ。綺麗《きれい》どころが三四人、やがて座に侍《はべ》って嬌声《きょうせい》を立てたので此《こ》の咄《はなし》は中歇《なかや》みとなったが、それでもまだ暫《しば》らくは、

「本当に丹下氏は知って戻って来られるのかな？」

「分らん。多分は、のう」

「貴公は見たのか」

「何を？」

「不義の現場じゃ」

「たわけたことを申せ、かりにも武士たるものが左様のけがらわしい……」

「相手は知っておろうかな、丹下氏の帰府を？」

そんな私語を交しているのが安兵衛の耳にも入った。

丹下とは安兵衛のはじめて聞く姓である。話の模様で、丹下なる人物の内儀が不義を犯したらしいと迄は分るが、詳しく立入って訊く立場でもないので終始黙って盃を重ねた。

ただ、凡《およ》そ武士たる者が妻に不義をされるなぞ、物笑いの骨張であろうに、誰一人、ふしぎに丹下を嗤う者がない。却《かえ》ってその口吻《こうふん》では皆の畏《い》敬《けい》する人物らしく、いずれも同情的なのが安兵衛の気にかかった。

それで、料亭を引揚げる途次、同道した武兵衛に尋ねた。武兵衛は小十人組を勤める旗本だがわりかた安兵衛に好意的で、今宵の席へ誘ったのも彼・池沢武兵衛である。

武兵衛は言った。

「さよう、拙者の口から言うも異なものじゃが、丹下典膳《てんぜん》ほどの武士、当代、旗本中に二人とはおるまいの。腕は抜群、こう申しては何だが、お手前如きは一生修行いたされても、あの境地に達するは心許なかろう」

「……それほど遣われますのか？」

「遣えるの何のと申す段ではない。口はばったい言い様であるが、拙者の見るところ当代、旗本中に丹下さんの太刀業《たちわざ》を止める者ないのではあるまいか。内々、堀内先生も丹下どのには一目おいておられると、拙者は見ておるが」

池沢武兵衛の住居は金杉《かなすぎ》天神前・組屋敷にあって、天竜寺竹町へ帰る安兵衛と同方向だから途中で他の面々と別れて二人になった。

酔いは適当に武兵衛もまわっているらしく、日頃重厚なのを好む人柄に似ず、よく喋《しゃべ》る。

「当代屈指の仁とも申すべき丹下さんの妻女が、事もあろうに密通とはのう……拙者、それを思うと人ごとながら胸が痛んでならん。いかなる天魔波旬《はじゅん》の仕業か……」

「——差構いないなら、詳しく話して頂けませんか」

「話すも何もありはせん。魔がさしたのじゃ」

それでも安兵衛の肩に凭《もた》れて二三歩よろめいたあと、存外しっかりした口調で話し出した。

丹下典膳は徳川家康の代に、永禄十一年、三州岡崎《おかざき》に於《お》て召抱えられた丹下惣兵衛《そうべえ》なる者の子孫で知行三百石。大坂城番遠山主殿頭政亮の組に属し今は大坂京橋口に詰めている。

典膳の妻は上杉家の江戸留守居役長尾権兵衛《ごんべえ》の女《むすめ》で千春《ちはる》といった。二年前、世話する者があって典膳のもとに嫁いで来たが、その年の秋、典膳は大坂城番組を命ぜられたので新婚わずか二月《ふた》で夫婦は江戸と大坂に別れて暮すようになった。典膳にはひとり老母がある。新妻千春はこの姑《しゅうと》によく仕え、丹下どのはさすが好《よ》い嫁をもたれたと、大番組の家中でも羨望《せんぼう》のまとだったのが、突如、一年あまり前から芳《かんば》しからぬ風評が立つようになった。

相手は上杉家の侍で瀬川三之丞《さんのじょう》。見た者の言うのでは背が低く色浅黒く、器量人物ともに典膳とは比較にならぬが、ただおもいやりがあって人に親切で、そんなところが兼々権兵衛の気に入られていたらしい。新妻千春とは謂《い》わば幼馴染《おさななじみ》で、典膳の大坂へ赴いたあと、まだ丹下の家風になじまぬことではあり、何かと心細かろうと権兵衛は娘への情にほだされ、折々土産物など托《たく》して三之丞を丹下家へ見舞いに遣《や》った。そのうち典膳の老母は咳気《せき》で臥《ふ》せるようになった。典膳には兄弟はなく僕婢《ぼくひ》を除けば嫁ひとり姑《はは》ひとりである。士分の家来は主人典膳に付いて大坂へ往っている。夫の不在中に、姑にもしものことでもあればお詫《わ》びの申しようがない……そんな心細さも、千春の胸に萌《きざ》していたろうが、何かとそれ以来、一そう足繁く三之丞は千春の許《もと》を訪ねるようになって、遂にあやまちを犯したのではあるまいか、というのが双方の事情に通じた者の言だという。

「むろん、あきらかに濡《ぬ》れ場を見たと申す者はおらん。大坂に在る丹下さんが、況《ま》してこれを知るわけがない——とは思うがの。さき頃、同じ大番組の者数人、お役目交替で大坂に赴いた、こ奴らの中には口の軽いのが加わっておるで、要らぬこと喋らぬとも限らず、もし、事実なれば怒髪天を衝《つ》くは人情——しかも丹下どのは堀内門下の麒麟児《きりんじ》と謳《うた》われた遣い手。相手は上杉家の重臣じゃ。……事と次第でどういうことに相成るか」

武兵衛と金杉天神前で別れた。

独りになると些《いささ》か安兵衛も酔っている。

「丹下典膳……典膳か」

落し差した差料《さしりょう》の柄《つか》がしらを摑《つか》んで何となく呟《つぶや》いて歩いた。寒風が鬢《びん》を乱して快よい。越後育ちの安兵衛には、それでも、やっぱり冬は雪が欲しい。

長屋への辻《つじ》を曲ると、真暗な軒並の中で一軒、灯《ひ》の洩《も》れたのがあった。もう五ツ半にちかく早じまいの長屋の住人たちは夙《と》っくに寝込んでいる。

灯の洩れているのは、安兵衛の浪宅だ。

「はテ……」

独り暮しで、むろん家を出るとき灯なぞ点《つ》けておかなかった。

片手引きに表戸を開けると猫のひたい程な土間で、居眠りをしていたのは菅野《すがの》六郎左衛門の草履《ぞうり》取りである。とび上って目をさました。

「お、お帰りなさりませ。旦那《だんな》様がお待ちでござりまする」

その声より早く内から障子が開いて、

「戻られましたか。さ、これへ——」

若党の佐治兵衛というのが、待ち兼ねた面持で座を譲って前を通れるようにした。

その向うの奥の間に、ぽつんと六郎左衛門が独り行燈《あんどん》を傍らにして坐《すわ》っている。白いものがめっきり髪にふえた。

「どうも、夜中出歩く悪い癖がなおりませんで……」

　安兵衛はそんな言い方で此《こ》の場を取繕ろうと、差料を腰から手に持ち六郎左衛門の前へ来て、立った儘《まま》何となく破顔《わら》った。部屋の隅に内職の筆造りの小道具が油紙の上に拡《ひろ》げてある。月々、まとまった金子《きんす》はこの人から貰《もら》っているので、面映《おもは》ゆいのだ。

「正月も間近ゆえ何かと入用があろうと存じての」

　六郎左衛門は内職には知らん顔をしてくれる。

「――佐治兵衛、持参のもの、渡して進ぜなされ」

　静かに促して幾ばくかの金子の包みを出させた。

「毎々《まいまい》どうも……」

　頭を下げるよりない。膝《ひざ》を揃《そろ》え坐ると安兵衛もう酔いはふっ飛んでいる。

　佐治兵衛が言った。

「都合で、旦那様は近々帰国なされるやも知れませんのでな」

「お国許へ？」

「其許《そこもと》に聞かせることもないが、ちと仔細《しさい》があってな。年のあらたまらぬ裡《うち》に戻ろうと存じておる」

　菅野六郎左衛門は、伊予西条の城主松平左京大夫の家臣で、既に六十歳。致仕《ちし》してもよい年だが跡目を譲る倅《せがれ》のないのと、家中に徳望があるので藩侯に惜しまれて今だに御供番与頭《くみがしら》を勤めている。中山家とは縁つづきだそうだが、安兵衛自身は十四歳で父と死別し、越後に育ったので江戸詰だった頃の亡父と、六郎左衛門に親交あったことなど覚えているわけがない。江戸で浪人暮しをするようになってから、どこぞ、主取奉公の際には身許保証人になってもらうつもりで平生、懇意に交って来た。若党の佐治兵衛は浪人あがりだが、その佐治兵衛を捉《とら》えて常々六郎左衛門が、「安兵衛でも養子に参ってくれればのう」洩らしていることなぞ夢にも知らない。六郎左衛門には来年十七になる五百《いほ》という養女があるが、この女性を安兵衛まだ見たことがなかった。

菅野六郎左衛門は寡黙《かもく》な人なので、少々のことで打明けはすまいとは察したが、何となくその面差に沈痛の色がある。安兵衛は問うてみた。

「国許へ戻られる仔細とやら、お聞かせを願えませんか」

やっぱり、応《こた》えない。

「仔細と申すほどのものではない。ただな」

言ったきり、ぽつんと黙り込んでいる。

若党の佐治兵衛がこれを見て、

「差出たようにござりまするが、それがし代って申上げます」

安兵衛へ向き直り、

「兼々御同役の村上庄左衛門《しょうざえもん》どのと旦那様は役向きの儀にて両三度口論あそばしたことがござる。口論とは申しても、旦那様の御気性なれば激しい言葉はお控えなされておりましたに、ちか頃、ことごとに村上殿よりたてをつかれまするゆえ、この儘江戸屋敷にあっては向後どのような迷惑が及ぶやも知れず、強《た》って、国許へお役替りの儀を願い出られたのでございまするが……」

「もうよい。安兵衛」

「は？」

「其許も越後溝口家に中山ありと知られた四郎兵衛どのの悴《せがれ》じゃ。近頃道場通いにいそがしいと聞いておるが、いかに浪人暮しとて、正月も間もないに注連《しめ》飾り一つないとは侘《わ》びしすぎる……。わしが帰国は確《しか》とまだ定まってはおらぬ。もし正月も江戸で致すようなれば迎えを寄越すで、年始に参って呉《く》れよな。……それから、酒はあまり過ごさぬがよいぞ」

言うと座を起上《たちあが》った。

帰り支度をぼんやり安兵衛は見ている。

考えれば渋茶一つ出さず、火の気のないこの裏長屋で、どれほどの間彼の帰りを待侘《わ》びていた人か。もう少し真情のこもった様子を見せてくれてもよいのにと、佐治兵衛などは、あっさり送り出してくる安兵衛の鈍感さが歯《は》掻《が》ゆくてならない。年の瀬を越す費用を届けるだけなら、使いの者で事足りたのである。

「……どうぞ気をおつけなされて」

安兵衛は平然と老人主従を長屋の前で見送った。木枯しの鳴る夜空に星が綺麗だった。

三つの影が辻を曲るのを見届けて前の溝へ放尿したあと、住居へ戻ると、畳から金子の包みを拾い上げる。ちょっと推し戴《いただ》いた。それを塗りの剝《は》げた膳《ぜん》に載せ、さて行燈の灯をかき立て油紙の拡げたのを行燈のわきまで引寄せて来る。おもむろに襷掛《たすきが》けで前へ坐る。

小刀を把《と》って竹をけずり出した。

「桃は今　楼と斉《ひと》しく
我が旅　なお未《いま》だ旋《かえ》らず
嬌女字《きょうじょあざな》は平陽　花を折って桃辺に倚《よ》る
花を折って　我を見ず

涙下って流泉の如《ごと》し……」

夜の深更まで口ずさみつつサラサラ竹を削る音が部屋に聞こえた。

孀《つま》　恋　い

氷雨《ひさめ》の箱根を越せばあともう二日で江戸に入る。

早雲寺門前の下馬札を横目に見て、再び輿《こし》に乗ると、威勢のいい懸声で三丁の駕籠《かご》は三枚橋を渡り山崎峠を越えにかかった。

丹下典膳と供の徒士《かちざむらい》、それに草履取りの老僕嘉次平《かじへい》の三人である。

このあたり、踏む所石ならざるはなく、見る所山ならざるはなし。左に山を見、谷川を右にして氷雨の降る雪の坂道を走る。輿人足の吐く息ばかり白く、本当はノロノロした行程だが、動揺の激しいのと人足の懸声の喧《かまびす》しいのとで、乗っている者は結構せわしなく走っているように感じる。

初夏や秋なら、輿の垂れをあげ箱根嶮所《けんしょ》のたたずまいを眺めも出来るが、この寒さではその興も湧《わ》かない。

風祭《かざまつり》の立場《たてば》に入った。

人家がある。合図の声を交しあって一たん輿が休む。

「――お客様、茶店がごぜえやすが、降りてお憩《やす》みなさいますかね？」

中央の駕籠のそばへ寄って、人足の頭分《かしらぶん》が垂れの外から腰をかがめた。

「あとどれ程じゃな？」

「へえ、此所《ここ》まで来りゃあもう、あと山口までひとっ走りでござんす」

「山口？……」

「箱根山の入口ってわけでござんすがね、お客様にとっちゃ出口ってことになりやす」

他の人足どもは銘々かごの傍らに突立って、濡《ぬ》れた躰《からだ》や汗をしきりに拭《ふ》いている。

「あの者はまだ追いついて参らぬか？」

槍《やり》持ち中間《ちゅうげん》と若党のことである。二人は徒《かち》で峠を越して来る筈《はず》になっている。

「まだ少々は遅れなさるんじゃござんすめえか」

別の人足が言うと、

「無理であろうがチト江戸へ心が急ぐ。この儘《まま》でひとふんばりして貰《もら》えぬか。手当は出す」

「へえ」

あっさり頷《うなず》いた。

「おーい、みんな。お急ぎだと仰有《おつしや》る、丁目《ちようもく》はおはずみ願えるってよ。あと一っ走りがまんをして呉《く》んねえ」

「合点だ」

喊声《かんせい》をあげて、すぐ棒を把《と》り直し輿を舁《か》き上げた。

「相棒、行くぜ」

「おう」

西南に石橋山の高く聳《そび》えるのを見捨てて、道は下り、韋駄天《いだてん》走りで三丁山を降り出した。

晴天の日なら遥《はる》かに伊豆の海が見渡され、風景絶佳というところだが、次第に雨脚は繁《しげ》くなる。

早川の谷の流れに添って巌石《がんせき》を左に地蔵堂を過ぎ、山口へさしかかった頃はもうあたりは薄暗かった。

小田原城下の賑《にぎ》わいが目の前にある――

惣門《そうもん》を入って左に八棟《やつむね》造りの家が見え出すともう城下だ。八棟造りは、有名な外郎《ういろう》の薬売りの家である。

「小田原宿御用」と書かれた高張提灯《たかはりぢょうちん》の下で宿屋の出迎えが四五人来て立っていた。駕籠はその前を威勢よく駆け抜けた。宮前屋源四郎なる旅籠《はたご》の表に着いた。下女たちが内から飛び出して来て迎える。皆、半分桔梗《ききょう》と半分鼠《ねずみ》の染分けになった粋《いき》な前垂れをしている。大体前垂れというのが、衣服を汚さぬ為に掛けるのでなく、着物の汚れ目をかくすためにするものだから、いい宿屋の女中は着物よりは前垂れに贅《ぜい》を尽くす。後尾の駕籠から老僕が一番に出て、中央の輿の前にひざまずいて履物を揃《そろ》えた。

「お殿様。お着きでござりまするぞ」

と言った。

垂れをはね、すっと出た長身の武士。パラパラ雨が軒先から頭へふりかかった。白《はく》晳《せき》の、惚《ほ》れ惚れするような美男子だ。

「あとより参る者へは、これへ投宿いたした旨《むね》伝えるように」言い捨てて、下女たちの頭を下げる前を旅姿で玄関に入った。ついで家来の水田久右衛門が続く。老僕は輿人足に十分の酒代を与え、峠へ引返す途中で槍持ちに出会ったら、予定通り宮前屋へ投宿したと伝えるように頼んだ。

「大丈夫でげす。へい」

旗本は将軍家に謁見《えつけん》する資格のある者で、これを目見《めみえ》以上といったが、目見以上の旗本は「殿様」と呼ぶ。夫人は「奥様」である。目見の資格のないのが御家人、これは旦那《だんな》様、御新造さん、と言った。

座敷に落着くと先ず床の間《ま》の刀架《とうか》に大小を架け、野袴《のばかま》を脱いだ。何となくその動作は懶《ものう》げで、表情に憂愁がある。大小には黒布の鍔袋《つばぶくろ》を覆《おお》ってあり、当然、旅籠に着けば袋をはずす筈であるのに、それすらしない。

「ひどい輿の揺れ様にてお疲れにござりましょう」

家来の久右衛門が、これはまだ旅姿の儘で座敷のはずれに着坐して言った。

「……そうよな」

上座のふとんに坐《すわ》ると、出されてあった茶を掌にとる。

「我らより爺《じい》こそ、あの年で草臥《くたび》れたであろう、早う休むように言ってやりなさい」

「は」

内に沈痛を蔵しているが家来に対する典膳の思い遣《や》りは何時も優しい。

「その方も早う寛《くつろ》ぐがよいぞ」

言って、久右衛門が控えの間にさがり袴を脱ぎ出すと、

「明日は何里ほどかな?」

雨音の庇《ひさし》をうつ窓へ眼を転じた。

「程《ほど》ヶ谷宿《やじゅく》へ十二里あまりかと存じまする」

「………」

「あとは一日で江戸。さぞ奥様も今頃は指折りかぞえてお戻りを待っておられましょうなァ……」

「そう思うか」

「は?」

老僕嘉次平がはいって来た。

「明日《みょうにち》の手筈、帳場に申して一切ととのえましてござりまする。尚《なお》、番頭どもが後刻御挨拶《あいさつ》に罷《まか》り越したいと申出ておりまするが」

「それには及ばぬ。そちも草臥れたであろう。早う休息いたせ」

「かたじけのう存じまする」

嘉次平はひたいをすり附《つ》けんばかりに敷居際《しきいぎわ》で礼をした。

「明日は、雨が歇《や》むと宜敷《よろしゅ》うございますなあ。大奥様もさぞお待兼ねでござりましょいうで……」

家来の久右衛門のように「奥様」のことは言わない。嘉次平は先代の当主主水正《もんどのしょう》の時から丹下家に奉公しているので、典膳の老母縫《ぬい》をどうしても大奥様と呼ぶ。若い頃は本当にお美しい奥様ぶりであった、というのが酔った時の嘉次平の口癖である。そんな時は、誰よりも当の嘉次平がウットリと幸せそうに見えた。

典膳は湯呑茶碗《ゆのみぢゃわん》へ静かに蓋《ふた》をした。

「身共より余程そちの方が母上に会いたそうじゃな、はっは。……よい、早うさがって休め」

嘉次平が久右衛門を目顔で呼び出して別の間にさがると、独り、典膳は腕組をして目を瞑《と》じた。諦《あき》らめと、寂寥感《せきりょうかん》と愁《うれ》いの翳《かげ》がまぶたのあたりを掠《かす》める。ずい分ながいあいだ典膳はそうして静坐して窓の雨音を聴いていた。

翌朝は昨日の雨が嘘《うそ》のような晴天だった。

昨夜遅くに供槍と若党は到着したので、今朝は主従五人、帳場の者以下下女たちに表口で見送られて首途《かどで》する。冬とは思えぬうららかな上天気である。往反《おうばん》する旅商人も多く、小田原城下の各町並に松飾りが青く揃っているのも正月を迎える清々《すがすが》しい感じがあった。

「関東で迎える正月は矢張り格別でございまするな」

「さよう。二年ぶりじゃでな」

主人典膳のあとに跟《つ》いて嘉次平と久右衛門はそんな会話を交した。今朝は嘉次平が供槍を立てて、中間が挟箱《はさみばこ》を担いでくれている。

典膳は今日は編笠《あみがさ》に野羽織、乗馬袴で駅伝（しゅくつぎの馬）に乗っている。挟箱には常に熨斗目《のしめ》、麻上下《かみしも》、紋付、裏付肩衣《かたぎぬ》、帯（木綿の上帯色縞《いろじま》）、帯締め、脚絆《きゃはん》、羅紗《らしゃ》羽織、紋付黒羽織、裏付上下など十五点の品を入れてあるので、いつでも着替えられるようになっていた。新妻の手でこれ等の品がととのえられるのなら或《あ》る情緒もあろうか。典膳は馬の背に揺られ石のように殆《ほと》んど無言をまもった。

小田原から大磯《おおいそ》へ四里。名におう花水の橋を渡り平塚《ひらつか》の宿に入って小憩をとる。次の藤沢《ふじさわ》まで三里半には馬を代える。

藤沢の宿では照手《てるて》姫尼《ひめに》の像のある小栗《おぐり》堂で暫《しば》らく休んだ。この頃から空は再び薄曇り出した。

右に「鎌倉道」の碑のある天王の宮、八幡《はちまん》の宮の前を通って戸塚に入れば後は程ケ谷へ二里九丁。程ケ谷に着いた時はそれでももう真暗になっていた。此処《ここ》で一泊。

翌日主従は粉雪の舞う江戸へ着いた。

丹下典膳の屋敷は半蔵御門外——麹町《こうじまち》大通り南側、三丁目横丁入ルにあった。平川天神境内とは地続きの町屋の一画を囲んで、このあたりは総《すべ》て武家屋敷。もと松平越《えち》後守《ごのかみ》の邸地であったのが、天和《てんな》二年に召上げられて割屋敷になったもので、丹下家の右隣りは同じ旗本の書院番花房三郎右衛門、左は玉虫十左衛門屋敷である。

「……お殿様がお帰りなされましたぞ」

嘉次平が雪に髪を濡らして門から玄関へ駈け入って呼ばわると、既に今宵《こよい》あたりお着きの筈と待ちかねていたか、屋敷では僕婢《ぼくひ》までが一斉に玄関わきに並んで出迎えた。典膳は二張の提灯をさきに立てて門を這入《はい》って来る。

「お勤め御苦労に存じまする」

玄関の畳に手をついて、妻女の千春は深々と叩頭《こうとう》する。綺麗《きれい》に撫《な》でつけた丸髷《まるまげ》に瑪《め》瑙《のう》の笄《こうがい》が重い光沢《つや》で手燭《てしょく》に映えた。好い分の不断着に着換えているが、別段夫の久々の帰宅を迎える盛粧の容子《ようす》のないのは、さすがは武士の妻の嗜《たしな》みで、上杉家重臣たる長尾権兵衛に育てられた家柄の良さも偲《しの》ばれた。ああいうことがあっただけに、妙な虚飾をせず不断着で夫の前へ出るというのは、実際にはなかなか出来ないことだろう。何か、裁きをまつ諦《あき》らめの心情さえ感じられて、それが不思議にみずみずしい色香を千春の身に匂《にお》わせているように皆には見えた。あの忌《いま》わしい噂《うわさ》を、今では丹下家の者で知らぬものはない。それだけに、この対面ががどうなるかと、ひそかに固唾《かたず》をのんでいたのである。

「母上は、御息災かな」

典膳は式台で雨具を脱ぐとすぐ尋ねた。ハッとするほど、やさしい声だった。

千春は、はじめて面をあげ、

「奥の間でお待ちかねでございます……」

と言った。これも静かな声だった。

典膳は差料を妻へ渡して、その儘奥座敷へ通る。妻女は両の袂《たもと》に夫の刀を胸へ抱えて、あとに従った。廊下を鍵《かぎ》の手に曲るとき、

「御病気はどうじゃ」

典膳が訊《き》いた。

「もう、およろしいように玄庵《げんあん》どの申されております」

「そなたが良く介抱してくれた、たまものであろう」

「あなた」

妻は仄暗《ほのぐら》い廊下で、つと停《とま》った。向うに老母縫の待つ離れ座敷の灯《あか》りがほんのりと

見える。サラサラ庭に小雪が舞っている。

「あとで、お話し申上げたいことがございます」

典膳は妻の方を振向かぬので、何か楽しい相談を仕掛けるような花やいだ感じに受取れた。

「あとでな、聞こう――」

典膳は背後へ言うと真直《まっす》ぐ母の居間へはいった。

老母の縫は媼《おうな》のように真白い髪を茶筅髷《ちゃせんまげ》に結って、座敷のはずれに、上座を悴《せがれ》の為《ため》にあけてひっそりと待っていた。五日程前に、大坂からの急飛脚で典膳が役替りのため帰府のおゆるしが下ったと聞いて、急に床払いをしたのである。

二年ぶりで悴が戻って来るのだから、床あげのお祝いも一緒にしてもらいたいというのが、飛脚の来たときからの老母の願いだった。それまでは、嫁のいう儘に要慎《ようじん》をして快方後も寝床に就ききりであったから、下人共は、やっぱりお殿様のお帰府が嬉《うれ》しくて一ぺんに元気におなりなされたのじゃと話しあっている。本当は、嫁のあやまちを老母も気づかぬ筈はなかったのだ。嫁を度々たずねて来る瀬川三之丞と顔をあわすのがうとましくて、病室に閉じこもっていたのである。

典膳は母のうしろを通って上座についた。

「只今《ただいま》帰りましてござる」

丁寧に手をついて挨拶する。

「御苦労でありましたの」

縫は病気あがりとは思えぬほど頬もつやつやとして血色がよい。嫁とちがってこれは上品な他所《よそ》行《ゆ》きの着物に羽織をきちんと着て、典膳のうしろの小さな床の間の平卓《ひらたく》には、高麗《こま》出来の香盒《こうごう》に香を焚《く》べてあった。

「思ったよりはお健《すこ》やかな御様子で安心つかまつりましたぞ」

「はい。嫁どのがよう面倒見てくれましたでの。そなたからも礼を言うておくれ」

ニコニコ嬉しそうな笑顔をつくると、

「長十郎や」

典膳の幼名を呼んだ。

「久々にて一服進ぜましょうかいの？」

「大丈夫でござりますか？」

「何の。もうすっかり良うなって、元気なのを見てもらいたく思いまする」

老母にとって典膳は末っ子である。上に兄二人があったが、いずれも元服前に夭逝《ようせい》した。四十の声を聞いてから思いがけず産れたのが典膳である。嫁に吩《い》いつけて茶の道具を運ばせると、本当に悴の長途の疲れをねぎらうように濃茶を点《た》てる母の点前《てまえ》を、存外きびしい目で典膳は見戍《みまも》った。

サッと失意の色がその表情をかすめた。老母にだけは、妻の過失を知らせずに済ます肚《はら》だったのだろう——

「お点前、頂戴仕る《ちょうだいつかまつ》」

母から受取って、妻の千春が膝《ひざ》前へ差出すのを典膳は掌に受け、一揖《いちゆう》して、小服した。片隅《かたすみ》の炉でシンシンと釜《かま》が鳴っている。もう一服と母がすすめるのを辞退して、

「いずれ後刻」

典膳はおのが居間へさがった。その夜寝所ではじめて妻と二人きりで対《むか》い合った。

「そなたの話というを聞こう」

典膳の方から声をかけた。

夕餐《ゆうさん》時に酒をすごしたが、典膳は顔に出ない方なので酔っているかどうか他所目《はため》には分らない。着物はまだ着替えてなかった。

妻の千春は夫の前に坐って、黙って項垂《うなだ》れていた。脇息《きょうそく》に凭《もた》れた典膳のわきには金

網を張った書院火鉢が置かれている。丹下家の定紋「総角《あげまき》の紋」を金紋散らしにしたもので、銀火箸が差されている。その後方には枕屏風《まくらびょうぶ》を立てて夜具がのべてある。

「お召替えをなさいませんのですか？……」

いつまでも重苦しい夫の沈黙に耐えかねたのかふと千春が顔をあげ、故意に何気なく笑った。剃迹《そりあと》の青い眉《まゆ》のあたりが張りをもって得も言えぬ風情《ふぜい》があった。ほそく鼻すじの通った口許《くちもと》の美しい笑顔である。

「話を致さぬのか？」

「怕《こわ》いお顔をなすっていらっしゃいますもの。どうせ、お心を損じるお話に相違ございませんけど、もっと不断の貴男《あなた》様らしい御様子の折にお話しとう存じます」

「不断の気持で聞ける話か？」

千春はハッと顔をあげた。それから小さな声で、

「……嫌《いや》」

否々《いないな》とかぶりをふった。頰に涙がハラハラつたい落ちた。

それでも彼女は夫の前で殊更《ことさら》笑顔を作ろうとして、

「お召替えになって下さいまし」

と言う。

典膳の隆《たか》い咽喉仏《のどぼとけ》が何かを嚥《の》み込んだ。

「よい、着替えをいたす——」

脇息を離れて、立つ。千春は髷を夫へ見せるようにしてそっと頬を拭《ぬぐ》った。いそいで座敷の隅から黒塗りの乱れ籠《かご》を取って来る。寝巻に男物の括《くく》り枕を載せたそれを夫の足許へ据《す》えると、典膳はもう床の間の方を向いて衣服を脱ぎ出した。白羽《しろは》二重《ぶたえ》の襦袢《じゅばん》にうす鼠色の同じ羽二重の寝衣を重ねて千春は夫の背後へまわり、背に着せかける。

「千春」

「……はい」

「死ぬではないぞ」

「…………」

「わしに思うこともある。以後この話は無しじゃ。よいか、如何《いか》ようの処置をわしが取ろうと、そなたは黙ってする儘《まま》に従っていてくれよ。よいか、死ぬことだけはならん」

寝具の傍《そば》には梨地《なしじ》金紋の刀架に大小をかけ、そのわきに黒塗蒔絵《まきえ》の鼻紙台を備えてあった。千春は無言で夫の背を離れると、そばへ寄って鼻紙を二つ折りにして夫の枕許においた。旗本のたしなみで、火事装束が床の間の端に飾ってある。典膳は妻の繰りひろげた敷蒲団《しきぶとん》に落着いて坐《すわ》った。それから脱ぎ捨てたのを畳んでいる妻へ、

「舅《しゅうと》どのはお変りないか？」

「はい、……」

「兄上も？」

「相変らずの馬にこっておりまする」

「そうか。……よい、片付けたら退《さが》って寝《やす》みなさい」


翌朝。

典膳は麻上下で千代田城に登城して老中大久保加賀守、ならびに大番頭米津周防守へ無事帰府の挨拶《あいさつ》を述べた。典膳の組頭たる遠山主殿頭は大坂城番の任にあった儘この十一月に逝去したので、番士の一部に役替りの沙汰《さた》があり、典膳もその一人に加えられて二年ぶりで江戸へ戻ったのである。

「どうじゃ、やはりお膝許が一番よいかな？」

米津周防守は役目柄で、一応、大坂の警士の模様をたずねたあと、そんな軽口で労をねぎらった。もともと近しい間柄でもないので、あたりさわりのない応答をして典

膳は城をさがった。

　家を出るとき千春が、

「長尾へお寄りなさいますのですか」

　と訊いた。腫《は》れぼったい睡眠不足とひと目で分る眸《め》をしながら。

　長尾とは千春の父長尾権兵衛のことである。

「そうじゃな。いずれは寄らずばなるまい」

　キラと不安そうに妻の瞳《ひとみ》の奥が光るのを見捨てて出て来たのである。長尾権兵衛は上杉家の留守居役なので桜田口御門外の米沢藩邸にいる。当主上杉弾正大弼《だんじようのだいひつ》綱憲《つなのり》は高家《こうけ》吉良《きら》上野介《こうずけのすけ》の実子で、上杉家へ養子に来た人である。

　桜田御門外へ出た。ここから虎之門、新橋口へかけて諸大名の藩邸が立ちならんでいる。上杉家はお濠《ほり》ぎわで最も手前の角にある。

「矢張りお寄りなされるのでございますか？」

　桜田御門正面まで来た時に、家来の久右衛門がやっぱり不安そうに典膳の横顔をうかがった。

「あの頑固《がんこ》一徹の御気性じゃ。お城へ上って、帰府の挨拶もいたさず素通りしたと分れば又どの様な叱言《こごと》を受けようも知れぬ。ま、寄っておくにしくことはあるまいな」

「し、併《しか》し……」

いかに舅どのとは言え、こちらは旗本御直参の身、相手はたかが上杉十五万石の家臣である。常なら兎《と》も角《かく》、その舅たる人が、娘の婚家先へ家来をしげしげと訪ねさせ、遂《つい》にはよからぬ噂まで世間に立ってしまうように仕向けた。

元来なら、即座に妻女を離縁して男の意地を立てるのが武士であろうに、のこのこ帰府の挨拶にまで出向くとは、いかに何でも人が良すぎる。よっぽど、殿様は奥方にゾッコン参っておられるのであろうかい……久右衛門は私《ひそか》にそう思うと歯掻《はが》ゆくてならぬらしかった。昨夜江戸へ帰って、漸《ようや》く只《ただ》ならぬ下人共の様子から久右衛門も奥様に不始末のあったのを窺《うかが》い知ったのである。

旗本きっての剣客、且《か》つ器量抜群の主人というのが兼々久右衛門の無二の誇りだっただけに、俗な言葉だが夫人に尻《けつ》の毛まで数えられなされたのか……そう思って口惜《くや》しんでいる。

典膳は知らん顔だ。むしろ薄笑いさえ口辺にうかべて昨夜の雪を掻上げた門の間を上杉邸の玄関に入った。

藩邸の玄関で念のため在否をたずねると、権兵衛は今日は非番で邸内お長屋の方にいるという。

すぐそちらへ回った。表通りと違って長屋への径《みち》の両脇《わき》にはまだ足迹《あしあと》のつかぬ白い雪が午前の陽光にキラキラ光っている。

奴頭《やつこあたま》の中間《ちゅうげん》が一人、典膳主従に丁寧に会釈《えしゃく》をして駆け抜けて行った。

「久右衛門」

「はあ？」

何を思ったのか、急に典膳が立停った。棟《むね》をつらねて上杉家の藩士たちの住むお長屋が並んでいる。いずれもの表ロに門松が雪で一そう緑を深め、飾られてある。奴僕《ぬぼく》が表へ障子を運び出し、いそがしそうに桟《さん》を洗っている家もある。十五万石は十五万石の格式なりに、銘々正月を迎える準備で藩士はいそがしいわけだ。

「舅どのにお会い申してと思うたが、せわしない折ゆえ遠慮いたそう。済まぬがその方、昨夜無事江戸へ戻ったとだけ、伝えて来てくれよ」

それから一呼吸こえを嚥《の》んで、

「——妻《さい》も、母の看病疲れの様子もなく元気、じゃとな」

「は？——はっ」

久右衛門は、我が意を得たとばかり張切って駆け出そうとするのへ、

「よいか、鄭重《ていちょう》な態度をとれよ。我がちちじゃ」

と言った。

「ぬ、ぬかりはございませぬ」

まるで重大使命でもおびた口ぶりである。いくらか、淋《さび》しい苦笑で駆け往く家来を典膳は見送った。それから草履取りをかえり見て、

「わしはひと足さきに参る。久右衛門が戻ったら追うて参れ――」

踵《きびす》を返した。嘉次平でなくまだ若い草履取りである。

藩邸の表門を出ようとした時、外から恰度《ちょうど》騎馬ではいって来た老武士があった。番卒のそれを迎える恭々《うやうや》しさを見る迄《まで》もなく、典膳には面識のある相手――江戸家老千坂兵部《ざかひょうぶ》である。

「…………」

黙礼だけをし、なるべくなら詞《ことば》を交さず去ろうつもりが、

「丹下ではないか？」

馬上から声がかかった。竹に飛び雀《すずめ》の定紋を居《す》えた陣笠の下で眼がじっと典膳の表情を読んでいる。

声をかけられたのでやむなく典膳も立停り、あらためて一揖《いちゆう》した。

舅権兵衛の本家すじに当る長尾権四郎は千坂兵部と同じ上杉家の江戸家老（権四郎が筆頭家老）なので、そんな縁故から兵部も典膳と千春の華燭《かしよく》の典には列席した一人であった。

兵部が言った。

「大坂城番と聞いておったが、いつ戻られたな？」

「昨夕おそく帰り着きましてござる」

「ほー。昨夜な」

又、じっと見た。

白《びやっ》狐《こ》

馬が首を上下に振って蹄《ひづめ》で地を掻《か》いた。雪解けのぬかるんだ足許《あしもと》である。兵部は手《た》綱《づな》をため、馬を左方へやった。それから従者の武士ふたりを振返り、

「その方らは戻っておれ」

いいつけると、中間にくつわを把《と》らせ馬から降りる。鞭《むち》を渡した。

ゆっくりと典膳に近寄って来る。

「母者がお悪かったそうなが、もう本復いたされたのか」

「……お蔭《かげ》様で」

典膳の涼しい目がチラと警戒の気配をみせた。老母病臥《びょうが》のことを殊更《ことさら》に話し出したのは、あの噂《うわさ》を兵部も耳にしている証拠と見ていいだろう。

「――其許《そこもと》」

まじまじ典膳の眼に見入っていたのが、

「権兵衛には会わずに帰るつもりじゃな」

「！」

「それがよい。おぬしほどの男じゃ。滅多な短慮はおこすまいとは思うが」

「何のお話でござろう。某《それがし》にはとんと」

「ほ、合点《がてん》がゆかぬ？　なれば結構。――うむ、結構……」

満足そうに、ひとりうなずいて、

「兵部も安堵《あんど》いたしたぞ。松の内は当方も暇。喃《のう》、気が向けば碁でも囲みに訪ねて来られい」

その儘《まま》ちょっと会釈《えしゃく》を返してスタスタと玄関へ去った。式台で藩士の何人かが手をついて迎え出ている。典膳は門を出た。

しばらくすると久右衛門が追いついて来て、

「帰府の御挨拶《ごあいさつ》、相済ませましてござる。折角これまで出向いてくれたなら、何故《なにゆえ》顔を見せてはくれんであったかいと、大そう残念そうに申されておられましたる由《よし》。いずれ正月匆々《そうそう》には対面のこと愉《たの》しみに致しておるとの挨拶にござりました。それから御母堂さまへ呉々《くれぐれ》も御大――おや、どうか遊ばされましたか？」

江戸城の高見櫓《やぐら》が冬の空にくっきりと聳《そび》えている。それへ典膳は凝乎《じっ》と目を上げて歩いていたのが、

「何でもない」

ぽつん、と言った。久右衛門の話などは聞いていない。何か余事に思案をめぐらす虚《うつ》ろな声だった。

この日は都合で堀内道場へ回るかも知れないと典膳は言ってあったが、真直《まっす》ぐ屋敷へ戻った。

実家の父権兵衛、兄竜之進に夫が会ってどの様な按配《あんばい》だったかと千春はひそかに心配していたようである。玄関に出迎えると、一番に縋《すが》るような視線を注いだ。

昨夜はそういう妻にやさしく言葉をかけたが、この日典膳は無視して居間へ入った。

あとを追うて直ぐ千春がやって来ると、

「嘉次平を呼んでくれぬか。手伝わせたいことがある。そなたは座をはずしておれ」

元禄のこの比《ころ》は、密通をした男女はその場に於《おい》て討留めてもよいと定められていた。又それを訴え出れば、取調べの上で男女とも同罪にするという規定がある。この同罪というのは姦夫姦婦《かんぷ》を非人の手下にする、良民たる分限を停止するというので、死罪ではない。主人の妻に通じた男は獄門、女は死罪、夫のある女に強《し》いて不義をした者――強姦は、死罪。そんな制度の定められたのは寛保《かんぽう》年間（元禄から約五十年後）のことである。

しかし元来、姦通は親告罪なのだから、実際には表立てずに内済《ないさい》するものが多かった。一かどの身分の武士なら猶更《なおさら》のことだろう。それだけに、千春の如《ごと》く世間の大方にその情事を知られてしまった場合は、典膳の立場は非常に苦しくなる。典膳自身が、妻の千春を愛す愛さぬの問題ではもう片付かぬことなのである。

「お呼びでござりまするか？」

千春が夫の上下《かみしも》を取片付けて、一言も言わず、うなだれがちに座敷を出たあと暫《しば》らくして廊下の外に嘉次平が手をつかえた。

「はいって参れ」

典膳は脇息《きょうそく》に凭《もた》れ、火箸《ひばし》で灰に字を書いていた。嘉次平は膝《ひざ》で進み入って障子を閉めると、そのまま敷居際《しきいぎわ》にかしこまる。何かおずおずした様子だった。

「爺《じい》に頼みがあるが」

「はい？……」

「そちは舟橋の生れじゃと申したな」

「さ、さようにござりまする……」

「狐《きつね》が出るそうなが、まことか」

「は？」

「舟橋辺には狐が棲《す》んでおるとかよく申したではないか」

「ハイ、今でもそれは多うござりまする。……しかし」

何か奥様のことについて、女中どもの囁《ささや》き合っている真偽でもただされるかと案じていたのが、だしぬけに狐の話を持出されたので呆気《あっけ》にとられた態《てい》だ。

少時《しばらく》典膳は黙り込んだ。

「足労であろうが、至急、村人にでも頼んで狐を捕ってくれるよう手配致して呉《く》れぬか。――出来れば大きいが良い」

「一疋《ぴき》でござりまするか」

「さよう。白狐でも捕れれば言うことはないが」

「お詞《ことば》を返して失礼にはござりまするが、何をあそばしますので？」

「今は申せぬ。そちはただ捕って参ればよいのじゃ」

「ハ、ハイ。……」

「年内に捕え得れば究竟《くっきょう》――。そうなるように直ぐにも舟橋へ出向いてくれよ。それから、念をおす迄《まで》もあるまいが、この儀は妻《さい》は申すに及ばず、家人の誰にも口外はならぬぞ。……母上にもな」

障子に、白く差していた陽《ひ》差《ざし》がすっと翳《かげ》った。

「承知いたしました」

嘉次平は座敷をさがるとその日のうちに舟橋へ趨《はし》った。


嘉次平が舟橋の山里から狐を捕って来たのは、いよいよ明日が正月という大晦日《おおみそか》である。こげ茶の普通の狐で、それでも金二両払ったそうである。

典膳は嘉次平の報告を聞くと大そう喜んで両三日、裏庭に飼育しておくようにと命じた。且《か》つ家人の誰にも之《これ》をさとられぬよう改めて厳命した。

元日になった。千春は盛装して美しい笑顔で新年の挨拶を述べ、ついで広座敷に老母の縫をはじめ、下働きの者以外は総《すべ》て典膳の前に居並んでお屠蘇《とそ》のお流れを頂戴《ちょうだい》した。

典膳は以前のように下々の者にも優しく詞をかけ、千春に対しても新婚当初の如《ごと》く思いやりのある態度で接した。千春が素直にそんな夫の意を汲《く》んで丹下家の奥様らしく振舞ったのは、もう覚悟をきめていたからだろう。嘉次平が大奥様の前へ出て三拝九拝して賀詞を述べたが、なかなかひき退《さが》らないので皆がクスクス笑ったとき、

「じいや。松納めまで未《ま》だ五日あるのですよ」

やさしくひやかしたのも千春であった。皆は声を立てて笑い、本当に二年ぶりで邸内には新春らしい和気が藹々《あいあい》と立罩《たちこ》めた。

祝いを済ますと典膳は熨斗目《のしめ》麻上下《かみしも》で拝賀のため登城した。歯固めの御祝いも例年の通りに済ます。歯固めとは年首の祝儀《しゅうぎ》だが、かねて歯と通ずる齢を固める意味があり、往古は歯固めの具に鹿《しか》や猪《いのしし》の肉、かぶら大根などを用いた。鏡餅《かがみもち》も、もとは歯固めの義から出たという。

さて年始を了《おわ》るとその足で典膳は舅《しゅうと》の権兵衛宅へまわり、年頭の挨拶ののち、実は自分は大坂勤番中に暇を見ていささか謡曲の伝授をうけた。ついては明二日夕、ささ

やかながら我が家に於て近親縁者を集め咽喉《のど》を聞かせたい存念である。されば是非とも明日は父子揃《そろ》って御列席を賜り度《た》い。本来なれば当方から出向いて一曲うたうべきであるが、今も申すとおり、年始を兼ねての催しなれば是非是非御来光下さるようにと申し出た。

例年、正月二日は本城に於て将軍家出座のうえ謡曲始めの宴がある。それを真似《まね》たとされるし、藩主上杉弾正大弼《だんじょうのだいひつ》綱憲は国許・米沢に在城のことではあり、「必ず出向いて婿《むこ》殿自慢の声きかせて頂こう」と権兵衛は応《こた》えた。典膳はひきとめられるのを程々にして長尾邸を出た。

その足で、二年ぶりに堀内道場へ寄った。稽古《けいこ》始めは例年五日からはじまるしきたりである。御旗本の典膳が元旦《がんたん》に道場へ来るなぞ常にないことで、折あしく指南の堀内正春は年始に出向いていて居なかった。師範代高木敬之進も師に従って同道したという。予期した如く、典膳はここでも明夜の謡曲の催しの一件を述べ、道場を代表して、当主堀内源太左衛門か敬之進に是非出席を乞《こ》う旨《むね》をことづけ、玄関で引返した。

さて帰宅すると嘉次平をひそかに呼んで何事か耳打ちした。

翌二日夕景。

丹下家での謡《うたい》会は盛大に催された。新春のことではあり、当主典膳が二年ぶりで江戸に戻ったというので、年始かたがた大方の親戚《しんせき》縁者は出席する。中には催しのあることを知らず、典膳の帰府したことだけを聞き伝えてやって来た旗本仲間もある。そんなのは宵《よい》に会があると知ると一たん辞去して、夕刻七ッ半頃にあらためて出直して来た。

上杉家からは長尾権兵衛父子に、婿自慢の権兵衛の言に誘われて同席した鈴木元右衛門、典膳の叔父丹下久四郎、伯母方の婿で火元御番頭をつとめる後藤七左衛門、隣家からは玉虫十左衛門用人、旗本仲間の御進物番永井某《なにがし》、御提灯《おちょうちん》奉行北角某、それに堀内道場師範代高木敬之進、同じく服部《はっとり》喜兵衛などが主な客である。いずれも典膳の人柄に好意と畏敬《いけい》の念を寄せる面々なので、さぞ名調子が聞けようなぞと始まらぬうちから広座敷で膳《ぜん》の饗応《きょうおう》をうけて愉《たの》しんでいる。

いそがしいのは千春である。美しく今宵《こよい》は着飾って、万事に落度なきよう振舞ってくれよと昨夜夫に言いつけられてあったので、立居振舞いも明るく誰彼に万遍ない笑顔をふりまいた。もともと千春は明るい性質で物事にこせこせしない。多勢の人中に出て引立つ人と、ひっそり家にこもって居て立派さの耀《かが》やき増す女性があるとすれば、千春は前者である。それでいて軽佻《けいちょう》の感じを人に与えないのは、どこやらまだ娘々した花やぎが身についているからだろう。上品で、美しいそんな妻の振舞いを典膳も静かに打眺《うちなが》めて盃《さかずき》を献酬したから、ほとんどの客はあの噂を一瞬疑う気になったという。

さて一応、客に酔いもまわったところに謡会がはじめられた。典膳の披露《ひろう》したのは『清経《きよつね》』の一節だったが、「初め深く契《ちぎ》りし女房《にょうぼう》あり、都落ちのおりこれを伴わんとしたれども得ず、途より髪を切って形見としたるを、其後、女房今は形見もよしなしとてそれを返し歌を添えたり」という、平家物語に拠《よ》ったその曲の、半ばにさしかかった時である。

ふと典膳の声がとまった。庭に臨む障子に視線を投げ、何やら気配を窺《うかが》っていたと思うと、謡曲を中止し、刀を取って廊下に飛び出すや気声鋭く、白刃《しらは》を揮《ふる》って何かを斬伏《きりふ》せた。

「ぎゃっ」

と叫ぶ断末魔の悲鳴が庭の夜気に木魂《こだま》した。

何事かと一座は浮足立つ。

「しずまって頂き度《た》い」

典膳は、肩で大きく息をし、とび出して来る面々へ、

「これで謎《なぞ》が解け申した」

と言った。

斬られていたのは例の狐である。

「一体、な、なぞとは?——」

「されば、座へ戻ってお話し致す」

典膳は血のしたたる刀を家来久右衛門に手渡し、一同、呆気《あっけ》にとられている前へ戻ってぴたりと坐《すわ》った。

典膳は言った。

「実は既に存じ寄りの方もあろうと思われるが、それがし大坂勤番中、妻にいかがわしき風評あり、某も木石に非《あら》ずひそかに懊悩《おうのう》いたしておったるところ、先程、庭さきに噂《うわさ》の相手が忍び入った様子ゆえ、それと思って斬棄てたところがこの始末である。御覧のとおり、姦夫と見えたは実は狐。——されば以後、再び妻によからぬ気配の見えることもあるまいと存ずるが、それがしの為ひそかにお案じ下された向々《むきむき》も以後はどうぞもう、懸念《けねん》をお霽《は》らし下さるように」

そう言って列座の一人ひとりをずーっと見渡した。

顔色の変っていたのは末座に控えた千春を除けば、舅の権兵衛ひとりである。

それが膝を乗出した。

「こ、こともあろうに千春に限って左様のふしだらな噂が立つとは言語道断。初めて耳にいたす話じゃが、一体、妖怪めの化けおった相手は、誰じゃな？」

「――父上、それはもうよろしゅうございましょう」

かたわらで千春の兄の竜之進が、

「事実なれば兎《と》も角《かく》、妖怪変化の仕業と分明いたしたものを今更」

「む？　すりゃ其方も噂は聞いておったのかい」

典膳を見詰めて、ゆっくり竜之進は頷《うなず》いた。

「な、何故今まで黙っておった？」

「余り馬鹿馬鹿《ばかばか》しい噂ゆえお耳に入れる迄もないと存じ」

「しかし、狐めがノコノコ出て参ったからよい様なものの、これが正体を見せん儘《まま》であったら、千春が迷惑は申すに及ばず、我らとて姦婦の父兄と譏《そし》りを受くるところじゃぞ。黙っておるも事と次第によるわ」

白髪頭をふるわせ本気で怒っている。

「まあまあ――」

上杉家臣の鈴木元右衛門が隣りから手で制して、

「竜之進どのも申される通り、すぎた事であれば今更妖怪が仕業を兎や角申したとて詮《せん》もござあるまい。狐の化けた仕業と分ったは寧《むし》ろ究竟。それより、今日まであらぬ疑いの目で見られた千春どのこそお気の毒な次第であったに、よう今まで黙って堪えておられた。かく申す鈴木元右衛門も何をかくそう、実は内々噂を耳に致して」

「や。すりゃおぬしまで知っておったのかい」

権兵衛大きな眼をむいた。座敷にさざ波のような笑声が思わず立つ。千春を内心疑っていたことでは誰もが同じだった。それだけに妖狐の仕業と判明してほっと典膳のため胸を撫《な》でおろしたのと、猜疑《さいぎ》した自分への苦笑でわらったのである。

何にしても、噂の正体がここに明かされたのを一同わが事のように欣《よろこ》んだ。まだ疑心を残していた者も更《あらた》めていめいに灯《あかり》を持って庭に出、狐の死骸《しがい》を目にすると、なるほどこれならと頷く。

それほど大きな狐が、闇《やみ》に眼《まなこ》を見ひらき、突出した口の歯を白く見せて死んでいた。一刀浴びただけである。天を向いて、その口から俗に狐火と呼ばれる燐火《りんか》がもうチロチロと立昇っている。

あらためて座敷では酒宴がはじまる。

千春はそれとなく姿を消し、ふたたび客の前へは現われて来なかった。潔白が証明されたようなものの、いかがわしい噂のあった躰《からだ》と公表されては矢っ張り気羞《きは》ずかしいのだろう、無理もない、われらとて千春どのを内々疑い申した方じゃ。口々に旗本らはそう囁いて、

「とにかく芽出度《めでた》い。正月ではあり、丹下氏にとっても今年はよき年回りでござろう」

多少の照臭さはまじえても心から各々誤解のとけたのを喜んだ。

今一度と謡曲を請《こ》われたが、さすがに謡《うた》う気にはなり申さぬと典膳はことわった。程々に酒の入ったところで、一人、二人、

「あまり長座をいたしては」

そう言って、饗応の礼を述べ、帰っていく。

狐の亡骸《なきがら》は嘉次平がひそかに丹下家の菩提寺《ぼだいじ》青山三分坂の法安寺へ運んで丁寧に葬《ほうむ》った。

客の大方がまことの妖怪の所業と信じた如く、ひそかに千春を疑ったのを心に恥じたのは丹下家の下人共である。つらつら思えば現場をそれと見た者は一人もない。主人の不在中、いかに何でも足繁《しげ》く通うて来すぎる瀬川三之丞への不快感が潜在して、

生じた妄想《もうそう》なので、言ってみればあんなお侍を何で奥座敷まで入れたりなさるのであろう、奥様も余りといえばお慎しみが無さすぎる……そんな義憤も手伝ってつい、朋《ほう》輩《ばい》同士、三之丞の帰る後ろ姿を指さすようになった迄であった。

丹下家の庭で出没していた古狐が主人典膳の手で斬られた噂は松飾りの取れぬうちにパッと近辺の評判になった。人の口に戸は立てられぬと譬《たとえ》にあるが、この時になって如何《いか》に多くの町民までが千春の不義を耳にしていたかが分った。併《しか》し彼等はそれが妖怪の仕業と分って安心したのか、忽《たちま》ち話に尾鰭《おひれ》をつけ、二人はああだった、こうだったと大声に話し出した。責《せめ》は狐にあることで、丹下夫人に迷惑はかからぬように、ちゃんと考えての饒舌《じょうぜつ》である。大方は嘘《うそ》にきまっており、それも互いに心得た上で、口から出まかせに妖怪変化ぶりを誇張して愉しんでいるのだから他愛《たわい》のない咄《はなし》だ。人の噂も七十五日という。春がそろそろやって来ようという二月すえには誰一人もう狐の話をする者はなくなった。むろん、今では千春の潔白を疑う者は誰もなかった。

典膳はそれを待っていたのである。

世間の噂も消え、千春に疵《きず》がつかぬよう顧慮して後、姦通の取沙汰《とりざた》の止《や》むのを待って、

「そちを離縁する」

と言った。

夜も更《ふ》けて亡父主水正《もんどのしょう》の七回忌を無事済ませて、晩のことである。

丹下家の下人共も含めて、嘉次平を除いては夫婦の睦《むつ》まじさを疑う者は今では一人もない。

新年のあの晩、狐の斬られたのを最も胸を痛めて瞶《みつ》めたのは千春であったが、典膳は宴が果てて後、おのが居間に引籠《ひきこも》って呆《ほう》けたように虚空の一点を凝視している妻へ、

「何も言うな。分っておろうがそなたは以後も渝《かわ》りなく身共の妻じゃ」

と言った。

千春は絶望的とも、懇願とも瞋恚《いかり》ともとれる一すじな眸《ひとみ》で、

「死ぬのを許して下さいまし……」

曾《か》つて、これほど大きな瞳《ひとみ》で千春が夫を睨《にら》んだことはない。

「死ねばそなたは済むと思うておるのか？」

「…………」

「千春。丹下典膳生涯に妻はそち一人ときめておったぞ」

「…………」

「泣くことはない。せっかく身代りになった狐じゃ。霊を弔うてやるためにも、さ、いつものように皆へ笑顔を見せてやれ」

それでも千春は黙って夫を睨んだが、突如《とつじょ》、畳に突伏して身も世もあらず声をあげて号泣した。典膳は見捨てておいておのが寝所へ入った。

千春の聡明《そうめい》さは、それでも泣き崩れたのはこの一晩きりで、翌朝からはもう何もなかったように家人に接したし、典膳と二人きりの場合は兎も角、来客や家来のいるところでは以前とかわらぬ仕合わせそうな妻に見えた。

噂も消え、だから本当に仲睦《むつ》まじい夫婦と見えていたのが、突然の離縁である。

千春は驚く様子はなかった。淋《さび》しさはかくせなかったが、何日ぶりかの微笑を夫に注いで、

「ながらくお世話様になりました」

手を仕えて挨拶《あいさつ》した。

「肯《き》き入れてくれて忝《かたじけな》い。——明日、実家《さと》へ帰るな?」

「……はい」

「母上へは身共から話しておく。そなたは明日の朝でも挨拶すればよかろう。荷物は後で当方より届けさせる」

「あなた」

「――――」

「明日はわたくし一人で里へ帰らせて下さいまし」

「それはなるまい、七左衛門どのを通じて致すが順序であるが、思うこともあり、明日は身共がそなたを伴って行く」

「上杉へでございますか？」

典膳がうなずくと千春は周章《あわ》てた。

「それでは危うございます。父はあの様な気性ゆえ、わたくしを叱《しか》りますよりは貴男《あなた》を」

「分っておる。だから七左衛門どのを通さぬのじゃ」

火元御番頭をつとめる伯母婿、後藤七左衛門は両家縁組の媒酌人《ばいしゃくにん》だったのである。

千春は、尚《なお》も一人で帰ると言い張ったが典膳は肯かなかった。

千春の不幸な予感はあたった。むすめが離縁されたと聞いて烈火の如《ごと》く怒ったのが権兵衛である。

典膳が翌朝、妻を伴って長尾家を訪ねたのが離縁のためと知る筈《はず》もないから、舅《しゅうと》の権兵衛は大喜びで夫婦をおのが居室へ招じ入れた。

二人揃《そろ》って訪ねて来てくれることなど、千春が典膳のもとに嫁入りして三日目に、里帰りで戻った時以来である。肝腎《かんじん》なことだが千春に不義の疑いがあったことを今では綺麗《きれい》さっぱり権兵衛は忘れていた。

娘の粧《よそお》いが殊更《ことさら》花やかなので、さては孫でも孕《はら》みおったか、それにしては婿《むこ》殿の帰府が旧臘《きゅうろう》ゆえ未《いま》だふた月に足らず、出来るは早すぎるようである……そんなせっかちな想像までしていた。

挨拶を交しあい、千春が実母の部屋へさがるのを俟《ま》って典膳が話をきり出したから権兵衛が錯愕《さくがく》したのも無理はない。

「何、離縁いたすと？」

「さよう」

「わ、わけを聞こう。いかなるわけあって離縁をいたすか、そ、そのわけを聞かさっしゃれ」

「別にわけと申すほどのこともござらぬが」

「何。何。何。貴公わけもなく妻を離縁いたすがような人物か？　これは見損なった
——典膳、三国一の婿と今に信じておるこの権兵衛が目を、まさか節穴とは思うまい

の？　おぬしほどの武士が離縁を申出るからにはそれだけの仔細《しさい》がある筈。それを聞こう。武士たる者の娘が、一たん他家に嫁いで破談になりましたとノコノコ帰るがような躾《しつ》けを、この権兵衛千春に致した覚えもなし。仔細があるなら、何故《なにゆえ》それを打明け肚《はら》を割ってくれぬのじゃい。水、水臭いではないか！……」

「――――」

「いかなるわけじゃ？　他言ならぬ儀であれば我らも上杉が家来。滅多なことで口は割らぬぞ」

「――何と申されましても」

典膳は冷やかな微笑さえうかべてチラと相手を見た。

「今更、翻意するわけもなく、別に仔細があるのでもござらぬ。強《し》いて申せば大坂表に罷《まか》り在る内いささか気が変ったと――」

「ぬ？……すりゃお主、ま、まこと理《ことわり》もなしにあれを離縁すると言うか？」

「――――」

「典膳。かりにも我が長尾家は上杉にて筆頭家老をつとめる家柄じゃ。娘を嫁がせ、わけもなく不縁に相成り申したと殿に言上いたして事が済むか済まぬか、おぬしも御直参なれば察しはつこう筈。それを、事をわけて話しも致さず、唐突に離縁では武士の一分《いちぶん》チトはずれは致さぬか。家風が合わぬなら合わぬで、何故すじを通してあれを破談にしてやってくれぬ？……」

何と言われても典膳はもう黙して語らない。怒声は他の座敷へも響くから、屋敷中が声を殺してひっそり静まり返っている。

怺《こら》えかねてか権兵衛が湯呑茶碗《ゆのみぢゃわん》を鷲掴《わしづか》みにパッと典膳へ抛《な》げつけた。湯が面体《めんてい》にかかった。

典膳は顔色ひとつ変えない。

懐紙を取出して、ひたいを拭《ぬぐ》い、袖《そで》の紋のあたりが濡《ぬ》れているのを落着いて拭《ふ》いた。

権兵衛は老軀《ろうく》を微かにふるわせて激怒する。典膳が落着き払えば一そう怒りがこみ上げてくるのだろう。

茶碗は典膳の頭上を飛んで青蓮院《しょうれんいん》流の書を表具した襖《ふすま》に当り、敷居際《しきいぎわ》に転がっていた。

「！……」

暫《しば》らく双方無言に対坐《たいざ》していると、その襖が向うからすーと開いた。

典膳は襖へ背を向けている。背後を大きく迂回《うかい》して権兵衛の傍《そば》へ坐《すわ》り、

「声が高うござりまするぞ」

たしなめてから、

「委細は次の間にて聞いておったが」

典膳の方へ坐り直った。兄竜之進である。

次の間にてと言ったが実は別座敷で千春と話し込んでいたらしい。勤めから下った
ばかりの上下姿で、口許《くちもと》の緊《し》まったあたりが矢張り妹と似ている。色は浅黒く、すっ
かり日に焼けているのは一日たりとも好きな馬術の調練を欠かさぬ所為《せい》だろう。年は
三十二歳。がっしりとした体軀《たいく》で挙措に万事落着きがあり、年よりふけて見えた。

「千春を離縁なされたそうなが、拙者《せっしゃ》一存にてひとつ、お主に確かめおき度いことが
ある」

「何ですな？」

「いつぞやの狐《きつね》の一件」

「？」

「あれは、たしかに狐の仕業であったろうな？」

「いかにも」

「千春に不義の事実は断じて無いと申すのじゃな？」

「――ござらぬ」

ちらと竜之進の眼に憐愍《れんびん》の色が動いたが、

「ならば結構――父上、かかる男とこれ以上いさかいを致されても無駄。却《かえ》って千春を苦しめるばかりにござろう。何事も否運《ひうん》と当人は諦《あき》らめておる様なれば、もう早う、この男をおかえしなされませい」

と言った。

「かえす？……わけもなく娘を不縁にいたされた儘《まま》でおめおめ」

「いや。いずれ、その返礼はそれがし致してみせるつもり」

言いながら典膳をじいっと見据えて、

「典膳、その方まことは千春に不義の噂《うわさ》あったを根にもっての破談であろうが、おのが手にて狐の成敗いたしながら千春を返すとは呆《あき》れ果てたうつけ者よ。今日が日まで汝《なんじ》を弟と呼んだ誼《よし》みじゃ。性根をすえ代えて呉《く》れる。……覚悟」

太刀を引寄せ、上下《かみしも》の肩を脱いだ片膝《かたひざ》立ちにサッと一刀浴びせた。濡れ手拭《てぬぐい》を叩《たた》きつけるに似た音がして襖一面に血が散った。

典膳が上杉家で左腕を斬落《きりおと》された噂はその日のうちにパッと江戸中にひろまった。

斬られたのが直参の御旗本。斬ったのは上杉家老臣の悴《せがれ》。しかもその理由が嫁の離縁からとあっては各藩邸で話題になったのも無理はない。

現場を目撃したと広言する（実際には長尾父子と典膳しかその場にはいなかった）上杉家臣の言うのによれば、典膳の斬られたのは肩口から肘《ひじ》へかけて斜めに一太刀。肘をあげたのなら斬口の角度が変るべきだから、全然無抵抗で斬られたのであろうという。すぐさま家人が駆け寄って応急の処置をしたが、典膳はこの間声ひとつあげず、じっと坐りつづけていたそうだ。

却って権兵衛の方が狼狽《ろうばい》をして、直《す》ぐに藩医を呼ばせた。それで騒ぎがひろまったが、これを耳にした千坂兵部は直ちに長尾宅に赴いて、

「丹下、よくぞ我慢をいたしてくれた」

万感のおもいをこめた一言を発し、当家で手当を受けるは却って心苦しかろうと、みずから家来を督励して兵部の屋敷へ典膳を舁《か》き入れさせたという。だから今以《もっ》て典膳は千坂家にいる。出血がおびただしいので一両日は絶対安静、医師《くすし》のゆるしが出て、麹町《こうじまち》大通り南のおのが屋敷へ典膳の帰るのは更に二三日後だろう。兵部はなかなかの器量人だから事を穏便に済ますよう非常な努力を払っているが、何にしても武士たる者が腕を斬られて全然無抵抗だったとは、あきれ果てた腑抜《ふぬ》け武士。斬られたこと

の理由如何《いかん》を問わず、丹下家はお家断絶であろう——と。

又、丹下家に親しい或《あ》る旗本の言によれば、もう少し典膳に同情的で、おそらく典膳は丹下の家名を重んじた為に妻女を離縁したのではあるまいかと言う。妻千春との間に典膳はまだ子供がない。併《しか》し子供が出来てみても、母親が不義をした場合は、その子が家を相続することは許されない。千春は狐の変怪に迷惑な噂を立てられたので、不義密通の咎《とが》をうけたのではないようなものの、将来もあることを考えて、敢《あえ》て愛妻を離婚したのであろう。もし、典膳一代ですむことなら、わざわざ妻を離縁することもなかった、丹下家の家名の存続を慮《おもんぱか》ったればこそ、黙って離縁したのであろう、と。

いずれにしても併し、片腕を失っては勤めもならず、典膳はいわば今後は廃人同様の生涯を送らねばならぬわけで、つまらぬ離縁をしたものだというのが大方の意見だった。

堀内道場でもこれは例外ではない。

ただ、典膳の武術の程は知っているから、あれだけの達人が、どうして又おめおめ斬られたのであろうと、寄るとさわるとその噂である。

ぽつんと独り、皆から離れて彼等の話を聞いているのは例によって、中山安兵衛ひとりだった。

明　暗

「そもそも拙者には丹下どのが妻女を離縁いたされたわけが分らん」

野母清十郎が言った。眉《まゆ》のほそいが自慢の、いつぞやの小普請《こぶしん》組の一人である。

「それはきまっておる。家におくは芳《かんば》しからずと思われたからであろう」

「何が芳しくない？」

「それが分れば我ら、かように心配はいたさん」

池沢武兵衛が腕組して言う。

別の方では師範代の高木敬之進を中心に、道場でも主だった面々が三四人ヒソヒソひたいをあつめている。

妻女の不義と見えたのはどうやら狐《きつね》の仕業であったが、それにしては噂の相手——瀬川三之丞がふっつり丹下邸へ姿を見せぬというのが訝《いぶか》しい。妖怪の所業と分明したのであるから、一応、笑い咄《ばなし》としても、典膳の前に出て自分の釈明をするのが人間の常識である。それぐらいのことは兄の竜之進とて気づいていように、まるで無視していたから、温和な典膳も少々肚《はら》にすえかねそんなことが原因で、離縁に事は発展したのではあるまいか。竜之進に斬《き》りつけられて典膳ほどの達人が受けて立たなかったというのは不思議だが、場所が上杉家のお長屋であり、騒ぎが大きくなっては上杉家全体に迷惑を及ぼすのを惧《おそ》れたので、いわば公私のけじめをわきまえたればこそ、抵抗もせずに黙って斬られたのであろう。腑《ふ》抜け侍どころか、典膳こそは思慮のある立派な武士である。それを何ぞ、抵抗せざりしとてお家断絶なぞと噂《うわさ》するとは！　高木敬之進らのヒソヒソ話はそんな義憤をこめた、典膳への同情論で、この際我等の力で何としても幕府重臣連を動かし、丹下家断絶の御沙汰《ごさた》のないように致そうではないか。

——そんな相談であった。

安兵衛は終始黙って耳を傾けている。「貴公はどう考えるか」と誰も尋ねてはこないし、もともと典膳には会ったこともないのだから、安兵衛自身の意見の述べようもないわけである。ここ連日、稽古《けいこ》などはそっちのけで一同話に身を入れている。仲間に加えられないのは安兵衛ぐらいのものである。本来なら、だから当分道場へ無駄に通わないで、内職の筆造りにでも精出していそうなものだ。それが不思議に休まずにやって来ては、片隅にぽつねんと坐《すわ》って皆の話を聞いている。安兵衛がそういう関心を示したのは、丹下典膳が姦夫《かんぷ》と見て斬捨てたところ、これが狐だったという話を聞いて以来である。

さて三日余り経《た》った。

今日も今日とて終《つい》に稽古をすることもなく、典膳はどうやら千坂兵部宅から麴町《こうじまち》の屋敷へ帰って養生出来るまでに恢復《かいふく》したらしい、それだけの新情報を得ただけで、安兵衛はほっとしたように機嫌《きげん》がよかった。

ぶらぶら牛込竹町の長屋へ戻りながらも、

「……よかったぞ。本当によかったぞ……」

独り言を言っている。

そうして天竜寺の辻《つじ》を曲りかけた時だ。うしろから肩を叩《たた》いた女があった。

安兵衛が振返るとお豊がつぶらな眸《ひとみ》でわらった。安兵衛が内職の厄介《やっかい》をかけている筆の卸商羽前屋の娘である。

「これはこれは」

安兵衛は通りの真中に佇立《ちょりつ》して例の恭々《うやうや》しい叩頭《こうとう》をやった。

「いやですよ中山さん……」

お豊はぽっと頬を赧《あか》らめて、それでもいそいでお辞儀をした。

「何処へ行かれましたな？」

「親戚《しんせき》の騒動打ちに」

「ほ。……それは又気の強い――」

お豊の家は竜閑橋《りゅうかん》わきの鎌倉《かまくら》横丁だから方向は反対だのに安兵衛の二三歩うしろをついて来る。

「存分に活躍なすったか？」

「はい」

はっきり答えて、お供の下女と顔を見合わしてクックッおかしそうに笑った。十七にしては上背のあるふっくらとした体つきで、色が白く、見るからに町家の娘々した年格好だが、羽前屋の先代は何でも士分の侍だったそうだ。由井正雪の事件の頃に大小を捨て、筆の製造商をはじめたという。

『女騒動』というのは、もとは武家から起った『後妻《うわなり》打ち』のことで、先妻を離縁して間もなく新妻を呼入れた場合――十日とか、二十日とか、乃至《ないし》一ヵ月ぐらいで直《す》ぐ次の女房《にょうぼう》を貰《もら》った場合に、前の女房は自分の親戚や一族の者を呼び集めて相談をする。そうしてその儘《まま》にしておけぬということになると、一家一門のほかにも達者な若い女を狩集めて、同勢が二三十人（多いときには五十人、百人に及ぶのもあったそうだ）になると、日取を定め、前妻は自分の家来を使いに立てて、御覚えがおありのことと思うが、何月何日何時に騒動に参る、ということを口上で新妻に申送る。

新妻方でも家来を取次にして、

「ごもっともの次第であるから、心得て御待受け致します」

と返事をする。中には何分の御詫《おわ》びを申すから、どうか御見合わせを願い度《た》いと、あやまるのもあったらしい。併《しか》しそんな弱いことでは一生の恥辱になるので、大概は申込みを受けた。

さて当日になると、押掛けて行く女連は、めいめいに棒、木剣、竹刀《しない》を携え、前妻は必ず駕籠《かご》に乗って、同勢は徒歩でくくり袴《ばかま》に襷《たすき》、髪を振乱して鉢巻《はちまき》を緊《し》めて先方へ押寄せる。

相手でも待受けているから門を八文字に開いてある。同勢はかならず台所から乱入し、鍋釜《なべかま》や戸障子、たんす長持に至るまで手当り次第にぶち壊していって散々あばれた頃、時刻を見はからい新妻の仲人をした者と、先妻の待女郎（婚礼の時に花嫁に付添う侍女）をした者とが出合って、仲裁の労をとる。

それでしまいだが、馬鹿《ばか》にされた仕打ちが心外だという女らしい矜《ほこ》りを表明するため、女ばかりで、男を交えずこういう見栄《みえ》をきった。その名残りが元禄《げんろく》時代にはまだ町家にのこっていて、お豊はそれに参加しての帰りだというのである。

いつもの、長屋へ折れる辻まで来た。

「お寄りなされるか」

「かまいませぬか？……」

声がはずんで嬉《うれ》しそうだ。

長屋の前まで来ると、近所の者が二三人、井戸端で、安兵衛のあとについて来るお豊の羞《は》ずかしそうな様子を口をあいて見ていたのが、急に一人、

「そうだ、中山さま。さき頃までお客さまがお待ちでございましたよ」

寄って来て親切に教えてくれた。

「客人？……」

「お年寄りの、時々おみえになるあの御家来をつれたお武家さんでしたがねえ」

どうやら菅野六郎左衛門のことらしい。

「それなら分っております。――御丁寧に」

「はあ……何だか御心配事のおありのような御様子でしたが」

「あのお方はいつも拙宅には案じ顔をして来られる」

笑いに紛らして、

「さ、むさい処《ところ》だがおはいり下さい」

振向いた。

お豊はそれでもちょっと尻込《しりご》みするのを、あとから下女が押しやるようにして、

「あのように申してくれはります。遠慮あそばしたら却《かえ》って失礼でございますよ」

関西訛《なま》りのぬけない、いかにも騒動打ちに付いて行きそうな三十女だった。

安兵衛が一枚しかない座布団《ざぶとん》をすすめると、上り框《かまち》でお豊はめずらしそうに室内を見まわしていたが、慌《あわ》てて我に返り一礼してから、履物を揃《そろ》えてあがった。

町家の娘ながらよく躾《しつ》けられている。

下女は上り框に出尻《でっちり》をのせる。

「中山さまは丁寧なお仕事をなさるそうですのね。父が感心しておりました」

「筆造りですかナ」

「ええ。……」

「あんまり、そういうことで褒められるのは有難《ありがた》くない。はっはは……さ、粗茶です」

「ありがとうございます」

お豊を家へ誘ったのは、先日からたまった分をついでに持って帰ってもらいたい心づもりがあったので、早速、座敷の隅でそれを紙に包んだ。

見ていた下女が、

「――お嬢さま」

耳もとへ首をのばして何事か囁《ささや》きかけると、いそいそと立ちかかる。

「何処へ行かれる？」

「ちょ、ちょっと思い出した用がございますので。……すぐ戻って参りますよってに」

北《にげ》るように出ていった。

お豊はもう真赧《まっか》だ。花かんざしが俯向いた髪に綺麗《きれい》に差されている。

「お帰りのついでにこれを頼みます」

筆包みを差出すと、安兵衛にはもう話すこともない。

少時《しばらく》してお豊の方が、

「中山さまは、明日はお忙しいのですか？」

「ごらんの通りの暮し向きで、忙しいと申しても世間には通りますまい」

「わたくし」

顔をあげた。にこにこ笑っている。

「中山さまが道場へお通いになっているわけを聞きました」

「わけ……？」


お豊が言うには、安兵衛が堀内道場へ通うのは一刀流の業《わざ》太刀を偸《ぬす》むためで、もと安兵衛は越後新発田《しばた》の国許《くにもと》で心地流の極意を会得《えとく》した評判の名手だったのに、藩の一刀流師範柿本某《かきもとなにがし》と試合をして負け、国許を逐《お》われた。それで恥を雪《そそ》ぐため偽って堀内道場に入門して一刀流の秘伝を偸んだ後、あらためて柿本と雌雄を決するつもりなのだろうと、溝口家（越後新発田の藩主）の江戸詰の家中の間でもっぱら評判になっているというのである。

「ほ。……これは驚いた。誰が左様なこと申しておるのです？」

安兵衛はなかば呆《あき》れ顔でお豊を見た。

町家の娘が心地流なぞと味気ない流名を知っているのも不審だが、まったく、とんだ濡《ぬ》れ衣《ぎぬ》をきせられるものだ。

「誰って、お店へは溝口様の御祐筆《ゆうひつ》の方々がよくいらっしゃいます」

「溝口家の？　それではこの内職も余りつづけられませんな」

「あら、そんな……」

お豊は安兵衛の秘密を知ったというよろこびに酔うつもりでいたのが、案外、相手に反応が見えないのでがっかりしたらしい。業太刀なぞと娘らしくない名称を覚えていたのもそれが安兵衛の何か重大事だと思えばこそだった。

安兵衛は言った。

「それがし如何《いか》にも心地流を修めはいたしたが、一刀流の試合なぞとはとんでもない話。あまり、そういう噂を真《ま》に受けられては困りますな」

「ではどうして道場通いをなさるのでございます？」

「まア浪人暮しの暇潰《つぶ》しとでも申そうか」

「え？」

「又そういう顔をなさる。——どうも、そなたは娘御に似合わず固い話がお好きのようで、困る」

「けっして好きではございません」

つぶらな眸が怨《えん》ずる如《ごと》く睨《にら》んだ。

「ほかのお話なら、いくらでも致します」

「そら、もうその言い様からして、ハッハハ……今日はもうお帰りなさい。そなたといさかいは拙者、好まぬ」

安兵衛はいささかお豊を誘ったのを後悔する様子に見えた。

お豊にすれば、けっして好んできり出した話ではない。たまたま騒動打ちなどに行った帰りで、幾分気持がその名残りをのこしていたので、ついロをついた迄《まで》だった。安兵衛さえうちとけてくれるなら、言いたいことは山ほどある……

しばらくは、だから起上《たちあが》りかねたが、下女は一向に戻って来ず、気をきかされているその意識が却ってお豊に長座を羞恥《しゅうち》させたのだろうか、間もなく未練ののこる様子で帰っていった。

安兵衛は送り出さない。

独り居の腕を組むと、

「一刀流柿本三左か……」

きびしい眼で空を見上げた。

中山安兵衛はお豊が溝口藩士に聞いたという通り、十五歳で切紙《きりがみ》、十八歳の春すでに心地流の極意を得て、国許でも有数の上手にかぞえられた。

亡父弥次右衛門は知行七百石取りの武士だったから藩中でも相当な家臣である。また安兵衛の母は、藩主信濃守《しなののかみ》には血すじに当る家老溝口四郎兵衛の女《むすめ》で、そういう姻《いん》戚《せき》関係からもわざわざ江戸の陋巷《ろうこう》に浪人暮しをする必要は一応無かった。それを、親戚の厄介になるのを拒んで江戸へ出、大名小路にある溝口家の江戸藩邸へも姿を見せぬから、殊更《ことさら》な推測をうけたわけだが、安兵衛が越後を出奔したのは寧《むし》ろ家中に面倒のおこるのをさけたためだった。

溝口家の執政に、堀図書助《ずしよのすけ》という人がある。或《あ》る時この図書が安兵衛に向って、

「月に両三度、拙宅《せったく》に来て子供に武芸を仕込んでくれまいか」

と頼んだ。父の死後、跡目相続の儀をまだ済まさずに親戚の厄介になっていた頃である。

安兵衛は、

「貴宅に赴いての稽古《けいこ》はお断りを致す。私方へ出向いて頂いてのお相手なれば存分に致しましょうが」

と婉曲《えんきょく》にことわった。

これが図書の心証を害した。

親戚の某《なにがし》がこれを聞いて、「そちは糠《ぬか》の目役人をはじめ、所々へは請われる儘《こ》に出稽古をいたしながら図書どののみ辞退するはどういうわけじゃ」と問うと、

安兵衛は、

「われらの回り候《そうろう》個所の弟子は皆小給者にして漸《ようや》く其の日を凌《しの》ぎおる者に候。二三里も隔り候われら宅へ如何にして日参し得べきや。しからば終身こころざしありとも稽古かなわず、士《さむらい》分にてあり乍《なが》ら土民同様に相成る外は御座無く候。その不憫《ふびん》を察し、君家の御為にもなるべきやと存じ、われら暇にあかせて指南をいたして回り候。さりながら図書どのは禄《ろく》高く不自由なきゆえ、当所へ子息を罷《まか》り越させらるるに何の差支《さしつか》えあらん。しかるを屋敷へ来て教えよなど申さるるはコレ武辺の志うすき証拠。且《か》つ、当藩には一刀流師範もおわすことなれば、弱輩のわれら出向きて稽古いたすも異なものと存じ候ゆえ辞退仕《つかまつ》って候」

と答えた。

普通ならこれで話は通っている。併し相手が執政なので妙に楯《たて》を突いた具合になり、事実中山弥次右衛門どのの悴《せがれ》は図書どのの権勢にも挫《くじ》けない、末頼もしき男よと、政争に利用する者も出て来た。

当り前のことを言って、それが当り前に通らぬ小藩の権力争いにも多少嫌気《いやけ》のさし

たのは否《いな》めないが、とにかく、もう少しのびのびとした処で自在に生きたい気持があり、出奔同様にして江戸へ出た迄である。意趣なぞは微塵《みじん》もなかった。

それでも世間では、図書どのが子息の指南にわざわざ中山安兵衛を選ばれたは、師範役柿本どのの技倆《ぎりよう》以上と見込まれたからである――そんな穿《うが》った見方を喜ぶ者があって、一刀流の面々の中では安兵衛斬《き》るべし等といきまいている者すらあるという。

むつかしい世の中だ。

わずかでもそんな誤解のとけるようにと、安兵衛自身は一刀流の堀内道場へ新弟子として入っているのに――

翌朝早く、お豊からの使いと言って昨日とは別の女中が、お礼に是非一盞《いっさん》差上げたいからお越しを願い度《た》い旨《むね》を申出て来た。

「何のお礼でござろうかな。当方、わけて饗応《きょうおう》いたした覚えもなし」

安兵衛が言うと、

「いいえ、お嬢さまは何でも失礼なことを申上げたと、大そう気になすっていらっしゃいますので」

「別に気になさる程のことではござらん。折角のお誘いながら、御芳志のみで十分と帰ってお伝えを頂こうか」

断ったがどうしてもおいでを願い度いと言って肯《き》かない。

「この儘《まま》で帰りましては、旦那《だんな》さまに暇を出されてしまいます」

言って泣き出す始末。

「羽前屋どのも話にのっておられるのか」

呆《あき》れたが、考えれば内職に出入りの浪人者を家へ招待するのに、娘が親の許しを得るのは当然だろう。

「それ迄に申されては致し方がない。同道いたそう」

安兵衛は今日は堀内道場へ通うのもあきらめることにして、別に支度をするではなし、袴《はかま》を穿《は》くと下女と連立って家を出た。

それが取返しのつかぬことになった。

羽前屋では待兼ねたように手代までが迎え出る。内職の筆を届ける折とは大違いである。

当主羽前屋藤兵衛《とうべえ》はまだ四十前後の男盛り。父が武士だった名残りは安兵衛への応対ぶりにも残っていて、甚だ四角四面である。

店から奥座敷へ通す。妻女までが出て挨拶《あいさつ》を述べる。重詰の菓子が出る。お豊は見違えるばかりに着飾り、丁寧に敷居《しきい》際《ぎわ》に手をついて昨日の礼を言ったが、それ以後は口数尠《すくな》くかしこまって顔もあげない。

どうやら妙な具合になったと安兵衛が気づいた矢先へ、

「かようなこと突然に申上げてはお驚きなされましょうが」

羽前屋藤兵衛が新調の袴を鳴らして一膝《ひとひざ》出て語るところによると、兼々安兵衛の人柄に羽前屋夫婦は目をつけていたが、娘お豊も見るとおりの年頃。ついては是非とも安兵衛の知人でよい婿《むこ》どののお心当りがあればお世話を願い度い、強《し》いては士分の方でなくともよい、浪人者でも、これはと安兵衛が見込むようなお人であれば、差出た申し様であるが羽前屋の家財一切を付けて嫁に差上げたいから何分のお口添えを頼むというのである。

「どうもそれは……」

安兵衛自身がまだ二十五歳の独身である。他人の嫁を世話するどころか自分の身の納まりさえつけかねる状態で、

「とてものことに左様の話は」

おうけ合い致しかねると断った。

さればというのが羽前屋の真意だったろうが、それを言わせてしまっては物事にカ

ドが立つ。お豊の心も傷つくと思うから、何とかその場は取繕ろって逃げるように安兵衛は羽前屋を出た。これが四ツ半（午前十一時）前。

　無理に持たされた折詰を下げて浪宅へ帰ると、叔父菅野六郎左衛門の中間《ちゅうげん》が真青になって門口に立っている。叔父は高田馬場で私闘するというのである。

　安兵衛が羽前屋へ出掛けた直《す》ぐあとへ菅野六郎左衛門の内室から急報が来て、今日巳《み》の下刻（午前十一時）を約し菅野は高田馬場での私闘に出向いた。そのわけは、兼々不和の間柄にあった同役の村上兄弟から挑戦されたのを武士の意地で、余儀なく受けて立った為《ため》という。

　この危報を齎《もたら》したのは菅野家の中間で、安兵衛の不在に困《こう》じ果て長屋の前を往《い》ったり来たりうろうろしていた。そこへ手土産をさげて安兵衛が戻って来たから、

「中山さま、大、大変でござりまする……」

取縋《すが》らんばかりに主人の異変を告げたのである。

「落着いて、落着いて詳しい仔細《しさい》を申せ」

　あたりには長屋の者が四五人、各自の家の前にかたまって何事かと様子をうかがっていたが、安兵衛がこれほどきびしい態度をとるのは見たことがないと言う。

中間はしどろもどろに説明した。さる二月七日、藩の支配頭の宅で出会った村上庄左衛門から、菅野老人は口汚なくののしられ、その場は仲裁人があって事なく済んだが、これを根にもつ兄弟の果し状が届いたこと。口論の理由は無理難題とより言い様のないものであったこと。私闘に出向くに当って、後事を老人は安兵衛に頼むよう妻女に伝えて出て往ったこと。若党角田佐治兵衛、草履取りの二人がこれに付いていること。恐らくは、相手が数人を擁《よう》しているので菅野主従に勝目はないだろうこと――聞いてみれば、昨日菅野家から使いがあったというのもこの決闘に就いて後事を依頼の為だったろうし、長屋の者が、何か心配そうな様子だったと告げてくれるのを、いつものこととあっさり不問に付したのが迂闊《うかつ》だった。

「そ、それでは御内儀は屋敷におられるのじゃな？」

「はい。……後事を中山さまへお頼み申せとの旦那様《だんなさま》がおことばにて」

「後事！……何、何の後事じゃ。たわけ」

一喝すると安兵衛は住居へ駆け込んだ。

矢立の筆を取る。

「拙者叔父事、仔細あって本日高田馬場に於《おい》て果し合い致し候に付、見届けのため罷《まか》り越す。無事に立帰りなば年来の御厚情、その節御礼申述ぶべく候。

安兵衛武庸《たけつね》」

大書したのを壁に貼《は》りつけ、下に羽織を脱いで置いた。形見のつもりだ。

刀の下緒を襷掛《たすきが》けに結んで土間へ降り、水甕《みずがめ》へ刀の柄《つか》をずぶりと漬《つ》ける。

「中間、その方立帰ってお内儀へ申せ。中山安兵衛一命にかえても菅野どのはお護《まも》り致すとな」

あとはもう韋駄天《いだてん》走りだ。

牛込天竜寺竹町から高田馬場へ——この時、恰度《ちょうど》馬の調練に馬場へ駆歩《かけあし》を試みて行く武士があった。その馬の跡を一間とは後《おく》れずに安兵衛は突走った。

高田馬場

馬術調練に高田馬場へ向って早馬を駆けさせていたのは長尾竜之進である。

穴八幡《あなはちまん》の祠《ほこら》のあたりへさし掛って背後に唯《ただ》ならぬ気配を感じ、振向くと驀地《まっしぐら》に追っ取り刀で武士が疾《はし》って来る。

「おっ」

馬上に突立ち、素早く手綱を緊《し》めて道の片脇《かたわき》に馬を停《と》めた。

武士の礼儀だ。

「か、忝《かたじけな》し！……」

安兵衛は会釈《えしやく》した儘《まま》傍らを駆け抜けた。

竜之進は注意深くその疾走を見送って何を思ったか馬を下りる。暫《しば》らくすると供の中間が漸《よう》やく後方から追い付いて来た。

「市助」

「は、はい……」

「その方あれへ走る武士にどの辺りで追抜かれたか覚えないか？」

「お、お、覚えておりまする。……牛込天竜寺角よりにござりました」

はあはあ白い息を吐いてこめかみにすうと汗を流した。

「左様か。見届けたきふしあり、これより馬を攻めるが其方はあとよりゆるりと参れ。追うに及ばぬぞ」

言って鞭《むち》の尖端《せんたん》を空へ竪《た》てヒラリと馬上に跨《また》がる。もう安兵衛の姿は木立の向うへ曲っていた。竜之進は一鞭当てた。

安兵衛が馬場へ駆けつけると決闘は正《まさ》にたけなわであった。穴八幡から高田馬場へは左に放生寺の土塀を見る以外は一望の田畑で、所々に百姓家は在るが町家など一軒もない。わずかに馬術に鍛練する武士たちの休息用に馬場の脇に茶店があり牀几《しょうぎ》を据えてある。その前に人だかりがして息を詰めて決闘の模様を見ている。安兵衛は雄叫《おたけ》びで彼等を掻《か》き除《の》け馬場へとび出した。

敵は村上庄左衛門、三郎右衛門の兄弟に中津川祐見なる助太刀の武士、外に家来が五人、都合八名である。菅野の方は若党の佐治兵衛と草履取りが必死に主人を衛《まも》って奮闘しているが、菅野六郎左衛門自身は死力を尽くそうにも老齢のことで、既に身に数ヵ所の疵《きず》を蒙《こうむ》り、気息奄々《えんえん》として今にも昏倒《こんとう》しそうである。辛うじてその傍らに安兵衛は転《まろ》び着いた。

「おじ貴。中山安兵衛只今《ただいま》見参いたしてござる」

「お、安兵衛か。……かたじけない」

「しっかり致されよ。安兵衛参ったからは冥府《めいふ》までも御供つかまつる」

言って六郎左衛門を抱え寝かせて起《た》つと、

「何者じゃ其《そ》の方」

村上庄左衛門がらんらんたる眼光で見据えた。

「拙者越後の浪人中山安兵衛。お手前に些《いささ》かの怨《うら》みとてもござらぬが、義によって菅野へ助太刀を仕《つかまつ》る」

走って来た呼吸の乱れはあるが六郎左衛門を激励した折とは、別人のように落着いて、低い声だった。

軽く一礼ののち太刀を抜き静かに下段につけた。


若党の佐治兵衛は浪人上りだけにかなり腕が立った。安兵衛の救援を得て勇気百倍、敵一人を仆《たお》した。

その血煙りが村上庄左衛門の後方でぱっと揚《あが》る。これを見て村上の家来は遮二無二《しやにむに》佐治兵衛へ打懸る。後に判明したところでは助勢の中津川祐見も矢張り村上兄弟の一人で、村上の外戚《がいせき》たる中津川の姓を冒していたのである。即ちこの三人だけが終始、菅野六郎左衛門に斬《き》りかかっていた。草履取りは士分でないから同じ村上の家来と争った。果し状をつきつけての試合であれば、武士の面目《めんもく》にかけても三兄弟しか老人へは斬懸らない。

安兵衛は、その三兄弟を相手に叔父を衛って立つ。

末弟の三郎右衛門が先《ま》ず「退《ど》け」と叫んで白刃《しらは》を閃《ひら》めかせて躍り込んだ。下段から両手首を安兵衛は刎《は》ねた。反す刃で払い胴。三郎右衛門は即死した。

これを見て祐見が「おのれ」と一声して、鍔《つば》で安兵衛の頭蓋《ずがい》を殴らんばかりに斬込んだ。ひらりと二尺余り後方に跳躍したが祐見の切先は意外に延び、安兵衛の帯を断った。同時に鼻唇を真二つにされて祐見は仰反《のけぞ》っていた。

あまりの手際《てぎわ》に庄左衛門は呆然《ぼうぜん》と立ちつくし、次に嚇《かっ》と逆上する。

安兵衛の顔色が此時《このとき》はじめて変った。

「佐治兵衛、戻せ」

と言った。

庄左衛門は背後《うしろ》を振向く余裕ない。腹背に敵をうけたと咄嗟《とっさ》に感じた。庄左衛門はかなり遣《つか》える武士だったので先ず面前の安兵衛を仆《たお》そうと挑む。術策に陥ったわけだ。わずかなその焦慮を安兵衛は衝《つ》いた。一刀浴びて庄左衛門は付根から右腕を斬落された。それでも声はあげなかったそうである。背のびするように両の踵《きびす》を上げ、前のめりに安兵衛を睨《にら》みつけて咽喉《のど》で唸《うな》ったという。

ヒラリと刀が閃めくと今度は左腕が落ちた。

「む、……無念。無念」

村上は二声叫んで血を吹く肩口から突当るように土へめり込んだ。兄弟の果てたのを見た村上の家来は逃走した。

安兵衛は佐治兵衛を呼んで左右から六郎左衛門を抱き起して村上に止《とど》めを刺させた。

それから自身あとの二兄弟の胸に馬乗りになって、夫々《それぞれ》作法通りに止めを刺した。

六郎左衛門はうしろから佐治兵衛に抱え上げられ、

「本望じゃ。忝いぞ安兵衛……本望遂げた」

と言った。その咽喉が無数の血管を筋《すじ》張らせていた。

酸鼻を極めた目を覆《おお》うこの武士の私闘のむごたらしさに見物人たちは声をのんでいる。

そんな中に混って、安兵衛を熟視していたのは竜之進である。

安兵衛は草履取りを呼んだ。

「無事か吾助《ごすけ》」

「は、はいっ。……これぐらいはカスリ傷にござりまするっ」

中間同士で闘っていたので、成程たいして手傷は受けていない。もともとが至って気丈者なればこそ菅野六郎左衛門も供につれて来たのである。

安兵衛は老人を静かに抱えおこすと、

「吾助の肩におつかまり下され。気をたしかにおもちなされいよ。叔父上、武士なれば、人目がござりまするぞ」

叱咤《しった》した。

三人を斬ったとは思えぬ冷静な声である。元和《げんな》・寛永頃の武辺者が横行した時代と違って、元禄《げんろく》ともなれば人は泰平の世に狎《な》れ、武辺を貫くより身の安全に憂身《うきみ》をやつす。いずれ後章で述べるが、武士道の鑑《かがみ》と謳《うた》われた赤穂《あこう》四十六士でさえ、本望を遂げた後の切腹の場面になると、満足に腹を切れる浪士は殆《ほと》んどいなかった。扇子を短刀代りにして切腹の稽古《けいこ》をしている——そういう時代だ。差料も細身作りで、惣体《そうたい》、華美を競う道具にすぎなかった。

尋常に決闘を申込んだ村上三兄弟などは、当時としては寧《むし》ろ異数の硬骨漢である。その三人を、忽《たちま》ちに斬捨てた。見物たちが歓声をあげるのも忘れ、息をのんで徒《いたず》らに立ちつくすばかりだったのも、武士同士のそういう決闘をついぞ見ることもなかったからである。

さて草履取りの背に六郎左衛門が負われると、

「佐治兵衛、往こう」

安兵衛は刀を鞘《さや》におさめ、返り血の処々に沁《し》みた袴《はかま》の股立《ももだち》をおろすと先に立って馬場を出かかった。

「おお……これは」

百姓土民に立混った長尾竜之進がじっと自分の方を見ている。

安兵衛は寄って行って、

「先程の御厚志かたじけのう存ずる。ごらんの通り、漸くに叔父の仇を仕止め申してござる」

と言った。

「あっぱれなるお手のうち、先刻より拝見仕り、ほとほと感銘いたした。此の場に来あわせたも何かの御縁、差出た申し様ながら公儀吟味方への証人には喜んで立ち申そう。——中山とか申されたが？」

「重ね重ねの御厚志いたみ入ります。いかにも某《それがし》、越後新発田《しばた》の浪人にて牛込竹町に住居いたす中山安兵衛。——失礼ながら御家中は？」

「申しおくれた。拙者米沢藩江戸留守居役にて長尾竜之進。以後はお見知りおきを願い度《た》い」

「——」

「どう致された？」

安兵衛はしげしげ相手を見直して何か言おうとした時、

「うう……」

中間の背で、六郎左衛門が呻《うめ》きを発した。

「中、中山さま。大丈夫でござりましょうか？」

佐治兵衛がさんばら髪で悲痛に呼びかける。赤坂喰違《くいちが》いの菅野邸まで無事に生きていてくれようかと、オロオロしているのだ。丹下典膳の一件などには構っていられなかった。

「いずれ不日《ふじつ》御礼に参上つかまつる。ごらんの通りの深手にござれば、此《こ》の場は失礼を致す」

一礼すると安兵衛は竜之進の前を離れ、

「しっかりめされい。かすり傷でござるぞ叔父上」

耳もとへ口を寄せて一喝した。気さえ確かに持てば、邸《やしき》ぐらいまでならいのちはもつ。

「吾助、いそげ」

其の場で死ぬのと屋敷に戻って落命するのとでは、菅野家の跡目相続が藩で議せられる場合、いくらかでも違うだろうとの判断からだった。

この場で応急の手当をしてみたところで、所詮《しよせん》助からぬとは安兵衛も覚悟している。草履取り吾助は励まされる儘に必死になって、主人に動揺を与えぬようにと駆けた。それでも背へまわした両手は菅野老人の流血で真赤になっている。佐治兵衛は着物の袖《そで》が裂け、肩口や処々にも綻《ほころ》びが見えて凄惨《せいさん》な形相である。安兵衛は全身返り血。そういう三人が、深手の老人を護《まも》って白昼の道を往くのだからいかに片田舎でも人目にたつ。

馬場から穴八幡あたりへかけては前にも書いたように一面の田畑で、町家なぞは一軒も無い。併《しか》し牛込馬場下町を右に折れ、西方寺、来迎寺と寺の立並ぶ閑散な通りから抱屋鋪《かかえやしき》、御用屋鋪をすぎ市ヶ谷若松町あたりにさしかかると武家屋敷が塀をつらねている。

菅野老人は、この辺まではどうにか吾助の背にすがって深手に堪えたが、呼吸の次第に困難になるのが傍目《はため》にも漸く見えて来た。

佐治兵衛は付添って小走りに歩きながら幾度か安兵衛の顔をうかがい見る。

（とてものことに助かりはなされますまい……）

そんな目の色だ。

往来の人々が時々、立停って目を瞠《みは》って一行の通るのを見戍《みまも》った。あわてて道をよけてくれる者もある。安兵衛は石のように黙り込んで歩きつづけて来たが、

「佐治兵衛」

とうとう或《あ》る大名屋敷の塀の破れた前へ来た時、立停った。

「やむを得まい。この屋敷内で一先《ひとま》ず休むといたそう」

「どこのお屋敷でござりましょう？」

「分らぬが、事を話せば無下に断りもなさるまい」

言いながらふと土塀の瓦《かわら》を見ると丸に葵《あおい》の紋所が打ってある。

佐治兵衛は一瞬、逡巡《しゅんじゅん》したようだが、

「構わぬ。はいれ」

安兵衛は言った。

葵の紋所のあるのも道理で、六郎左衛門を舁《か》き入れたのは尾張家の下屋敷である。

尾張藩主徳川綱誠《つななり》の上屋敷は、麴町《こうじまち》十丁目に在り、前藩主光友卿《きょう》のは市ケ谷御門外に在った。その他、尾張家の中屋敷、下屋敷は江戸市内各所にあるので、此処《ここ》は殆んどもう表向きには使用されていないらしい。

土塀の壊れたのがその儘なように、邸内に踏入ると庭の手入れの跡も見られず、雑草の生えるにまかせた蓬々《ぼうぼう》たる感じの荒屋敷だった。

それでも他家へ無断で踏入ったことなので、

「お頼み申す、怪我人《けがにん》がござれば暫時《ざんじ》休息の程御容赦をねがい度い。もうし」

あたりはばからぬ大音で呼ばわった。

誰も住んで居ないと思ったのが、

「おーい。誰人様《どなた》じゃ……」

庭の向うに応《いら》えがあって、バタバタ中間風の番卒がかけつけて来た。小脇《こわき》に棒を抱えている。

「われらは伊予西条藩士菅野六郎左衛門家来にて佐治兵衛と申す者。ごらんの通り、主人手負いにござれば暫時《ざんじ》の程お邸内を拝借仕りたい」

と言った。

中間は、息断え断えな六郎左衛門の重傷に驚いたらしいが、

「お、お留守居役どのにお伺いを立てて参りますで、し、しばらく……」

再び邸内へ駆け戻ろうとすると、

「――それには及ばぬぞ」

木立の蔭《かげ》に声あり、ゆっくり姿をあらわしたのは御隠居ふうの老人だった。

丸腰にたっつけ袴をはき、袖無し羽織を着て手をうしろへ組んでいる。

番卒はその姿を見るとパッととび退《しさ》って平伏せんばかりにかしこまった。

余程尊敬されている人物だろう。

「かなりの深手のようじゃの」

六郎左衛門の気息奄々《えんえん》たる態を打眺《うちなが》めて、ちょっと眼を光らせたが、

「果し合いかな？」

落着いて訊《き》く。所詮、手当てをしてみたところで助からぬ命と一目で見抜いたらしい。

「西条の家中とやら申されておったが、お幾つじゃ？」

「六十歳に相成りまするが……卒爾《そつじ》ながらお手前」

安兵衛は威儀を正すと真直《まっす》ぐ目をあげ、

「兵法をお遣いめさるか？」

「…………」

「当屋敷が尾張殿の別邸なれば、年格好より拝察いたすにお手前……、もし間違いなければ御容赦をねがいます——尾州の、小林和尚《おしょう》どの？……」

老人の目が、急につまらなそうに笑った。

「いかにも、柳生連也《やぎゅうれんや》じゃが……。この身の詮議などより怪我人をどう致す?」

柳生連也斎は尾張藩の兵法師範役を永らくつとめて来た柳生新陰流中興の祖で、有名な柳生兵庫《ひょうご》の三男に当る。

貞享《じょうきょう》二年、六十一歳で隠居してからは家督を甥《おい》の柳生厳延にゆずり、法体《ほったい》して父兵庫が晩年の棲居《すまい》とした尾州小林の拝領の第《やかた》に住んで風月を友に自適していたので、世人は敬称して小林和尚と呼んだ。元禄七年のこの比《ころ》は既に七十歳。

連也斎が江戸へ出て来たのは、この春に、甥の厳延が連也斎立会いの上で前藩主光友卿から新陰流正統八世の印可を受けることになった。代々尾張の新陰流は、兵法師範役が先《ま》ず藩主に流儀を伝え、それを、次代の師範役が受け継ぐしきたりになっていたので、その印可相伝の立会いのため久々の江戸入りをしていたのである。

六郎左衛門の肩が急に、佐治兵衛の腕の中でがくりと崩れた。

「ど、どう致されました。……旦那《だんな》様、気を、たしかにおもち下さりませい」

草履取りと佐治兵衛が左右から絶叫すると、瞼《まぶた》をヒクヒクふるわせて眼を開き、

「どなたかは存じ申さぬが、かかる見苦しき態《てい》をお目にかけ何とも汗顔の至り。こ、

この上は、武士の誼《よし》みに老骨が末期《まつご》お見届け下されよ……」

言って、「安、安兵衛……」

「は」

「その方が助太刀なくば、かく安堵《あんど》しては死ねなんだであろう、かたじけない。……この上ともに、五百《いほ》がこと我が身の始末くれぐれも頼み申すぞ」

言って脇差《わきざし》で最期の力を揮《ふる》って咽喉笛《のど》を掻《か》き、遂《つい》に其の場に絶命した。

一瞬、場にあった者声をのむ。

「……爺《じい》」

最初に沈黙をやぶったのは連也である。人ひとり死ぬのを目前にして、些《いささ》かも感情をあらわさぬ落着いた声だ。

「棺を用意して差上げなされ、用人には儂《わし》からじゃと申してな」

番卒に命じると、

「御辺、安兵衛と申されるか？」

ゆっくり顔を戻した。

「どうじゃ、あとのことは当屋敷で手配をして進ぜる。この場は両人にまかせ、おぬし、もう一度試合の場へ戻るが心得ではないかの」

「？……」

「その様子なれば三人は斬《き》ったであろう。おぬしほどの者が手にかかるなら、一かどの相手。縁者が寄って万一、仕返しの手筈《てはず》なぞ致しておっては後々面倒であろう。今一度、様子を見届けて来るがよくはないか」

おどろくべき要慎《ようじん》深さだ。

言われてみればその通りかも分らない。

安兵衛は即座に決意した。

「然《しか》らばお詞《ことば》に甘え、今一度引返し申す――」

その足で高田馬場へ戻ってみると、先刻よりは数倍の人だかりで、口々に果し合いの模様を喋《しゃべ》り合っては遠巻きにむらがっている。長尾竜之進の姿は既に見当らない。さあらぬ態で安兵衛は帰りかけると、時に一挺《ちょう》の駕籠《かご》飛ぶ如《ごと》くに馳《は》せ来り、垂れを上げて出たのは六十余りの老人だった。茶縮緬《ちりめん》の羽織に紋は永楽通宝――村上兄弟のと同じ家紋である。

それが転ぶように兄弟の死骸《しがい》の前へ駆け寄って、

「三人の兄弟も、家来も小倅《こせがれ》ひとりの為《ため》に斯《か》く無惨《むざん》な最期を遂げたのに、その小倅には手傷さえ負わせなかったのか、残念無念」

言ってハラハラ涙をこぼした。

高田馬場の決闘は日を待たず江戸中の大評判になった。

信じかねたのは堀内道場の面々である。

「あの中山安兵衛が？　ぷっ、……な、何かの間違いであろう、貴公夢でも見ておるか」

「いや、断じて嘘《うそ》ではない。拙者とてはじめはまさかと思うたが。――のう林、おぬしは聞いておろう、過日高田馬場にての果し合い」

「それよ。どうも拙者には信じられん。まさかあのとぼけた男が」

「林、貴公も噂《うわさ》を聞いたのか？」

「さよう。相手は何でも四人、ことごとくをあの中山が斬ったと申すが」

「四人ではない、拙者の聞くところでは六人――」

「いや八人じゃと申すぞ」

「貴公ら何にも知らんな、高田馬場の相手は〆《しめ》て十八人。それを一人残さず、あの中山めが」

話はだんだん大きくなる。何にしても併し、安兵衛が実戦で獅子《しし》奮迅の働きをしたのは事実らしいというので、漸《ようや》く道場の面々の間に動揺がおこった。

そのうち、かなり真実らしい情報が入るようになった。

それによれば確かに安兵衛が仆《たお》したのは三人乃至《ないし》四人だが、相手は伊予西条藩の家中でも一二の達者と言われる村上庄左衛門兄弟で、これは安兵衛の叔父菅野六郎左衛門の自害後に、菅野老人の負傷の跡を検分した剣聖柳生連也斎が「よく斬っておるな」と洩《も》らしたことでも明らかだという。すなわち連也斎が斬口を見て感心するほどの村上兄弟を安兵衛見事に斬伏せているのである。

尚《なお》自害後の菅野老人は、連也斎の好意で尾張家下屋敷から棺を出して貰《もら》い、若党と草履取りの中間に舁かれて赤坂の住居へ送られた。この時人目があろうと、連也は棺を担ぐ両人の血みどろの着物を代えさせてやった。一方安兵衛は、一たん尾張邸から高田馬場へ引返し、駕籠で駆けつけて悲憤する村上兄弟の父親らしい人物をそれとなく見届けて後、再び尾張の下屋敷へ戻って礼を述べようとしたがもう連也斎は会わなかったそうである。

喧嘩《けんか》両成敗で、西条藩では一応村上の父親に謹慎を命じ、菅野家には跡目相続人もないところから食禄《しょくろく》お取上げの上、残った妻子には江戸払いを命じたが、ただ、若党佐治兵衛は終始主人の傍らを離れず、遂にはその最期をも見届けたる所業、近頃あっぱれなる忠節とお褒めの詞を賜わり、改めて西条藩士にお取立てになった。つまりは、菅野老人の娘を佐治兵衛に娶《めあ》わせることによって、一たん取潰《とりつぶ》した菅野家の跡目を立てさせる含みなのであろうという。又中山安兵衛には、しきりに新規お召抱えの慫慂《しょうよう》があるらしいが、安兵衛は一切辞退しているともいう。

さてこんな詳細が分明して、いよいよ堀内道場の連中が喧《かしま》しく騒ぎ立てている一日、ひょっこり安兵衛が道場にやって来た。

安兵衛が数人を相手に実戦で勝つとは絶対信じられぬと言い張って肯《き》かなかったのは師範代の高木敬之進である。

もし評判が事実なら、堀内道場へ入門したのは故意に一刀流を揶揄《やゆ》する意図と察しられる。只《ただ》ではおかぬと言っていた。一ぱい、食ったようなものだからである。

「余事ならともかく、道場にある者が武芸の上でからかわれては武士たる面目が相立たん。中山安兵衛参ったならば目にもの見せてくれるわ」

安兵衛の背後から不意討ちを仕懸け、見事体をかわせば噂は事実。そのかわり道場を侮辱したわけになるのでこの点を断じて追求する。もし不意討ちで呆気《あっけ》なく驚愕《きょうがく》すれば、高田馬場の一件は別に真相があろうというのである。

安兵衛の道場へ来たしらせを聞いて、敬之進が追っ取り刀でおのが居間をとび出したのも無理ではない。

安兵衛の態度は以前と少しも変るところがなかった。大方に以前は馬鹿《ばか》にされていても、顔が合うと丁寧に挨拶《あいさつ》していたが、今日も玄関をはいって、すぐ左手の杉戸口から道場に踏み入ると、さっと道場内が異常に静まったのを、ふと迷惑そうに苦笑してから直ぐ、真顔になり、視線のあった手近な一人へ、

「どうも怠《なま》けておりまして……」

申訳なさそうに挨拶した。

相手は狐《きつね》につままれたようにぽかんと口を開いたが、急に気味悪くなったのだろう、

「中、中山氏、貴公……」

言いかけた時だ。ヒョイと安兵衛は背後《うしろ》を振返った。

凄《すさま》じい形相で高木敬之進が木刀を正《まさ》に振りかざした時である。

「どうも怠けまして、おゆるしを願います」

木刀の下へこちらから頭を下げていった。

つんのめるように、爪先《つまさき》を踏張って漸く体勢を持ち直したが、さて振りかざした木

刀の始末に窮した。

と言って、まさか頭をさげた相手を打ちもならない。

「うう……」

誰一人笑う者のなかったのは、内々に師範代の意のあるところを聞かされていた緊張からで、併《しか》し笑う声のなかったのは安兵衛にとって倖《しあ》わせだった。敬之進にも立場がある。一人でも笑えば只では済ませられない――

安兵衛は顔をあげた。人懐《なつ》っこく笑っている。

「どうかもうごかんべん下さい……以後は、怠けぬよう励みますで」

「貴、貴公……」

どこまで相手を信じていいのか分らない。ごくんと咽喉仏《のどぼとけ》を鳴らす。折よく其処《そこ》へ道場主堀内源太左衛門があらわれた。一目で全《すべ》てを察した。

「中山、おぬしにチト話し度《た》い儀がある」

手招いて、この場から安兵衛を書院へ連れ出したのだ。

二人だけで対坐《たいざ》すると、

「大したことを致したそうじゃの。就いてはそのことで、事実おぬしに相談があるのじゃが――」

結《ゆい》　納《のう》

源太左衛門が相談といったのは縁談の話である。

「先方の姓は今は申せぬが、さる藩の江戸留守居役。其許《そこもと》にとってけっして不愉快な話ではないと思うが……どうじゃ、相談にのってはくれまいか？」

他の道場の面々のように高田馬場の一件については一言も質《ただ》さない。安兵衛は庭の障子に射《さ》す早春の陽差《ひざし》を背にうけ、なかば呆気《あっけ》にとられて師匠の顔を見戍《みまも》った。

「あまり唐突すぎて、即答もいたしかねますが」

と言った。

「無理もない。先方が誰か分らぬとあっては気も乗るまいし、当方とて話のいたしようもないが……是非とも引受けてもらい度《た》いといたく先方は乗気での」

「………」

「困ったことに、それも二組」

「ふた組？」

「——其許、馬場での果し合いに誰ぞ出会った人物で心当りはないかな？」

含羞《はにか》み笑いをうかべていた安兵衛の顔が、真顔になった。あの日出会った人物と言えば典膳の義兄竜之進と、小林和尚である。

竜之進が縁談の話を持ち掛けてくるといっても、まさか離縁となったあの典膳の妻千春とやらの為《ため》ではあるまい。又小林和尚なら前尾州公御師範。いかに何でも町道場の弟子たる安兵衛を婿《むこ》になぞと、話のあるわけがない。

「いっこうに、思い当りませんな」

けげんのおもいで言うと、

「まさかとお主とて愕《おどろ》く相手じゃ」

「？」

「併《しか》し、それぱかりはわしも相談はうけかねると一応断っておいたが、もう一つのはなし。これは其許にとっても悪くはなかろうと存じ、引受けてみた。但《ただ》し、この方は養子縁組になるが……」

「…………」

「ま、即座にと申しても何であろう、兎《と》に角《かく》一度、媒酌《ばいしゃく》を申出ておられる仁に会って篤《とく》と話を聞いてみるぐらいのところは、この堀内の顔を立てて承知してもらえまいか？」

堀内源太左衛門は各藩の江戸屋敷へ出張稽古《げいこ》をしている。中にはそんな面識から安兵衛への話の橋渡しを依頼する人物があるかも知れない。

安兵衛自身は口に出して言わなかったが、高田馬場の一件で、物の用に立つ浪人者と見込まれたか、ずい分仕官やら縁談の相談をうけ、些《いささ》かこのところノイローゼ気味である。出来るなら先方の名も聞かず、今のうちに断っておいた方が、双方のためであり、源太左衛門の顔をつぶすことにもなるまいとは考えるが、ただ、あの日出会った人物というのが何となく気になる。

「ともかく近日中に媒酌人が其許の住居へ出向かれる筈《はず》じゃ。会うだけは、逢《お》うて話を聞いてみて貰《もら》いたい。――それから」

源太左衛門ははじめて苦笑いをうかべた。

「師範代の高木が、おぬしの手の内ためすと申して肯《き》かんそうな。当分、当道場へ姿を出すのは遠慮してもらえまいか？　時を藉《か》せば分ることとも、とっさとなればつい思慮を欠く行動に人は出る。そのうち折を見て、わしからも高木に注意は与えるつもりでおるが、何と申してもあれは当道場をあずかる師範代、あれはあれなりの立場もあり、ともかく、ここ暫《しば》らくは姿を見せずにおいて貰った方が、双方の為かとも思う」

「何かと御心痛をかけ、申訳がござらん」

安兵衛は素直に詫《わ》びたが、態《てい》のいいこれは破門である。安兵衛の評判が頓《とみ》にあがっている折、その人気者を門弟にもてば源太左衛門の名もあがり、道場の繁栄にもなるが、今更、気まずいおもいを弟子一同にさせるのもあわれなので敢《あえ》て遠慮をしてくれというのだろう。

「相分りました、その媒酌人とやらに、会うだけは逢うてみましょう」

安兵衛は差料《さしりょう》を引寄せ、これが最後になるかも分らないので、

「わずかの期間ながら何かと」

ねんごろに礼を述べた。源太左衛門は強《し》いて止めない。

「いずれ、其許の心地流と相見《あいまみ》える日もあろう」

と言う。やっぱり知っていたのである。

「――御免」

一揖《いちゆう》して安兵衛は座敷を出た。再び道場へ戻る。

あんな後、師匠が安兵衛を連れ出しての密談だから、一体何事があったかと道場の面々一斉に注目する。ひときわ濃い眉《まゆ》を寄せ、白眼でじろりと見たのは高木敬之進で

ある。

安兵衛は悪びれず道場の端を通って壁板にずらりと並んだ門弟札の中から、末端のおのが名札をはずし取った。

これには一同もハッとしたらしい。

「中山」

丁度、名札の並ぶ下に居た池沢武兵衛が愕いて、

「貴公、やめるか？」

安兵衛はいつものおだやかな顔で丁寧に頭を垂れた。

「せっかくお近づきにさせて頂きましたが」

「ど、何処《どこ》ぞに仕官でも致されるか」

わらって首をふった。

「それよりも此処《ここ》へも参れぬとなると気にかかり申す。……あの丹下氏の傷、その後どうなりましたかな？」

安兵衛が長屋へ戻ると大変なさわぎである。

隣りの大工の女房《にょうぼう》はねんねこに赤子を負い、長屋の連中と額をあつめて話し合って

いたのが、路地をはいって来る安兵衛を逸早《いちはや》く見つけると転ぶように馳《は》せつけて来た。

「お、お帰んなさいまし……」

空唾《からつば》をひとつのんで、先刻、お大名屋敷から祝いの品が届けられた、それも二組同時に、と言う。

なるほど安兵衛宅の前へは染縄《そめなわ》で巻いた薦包《こもづつ》みの酒樽《さかだる》二荷が据えられ、一方は車に載せて、他に大鯛《おおだい》やらあわびを容《い》れた塗桶《ぬりおけ》やら其の他祝いの品々が山と積まれてある。そばに揃《そろ》いの法被《はっぴ》を着て中間が控えている。軒下に据えられた酒樽の方は、これは羽織袴《はかま》の使者が下僕を従えて立っている。どうやら、双方同時にやって来て、互いに牽《けん》制《せい》し合い、その儘頑張《ままがんば》っているらしい。

高田馬場の翌日、町娘お豊の父羽前屋や家主六次郎から酒桶の贈られたことはあったが車に積んで、それも大名から祝い品の届けられることなぞ長屋はじまって以来のこととて住人が大騒ぎするのも無理はない。

今では安兵衛は長屋中の人気者であり、とりわけ隣りの大工なんぞは、兼々「中山さまは今に偉くおなりなさるぜ」口癖に言っていたのがあの高田馬場の一件で証明されたものだから、以来、安兵衛のこととなると我が事以上に熱をあげる。連日仕官を慫慂《しょうよう》する使者がやって来ると、

「今日はお供が二人付いてるか、……すると、二百石は出すおつもりかナ」

変な予想をたてぞくぞくしている。使者が帰れば、おそるおそる安兵衛のところに来て、

「何百石だと申しておられますんで、え？　三百石……占めたっ」

少々安兵衛も辟易《へきえき》するほどだが、その人情味にウソはないから、不在中誰ぞ訪ねて来たら用件のみ聞いておいてくれるようにと、今日も頼んで出かけたばかりだった。

安兵衛が大工の女房以下長屋の連中をぞろぞろ跡に従えて家の方へ戻って行くと、

「おお中山氏にござるか、……拙者」

「あいや中山氏、拙者は上杉家家来長尾竜之進どのより」

車と酒樽のわきから双方同時にとび出してきた。

長尾竜之進の名が安兵衛の耳を攲《そばだ》たせた。

「――お手前、長尾どののお使いですか？」

「されば、過日は怱卒《そうそつ》の間に打紛れとくと御戦勝の祝辞を述べるいとまも無き儘にお別れ申したが心に残ると申され、あらためてお祝いを兼ね、是非一度、親しく懇談仕《つかまつ》りたいと申しておられますれば、お暇の日を前以《もっ》て」

「それは重ね重ねの御厚志忝《かたじけな》く存じまする……が、この品々は受取るわけには参り

申さぬ。どうぞ、お納めを願います」

　車に積んだ方である。

　もう一人の使者の手前もあろう。

「何、何ゆえにお納めならぬと申される？」

　目の色を変えた。

「別に仔細《しさい》はござらん、おこころざしで十分と申しておる迄《まで》」

　安兵衛は、

「お手前は？」

　こんどは樽の方を向いた。長屋の連中はおそるおそるそばに群って固唾《かたず》をのんでいる。この前の羽前屋の時もそうだったが、受取ったものなら気持よく長屋一同に安兵衛は振舞ってくれるのである。

「初めて御意を得る。拙者、惣御鉄炮頭《そうおてっぽうがしら》能勢《のせ》半左衛門用人にて山本甚兵衛《じんべえ》と申す者にござるが、このたびの高田馬場に於《お》けるお手前が挙措じつに天晴《あっぱ》れの儀と主人、いたく感銘つかまつり、就《つ》いては些少《さしょう》ながら以後昵懇《じっこん》のお付合い願い度《と》きしるし迄にお届け申上げてござれば何卒《なにとぞ》、お受取りが願い度う存ずる」

使者の口上は概《おおむ》ねもうきまっている。隣りと肘《ひじ》を小突き合って笑いを怺《こら》える女房もある。

安兵衛は、

「能勢どのと申せばあの町奉行能勢出雲守《いずものかみ》さまの御一門で?」

「さよう、南町奉行出雲守頼寛《よりひろ》さま御嫡男《ちゃくなん》にござる」

「それでは、却《かえ》って恐縮——」

やっぱりこれも辞退した。

あの決闘の翌日、町奉行所で一応口答の取調べをうけたが、その時の安兵衛の態度が実によく出来ていたと後で出雲守は感服したそうである。惣鉄炮頭でも半左衛門は与力十騎、同心五十人を隷属せしめられているので、多分に安兵衛へ食指を動かしたのだろう。

双方、同様に断られて却って間が悪いか、もそもそ立去り兼ねていた。安兵衛はもう構わずに、

「重ねて申上げる。どうぞ、お引取り下さい」

言ってあっさり内へ入った。

長屋の連中、急にざわめき出したのは、目の前の品への未練もあろうが、あまり安

兵衛の態度が素っ気ないので、こんなことでは仕官の道も無くなりはせぬかと心配したのである。一たん浪人の憂《う》き目に逢えば、生涯もう春を見ずに陋巷《ろうこう》に果てる痩《やせ》浪人が実に多い。世を騒がした由井正雪の変もつまりは貧に喘《あえ》ぐ浪人どもの苦しまぎれの騒擾《そうじょう》である。

といって、辞退したものは絶対受取ると安兵衛は言わないだろうし、使者は使者で、今更運んで来たものを持ち帰りもならず、ほとほと困惑の態であった。貧乏暮しの長屋の面々はそれで一そう気が残るか、口々に囁《ささや》きあって樽や荷車の前を動きかねている。

丁度その時である。

従者をひとり従えて、第三の人物が路地を曲って来た。人品いやしからず、併し見るからに頑固《がんこ》一徹そうな老武士である。

「中山安兵衛どのが住居はこれか？」

老人は長屋の女房の一人に訊《き》くと、家来を外に待たせておき、立去りかねている二人の使者や酒樽には知らん顔で、

「頼み申す」

たてつけの悪い表戸をがらりと開けた。

あけ放した障子の向うに油紙を拡《ひろ》げて何やらごそごそしている安兵衛の背を屈《かが》めた後ろ姿が見える。

「何用ですか」

迷惑そうに振向いた。

「身共は播州赤穂《ばんしゅうあこう》の領主浅野内匠頭《たくみのかみ》さま家来堀部弥兵衛《やへえ》と申す。――縁談の儀でな、罷《まか》り越した」

半分白くなりかけた眉《まゆ》の下で、眼がじろりと安兵衛の賃仕事を睨《にら》む。たいがいの使者ならソツない応対で接してくるか、主家の権勢を鼻にかけた高飛車な態度だが、この老人もどうやら後者のようである。

「折角ながら」

安兵衛は膝《ひざ》の埃《ほこり》を払い、その場でゆっくり老人へ向いて坐《すわ》り直った。

「そのようなお話は一切辞退を申上げております。どうぞお引取りを願いましょう」

普通必ずと言ってよい程手土産を下げてくるのだが、老人は無手だ。

「これはしたり。――お手前、身共が事きき及んではおられんかの？　浅野家が堀部弥兵衛じゃ」

「――一向に」

「ふむ」

弥兵衛と名乗る老人は、土間に突立ってひとつ大きく胸を張った。表戸の隙間《すきま》から例の中間どもが様子を覗《のぞ》いている。

「先日来、小石川中天神下――堀内源太左衛門どのへ委細は申入れてあったに。……道場へ、近頃お出ましにはならんか」

「その儀なれば丁度お断り致そうと存じておったところ」安兵衛は膝に手を置き容《かたち》を改めた。

「お引取り願います」

じいっと老人はその安兵衛を見て、

「堀部と名乗って御存じないなら、お手前まだ先方が息女がこと、何も聞いておられんのじゃな？　媒酌人を引受けた以上、この堀部弥兵衛、さような中途半端な仕儀で引退《ひきさが》るわけには参らん。先方が事情も詳しく話し、その上の辞退なら兎《と》も角《かく》も、何も聞かいで頭から断る、ハイ左様ならばと、帰れると思わっしゃるか」

「お聞き致したところで所詮《しょせん》まとまらぬ話なら、初めから水に流して頂いた方が」

「これは奇怪な申され様じゃ。所詮まとまらぬ？――何を根拠に左様な言を吐かるる？　そのわけをうけたまわろう」

土間に立っていたのが、腰の刀を手にずかずかと座敷へ上り込んで安兵衛の前へどんと腰を据えた。

「さ、わけを申さっしゃい。身共も媒酌を引受けたからはオメオメと帰れは致さん。あのようなよい娘の、何処が気にいらん？」

膝詰談判である。

当時の婚姻は、両方で内糺《ないただ》しとか陰聞きと称して、どういう人柄であるかぐらいはお互いに調べるが、直参の旗本にしろ、輿《こし》迎えをして床盃《とこさかずき》をする迄《まで》は相手の顔も知らない。男女が見合いをするようになったのは、武士の方では天保以降のことである。従って、中に立って双方に話を纏《まと》める仲人の信用が第一になる。破談の場合は、相手の容貌《ようぼう》気性も知らず断るのだから、一応もっともらしい理由はもうけても、媒酌人への不信が原因であることも多い。媒酌人の側で言えば自分が縁を取りもって纏まらぬのは武士の一分にかかわることで、堀部弥兵衛が膝詰談判に及ぶのも無理からぬ道理があるわけだ。

安兵衛はそれが分るだけに、少々老人の一徹を持余《もてあま》した。

「わけと申されても当方の理由は至ってかんたん。堀内どののお言葉では、何でも養子縁組とか。然様《さよう》なれば、当方、中山姓を変えるわけには参らず、お断り致すのです」

「ふム」

弥兵衛はたるんだ頸《くび》すじをぐんとのばし、

「しかれば、養子でないなら承諾ねがえるのじゃな？」

「それは……」

「何がそれはでござる？　当方の話も聞かいで、断る。わけは養子になれん。しかれば養子縁組でなくば承諾ねがえるかと当方申しておるのですぞ」

「――――」

「いかがじゃ、先《ま》ずは先方が話のみでも聞かっしゃるか、あくまで聞く耳もたぬと申さるるか？　我らも媒酌を引受けた手前、この儘では済まされん」

同じことを繰返す。安兵衛も遂《つい》に我《が》を折って、

「話のみでよろしいなら、うけたまわり申そう」

苦笑した。

「されば申上ぐる。先方は身共存じよりのさる家中が江戸留守居役にて知行三百石、

女《むすめ》は十六歳、身共の口より申すも異なものであるが、容色衆にすぐれて気だての優しいよい娘での、おんな一通りの作法は立派に仕込まれてござる。又、父なる人物は性剛直、気節あり、古武士の風をなして、乗馬には何時も手ずから水を浴わせ、妻女には其食《はみ》を炊《かし》がせるような人物、お手前が舅《しゅうと》といたされてもけっして不似合いなる老人ではござらん」

「老人……？」

「さ、さ、さればじゃ。身共がかように空宣伝《から》いたしたとて詮もない。兎も角一度、その父親に会うて篤《とく》と談じ合って貰《もら》い度《た》いが当方の願い。万事はそれからでもおそくはあるまいと存ずる。——いかがじゃナ、近々に一度拙宅へ罷《まか》り越して貰えまいか？　さすれば先方にもその由《よし》を申し伝える。さすれば会うた上で、兎角の埒《らち》明き申さば身共も好《よ》し、堀内どのが顔も立つ……」

「———」

「何を思案いたさるることがある？　かように事を打ちわけて申しておるに、まだ納得が参らんかい？」

老いの一徹といえばそれまでだが、妙に真剣な態度だ。じいっと、安兵衛は老人の眼を見入った。

弥兵衛は終《つい》に安兵衛から近日、堀部宅へ訪ねるとの言質《げんち》を得てこの日は帰った。

表にはまだ諦《あき》らめかねて能勢、長尾両家の使者が立っていたが、荷車のわきを通るとき弥兵衛老人の差料の鐺《こじり》が車の角にかすかに当った。長尾家の中間が車の柄《え》を故意に持上げたからであると言って弥兵衛は、

「不埒《ふらち》者、気をつけさっしゃれ」

大喝《だいかつ》したので、

「不埒者とは聞き捨てにならぬ。中間が失敗《しくじ》りなれば我ら代って詫《わ》びも致そうが、お手前こそ、武士の大事の品、扱いようぐらいは心得ておかれい。耄碌《もうろく》は他人の所為《せい》にはなり申さぬぞ」

負けずに放言した。それであわや騒動になろうとしたのを、弥兵衛が安兵衛宅の前なので勘弁して黙って引き退ったそうである。後年、この長尾家の使者が赤穂義士の吉良邸討入りで、安兵衛に斬《き》られるのも惟《おも》えば奇《く》しきめぐりあわせである。

さて数日後、安兵衛は約束通り鉄砲洲《てっぽうず》の浅野家本邸に堀部弥兵衛の長屋を訪ねた。

弥兵衛は前日とうって変ったニコニコ顔で座敷に招じ入れると、

「先方がことにて、過日お伝え洩《も》らしたる二三を申添え申すがの、先方父親は二三年

の内には隠居いたす筈《はず》なれども、隠居後も知行は相違なく婿《むこ》殿に下しおかれる筈、殿も至って当人へは念頃《ねんごろ》に致されておる。何とか、この儀同心しては下さらんか」

更《あら》めて頼んだ。先方も来ている筈だが一向に姿がない。

安兵衛は、中山の姓を変えるに忍びぬ由をこの時も言って断った。すると、

「その儀は子供出来候《そうら》えば二男に名を継がせれば埒明き申すべく」

そう言って膝を乗出し、

「お手前が実名を捨てるに忍びずなんぞと嬉《うれ》しいこと申さるると、いよいよ頼もしい気がいたしてのう。老人がか様《よう》迄にくどく申すは何をかくそう、実は養子にのぞむは身共じゃ。娘器量もよく、利発にてお手前にも苦しからぬ儀と愚考いたす。何卒《なにとぞ》まげて承引下さらんかい。――むろん、浪人のことなれば何の支度も要らず、明日にも迎えを差向け申すで、その身ひとつ、婿入りして頂ければよいのじゃ」

赤心を面に溢《あふ》らせて頼む。すでに藩公内匠頭に願い出て「安兵衛こと高田馬場の働き世上にかくれなく、婿養子いたさんと存じ候えども、他苗《たみよう》を継ぐ意なしと断られ候《そうろう》、それがし養子縁組いたすは君の御役に立つ者をこそ三国一の花婿とも申すべき儀に候えば、願わくば彼が苗字を以《もっ》て婿養子となさしめ給《たま》え」と頼んで許しを得てある次第もつつまずに打明けたのである。

「それ程までにこの安兵衛をお見込みなされましたか？」

「おお見込まいでかい。お主なれば天下一の婿殿よ」

言って、手を拍《たた》いて家人を呼び、

「コレ、何をぼんやりいたしておる。早う娘をこれへ来いと言いなされ」

安兵衛は慌《あわ》ててとめた。

「左程にそれがしをお見込み下されたのは忝《かたじけの》うござるが、矢張り一応、縁者どもに相談いたさぬことには」

「縁者？……江戸に御親戚《しんせき》がござったかい？」

縁組するのに類縁のある無しは重大な関心事である。それにどうやら、旨《うま》く運びそうだった話に邪魔でも入ると思ったか、弥兵衛のゆるんでいた口許《くちもと》が急に緊《しま》った。

安兵衛は、縁者と言っても過日馬場の一件で菅野の遺族の後事を托《たく》されているのと、亡父と親交のあった者が一二、越後にいるのでそれへ相談をしたいとだけ答えた。けっして頭から拒絶するのではなく、馴染《なじみ》の者とも相談の上で何分の御返事を申上げる。そう言われては押して即答もせまれない。せめて、話は抜きに、ひとめ娘にも逢うてみてもらいたい、もう十六であるからと重ねて弥兵衛は懇望したが、この日はついに息女に見《まみ》えずに安兵衛は堀部家を辞去した。

この時には併《しか》し、もうあらかた安兵衛の肚《はら》はきまっていた。

それで、今ひとつの厄介《やっかい》な方を片付けるつもりで帰途、竜閑橋ぎわの羽前屋へ立寄った。

例の娘お豊の件である。

安兵衛が高田馬場の果し合いに後れたのも言ってみればあの朝、羽前屋に招待されたからで、今更申訳なくて娘のことなどお願い致せるすじはないが、せめて、お知合いの方にでも媒酌の労をお取り願わぬと、あれ以来娘は気鬱《きうつ》病に罹《かか》ったように臥《ふ》せりがちで親として見るに忍びないという。わたくしが我儘《わがまま》を言ったばかりに中山様は叔父上をお失いなされた、もう、何としてもお詫《わ》びのしようがない……そんなことを一すじに思いつめた様子だというのである。

まさか、安兵衛自身にお豊を娶《めと》る意はない。と言って適当な思い当る人物もないので、内心ほとほと困じ果てていた。昨日も羽前屋から米沢名物の溜《たまり》（醤油《しょうゆ》）を届けられたのを幸便に、下女に容態を訊《き》けば少しは元気におなりのようでございますが、と曖昧《あいまい》に笑う。

「それでは見舞い旁々《かたがた》罷り越して直《じき》に説諭 仕《つかまつ》ろうか」

「ほんに、そうなすって下さいましたら。ホホ……」そんな笑い話で別れたが、この機会に結着をつけておこうと安兵衛は竜閑橋を渡った。

鎌倉横丁へ折れて直《す》ぐが羽前屋の店前《みせさき》になる。橋のたもとから、どうかすると店の内が見えたりする。うらうら初春にはめずらしい長閑《のどか》な陽差《ひざし》が道一ぱいに射《さ》している午下《ひるさが》りだった。着飾った町娘が三四人打連れて横丁から曲って来た。お豊を見舞ったお裁縫友達かも知れない。

すれ違うとき、何となく安兵衛に視線を集めて来たのは、或《あ》るいはお豊の意中を洩《も》らされているのか。中に一人、際《きわ》立って上背のある器量の良い娘《こ》が、安兵衛に道をよけて佇《たたず》んだまま大きな眸《ひとみ》を瞠《みは》って、

「あっ……」

と呟《つぶや》いた。

「やっぱりあの中山さんでしたのね。……そうだと思ったわ」

娘は風呂敷《ふろしき》包みをかかえていたが、結び目に、白いおとがいをつけるようにヒョイとお辞儀をした。それから真赧《まっか》になった。

安兵衛には心当りがない。

「どなたでしたか？」

「深川八幡《はちまん》町の静庵《せいあん》さんのお宅で……」

「？――」

「宇須《うす》屋の志津《しず》でございます」

思い出せない。

隣りの娘が志津と名乗った娘の肘《ひじ》を抓《つね》っている。

「痛いわ梅ちゃん」

大袈裟《おおげさ》に袂《たもと》を上げて打つ真似《まね》をした。安兵衛が自分を知っていてくれなかったので間が悪いのだ。

深川八幡町の静庵には安兵衛も面識がある。静庵は徳川初期の書家で字《あざな》は専林、通称は七兵衛という。静庵は号である。幼時は文字を修めず、のち発奮して学に志し、代々朝廷の書役たる加茂社の社家藤木敦直《あつなお》に就《つ》いて書道を修め、技大いに進んで遂《つい》にその秘伝を授かった。のち、江戸に出て、幕府の命で平の字を書いて大いに褒賞《ほうしょう》せられ加賀の前田侯に仕えたが、先ず旗印に用いる左右の二字の執筆を命ぜられた。静庵は数ヵ月間この二字の練習を積んでから執筆した。

ある日、藩侯より即座に筆を執れとの命を受け、再三辞退したが許されなかったので、職を辞して京都に住み、書道を以て大いに世に著《あら》われた。静庵の本名佐々木志津《しず》磨《ま》をとって世に志津磨流という。書を教授するのに静庵は先ず大字を書かせ、字の規《き》矩《く》を明らかにしてのち、式法に入るように導いたそうである。晩年は剃髪《ていはつ》して専念居《こ》士《じ》と称して再び江戸に出、深川に寓居《ぐうきょ》を構え風月を友として暮している。

安兵衛は剣術も出来たが、越後新発田の親戚に厄介になっていた頃、糠《ぬか》の目役人など小給者の悴《せがれ》には、ついでに手習師匠めいたこともやっていたので、或る程度、書も立派に書いた。しかし静庵の筆跡を見て大いに恥じるところあり、以来、折々はその寓居を訪ねている。

「思い出した、いつぞやの五色筆の娘御であったか」

志津が隣りの朋輩を袂で打った時に笑くぼをつくった、その特徴のある口許で思い出したのである。

「羽前屋さんとお知合いですか」

「え。……」

思い出してくれたとなると、一そう赧《あか》くなるのも年頃だろう。

「お豊ちゃんを見舞っての帰りです。……アノ……」

「何です?」

「中山さんは、あのウ……」

はたの娘達も一斉にモジモジし出した。中山安兵衛、今では江戸中の娘たちの人気者になっている。

知らないのは当人ぐらいのものだ。

安兵衛としては、人目もあることであまりこういう場所での立話は気がすすまない。

「御用がないなら拙者これで失礼を致す」

言うと、

「お豊ちゃんに、お逢《あ》いになるんでしょ？」

「左様」

「御縁談でしょ？」

娘たちの眸が一斉に輝いた。

「よく御存じだが……」

苦笑すると、

「あたいもお願い出来ません？」

「あたしも」

志津の左右で同時に娘達が名乗りをあげた。自分は神明町の呉服商海屋《かい》の娘である。あたしは飯倉《いいくら》町の仏壇屋の娘である——案外皆真剣な目つきだった。

当時、江戸は女の数が尠《すくな》かった。もともと江戸の町は今でいう植民地のようなもので、由来新しくひらけた植民地というところは、売春婦を除けば一般に女の数が尠いときまっている。江戸へ集まる大方は武家である。武家は参覲《さんきん》交替で殿様について江戸に入るが、江戸詰以外の者は又殿様のお供で国許へ帰る。世帯も大概は国許で持っており、従って江戸にいる時は旅客と同様である。

町人の方を見ても、元来、関東——殊《こと》に江戸には昔は町人がいなかったので、名の通った商家の大方は江戸店《だな》といって、上方や国許に本店が在り、江戸は支店になる。地店《じだな》——江戸に本店をおいてあるのは当時十に一軒も無かった。労働階級にしても、矢張り地方の百姓の二男三男が江戸に出稼《でかせ》ぎに来るのが多い。さもなくば商家への丁《でっ》稚《ち》奉公である。

要するに武士であれ町人であれ、大半は旅宿暮しで、家族を江戸に住まわせている者は尠いから、人口の比率で見ると比較にならぬほど年頃の娘の尠い町なのである。時代のすすむにつれて漸次《ぜんじ》そういう不均衡の訂正されてゆくのが自然のなりゆきだろうが、町奉行の支配地で初めて統計を取った享保四年の江戸人口を見ると、男三十九万人に対して女は十四万五千に満たない。しかもこの十四万人の中には吉原などの娼《しよう》婦《ふ》の数も含まれている。男の方は町奉行管轄《かんかつ》だけだから、寺社奉行の支配下にある夥《おびただ》しい坊主《ぼうず》の数は含まれていないのである。むろん諸大名の家来——各藩士はこの数に入っていない。

一般に、京大坂の上方の女は気がやさしく、江戸の方は荒っぽくておきゃんなのが多かったのも、こういう人口比率が生んだ現象だった。一種の稀少《きしよう》価値で、女は勝手気儘《きまま》が出来たのである。

だからお嫁の口なんぞは、少々のことさえ我慢すれば、縁談なぞそれこそ降るほどあった。然《しか》るに娘たちは今、一斉に安兵衛に仲を取持ってほしげな様子を見せるのである。

げに、人気というものは怖《おそ》ろしい……

安兵衛が娘たちの執心にホトホト手をやいていると都合よく羽前屋の手代が小僧を供に店前から出て来た。

「オヤ、中山様ではございませんか……」

お豊を見舞ってくれたばかりの彼女たちが安兵衛を見知っている様子が意外らしく、

「ど、どうなすったのでございます」

今日あたり安兵衛が訪ねて来てくれるだろうと、羽前屋の奥座敷では心づもりの用意万端ととのえているのをこの手代も知っていたのである。

「番頭さん」

宇須屋の志津は気がつよい。

「言っておきますけどね、お豊ちゃんだけじゃないわ。あたいだって、中山さんは存じあげているのよ。……ねえ？」

左右の娘達を返り見る。深川八幡町の志津磨流の静庵と偶々《たまたま》同名であるところから、何かと志津は静庵に可愛《かわい》がられているらしくて、それを、殊更《ことさら》皆の前で志津は披露し、どうしても安兵衛についてもう一度お豊を見舞いに行くと言い出した。

要するに安兵衛を羽前屋に独占されたくはない、他愛のない娘の競争意識だろうが、まさか志津をつれて縁談の断りに行くこともならない。安兵衛は結局、近日深川の静庵宅へ志津と一緒に訪ねて行くと口約束をして、漸《ようや》くこの場を放免された。

「すっぽかしちゃ嫌ですよ。げんま」

志津はしなやかな小指を突出すと、苦笑する安兵衛の垂れている手へわざと絡《から》ませ、すっかりもう御機嫌《ごきげん》である。

「今日の幾世餅《いくよもち》、あたいが奢《おご》るわ」

嘻々《きき》として引揚げていった。

「宇須屋さんを御存じだったのでございますか」

安兵衛を案内しながら些《いささ》か手代の目はとがっている。宇須屋は五色筆を江戸で一手に販売している店なので、商売がたきという意識も多分にあったのだろう。

「知って居ると申すほどではない」

安兵衛は笑い捨てた。筆の穂には一般に仲秋のウサギの毛を最良とし、その他キツネ、ネズミのひげ、鹿《しか》の夏毛などを用いるが、種々の色の毛や羽を美しく取り混ぜたのを五色筆という。どうやら安兵衛が、羽前屋以外にその方の内職もしているらしいと手代が思い込んでいる様子に苦笑したのである。

いよいよ以《もつ》て、これはもう内職もやめねばなるまいと考えた。堀部弥兵衛の懇望を容《い》れ、婿入りする肚を安兵衛は此の時更《あらた》めてきめたかも分らない。

羽前屋夫婦の前に招じられると、安兵衛はハッキリお豊の縁談については爾後《じご》何事もお約束いたしかねると断った。その態度があまりきっぱりしていたので、夫婦は却《かえ》って非礼なお願いをしたと詫《わ》びを入れたそうである。それでも、今後とも是非お付合いさせて頂《た》き度いと頼んだのは人情だろうが、後日、中山安兵衛と堀部弥兵衛の女《むすめ》との婚姻がととのった時、立派な祝儀《しゅうぎ》の品が羽前屋から贈られてきた。

それと、この婚姻を祝って紅白二領の小袖《こそで》が、思わぬ人から届けられている。届け主は、柳生連也である。

にわうめの花

うらうらと陽春の陽差《ひざし》の射《さ》す縁側に坐《すわ》って竜之進が刀剣に打粉《うちこ》を打って拭《ふ》いている。

庭には山吹の鮮黄と、父権兵衛が丹精の郁李《にわうめ》の花が咲き盛っている。刀は三条吉則《よしのり》在銘の二尺二寸五分。うららかな春の庭には些《いささ》かぶっそうな景物だ。

鍔《つば》もとから切尖《きっさき》へ、にえを追うてゆく竜之進の目つきも険しい。

「御精が出ますのじゃなあ……」

千春がお三時の菓子と花を捧《ささ》げて廊下づたいにやって来た。

典膳に離縁されて以来、あの刃傷《にんじょう》の時には失神せんばかりに愕《おどろ》き嘆いたが、どうやら典膳の一命にさし障《さわ》りはないと知って、今ではもう何事もおもい諦《あき》らめ、不思議な平静さを取戻している。面窶《おもやつ》れのあるのは仕方がない。それでもこの頃は、薄く化粧をして父や兄の前に出るまでになった。

「父上はまだ戻られぬか？」

ぐい、と脛金《はばき》下に最後の拭きを懸け、鍔音を静かに残して竜之進は刀をしまった。

千春に対する時、竜之進の眼は実にやさしい。

幼少からの妹思いで、どんな不機嫌《ふきげん》な折でも千春を見ると態度は別人の如《ごと》く穏やかになった。

「又囲碁でもあそばしているのでしょう。夕餐《ゆうさん》時までには戻ると、さき程報《し》らせがございました」

「千坂兵部どの宅か？」

「そうらしいですわ」

「――千春」

「？」

「瀬川三之丞が米沢へお役替りになったこと存じておるか」

「………」

「兵部どのの計らいらしくての。直《じか》には申されぬが、どうやら、そもじとの噂《うわさ》を顧慮されての上らしい」

「…………」

「ま、それはよい」

千春が杳《とお》い眸差《まなざし》で庭の山吹を眺《なが》めるのへ竜之進は嗤《わら》いかけて、高杯《たかつき》の湯呑《ゆのみ》を把《と》った。

「わしはそもじに謝らねばならぬようだが」

「……何でございます？」

「再縁のはなしじゃ」

「？」

「今どき末頼もしい人物と存じたで、いろいろと手を尽くしてみたが、……どうも、浅野家の老人に先を越されたらしい」

「…………」

「はっははは……ま、よいわ。彼のみが武士でもあるまい。そのうち、必ずそもじに総和《ふさわ》しい婿《むこ》をわしが見つけてくれる」

「もう一服、お代りを持って参りましょうか」

千春は盆を引寄せて、つと起上《たちあが》った。

「どう致した？」

目をあげたが、直《す》ぐ、

「左様だナ。頂こう」

呑《の》みほしたのを差出す。

千春が足袋の踵《きびす》を摺《す》って足早やに縁側を去る。

そこへ庭前《さき》の花の影から用人が帰って来た。


いつぞや中山安兵衛の浪宅に使者に立ったあの家来である。庭前からはいって来たのは、少しでも早く竜之進の耳に入れたいからだろう。

「戻って参ったか」

「は。委細しらべあげましてござる」

「どうじゃあの話」

「されば」

用人はうっすら額に汗を浮かせていたが、縁側まで近づいて来ると千春に何処《どこ》かで聞かれるのを要慎《ようじん》したのだろう、

「お耳を拝借いたしまする」

竜之進の耳許《みみもと》へ寄って何事か囁《ささや》いた。

「…………」

平然と聞きおわった竜之進の緊《しま》った口許に冷笑がうかぶ。

「……そうか。……断絶をいたしたか」

「は。既に家財什具《じゅうぐ》のあらかたを取片付け、丹下家の家紋のある漆器調度など無用の品はすべて焼却いたさせた由《よし》にござりまする」

「それで、岡崎へ家族ともども引籠《こも》ると？」

「何でも典膳どのが母者は岡崎より輿《こし》入れをいたされましたる由にて、その実家《さとかた》が方へ暫時《ざんじ》落着く手筈《てはず》とやら」

「実家は水野豊前《ぶぜん》どのが家中か」

「さ、そこまでは相調べ兼ねましてござるが、何なら今一度……」

「よい。まさか典膳、この儘《まま》江戸表より姿を消すとも思えぬが、ふふ……この竜之進に報復の手段《てだて》も考えおらぬとすると、或《あ》いはのう。……」

靄《もや》にかすむ空の遠くを見上げたが、

「足労をかけた。さがってよいぞ」

千春が女中に何やら吩《い》いつける声が廊下のはずれでしたので竜之進は早口で言った。

「はあ」

一礼した家来は、復讐《ふくしゅう》を気にしているらしい主人の意中を察したつもりで、

「今ひとつ。典膳どのはあれ以来つくづく武士がいやになったと洩《も》らされておるそうにござれば、まさか、報復の手段なぞは」

「分らぬぞ」

「は？」

「——まあよい。千春が来る、早《はよ》うさがれ」

来た庭前から、一礼して去ってゆくのと入れ違いに静かな衣摺れが廊下をやって来た。

一度、お盆を捧げた儘立停《たちどま》ると、白い足袋先で裾《すそ》をさばいてゆっくりと坐る。

庭に風が出て山吹が点頭した。

「福田が帰って参ったのでございますか」

「そうよ。使いに出しておいたのだが……そもじ、知っておるか？」

「何がですか」

「福田の出向いた先」

瞼《まぶた》をあげたが、すぐ落した。

「存じません」

両方の手を持ち添えて茶をいれる。

竜之進が言った。

「そなたにあの男の話は聞かせたくないがナ。黙っておっても気にいたすであろうから申すぞ。丹下家は矢張りお取潰《とりつぶ》しになったそうじゃ」

「！……」

「それから、あの男は近々《ちかぢか》に岡崎へ引籠る由。——武士がいやになったそうな」

「何故《なにゆえ》そんな話をなさるのでございます？　いやだな」

竜之進が目を瞠《みは》ったほど、蓮《はす》っ葉《ぱ》で、なげやりな言い方をした。それでいて不思議に下卑《げび》た感じがない。

「いつから左様な物言いを覚えた？　いやだナ、か。これはよいわ。はっはっは……」

よっぽど愉《たの》しいのだろう。竜之進は腹をゆさって哄笑《こうしょう》して、

「千春、いやだなぞと思うようではまだ仕末がついてはおらぬぞ。片腕が無《の》うなればあの男でなくとも武士は嫌《いや》になる。さればせめて、この兄に腹癒《はらいせ》の果し合いでも申込むことか、江戸よりにげ出すような腑甲斐《ふがい》ない奴《やつ》——」

千春は聞いていない。自分のと兄のと茶碗は二つ用意してあったが、急須から兄へ

淹《い》れただけでもう一つは空《から》のままだ。

呆然《ぼんやり》、庭のあらぬ方を見下している。

千春が夫典膳に離縁される数日前、典膳が一度だけ、

「つくづく旗本がいやになった」

と呟《つぶや》いたことがある。意味を千春は即座に察した。

大名には『奥泊り』という言葉があって、その晩だけ妻と寝所を同じくするが、将軍の場合なら当番の御中﨟《おちゆうろう》と、御添寝の御中﨟、それに御伽坊主《おとぎぼうず》——相当な年配の頭を剃《そ》った女——が御寝《ぎよしん》の間に宿直《とのい》をする。一体に殿様と呼ばれる諸大名ともなれば、如何《いか》なる場合にも一人で居ることは無いので、夫人にしても同様である。夫婦が閨《ねや》の交りをする場合にも必ず当番の中﨟が添寝をしている。甚しい例にいたっては殿のお手つきの中﨟が夫人のわきに添寝することなどもざらである。そのため奥勤めの中﨟は皆眠り薬を常時携えていたそうだ。

当否はともかく、そういう有様だから夫人が独りで時を移すことは絶対に無い。余程の例外でもない限り、だから一般に考えられるように、大名夫人が密通などする験《ため》しは殆《ほと》んど無いのである。淫奔《いんぽん》な夫人の場合とて、こうした大名生活の掟《おきて》までは破壊出来ない。

典膳が旗本の身分を疎《うと》んじる言辞を弄《ろう》したのが、千春の想像通りなら、同じ武士で、大名には凡《およ》そ妻の姦通《かんつう》の事実なく、小身な旗本のみこの苦渋を嘗《の》まされる——そういう不均等を怨《うら》んだ声だったろう。

ということは、取りも直さず如何に典膳が千春を愛してくれていたかを意味するわけで、腑甲斐ないなら、その様に愛する妻を斬《き》り得なかった典膳の上杉家に対する顧慮こそ、最も腑甲斐ない精神というべきだった。

庭の山吹はまだ黄色い花を残しているが、権兵衛丹精の郁李の方は白い小さな花弁を樹下一面に散らしている。

竜之進が刀剣の手入れをしていた日から十日余り過ぎた。

今日はめずらしく権兵衛、竜之進ともに非番なので、午後の春光が障子に差す座敷へ碁盤を持出し、父子で碁を囲んだ。

白は権兵衛の方が打つといって承知しないので、この日も竜之進は黒石だが、だいぶ読みにひらきがある。

形勢非と見て俄然《がぜん》権兵衛が考え出した。

短気な御老人に似合わず、しびれのきれる程の長考である。

竜之進はなれているので、

「どうやら、勝負はつきましたな父上」

まさぐっていた石から指を離した。

「…………」

権兵衛はうつつで聞いている。時々、何やらぶつぶつ小言をいう。

もう今年になって何度目かの鶯《うぐいす》がお長屋の外で、つたない鳴き方を聞かせ出した。

しばらく耳を傾けていたが、

「千春のことですが、父上」

「う？……待て待て。こういくと、こう打つ」

曲った背を一そうかがめて読み耽《ふけ》る。よい知恵も浮ばぬようだった。

ピシッ、と念打ちをやり、未練たっぷりに布石を見入った儘で、手だけで傍らの湯呑をまさぐる。

直ぐ竜之進は打ち返した。

こんどは響く如くすかさず権兵衛が打つ。

虚をつかれたか、竜之進の上体がうしろに反った。

考え込む。

「どうじゃ、老いたりとて、お主ごときにまだまだ白は渡されまい」

「……驚ろきましたな、これは」

「三目じゃろうな？」

「まさか。それまで食われてはおりませぬわ」

両手を膝《ひざ》に考える。目は盤上を瞶《みつ》めた儘で、

「千春のことでござるが……」

「何、千春？」

「しばらく、国許の伯母上にでもお預けなされてはと存じ申すが」

「な、何故じゃい」

「典膳が江戸におるようです」

「⁉……」

「くわしいことはまだ判明しておりませぬが、何でも老僕のみ連れて深川あたりの町屋に浪宅を構えました由」

権兵衛の白い眉《まゆ》が張った。

「竜之進。それはまことかの？」

「……詳しくは今も申すとおり判明しておりませぬが、……父上、この石はいかがで

すな？」

余裕を残して、打った。権兵衛はそれどころか。

「今の典膳が消息、千春は耳にいたしたのか？」

「残念ながらそうらしゅうござる」

「らしゅうとは何事じゃ。千、千春を直ぐこれへ呼べい」

「千春をお呼びなされても無駄《むだ》でござろう。あれは父上、典膳を一向にあきらめておりません」

「何。そ、そのような愚かなことあれ奴《め》が申しおったか？」

「申さずとも素振りを見れば分りましょう。あれが丹下家から送り返されたる長持や調度、奥へ蔵《しま》い込んで手も触れぬは何の為《ため》でござる。あれの着物をごらんになりませぬか、以前は柄《がら》を嫌って袖《そで》を通そうとも致さなんだものを、二月に戻って参ってより着詰め。某《それがし》や父上の前では化粧なぞいたして、殊更《ことさら》に笑っておりますが、簞笥《たんす》にしまったのを出そうとも致さぬのは、取りも直さず丹下家にて着ておったを思い出すが苦しいからではござるまいか」

権兵衛の老いの顔面が一瞬ぱあっと真赧《まっか》になった。

「竜之進」

「はあ？」

「せば、千春は慕うておるを無理に離縁いたされて戻ったわけか？　な、なま木を裂くがように！……」

「そこまで想像はつきかねますが、何さま、あのように温和《おとな》しそうでも気性の烈《はげ》しい女のことで」

「妻《さい》を呼べ」

「？」

「妻じゃ。……これへ呼んでくれい……」

憑《つ》き物がおちるように権兵衛の嚇怒《かくど》の表情はガックリ緊張を失った。うつろな目が庭へ趨《はし》る。権兵衛も米沢十五万石・上杉家の江戸留守居役をつとめる士《さむらい》である。平静になれば事の是非を弁《わきま》える思慮は人並以上に備わっている。郁李《にわうめ》の散りざまを見て老いの目がシワシワまばたいた。

黙って竜之進が去ると程なく、老妻が小柄《こがら》な軀《からだ》を運んで来た。

「お呼びでございますか」

媼《おうな》はにこにこしている。いかなる場合にも夫の前で彼女はそうなのである。

「これへ来て坐《すわ》れ……」

権兵衛は庭から目を離さなんだ。老婆は控えの間から声をかけたのだが、ゆっくり起上《たちあが》って、権兵衛のわきへ来て坐った。

盤の布石は竜之進が去った状態を示している。老妻にも碁のたしなみはある。ニコニコ顔を崩さずに、

「お負けなされましたなあ」

ほほほ……手の甲で口許《くちもと》をかくした。

「千春のことじゃが、そもじ、何ぞ思い当るふしはないか」

妻の嬌声《きょうせい》に幾分か気を立てなおしたらしい。

「何のことでございまする？」

「典膳がもとを不縁になった理由じゃ。何ぞ、わけがのうてはかなわぬ筈」

「…………」

「知らぬかの」

眉の剃り迹《あと》の皮膚が無数の小皺《こじわ》を吊《つり》上げた。さも愕《おどろ》いた顔つきである。

「今更そのようなこと御詮議《せんぎ》なされては千春がくるしむだけでございましょう」

「くるしむ？　この儘に捨ておいたら苦しまぬと申すのかい」

「あなた」

老妻は落着いた口調で、

「典膳どのが深川にお住いのこと、お聞きあそばしてでございましょう？……」

「このわしに、深川の典膳が浪宅へ行けと申すか」

「無理にとは申しませぬわいな……千春のことをそれほど御心配あそばしますなら、じかに、典膳どのへお尋ねなされたら御納得がまいりましょうと……」

「典膳が話すと思うかい」

「さあ……」

口辺の微笑が不思議な翳《かげ》をやどす。

権兵衛はじっと考えた。

「これを、片付けてくれい」

「お出掛けでございますか？」

「千春は何処におる？」

「居間で繕ろい物をしております……お呼びしますわえ」

「いや、それには及ばぬぞ」

権兵衛は妻が黒白二様に碁石をより分けるのを見詰めていて、

「そうじゃ、千春をつれて参ろう、すぐ支度いたせと伝えてくれんか」

動いていた手が、碁盤の上で止った。

「あれをお連れなさいますか」

「竜之進をと存じたが、そもじの今の言葉で気が変ったわい。うむ、千春をつれて今一度典膳に会うてみる。袴《はかま》じゃ、袴を出せ」

深川八幡《はちまん》町の丹下典膳の浪宅は八幡橋を渡って半丁あまりの西念寺の裏手にあった。このあたりは隅田《すみだ》川の水を引入れ、網の目に堀が通っている。典膳の住居からも庭越しに猪牙《ちょき》舟《ぶね》の上下するのが見降せる。

此処《ここ》に移り住んでまだ半月になるかならぬかだが、典膳は付近の誰にもまだ顔を見せない。

家に籠《こも》りきりで家主との応対から近所づき合い、所用の一切は老僕嘉次平がまめまめしく仕置《しおき》した。

それでも女中のない男二人のやもめ暮し。万事何かと不調法で、その度に申訳なさそうに嘉次平は詫《わ》びを言うが、彼の献身ぶりは涙ぐましい程である。

典膳は殆《ほと》んど居間を出ることがない。ひっそりと、たいがいは坐って書見をしているか、無い方の腕の肩を、着物の上からさすって瞑目《めいもく》しているか。

そんな時は疵跡《きずあと》がまだ痛むのに違いないが、

「お殿様、嘉次平めがおさすり致しまする」

すすみ出て言うと、

「いらぬ。その方はさがっておれ」

目もあかず、わずかに頭を振る。頬は痩《や》せおち、月代《さかやき》ものびるにまかせたそんな主人の落魄《らくはく》の姿を見ると、嘉次平はお痛わしくてならないし、それ以上に世間がうらめしくなる。

誰が何と言おうと、あの狐《きつね》を捕えて来たのは嘉次平だ。すなわち嘉次平だけは、本当の事を知っているのである。

他言を禁じられているので、誰にもまだ明かしていないが、主人が長尾家で腕を斬られたと聞かされたときには、上杉家へとんでいって大声で一切を暴露してやりたいと思ったほどだった。

しかるに世間は何も知らずに、腕を斬られて反抗もせぬ典膳を腑抜け武士と嘲笑《あざわら》う……

ある日嘉次平が只事《ただごと》ならぬ顔色で表から駆込んで来た。

「お殿様、大変にござりまする」

普通なら許しがあるまで座敷の襖《ふすま》を開けたことのない老僕が、敷居際《しきいぎわ》に手をつくのももどかしげに、

「長尾の、舅《しゅうと》がおみえになってござりまする」

「――――」

「奥様も御一緒にござりまする。お、お通し申せと仰せられますが……いかが計らいますれば？……」

典膳は嘉次平には背を向けて書見をしていた。左側が、きり立つように肩口から落ち、痩せ細った肩が尖《とが》って見えるので、一そう痛ましい。それでも足はきちんと揃《そろ》え、正坐を保っている。

「………」

しばらく返事を待ったが、典膳は黙って見台の頁《ページ》を繰った。

「お、お殿様」

「――通りがかりに出会うたのか」

「は、はい。先様で近所の者にお殿様が住居をお尋ねなされておりますところへ、通

りがかりに戻って参ったのでございます。そ、それを奥様がお目にとめられまして声を」

「かけたか」

「はい。……」

典膳の目が書物から離れた。顔をそむけ、庭の向うに流れ去る川を細い目で見つめていたが、

「——会う必要はない」

「………」

「一たん夫婦の縁を切ったもの、今更会ってどうなるものでもなし。見る通り、当方今はかような侘《わ》び住居、この上の恥はおかかせにならぬようにと、そう伝えよ」

「……は、はい」

「………」

それでも立ち去りかねていると、

「嘉次平」

わずかに身をねじって、

「権兵衛どのは一人か？」

「はい。お供もおつれなされず、奥様とお二人のみでござりました」

「さようか」

それきりもう視線を見台に戻した。

嘉次平は兼々奥様をうらんでいたが、先程のオドオドした様子を見ると、やっぱり人情にほだされ、ひと目でもお逢《あ》わせ申し度い気になる。舅の権兵衛の態度も意外にやさしかった。

嘉次平の様子を見れば現在の典膳の暮し向きがどういうものか、一目で分ったのだろう。

「そちも苦労をいたしておろうな」

そう言われただけで、今迄《いままで》舅を責めていたのが何か間違いだったようにも思えたのである。

「――何をいたしておる。早う断って来ぬか」

ハッと我に返ったほど厳しい声だった。

嘉次平は慌《あわ》てて表へ引返した。

ひとりになると典膳は瞑目した。

生暖かい河風が座敷へ吹き通ってくる。うしろのふすまを嘉次平は閉めていったが、建てつけの悪い障子が縁側で風に鳴った。

その風の音に聴き入るような瞑目だったのが、やがて、再び見台に向う。――低く、声に出して読んだ。

「此の樹は我が種《う》うる所
別れて来《こ》のかた　三月ならんとす
桃は今　楼と斉《ひと》しく
我が旅　なお未《いま》だ旋《かえ》らず
嬌女《きょうじょ》字《あざな》は平陽　花を折って桃辺に倚《よ》る
花を折って　我を見ず
涙下って流泉の如《ごと》し……」

外に出た嘉次平は西念寺の土塀のかげで待っている権兵衛父娘《おやこ》のそばへ、申訳なさそうに寄っていった。

「矢張り駄目かの」

「恥をかかさずにおいてくれと、その様に申されておりますが」

「……さようか」

千春の表情はもう少し強《こわ》かった。目がひきつって、蠟《ろう》のように青ざめている。ずい分迷った末に、やはり実家へ帰ってからの着物の儘《まま》で父について来たのである。今更《いまさら》、典膳が会ってくれる筈《はず》のないのは覚悟の上だが、せめて、住居の様子でも知りたいとこうして跟《つ》いて来た。お詫《わ》びを言うつもりはもうない。人間の言葉のうちで、最もいやらしいのは詫言《わびごと》だと千春は思っている。そういう躾《しつ》けをされて育ったのである。詫びるなら、黙って死んでいる筈だ。典膳はいのちをいたわれと離れる前夜に言った。その一言には、典膳なりに深い思案あってのことだろうと思い、彼女は彼女なりに耐えて来ている。過《あやま》ちは償いようがない。犯してしまった過失なのだから、めそめそしないでさらりと忘れさった方がどんなに気持がいいだろう。このことは、過ちを詫びる気持を失ったことにはならないので、ただどれ程わびてみたところで取返しのつかぬ過失なら、いっそ明るく暮す方が周囲の者にも不快な感情を与えず、いわば、裁きを受けるのを待つ身としては正しい態度だと思うから、千春は平気なように暮しているだけなのである。

併《しか》し、目の前に典膳の侘び住居を見、一だんと又老衰の深まった嘉次平の様子を見ると、やっぱり千々に心が乱れた……

権兵衛が言った。

「会わぬと申すなら、あれだけの男じゃ、絶対に会うてはくれまい。やむを得ん。……が、嘉次平、代ってその方に相尋ねるが、これを離縁いたしたわけは、まことは何じゃ？」

「…………」

「今更さようなこと質《ただ》したとて為様《せんよう》もないと申さばそれ迄。しかし我らも上杉家にて代々重職の家柄にある身じゃ。不縁になった婿《むこ》どのの住居へ、むすめをつれてのこのこ出向いて参れば、世の物笑いになるぐらいは存じておる。それは承知でこうして白昼訪ねて参った。……のう、さすれば其方も我が胸中察しはつこう？　存じておるなら申してくれい、何故《なにゆえ》これは離縁いたされたのじゃ？」

一陣の風が、寺の土塀越しに匂《にお》う木蓮《もくれん》の梢《こずえ》を騒がせて過ぎた。

嘉次平は千春を見遣ったが、さすがに口には出しかねるのだろう。

「わたくしなどは何も存じ上げておりませぬ」

と言った。

「さようか」

権兵衛は一そう沈痛の面持になり、

「千春。これでは埒《らち》明かぬ。出直すとしよう」

「？……」

「そもじ一人で出向けばよいと申しておるのじゃ。但《ただ》し、そちも長尾家のむすめ。一たん不縁になった夫を訪ねるからは二度と屋敷へは入れんぞ。——よいな」

娘の千春へというより、嘉次平を通じて典膳に伝えているつもりだろう。

典膳が御旗本の儘なら、離縁された手前、武士の意地もある。併し今は浪人暮しである。

「千春は出奔致し候《そうろう》ゆえ勘当」と世間態《てい》を繕ろえば、まさか浪人者の旧夫のもとへ趨《はし》る千春が物笑いにこそなれ、上杉の名に疵《きず》のつくことはあるまいと権兵衛は考えたのである。

外様《とざま》大名と旗本の意地の張り合いは、この頃もまだ微妙な作用を江戸詰の各藩士たちに及ぼしていたので、竜之進が典膳を斬《き》ったのも、旗本一般への意趣からだったと今だに権兵衛は思い込んでいる。

「些少《さしょう》じゃがこれはそちへの手土産じゃ」

「い、いえ……さようなものを受取るわけには参りませぬ」

「よいから取っておけい。そちへの、よいな、婿どのではないぞ、そちへのはなむけじゃ」
「さよう申されましても、金子《きんす》の施しなど享《う》けたとお殿様に聞こえましては」
「よいと申すに――」
無収入の暮しがこれから何年つづくかも知れない。少々のたくわえは用意していよ
うが、隻腕《せきわん》の主人に仕えて恐らく老僕の苦労は筆舌につくし難いものがあろうと、老
いの身で権兵衛は察したのだが、何としても嘉次平は受取ろうとしない。嘉次平も武
家屋敷に奉公した人間で、まして主人の今日の落ちぶれた境涯がそもそも誰のためか
を思うと一度に悲憤がこみあげても来るのだろう。
「長尾様」
千春が気の毒で伏せておこうとした真相であったが、今はもう、何もかも暴露した
い衝動に嘉次平の目が据った。こう言った。
「お殿様は、いかに零落あそばそうとも御直参でござりまする。以前の舅どのとて離
縁すれば他人、その他人にほどこしをお受けなされるほど、武士道まで落ちぶれさせ
てはおられませぬ！……」
「！」
「もともと詳しいわけも訊《き》かず、あのような狼藉《ろうぜき》を竜之進さまがあそばさねば、かよ

うに町家の侘び住居なぞおさせ申さずに済みましたのじゃ。だ、誰が今更長尾様の施しなど」

「何？」

嘉次平の悲憤は察しぬではないが、言葉遣いに角がありすぎた。権兵衛の顔色が変った。

「その方、情けをかければよい事に、下郎の分際で我らへ楯《たて》をつくかっ」

刀の反《そり》を返した。丁度そこへ、西念寺の境内から出て来たのが中山安兵衛——

西念寺は浄土真宗西本願寺の末寺で、慶長のはじめ頃、開山了善（北条氏直の孫）が品川に小庵《しょうあん》を結んだのが始まりと伝え、もとは真言宗であった。寛永二年に準如上人より本仏寺の号を賜わって、同十二年浅草寺町へ移り、その後八丁堀に移転したりしたが正保四年この深川富吉町へ移った。

住持の恭順和尚《おしょう》というのはなかなか面白《おもしろ》い人で、越後の出身であるのと、中山家が代々浄土宗だった関係から、安兵衛は江戸に出た当座しばらく世話になったことがあった。八幡町に隠居する志津磨《しずま》流の書家静庵に紹介されたのも西念寺の和尚からで、そんなことから静庵を訪ねる途次に立寄った。ひとつには堀部家に養子となった報告もある。

昨日までの浪人暮しが、今は草履取りを従え、赤穂《あこう》五万三千石浅野内匠頭長矩《たくみのかみながのり》の家来。筆造りの内職に糊口《ここう》をしのぐ必要もなく、いずれは養父堀部弥兵衛の致仕《ちし》後、家督相続をして二百石取りの家臣である。当時知行二百石といえばどれほどの武士かは、赤穂義士の他の面々と比較すれば一目瞭然《りょうぜん》だろう。

講談などで有名な大高源吾（蔵奉行）がわずか五十石五人扶持《ぶち》、武林唯七《ただしち》でたった拾両三人扶持。神崎与五郎に至っては七両三人扶持。金奉行前原伊助で拾両三人扶持。愛妻家で知られた京都用聞き小野寺十内でも百石。赤垣《あかがき》源蔵百五十石、近習頭兼書翰《しょかん》役磯貝《いそがい》十郎左衛門が矢張り百五十石。普請《ふしん》奉行不破《ふわ》数右衛門百石、美男で名のある岡島八十右衛門《やそえもん》が札座《さつざ》元を勤めてわずか二十石である。赤穂義士四十六人のうち、堀部安兵衛以上の禄《ろく》をうけていたのは家老大石内蔵助《くらのすけ》の千五百石を筆頭に四人を数えるのみ。いかに安兵衛の身分がよかったかが分る。

これに反して、御旗本丹下典膳はわずか半歳に充《み》たぬ間に禄を没収され隻腕の不具者となり、寺の裏長屋の侘び住居をしている。栄枯盛衰なぞと大袈裟《おおげさ》な表現は避けても、変れば変る人の身である。

両者はまだ目見《まみえ》ていないが、同時に二人を知る者があったら典膳の境涯に一掬《いっきく》の感概を禁じ得ないだろう。

さてその安兵衛が寺を出て辻《つじ》を曲ると、身分いやしからぬ老人が刀に手をかけ、老い窶《やつ》れた下僕を今にも斬捨《きりす》てん身構えている。かたわらで美しい女性が袂《たもと》を胸に「あっ」と声をのんでいる。

安兵衛には行きずりの他人だが、注目して近づくうち微《かす》かに老武士の手がふるえているのを見た。斬りたくないのだ。誰ぞが止めてくれるのを待ちのぞんでいる。と見たので、わきを通り抜ける寸前、小石につまずく態でよろりとよろめき、老武士の肘《ひじ》に縋《すが》った。

「おっ、これは粗忽《そこつ》——」

たたらを踏んで立直ると、すぐ、

「何ともお詫びの申しようもござらぬ。何卒《なにとぞ》、御容赦を願います」

頭を下げ、すっと横を過ぎ去った。

機転とは察しられたが、権兵衛、気を呑《の》まれ、茫然《ぼうぜん》と見送った。肘を摑《つか》まれた時の痛かったこと。手がしびれたのである。

深川

「嘉次平、あれに行かれるはこの近くの仁かの？」

一瞬前までの激昂《げっこう》を忘れたように権兵衛が問うた。

「いえ、一向に存じませぬ」

「――そもじは顔を見たか？」

「いいえ。……」

千春はそれどころではなかった。素早く嘉次平に目配せする。

「長尾様」

安兵衛の立去るのから目を戻し、

「わたくしめが悪うございました。どうぞ、おゆるしを願いまする」

背をかがめて詫びを言う。老いのその眼にまだ悲憤の名残りがしずくになって残っている。

わびられてみれば権兵衛とて気は衰えるばかりだろう。

「そちとて悪気で申すでないは存じておるが、以後はチト、言葉をつつしめよ」

「は、はい。……」

「不縁の後は他人と申しおったが、当方左様には存じておらぬ。困ったことあらば遠慮なく申出てくれい。——よいか。長尾権兵衛も武士、一たん片付けたものは何時《いつ》何時《つ》までも婿《むこ》どのと思うておるわ」

「…………」

「千春」

「ハイ。……」

「参ろう」

うなだれる嘉次平の前で、も一度ふと後ろの安兵衛を見返ったがもう姿はなかった。

「じいや。……おねがいします」

それだけが千春の嘉次平に懸けた言葉である。老僕はしょんぼり彳《たたず》んで去ってゆく父娘を見送った。一度だけ、千春の方で振向いたので慌《あわ》てて嘉次平も叩頭《こうとう》した。

「——旦那様《だんな》」

「何じゃ」

「ホレ、あすこで娘が手を振っておりますよ」

堀部家の草履取りは又者《またもの》だがいつぞや弥兵衛老のお供で安兵衛の長屋へ随《つ》いて行ったことがあり、如何《いか》に多くの使者に仕官を求められていたかを知っている。それが主人弥兵衛の懇望に応《こた》え、堀部家に入ったのだから草履取り乍《なが》らも大得意である。鉄砲《てっぽう》洲《ず》の浅野家本邸の御長屋には他の藩士も住まっているが、同じ草履取り仲間で、この茂助の自慢話は今では名物になってしまっている。それほどだから江戸の市中を安兵衛のお供で歩くのが嬉《うれ》しくて堪《たま》らぬらしい。誰彼が、

「あれが高田馬場の安兵衛どのよ」

指さして囁《ささや》き合うのを見ると思わず小鼻をうごめかせている。

今も、数寄屋《すきや》造りの風流な住居の門口で綺麗《きれい》な娘が袂《たもと》を振って、安兵衛の来るのへ何度も会釈《えしゃく》しているのを見ると、

「おこう様があのお年頃でなくてようございましたなあ」

にやにや笑いで言った。さぞ嫉妬《しっと》で大変だろうという意味である。おこうとは堀部弥兵衛の一人娘で、この頃まだ十六歳である。

数寄屋造りの門の前で待ち構えていたのは宇須屋の娘志津である。

安兵衛の近づくにつれて大きな眸《ひとみ》がすぼみ出し、こぼれるような笑いが表情一杯に

ひろがった。

ひょいとお辞儀をする。うなじから襟足へ一面紅潮している。

「いらっしゃらないかと思ったわ……」

ぞんざいな言い方だが、せわしそうに瞬《またた》いた。

ただのファンぐらいに思っていたら知り合いらしいので草履取りは目をパチパチして志津を見、安兵衛の横顔をうかがっている。

「静庵どのは御在宅ですか」

「ええ。先程からお待ち兼ね……中山さん」

「？」

「あとで、幾世餅《いくよもち》を奢《おご》って下さいまし」

「どうして？」

志津はチラリと草履取りを眄《なが》し見た。それから妙に改まって、

「このたびは、お芽出度《めでと》うございます……」

切り口上で安兵衛に言う。堀部家に入婿したことへ精一杯の皮肉だ。奢ってもらわねばだから承知しない、という意味らしい。

安兵衛は、

「はっはっはっ……」

　声を立てて笑った。屈託のない、いかにも明るい笑い声で、こんな安兵衛の笑顔を草履取りはお屋敷では見たことがない。武家と違い、町家の娘のざっくばらんな物言いが可笑《おか》しいのか、或《ある》いは安兵衛も以前は浪人暮しの気儘《きまま》な日を過していたのが、堀部家に入ってからは、万事武家のしきたりで何かと堅苦しく、養子の身であれば他人の中の暮し。少々物固い日常に閉口していたから猶更《なおさら》、お志津の明るい性質が愉《たの》しかったのかも知れない。草履取りはそう思って、（御無理もないのう……）ひそかに合点《がてん》した。

　志津はあべこべである。新婚の愉しさからそんなに笑ったのだと思っている。

「いいわ。きっと奢らせて見せるわ」

　言い残して先に瀟洒《しょうしゃ》な門を走り入った。ふっくらとしたお尻《しり》の上で錦《にしき》の帯が蝶《ちょう》の翅《はね》のように揺れる。

　内玄関への飛石づたいに安兵衛が這入《はい》ってゆくと、嫩葉《どんよう》の芽立つ匂《にお》いが四辺《あたり》に漂っていた。玄関の格子戸《こうしど》の外で小さな髷《まげ》の下女がうずくまっていたのが、慌てて風呂敷《ふろしき》包みを胸に立上り、安兵衛へ深々と会釈をした。町家の気儘娘とは見えても、そういうお供の女中をつれる躾《しつ》けをされて育っているのである。

志津はもう奥へあがって安兵衛の来訪を告げたらしい。

玄関の土間へ入ると、何やら志津をからかいながら静庵自身が、「静」の一字を銀《ぎん》泥《でい》に大書した衝立《ついたて》の前まで迎え出て来た。

「いよお」

磊落《らいらく》にそう言っただけ、禿頭《とくとう》にちかい法体《ほったい》にもんぺを穿《は》き、真綿のじんべ羽織を重ねている。すでに七十六歳だが、矍鑠《かくしゃく》たるものである。

「これが最前から何度出たり入ったり致したか知れいでの。それも今日で五度目ぐらいになるか」

「静庵さま!……五度はしどいわ」

「む? 何と言うたのじゃ? 年をとって近頃とんと耳が聞こえん」

「!」

「ま、何にしても今時の娘は、元気があってよろしい。ふム、とりわけ江戸の娘御はな。京おんなは、そうはゆかん」

紫檀《したん》の茶棚《ちゃだな》を壁ぎわに据えた茶室造りの庵室《あんしつ》で、中央に炉が切ってある。天井は廂《ひさし》側だけ黒竹《くろちく》が隙間《すきま》なく並べてあるが、太い煤《すす》けた梁《はり》がむき出しに造られている。床には一重《ひとえ》切の竹の花筒。雲竜柳《うんりゅうやなぎ》に都忘れが挿されている。一方の柱には無造作に懸けた藤原俊房《としふさ》の短冊《たんざく》。

静庵は炉の前で、安兵衛に茶を点《た》てる時だけきちんと坐《すわ》ったが、直《す》ぐ坐禅《ざぜん》の半跏《はんか》めいた坐りように寛《くつろ》いだ。

炉を距《へだ》てて対面に安兵衛。少し後方に一見お淑《しと》やかに志津が控えている。

「――そもじにも一服進ぜようかの？」

「あたしはお茶嫌い」

「そりゃそうじゃ。げっぷが出よう」

火箸《ひばし》を把《と》って炭加減を少し直しながら、

「時に、このたびは御祝言《ごしゅうげん》があったそうな。お祝いもまだ述べておらんが……」

「その話は又に致しませんか」

「はっはっ、志津がうるさいか」

庭の早咲きの牡丹《ぼたん》が風で揺らいでいる。にくまれ口は叩《たた》いても志津のため、小ぶりの楽《らく》で一服静庵は点てていた。

「浅野侯の御家中じゃと？」

「左様です」

「妙なところへいったものじゃ」

「?……」

「内匠頭どのは、とんと吝嗇《けちんぼ》家で有名じゃと承る……ハイ、志津。粗茶じゃ」

静庵はあっさり話題をそらした。

「そうそう、其許《そこもと》たしか小石川の堀内道場へ通うていたの? 其処《そこ》の師範代とやらが、近頃この近所に移って参ったそうな」

「?……」

「何でも御直参の御旗本で、ずいぶん評判のいい仁であったのが、不首尾で家を潰《つぶ》し、今では隻腕《せきわん》の不具者《かたわもの》……うちの婢《はしため》なんぞは気味悪がって家の前も通らぬそうじゃ。近所の者も皆こぼしておると申す」

「──独りで?」

「実直そうな年寄りが世話をやいているとか」

「何処です?」

「住居かの、ホレ、其許も知っていよう西念寺わきの裏長屋」

「──」

「こ、これ、何処へ行くのじゃ?」

志津が安兵衛のあとを追って出た。

「中山さん」

「すぐに戻って参る……そなたは、これに待っておられい」

「いや！」

はげしく玄関で首を振ったが安兵衛はもう構っていない。戸口の外で、志津の下女と何やら遠慮深く話をしていた草履取りを呼びつけ、

「出掛けるぞ」

草履取りはとび上って驚いた。いま着いたばかりではないか。

「すぐ戻る。西念寺裏までじゃ」

「ハイ」

慌てて草履を揃《そろ》える。

「何処へいらっしゃるんですか？」

志津は銀泥の衝立の端をそっと掴《つか》んでいた。

「静庵どのに申しておいて下さい。多分、すぐ戻って参る筈《はず》と」

三度とも同じ答えをしたのを安兵衛自身は気づかぬようだ。大小を差し直し、草履を突っかけてそれきり玄関を走り出た。草履取りが跡を追うた。

「どうなされたのでございます？……」

下女がきょとんと屋内の志津を振り返ったが、大きな眸がうらめしそうに去る人の後ろ姿を見送っているだけ。

悄然《しょんぼ》り庵室へ志津が戻って来ると、

「行ったか、はっはっ……まあよい。これへ坐りなされ」

静庵は囲炉裏際《ぎわ》へ火箸で招いた。落着いたものである。

「何もそううらめしそうにわし迄睨《までにら》むことはあるまい。そもじらしゅうないぞ」

「——静庵さまは御存じなんでしょ？」

「何を」

「…………」

「ほ……そんなに好きか」

静庵は茶釜《ちゃがま》に水をさし、殊更《ことさら》視線を伏せて又水加減をいじる。

「よいわよいわ。あれ一人が男ではなし……」

ぽつんとつぶやいた。「今にわしがよい婿どのを世話して進ぜる。……それにしても、浅野侯とは妙な主取りをしたものじゃな」

あとは独り言だ。

安兵衛は西念寺わきで近所の者に訊《き》くと直ぐ分った。

想像以上にうら侘《わ》びしい住居である。草履取りを表に待たせ、たてつけの悪い表戸を開けて案内を乞《こ》うと、暫《しば》らく応《いら》えがない。

「頼み申す――」

二度目に言ったとき、

「誰方《どなた》ですかな？」

閉め立てた唐紙の向う座敷で声だけが返って来た。

安兵衛は表情を変えた。

玄関の土間は仄暗《ほのぐら》く一坪余の広さで、沓脱石《くつぬぎいし》に典膳のものらしい草履がきちんと揃えて置かれているが、此《こ》の数日穿《は》いたこともないらしく鼻緒にうっすら埃《ほこり》がたまり、裏に付いた土も乾いていた。

家の中をじろじろ見回さなくとも、凡《およ》そどのような暮し向きか安兵衛には痛いほど分る。

しばらく待ったが、相変らず奥から人の出て来る気配はない。

安兵衛は一瞬ためらって後、思いきって呼びかけた。

「モウシ。甚だ卒爾《そつじ》ながら拙者中山安兵衛と申すもの。――是非、一度、お会い致したいのですが」

言った時だ。奥の唐紙は開かなかったが背後へぬっと人が立った。

振向くと、老僕である。ねぎや大根をざるに容《い》れて小脇《こわき》に抱え、来訪者をおそるおそるうかがっていた。

顔が合うと、

「お。……」

嘉次平の方が覚えていたのである。あわてて容《かたち》を正し、

「先程は、あぶないところをお扶《たす》け頂きまして本当に忝《かたじけの》うございました」

深々頭をさげた。

安兵衛は後ろ姿を見て通ったので顔に覚えはない。併《しか》し、あの時のがこの老僕だったとすると、人品いやしからぬ老武士と連れ立っていた女性は？

「……これは奇遇、あのおりの年寄りか……」

さすがの安兵衛も眉《まゆ》を張った。

「はい。当家の召使いにて嘉次平にござりまする」

土間の隅《すみ》へざるを卸すと、も一度丁寧に腰をかがめたが、さて、

「どなた様でござりましょうか？」

安兵衛は主家の名は言わずおのが姓のみ名乗った。

たいがいなら、中山安兵衛と聞けば高田馬場の仇討《あだうち》を知っている。併し主家の転落に気を奪われてきた嘉次平には世間の評判など心にかける余裕はなかったのだろう。

「御用件は何でござりましょう？……」

幾分、悲しそうな眼をあげた。安兵衛は立派ないでたちの士《さむらい》。典膳は今は落魄《らくはく》の姿である。そんな主人を、なるべくなら人目にさらしたくないのだろう。

安兵衛はかんたんに、もと堀内道場に通ったことがあり、典膳どのの武芸練達の程を兼々承っていたので、是非とも一度お目にかかって、親しく武術談を交し度《た》いと存じていた、偶々《たまたま》この近所へ立寄ったところお噂《うわさ》を聞いたので訪ねた次第である、と言った。

とりわけ声高には話さなかったが、奥の典膳に、あらましは聞こえていたろう。

「――少々お待ちをねがいまする」

嘉次平は安兵衛の前を腰をかがめて通って、台所の方から座敷へ上っていった。

暫らく待った。

襖越《ふすまご》しに、嘉次平のひそひそ愬《うった》える声が洩《も》れて来る。千春の面前で危うく斬《き》られそうだったのを救われた、そんな模様を説明しているらしい。

（まずいことを言う……）

安兵衛は内心この時から典膳に今日会うのは諦《あき》らめた。通りがかりにもせよ、見知らぬ武士である自分に、舅《しゅうと》と下僕の醜いいさかいを見られたと聞いては、いかにも気《き》臆《おく》れがして会う気にはなれまい、と察したのである。まして堀内道場へ通ったことのある安兵衛なら、当然、千春の離縁の事情を耳にしている筈とは典膳も察しがつこう。ふる傷にさわられるようで、いよいよ会うのを避けるに違いなかった。

嘉次平が申訳なさそうに奥から出て来た。

「お詞《ことば》の旨《むね》を主人に伝えましてござりまするが、今は片腕も不自由な躰《からだ》、とても武辺のおはなしなどは致しかねまする、どうぞ武士の誼《よし》みにこの儘今日はお引取り願いたいとの儀にござりまするが……」

済まなさそうに言った。

「さようか」

安兵衛はあっさり頷《うなず》くと、

「やむを得ません。他日機会があれば又——と、そう伝えて頂こう。折角、御大切になさい」

言い残して出ようとすると、

「アノ……」

「何じゃ？」

「はい。今一つ、御武運お旺《さか》んのほど、陰ながらお慶《よろこ》び致すと、主人の言葉にござりました……」

典膳は高田馬場の噂を矢張り知っていたのである。

そうと聞くと急に又、安兵衛は是非とも会いたい思いにさそわれたが、この日はがまんをした。

「鄭重《ていちょう》なおことば却《かえ》って痛み入り申す——そう伝えて下され」

表へ出ると草履取りが丁度通りがかった西念寺の小僧と、背をかがめ何やら話をしていたのが、慌てて戻って来て、

「旦那《だんな》様」

「？——」

「今、小僧さんに聞きましたら此の家の主人と申す方は、白狐《びゃっこ》を斬った神罰とやらで腕が腐ったそうにござりまするな？　もっぱら、この近所の嫌われ者だそうで」

かまわず安兵衛は歩き出した。今までもそうだったが、一そう惻々《そくそく》たる典膳への友情を胸内に感じる。会ったわけではなく、その手の内を真剣勝負で試したのでもないが、士はおのれを知る者の為に死す、という譬《たとえ》が不思議な実感で水にほとびるように胸中にひろがるのをおぼえた。

直ぐには静庵の茶室へ戻る気になれず、何となく深川の町を一回りした。

深川の町は、江戸の初め頃までは漁師町である。寛永時代に、富岡八幡宮《はちまんぐう》が下総国《しもうさのくに》から此所《ここ》に移されて、かなり立派な社殿が建った。万治年間には、もはや境内に老松が繁《しげ》っていたが、海岸は尚《なお》、ほど近くにあって、塩焼く煙りが風になびき、東の方には遠く安房《あわ》、上総《かずさ》の山々が眺望される佳景の地であったという。

こうした景色や、毎年八月十五日に行われる八幡宮の祭礼が江戸市民をひきつけ、散歩がてらの参詣人《さんけいにん》が次第に増加するようになって、町の結構をととのえたが、言ってみれば門前町である。

八幡宮の前には茶屋が立ち並び、当時の江戸市民生活を描いた『紫の一本』には、「社から二三町手前は皆、茶屋で、そこに多数の女がいて参詣人の弄《もてあそ》ぶに任せた、中でも鳥居から内の洲崎《すざき》の茶屋では、十五六歳の美人が十人ばかりいて、酌をしたり、小唄《こうた》を謡《うた》ったり、三味線を引いたあとで、当時流行の伊勢踊りを手拍子にあわせて面白おかしく踊った、その風流さは、山谷《さんや》の遊女も指をくわえるばかりであった」

と書かれている。元禄のこれはまだ以前である。

こうした茶屋が非常な発展をして深川情緒を成すまでにひらけたのは、実は幕府が助成をしたので、

「この地江戸をはなれて遠ければ、参詣の人稀《まれ》にして、島のうち繁昌《はんじょう》すべからずとて、御慈悲を以《もっ》て御法度《ごはっと》をゆるめられ、茶屋女に淫《いん》を売ることをも黙許あり」

と書かれている。新開地を発展させるために先《ま》ず酒色を以て市民を誘い入れる政策は、当時幕府が好んで用いた手段だったので、葭原《よしわら》の場合も同様である。つまり、まず遊興の目的を設けて其処《そこ》に繁華な市街が現出すると、遊廓《ゆうかく》などは直ぐ他の土地へ移転させては市街を発展させたわけだ。

深川八幡の門前を賑《にぎ》わした水茶屋は、やがて料理屋茶屋となり、ついで問屋業の発展をみるようになった。承応年代（元禄から約五十年以前）葛西《かさい》領小松川の百姓で勘左衛門という者が、深川によしず張りの水茶屋を出しそこに日々通っては渡世をしていたが、近在の農民は野菜を売りに来ると、いつもその茶店で休む。自然、勘左衛門とも顔馴染《かおなじみ》になり、百姓達は彼を信用して、雨天の時などは荷物を預け、買手がつい

たら適当に売ってくれと頼んで帰る。それを高値に処分してやったから、追々と頼み手が多くなり、従って売上高もふえたので、元禄の少し前頃から青物の問屋、仲買をするようになった。

これを見て、同じように近在の百姓から青物の荷送りを受けては委託販売をはじめる商人も多くなり、深川は門前町から商業地帯としての様相を示すようになった。元禄時代になると、更に米蔵が置かれ、水運の便を利して材木の集積地となるわけである。

そんな深川の富岡八幡宮前へ、何となく安兵衛は足を向けた。

社殿に礼拝すると参道を戻って来て境内のとある茶店の店前《みせさき》に憩《やす》んだ。

「茂助」

「はい」

「中座《ちゅうざ》した儘《まま》ゆえ待っておられるかも知れん。……静庵どのへ、これに休んでおりますが散策がてらお越しにならぬかと、伺って来てくれぬか」

「旦那様は、ずっと此処《ここ》に休んでおられるのでございますね？」

安兵衛はうなずいた。

「承知いたしました。ひとっ走り、お迎えに行って参ります」

飲みさした茶碗《ちゃわん》を牀几《しょうぎ》のはしに置くと、念のため茶店の名を目で確かめてから気さくに参詣人の間を駆け抜けていった。

茶店には他に二三憩んでいる客がある。此処の水茶屋の暖簾《のれん》は一般とは変っていて、軒下に垂らさず、屋根の両端に股木《またぎ》を立て、それの上へ、大きな幔幕《まんまく》を張るような仕懸けで垂らしてある。夫々《それぞれ》『鍵《かぎ》』だの『花車』だのの家紋が染めぬかれている。目のさめるような、赤い前垂れをした茶屋女たちが、そののれんのはずれに立っては黄色い声で参詣人に呼びかけていた。次第によっては客に色も売るのだろうが、見た目は、いずれも十六七のただの小娘である。

どれほどかして草履取りの茂助が駆け戻って来た。

「ほどなくこれへ参られるそうにござりまする」

「一人でか」

「いえ。あの宇須屋の娘さんも御一緒だそうで。――旦那様」

「？」

「静庵さまはあの西念寺裏の浪人を御存じなんでございますか」

「何故《なにゆえ》じゃ？」

「お会いになれたかどうかと、しきりに気にかけておられましたが……」

　この時、境内に一種異様なさざめきがおこった。花やいで奢侈《しゃし》で何とも形容のつかぬ浮かれた気分の一行がやって来たのである。芸者、新造を混え総勢十五六人はいる。禿《かぶろ》も付いている。幇間《たいこも》持ち、火車《かしゃ》（遣手婆《やりてばば》）もいる。

　安兵衛と茂助がそのさざめきに誘われて目を注ぐと、茶店の奥から一斉に駆け出て来た茶屋女たちが、

「紀文さんじゃぞえ」

「文左衛門《ぶんざえもん》さまじゃ」

　嘆声とも羨望《せんぼう》ともつかぬ溜息《ためいき》を斉《ひと》しくあげた。

　噂に高い遊蕩《ゆうとう》大尽紀伊国屋《きのくにや》文左衛門なのである。

「へえ……あれが紀伊国屋？……まだ若いんでございますねえ」

　茂助がなかば呆《あき》れ顔でつぶやいた。商家の大旦那――四十年配の男を想像していたら、せいぜいまだ三十前の青年だったからである。

　口々に洒落《しゃれ》をとばしたり、茶屋女をからかって新造に抓《つね》られたりして、ぞろぞろ一行は近寄って来る。その紀伊国屋のお供の一人が安兵衛の顔を知っていた。

遊蕩大尽

紀伊国屋文左衛門は若く見えたのも道理、当時はまだ二十七歳である。巷説《こうせつ》に有名な、東海の風浪を冒して江戸に蜜柑《みかん》を運送し、巨万の富を得たり、その帰航するに当っては関西に乏しい塩鮭《しおざけ》を積載して京大坂で売って巨利を博した話など、どの程度信じていいか分らないが、とにかく彼は初手からの富豪ではなく、明暦の江戸大火に大いに木材の買占めをして巨万の財をなす迄《まで》は普通の材木問屋の主人である。

併《しか》し俄《にわ》か分限者《ぶげんしゃ》になったとは言っても尋常一様の蓄財家ではなかった。文左衛門の居宅は本八丁堀三丁目にあったが、この宅地が一町四方あり、毎日畳刺しが七人ずつ来て畳をさしていた。客を迎える毎《ごと》に新しい畳を敷き替えたからで、そういう蕩尽《とうじん》をしても毫《ごう》も遺憾《いかん》としなかった闊達《かったつ》な遊蕩児である。花街に出入りして千金を投じて平然たる豪奢《ごうしゃ》な遊楽ぶりは後世までの語り草になったし、江戸中の芸者が手づるを求めて宴席には集まって来て、来ないものは恥とされたという。

又、紀文が隅田川で船遊びをするというので、世間ではどんな豪華なことをするかと川面《かわも》が見えなくなるまで見物の船が集まったが、いつまでも待っても文左衛門の船は見えず、灯点《ひとも》し頃に、あちらこちらと盃《さかずき》の浮いているのが見えたから、紀文はきっと川上にいるのであろうと綾瀬《あやせ》辺まで溯《さかの》ぼった。併し遂《つい》に紀文の姿を見出《みいだ》すことが出来ずがっかりして引上げた。実は、紀文は自分の家にいて盃ばかりを流させたのである。それを知って人々は彼の風流を褒めたという。いずれにしても彼の豪奢を極めた遊興振りは当時の人々の驚嘆のまとだった。

安兵衛も浪宅暮しの頃から嬌名《きょうめい》は聞いているが、目のあたり見るのは初めてである。ふと、静庵が先刻言った——主君内匠頭長矩は吝嗇漢《りんしょくかん》だというあの話を何となく思い出しながら見ていると、茶店の前へ通りかかった手前で、つと立停《たちど》まって文左衛門がこちらを見る。そばに付いている新造や禿《かぶろ》や幇間の顔も一斉にこちらを振向く。

「ど、どう致したのでございましょうねえ?……」

草履取りの茂助が、まるで自分が注目されたように赤面して囁《ささや》くとこへ、一行の中から商家の番頭風の四十年配の男が、腰をかがめて安兵衛の前へ遣って来た。

揉《も》み手《で》をしながら、

「もし、違っておりましたらごかんべんを願います。手前は、当地の材木商紀伊国屋文左衛門の手代を勤める者でございますが、お武家さまは、高田馬場で仇討《あだうち》をなさいました、中山安兵衛さまではございませんか？　もし左様なら、手前主人が是非おちかづきのしるしに御招待をいたしたいと申しておりますが、いかがでございましょうか」

福相な顔を一そうニコニコさせて言った。

他は大方、微醺《びくん》をおびている様子だがこの番頭だけは素面《しらふ》である。

安兵衛の顔を知っていたのは幇間の一人らしいが、それを遠慮させ、わざわざ素面の番頭を差向けてくるあたり、さすがは一代で財をなす男だった。

「折角のお誘いながら拙者これにて人を待っており申す」

安兵衛は彼方《あちら》の紀文へ目を遣りながら婉曲《えんきょく》に断ると、向うでこの時、紀伊国屋自身が軽く会釈《えしやく》を送ってくるのが見えた。多勢の取巻きに囲まれての、大尽風のいささかもない不思議な親しみのこもる挨拶《あいさつ》である。思わず安兵衛も礼を返す。

どうせ、誘ったところで承知はしてもらえまいと、番頭も察しはついていたのだろう。

「さようでございますか。お人待ちとうかがっては致し方ございません、次の折は是非とも、手前どもにお近づきを願いまするように」

腰をかがめて、お供の草履取りへも会釈をするとあっさり引返して往《い》った。

立停っていた一行が、再び、ぞろぞろ歩き出して来る。誰もが安兵衛を好奇心の目で見ている。どうもそういう面々に目前を通られるのは些《いささ》かばつが悪いので、安兵衛は牀几から立上った。

「茂助、その方はこれに待っておれ。拙者その辺りを一回りして参る——」

言った時である。都合よく静庵が志津を連れてやって来た。宗匠頭巾《ずきん》に先刻の儘《まま》のもんぺ姿。華やいだ一行と較《くら》べると、矍鑠《かくしゃく》としているようでも老齢はあらそえず、杖《つえ》を片手に、あいた手は腰へまわしている。

ところでこの静庵が、紀伊国屋文左衛門と見知り越しだった。

はじめは、一行には目もくれず通り抜けようとしたのが、

「おお、八幡《はちまん》の御隠居ではございませんか」

最初に横から声をかけたのは安兵衛に挨拶に来たあの番頭で、

「む？」

静庵が振向くと、

「オヤこれはお珍しい。幇間の桜川為山《いざん》でございますよ」

「わっちゃァ三浦屋の玉緒《たまお》……いやじゃ、もうお忘れなはいましたかえ」

忽《たちま》ち幇間や新造が、紀伊国屋より先にわっと静庵を取巻いてしまった。

旧悪露見という所である。いい年をして、いかめしい書道の教授など看板にしてはいても、風流士の常で遊廓《ゆうかく》通いも左程当時は恥ずべき行為ではない。むしろ静庵ぐらいの名士なら一度や二度、誘われて行かぬ方が不思議だが、それでもお志津の手前、あまり見てくれのいい図でない。静庵は境内へ入った時から実は一行に気づいていたのだが、それとなく顔をそむけて通ったのである。

が、見つかっては仕様がない。

「為《せん》もない奴《ど》輩《はい》じゃ。白昼、この年寄りに冷汗をかかせおる」

悪態をひとつ言ってから、

「紀文どのか……相変らず御盛大じゃの」

「これはこれは御隠居……お久しゅう存じまするな」

紀文の物腰はこの時も鄭重《ていちょう》であった。

「お揃《そろ》いのお詣《まい》りで？」

チラと志津を見てわらっている。

「何、人を待たせておるわ」

「――どなたを？」

「あれにおる」

安兵衛の方を示した。

顔が一斉にこちらを向いたので安兵衛は困惑した。静庵が紀伊国屋文左衛門を識《し》っているとは意外だが、どうやら、これでは紀文の誘いを享《う》け、宴席へ連れて行かれかねまじい雲行きに当惑したのである。

紀文にならば断れるが、静庵の口添えがあれば一応は諾《うべな》わねばならない。もともと、安兵衛も酒は嫌いな方でなく、料理茶屋で芸者の酌をうけたこともある。併し当時は武士階級が吉原通いをするのは一般に慎しむ風習があった。曾《か》つて競って大名連が傾《けい》城《せい》買いをした為に財政難に陥り、十年前、天和《てんな》初年に幕府は峻烈《しゅんれつ》な倹約政治を断行した。以来、大名の廓《くるわ》通いが幕府に睨《にら》まれては大変なので、各藩士とも一時に吉原通いを歇《や》めたのである。

全盛時代には七十余人はいた太夫《たゆう》（最高級の遊女）が、元禄にはだから、たった二人に減っている。その代り、太夫よりは良《やや》なじみ易い遊女——「格子《こうし》」とか「散茶」「うめ茶」などと呼ばれる身分の低い遊女を買いに今度は町人たちが通うようになったわけである。

安兵衛はだから、江戸吉原の新造をこの時はじめて見た。お歯黒をそめた遊女を年増といい（人妻とは異って眉毛《まゆげ》は剃《そ》らない）歯を染めない遊女を新造という。

「どうも困った頼みごとを背負うたぞ」

静庵と志津を先頭に立てて、ぞろぞろ一行が近寄って来ると、静庵はいかめしげに眉をしかめた。

その実、満更でもないらしいのは安兵衛には筒抜けである。

「何ですか？」

「いや、其許《そこもと》に是非とも引合わせてくれと紀文に頼まれた。先程は、断られたそうじゃな？」

「いかさま白昼ですからな」

「その時の文句が悪い、この静庵を待っておるので慨《かな》わんと申されたじゃろう？　わしがこれへ来たからには、もう、その断りは通らんと申しおる」

するとわきから紀文が、

「はじめてお目にかかります。紀伊国屋にございます。かような場所でお詞《ことば》をおかけ申すのも如何《いかが》かと存じ、先程は却《かえ》って失礼を申しましたが、こうして、御隠居にお会い致せたのも申せば八幡宮のお引合わせ。いかがでございましょう、御無理とは存じますが、お近づきのしるしに是非手前どもへお遊びにお立寄り願えませんか」

先刻もそうだったが、評判の遊蕩児に似ず、身近かで見ると何か清々《すがすが》しいさっぱりした気性が感じられる。腰は低いが商人の打算ずくな嫌味はない。眉が黒々と太く、顎《あご》の剃迹《そりあと》の青い、どちらかといえば逞《たくま》しい感じさえする青年富豪である。

安兵衛が応《こた》えかね躊《ため》らっていると、

「お願いいたします」

取巻き連中が揃って一斉に頭を垂れた。中で、一きわ美しいのは矢張り紀文の敵娼《あいかた》らしい傾城である。

安兵衛は無論、名を知らないが彼女は三浦屋の玉藻《たまも》といった。三つ笄《こうがい》櫛《ぐし》という髪付き、紅綸子《べにりんず》の打掛けの下に地白《じしろ》を着て、古文の表現によれば「目の張り涼しく唇薄く、小鼻の筋の通った柳腰に絖肌《ぬめはだ》、歯並びの揃った、指尖《ゆびさき》の細い、爪《つめ》の薄い、足の拇《おや》指《ゆび》の反った、髪際《かみぎわ》の濃くない遊君」であったと。

少々のことには驚ろかないが、いかな安兵衛も彼女の美色に暫《しば》し茫然《ぼうぜん》となる——

紀文は勘の鈍い男ではない。といって、玉藻に見とれている安兵衛へ「この妓《こ》がお気に召しましたのなら」なぞと口にする程無粋でもない。

「いかがでございましょう、廓通いをお戒めの御沙汰《ごさた》のあることは存じております。

けっして妓楼《ぎろう》へお供いたそうと迄は申しません。せめてお近づきのしるしだけでも」

「何処へ参るのですな？」

「当地《ところ》に天麩羅《てんぷら》の美味な店がございます」

「てんぷら」

「申してみれば胡麻《ごま》揚げのことで」

安兵衛は未《いま》だ曾って妓楼に宿泊したことがなかった。天麩羅が胡麻揚げだと言われてもよくは分らない。

「どうじゃ、こうまで誘われて拒むようでは却って其許の器量にかかわる——と、わしは思うがの。行くか？」

「そうですな……」

安兵衛は初めて志津をかえり見、

「そもじはどうする？」

玉藻の成熟した容姿にくらべると、年頃よりは大柄な志津の肢態や目鼻立ちが、ただ健康で可憐《かれん》なだけのものに見える。男の不思議な心理で、志津の魅力の消えたこの時ほど、安兵衛が優しい視線を彼女に注いだ験《ため》しはなかった。

志津は単純である。紀文ほどの大尽が安兵衛を饗応《きょうおう》しようと懸命になっているので、見ていて得意で仕様がない。

「中山さんがいらっしゃるなら、あたいはいいわ」

朗らかに言った。

話はこれできまったようなものだ。

「偉えお嬢さまだ、紀文大尽でも動かせねえお人を――大尽、負けですぜ」

すかさずうしろで取巻きの一人が言う。嬉《うれ》しそうに女たちは嬌笑《きようしよう》をあげる。誰よりもだが、嬉しそうだったのは負けたと言われた当の紀文であった。静庵だけがチラとそれを見抜いたが、

「話がきまれば早いがよい。案内されようわい」

安兵衛を促し、自分が先頭に立って、とっとと境内を通り抜けてゆく。天麩羅屋を知っているのと、遊興取締りのきびしい時節柄、遊女連れの一行と偕《とも》に歩いては安兵衛の立場も困ろうと察しての上だろうが、常にも増してこうなると静庵、矍鑠《かくしやく》たるものである。社殿の裏参道を出て二つ辻《つじ》目。掘割に臨んだその料理茶屋の表玄関へ、うしろの一行には構わず安兵衛と志津を連れ、さっさと先に這入《はい》っていった。

出迎えの女中が目を瞠《みは》って、言う。

「おや八幡の御隠居、あっちゃあ又お見限りかと恨《うら》んでいたわえ」

天麩羅は古く伝来した料理法で、徳川家康の死は鯛《たい》の天麩羅を食った食当りが原因という。その頃にはまだ天麩羅という名称がなかっただけである。山東京山《さんとうきょうざん》の伝に拠《よ》れば、芸者を連れて江戸へ逃げた大坂のさる商人の悴《せがれ》が、京山の兄の京伝のところへ来て、「魚の胡麻揚げの商売をいたしたいと思いますが、どうも胡麻揚げでは語呂《ごろ》が悪い、何かよい名をつけて下さい」と頼んだ。

京伝は、

「お前さんは天竺《てんじく》浪人だ、ふらりと江戸へ来て売るなら天プラでよろしかろう。麩羅の二字を用いたのは小麦の粉の薄物をかける意味だな」

と言ったので、以来、天麩羅の名が興《おこ》ったという。

年代的にこれは嘘《うそ》である。京山の生れる以前既に天麩羅の名が深川で見えている。案外、てんぷら等と言い出したのは紀文あたりではなかろうか。

一行が料理茶屋に着くとそれ迄《まで》ひっそり静まっていた屋内が祭礼の神輿《みこし》でも舁《か》かれて来たような賑々《にぎにぎ》しさである。いかな安兵衛もその底抜け騒ぎには呆《あき》れ返った。

「わっちゃあフロウよりウエインがいい」

と幇間《ほうかん》の桜川為山が女に酒を注がせて飲み、

「これサ玉緒さん、わっちゃあロード・ゲシクトになりやしたろうね。ゴロウトにせつのうござんす、もうウエインは止《や》めにして、ちっとヒスクでも荒しやしょう」

などと言う。片言《かたこと》の和蘭陀《おらんだ》語である。

フロウ Vrouw は女のこと、ウエインは酒、ロード・ゲシクトは顔の赤いこと、ゴロウトは「大いに」の意、ヒスクは魚という意味らしい。

むろん安兵衛には何のことやら分らない。

「中山さん、あれは何て言ってるんです？」

隣りに坐《すわ》っているお志津が、ここぞとばかり安兵衛に甘えかかって訊《き》く。案外、彼女はけろりとして、仲居にさされる盃《さかずき》を次々とあけていたのが、突然酔いが回ったらしい。

「それがしに訊いても分るわけはない」

安兵衛は苦笑したが、どうやら和蘭陀語の謎《なぞ》はとけて来そうである。

安兵衛の隣りには遊女玉藻をはさんで静庵老人が坐り、更に静庵の隣りには玉藻の妹分の遊女玉緒が坐っている。いわばこれが広座敷の正客である。紀伊国屋文左衛門は一番末席に坐していて、あとの取巻き連中——番頭やら歌舞伎《かぶき》役者やら幇間、絵師などは夫々《それぞれ》に芸者、禿《かぶろ》、火車などをそばに紀伊国屋の左右へ居流れているが、丁度、安兵衛の向う正面に位置した女の眼が碧《あお》い。時々その碧い眼で安兵衛をじっと見て、視線が合うと、微笑《ほほえ》む。娼妓《しょうぎ》とも素人《しろうと》娘とも判断がつきかねるが、どうやら和蘭陀語の発源地が彼女らしいと迄は分った。

それとなく静庵に尋ねると、

「あれか、幇間の為山が長崎から貰《もろ》うて来て育てた養女よ。さよう、まだ身売りは致しておらん。あれでもまだ十七かのう」

髪は黒いから混血児だろう。それにしても自由奔放に、異国情緒を取入れ、こういう底抜けの豪遊をする紀文なる男の、進取の気に富んだ闊達《かったつ》自在な生き方がふと武士階級の堅苦しさに較《くら》べ、妙に羨《うらやま》しいものに思えてくる。

紀文ひとりではない、そもそも禁制の混血児を敢《あえ》て育てる幇間の為山さえ、元禄期に勃興《ぼっこう》してきた町民階級の或《あ》る進歩的な生き方を示唆《しさ》しているのではないか？　彼等に較べれば、何という武士の姑息《こそく》さであろう。

遊女玉藻が言った。

「おヘレンちゃんはゴロウト綺麗《きれい》でござえやしょう？」

「おヘレン？」

「お前がさいぜんから見ていやす——」

玉藻は手の酒盃でゆっくり対面を示した。混血娘のことである。

「ゴロウトとは如何《いか》ような意味だな」

「大きにというわけでおざんすわえ」

「ならばそもじこそゴロウト綺麗だ」

「おや、ぬしさん、お酔いなはいましたか？……」

遊女というものは男に媚《こび》を売ると単純に考えていたが、実に鷹揚《おうよう》で気位が高い。何か、別世界へ来たようで安兵衛は日頃の自分を失いそうである。

「幇間が貰い子にして育てたと静庵どのに聞いたが」

「あい。三つのおりからでごぜえやした」

「そもじその頃から存じているのか」

「あっちゃあ廓《くるわ》うまれ。太夫《たゆう》平野のむすめでおざんす」

「太夫のむすめ？……」

これも安兵衛には意外である。たしかに客に身をまかせるのだから、傾城が男の胤《たね》をやどして不思議はないが、こう大っぴらに遊女の子だと表明されると何か奇異の感じがする。

あきれて、鼻すじのほそく通った横顔を眺《なが》めると、

「何じゃな？」

静庵が自分を見られたと勘違いしたのだろう、玉藻の向うから顔を覗《のぞ》かして、

「ふん、そのことかい。だから無骨者は困る」

あっさり、説明してくれた。

遊女とて女なら子を孕《はら》んで不思議はないし、ただ太夫ほどの高級な遊女になれば、相手も大名か、相当な身分の豪商だろうから、敵娼《あいかた》の太鼓腹を傍観しては男にかかわる。それで落籍するか、さもないなら十分な手当を与えて廓内で生ませた。遊女高尾が女児を産んで、揚げ屋通いに抱かせて連れて居たから「子持高尾」と評判され、それは高尾のみでなく、連れ回らぬだけで、子を産んだ者は幾人もある。元禄から二十年前の『吉原袖鑑《そでかがみ》』なる本を見ると、

「対馬《つしま》太夫も御平産でおめでたし、巴《ともえ》も過し秋平産し玉う、はな野も去年の初産よりチトあらび玉う、かをるは年子《としご》を孕む人にてうるさし」

そんなことが書かれてあるわ――そう静庵は言うのである。

「これの母親なんぞ産後は惚《ほ》れ惚れするよい女になりおってな」

「そうじゃ、わっちゃあおぼえている。御隠居はよう通うておいでてごぜえやしたわ

え」

「コレ、今更はじをかかすでない」

紀伊国屋文左衛門が朱塗りの盃を手に、この時安兵衛の前に来て、坐った。丁度お志津が酔いつぶれ、安兵衛の膝《ひざ》に崩れかかった時である。

安兵衛の膝に酔いくずれた志津を紀伊国屋は平気で見て笑っている。

「お酔いなされたようでございますな」

朱塗りの盃を、安兵衛に差出して、「お流れを頂きとうございますが」

かたわらの玉藻へ酌をするように目で促した。

玉藻は、指さきの細い両の手で瓶子《へいじ》をとりあげ、脇《わき》の安兵衛に注ぐ。取巻き連は末座で勝手に談笑している。

「八幡の御隠居とは何時からのお識合《しりあ》いでございましたか？」

「それがし江戸へ参った折からですからな。もう七年になりますか」

「これはしどい」

紀伊国屋は静庵へ向って、

「中山様を以前から存じておられますなら御隠居、何故もっと早う引合わせて下さらん?」

「何、何」

遊女玉緒をからかっていた静庵が、

「武士嫌いの其許、いつから宗旨を変えたの?」

「別に、お武家を好きとは申しません。しかし中山さまは別です、こちらは浪人暮しの御苦労をなされておりましょう」

紀文はゆっくりのみ干すと、返盃《へんぱい》をして、今度は自分で安兵衛に注いだ。こう言った。

「高田馬場から引揚げてお戻りなされる途中、尾張様お屋敷へお寄りなされたそうでございますな」

「?……」

安兵衛は胸の前で盃をとめた。

「連也どのを御存じでおられるか?」

「存じあげると申すほどお近づきはございませんが、一両度、お目にはかかっております」

「まだ江戸屋敷に?」

「いえ、もう尾張のお国許《くにもと》へお帰りなされたと聞いておりますが」

柳生連也には堀部家へ入婿《いりむこ》の折、あの裏長屋へ祝いの品を届けられた儘《まま》、まだ礼にも出向いていない。祝儀《しゅうぎ》を受取ること自体が、何かすじ目に合わぬようで躇《ため》っていたのである。

紀伊国屋はそういうことまでは知らぬから、あの日の安兵衛の引揚げの態度が、実によく出来ていたと後で家中の者に洩《も》らしたそうだと告げ、

「当今、江戸に浪人は数あろうが中山ほどの人物はおるまい——そう言って、激称されていたそうでございます」

と語ったのである。

安兵衛は狼狽《ろうばい》した。

「いや、拙者以上の仁が、それもこの深川で浪宅暮しを致しておられる——」

「ほ。……どなた様でございますな?」

武士は嫌いという紀文だが、浪人には興味があるらしい。目が機敏に輝いてくる。

安兵衛は典膳の名を言うつもりだったろうが、この時志津が、

「くるしい。……中山さん、あたい、苦しい……」

安兵衛の膝で眠っていたと思われたのが急に身悶《みもだ》えして、咽喉《のど》を掻《か》き出した。

騒いでいた連中も、この志津の悲鳴に一斉に静まり返る。志津はいよいよ苦しみ出して、余人が介抱に手出すと、

「嫌！」

はげしい勢いで払いのけ、何としても紀文自身が介抱してくれねばいやじゃと駄々をこねだしたのである。

確かに酔っているのだが、こうなればもう紀文が手を添えねばおさまるまい。

文左衛門は苦笑して、番頭に手をかざせ、自分で別座敷へ志津を運び入れた。

志津の供をしてきた宇須屋の女中が、安兵衛の草履取り茂助とともに茶屋の玄関で待っている筈《はず》である。

紀文は番頭に命じてその女中を呼びにやらせようとした。

「嫌！　誰も来てほしくない……紀伊国屋さんだけで介抱して頂戴《ちょうだい》」

志津は嘔吐《おうと》を怺《こら》え、真青の顔だが、異常な執拗《しつよう》さで文左衛門にしがみ付いてくる。

そうして、

「くるしい。ああ苦しい……中山さんの馬鹿《ばか》。何がゴロウト綺麗なのさ！」

畳に身を投げ出し悶えだした。

「――喜兵衛どん、どうやら介抱人が違ったらしいね」

「さようでございますな。――中山様を、お呼び致して参りましょうか」

「いや、この儘何とかなだめてみよう。中山さんほどのお方だ、その気になれば自分から出て来なさる筈――」

紀文は、案じ顔で様子を見に来た取巻き連にさがっているように命じ、

「吐くかもしれんで小桶《こおけ》を頼む」

茶屋の女中に吩《い》いつけてから、

「これ、くるしいなら遠慮はいらん、紀文のこの膝の上へ吐くとよい、吐けば、楽になろう……」

志津の肩に手をかけて揺った。堪《た》えかねたのか、その手に縋《すが》って今度は仰反《あおの》く。はらりと裾前《すそまえ》が割れ白い肢《あし》がのぞいた。睫《まつげ》毛のきれいにのび揃《そろ》った瞼《まぶた》をしっかり閉じて咽喉から襟のはだけた胸全体が時々、大きく苦しそうに喘《あえ》いでいる。

「帯を解いて差上げた方がお楽になりは致しませんか」

番頭が言うと、

「そうもなるまい」

紀文は苦笑していたが、

「やむをえん。八幡の御隠居に来てもらおうか……」

静庵のかわりにやって来たのは安兵衛自身と、宇須屋の女中である。

「お、お嬢さま……」

身もだえする様子に狼狽して縋りつくのを志津は遊女と勘違いしたらしい。

「彼方《あちら》、お行きい！」

邪慳《じゃけん》に払いのけ、その手で又紀伊国屋の膝に取りつくと顔をおしつけ、泣き出した。

「紀文さん、紀文さん。……あたいは、中山さんに……」

「中山様ならこれへ来て下すっておりますぞ」

「嘘《うそ》。来てくれるような人じゃない。あんな冷淡な男ってありゃしない！……」

「……どうも」

紀文は安兵衛と顔を見合い、

「大そうな御艶福《えんぷく》で」

「まったく以《もっ》て拙者には手のほどこし様が……」

「ま、初めて酔いなすっただけのこと、そのうちにはおさまりましょうで、この場はこの紀伊国屋にお委《まか》せを願いませぬか」

「そうして頂ければかたじけないが、其許とて」

「いや、こういう娘御の介抱なら喜んで、はっははは……」

豪放な笑い声がふと歇《や》むと、

「先程お話のあった御浪人でございますがな」

眼が真剣に光ってきた。

孤　影

嘉次平が竈《かまど》の前にうずくまって火吹竹を吹いていると、どやどや人の跫音《あしおと》が表へ来て停った。

「——これだこれだ」

「おーい……みつかったぞ」

大声で通りへ呼びかけている。

やがて表戸がガラリと開き、

「丹下典膳どのの住居はこれか。御在宅なれば御意得たい」

聞き覚えのある声が言った。燻《くすぶ》る煙りに目をぬぐってとび出てみると堀内道場の面々が四人。

「おお、これはようお出《い》でなされて下さいました」

師範代の高木敬之進を除いては小身ながらも御直参の身で、二人ほどお供の者が跟《つ》いている。

「そちは以前より仕えておる爺《じい》であったな？」

「はい。……お久しゅう存じまする」

「丹下さんは御在宅か。我ら打揃《うちそろ》って見舞いに参ったと伝えてくれい」

「……少々、お待ちを願いまする……」

誰にも会いたくない主人とは知っているが、こう正面きって訪ねられては断りもならない。

おそるおそる嘉次平は典膳に取次ぐと、狭い住居のことで玄関の様子は筒抜けだった。

「何人で参った？」

「高木さまはじめ四人様にござりまする」

典膳は本を閉じ、座敷に坐《ざ》したまま障子を開け放った庭から河面の夕焼けを眺め出した。肩の疵《きず》の上を、例によって右手でさすっている。

しばらく思案をしたが、

「会おう。――これへ通って頂け」

典膳が道場の面々に会うのはあの一件以来である。高木敬之進を先頭に、小十人組の池沢武兵衛、眉《まゆ》の細い野母清十郎、小普請《こぶしん》の吉岡玄蕃《げんば》と、相前後して座敷に来て、いずれも典膳のその余りに窶《やつ》れ果てた姿にハッと息をのむ。

それでも、一同座に着くと、

「御加減はいかがじゃ？　もっと早うに訪ねて参る筈《はず》であったが、何さま恒例の紅白試合に紛れておって――」

高木が一同に代って挨拶《あいさつ》する。

「忝《かたじけな》い。……もう、ごらんのとおりすっかり傷は平癒《へいゆ》いたした。ただ時々、痛みが残り申す――」

淋《さび》しく典膳は笑う。嘉次平が急いで茶の支度をして次の間に来ると、一同に改めて礼を述べた。それから酒肴《しゅこう》の支度をしましょうかと典膳に言う。

「いや、我ら参ったは見舞旁々《かたがた》実は丹下さんに相談があってじゃ。用が済めばすぐに辞去いたすぞ」

せわしく武兵衛が手を振る。その脇《わき》から敬之進が、

「実は丹下さん、相談というのは他でもない、紅白試合の件について――」

言った時、玄関に又々人の訪《おとな》う気配があって、

「こちらは丹下典膳さまの御宅でございましょうか。手前は、紀伊国屋文左衛門よりの使いにござりますが――」

応対に出た嘉次平と紀伊国屋の使いとの話し声が奥座敷まで聞こえてくる。

意外そうに、

「丹下さんは紀文を存じておられるのか？」

清十郎は細い眉をあげて目を光らせた。料理茶屋の女遊びを知っている者なら、武士町人のへだてなく紀伊国屋文左衛門へ一種の羨望《せんぼう》を感じるのは人情だろう。

「知り申さぬ」

典膳はあっさり首を振って、

「それより今の紅白試合の話、何を相談に参られたか知らぬが、見られるとおりの片輪者です、一切聞かぬことにしてこの儘《まま》お引取りを願い度《た》いが」

「いやそれは困る」

師範代の高木が慌《あわ》てて膝を乗出す。

「詳しい事情を申上げねば相成らんが、来る十日の恒例試合には、このたび特に知心

流道場より両三名が見学に立会われることに相成った。見学とは申し条、他流を交えての稽古《けいこ》とあれば一応我が方としても覚悟の要ること。ついては、丹下さんに是非当日列席をねがって」

「──それは堀内先生からの希望で？」

「いいや、先生にはまだ申上げておらん。我ら相談の上にて」

言ってるところへ嘉次平が戻って来て、

「お話し中でございまするが、只今《ただいま》紀伊国屋文左衛門の使いと申す者が参りまして」

「要件は？」

「それが……」

嘉次平は弱々しい笑いを浮べた。

「何でも、さきほどの中山さまが御一緒だそうにございまして、富岡八幡らの料理茶屋へ是非お殿様にお越し願い度いと」

「中山？……高田馬場一件の中山安兵衛がことか？」

意外な面持で池沢武兵衛が身をねじ向けた。

「はい」

「そ、それでは丹下さん、貴殿中山を存じておられたのか？」

池沢だけではない、一同にこれは思いがけない事だったろう。互いに顔を見合って、なかば呆気《あっけ》にとられている。

典膳は少時考えたが、何を思ったか、

「ともかくこれへ通せ」

と言った。

嘉次平が驚いた。あの事件以来典膳が人に会うのは今日が初めてだからである。

「よろしいのでございますか？」

念をおしたが、

「よい。――通せ」

低く、典膳はうなずいた。

嘉次平に案内されて次の間にかしこまったのは例の番頭喜兵衛である。ずらりと来客が居並んでいるのにも物怖《ものお》じせず、

「はじめてお目にかかります、手前、紀伊国屋の番頭にござります――」

落着き払って挨拶する。その物腰をじっと典膳は見戍《みまも》った。

しばらくして典膳が尋ねた。

「中山どのは以前から紀伊国屋を存じておられたのか」

「いえ、お目にかかったのは、今日はじめてでございますが、丁度、このお近くに棲《すま》居《い》なされる志津磨静庵と申されます御隠居を、手前主人が以前より存じ上げておりましたもので、偶然御一緒に……」

「志津磨？――書道に高名なあの御老人のことか」

小十人組の中でも手跡を自慢の池沢武兵衛が膝《ひざ》を進めた。

「はい。存じていらっしゃいましたか」

「いや。面識は得ておらんが。――成程、あの中山であればのう」

武兵衛は以前まだ安兵衛が道場の大方に無視された頃から、安兵衛には好意的だったので、それが今では何よりの誇りである。自分には先見の明があったというわけである。

「いかがでござろう丹下さん、あの書道の大家は兼々なかなかの粋人とうけたまわっておるが、それが同席なら面白い。拙者かねて、実は貴公に是非中山を引合わせ度いと存じておったところ。いい機会かと存ずるが」

それから又ふりかえって、

「番頭、その料理茶屋とやらへ我等同道いたしても差支えはないのか」

「それはもう、何人お出で下さいましても至って紀伊国屋は賑《にぎ》やかが好きでございまして」

「お、おんなは同席いたしておるのか？」

　これは眉の細い清十郎が訊《き》いた。

「はい。新吉原の傾城どもがほんのわずかばかり……さよう、十二三人は参っておりましょうか」

「何、ほんのわずか十二三人？　――う―む」

「いかがでございましょう」

　番頭はあくまで典膳ひとりを見上げて、福相にニコニコ笑った。

「では、御案内ねがおうか――」

　襖越《ふすまご》しに嘉次平は我が耳を疑ったという。それこそ住居の外へは一歩も出ようとしなかった主人なのである。

　典膳は、

「この儘着流しで失礼いたすぞ」

　言って、すっと座を立ち、床の間の刀架へ寄ると片手で腰をまさぐって大小を落し差にした。隻腕《せきわん》の不自由をこの時一同まざまざと見るおもいがした。

出掛けるときまれば各々《おのおの》はその方面はけっして嫌いではない。

「かように多勢でおしかけて迷惑はいたさんかな？」

一応、尤《もっと》もらしく高木敬之進が躊躇《ちゅうちょ》したが、相手は名に負う遊蕩《ゆうとう》大尽、どのような美人を侍《はべ》らしておるか見たいものよ。そんな好奇心がもう表情一杯にあふれ出ている。

一同、丹下典膳を中に囲んで八幡宮境内を抜け料理茶屋に乗込んだ。

紀伊国屋の番頭喜兵衛が、十二三人といったのは誇張ではなかった。あらかじめそういう約束が出来ていたのか、典膳らが広座敷に這入《はい》ると、志津磨静庵、中山安兵衛を上座にすえて左右へずらりと二十人あまり、いずれもキラびやかな衣裳《いしょう》に笄《こうがい》、三つ櫛《ぐし》、或《あ》るいは二つ櫛と容色を競って居並んでいる。それぞれ禿《かぶろ》や火車を両脇に随《したが》えているが、中には貌《かお》に紅粉の粧《よそお》いをほどこさず、髪に油もつけぬ洗い髪に一つ櫛といった乙に澄まし込んだのもいる。それに加えて、紀文が此処《ここ》へ大尽遊びに来るとき連れて来た歌舞伎《かぶき》役者、幇間《ほうかん》、混血娘ヘレンのように玄人《くろうと》とも素人《しろうと》とも見分けのつかぬ女達。芸者。仲居。

それらが一斉に典膳や高木敬之進の入って来るのを見て会釈《えしゃく》をしたのだから、ちょっと異様な光景だった。

かんじんの紀伊国屋文左衛門がどれかも一目では分らない。

野母清十郎などは、こっそり遊里通いをしているのだろう、座敷に入ると直《す》ぐ、人情で馴染《なじみ》の顔はいないかと見渡した。池沢武兵衛は書道など出精《しゅっせい》するだけに案外小心者で、こういう豪華な宴には臨んだこともないか、茫然《ぼうぜん》と目を瞠《みは》っている。吉岡玄蕃も同様である。

典膳が安兵衛を見るのは無論この日が初めてだ。不思議な縁である。座敷に一歩入るときからひと目でそれと分った。

安兵衛の方は、着流しに隻腕の相手なら見まいとしても目につく。それに池沢武兵衛や高木敬之進までが同伴で来るとは思いがけないので、玉緒につがれた盃《さかづき》を何時《いつ》までも手に持って視線を注いだ。

「——ささ、どうぞこちらへお出でを願います」

静庵の向うに、典膳のための空席は一つ用意してあったが、他の面々のが無い。遊女たちを促して座を移らせ、其処《そこ》へ典膳から順に四人を坐《すわ》らせた。禿たちは急いで遊女のお膳《ぜん》を次々と譲ってゆく。

その間にも、

「中山氏、久しぶりじゃ」

「全く貴公とかようの場所にて会おうとは思わなんだぞ」

「仄聞《そくぶん》いたしたが、浅野侯に仕官めされたそうじゃな。先《ま》ずは祝着《しゅうちゃく》」

各自馴々《なれなれ》しく詞《ことば》をかけて、坐る。典膳だけは黙って会釈をし、安兵衛の隣りに、遊女を挟んで、坐った。

他の四人はそれまでに早く差料を外していたが、典膳は座布団《ざぶとん》の上に立ってから、片手をまわして摑《つか》み、帯から抜く。何でもないように見えても安兵衛一人は、私《ひそか》に感嘆した。

武士は大小を先ず小刀から着物と帯の間に挟み、ついで大刀はそれと帯一重をへだてて差すものである。両手があれば、帯と帯の間を指でまさぐって差すことも出来るが典膳は片手である。大刀を把《と》れば鐺《こじり》で帯一重をまさぐらねばならぬ。それが今、大刀を腰から抜いて脇差《わきざし》の方に微動の揺れも見られなかった。帯をきつく緊《し》めただけではこれは出来ない。余程の練達である。

紀文がこの時別座敷から現われた。

「ようこそお揃いでお出《い》でを頂きました。手前が紀伊国屋でございます。きょうは実は亡父の十三回忌に当りまして、寺にて心ばかりの法要をいとなみましての戻り。生前、父は至って逼塞《ひっそく》をいたしておりましたもので、せめて孝行の真似事《まねごと》にもと、かような席をもうけさせて頂いたようなわけで。ま、何かのこれも御縁と思召《おぼしめ》し、どうぞ本夕ばかりは存分にお遊びを頂きます」

そう言って紀文は高木敬之進の前に出ると、ことさら典膳をあとまわしにして、自身の手で高木ら四人の前に杯盤《はいばん》を据え、一人一人へ酌をした。

「はじめて御意を得る。拙者小十人組にて池沢武兵衛と申す」

「拙者は吉岡玄蕃」

「野母清十郎」

いやに四角張った挨拶をするのも、既に貫禄《かんろく》の上で紀文にのまれている証拠だろう。

最後に紀文は典膳の前へ坐った。

「お初にお目にかかります――」

紀文の方から挨拶したのは典膳にだけである。

軽く典膳は頭をさげた。

「お近くにお住いだそうにございまするな」

「さよう、西念寺裏に侘《わ》び住居をいたしており申す」

「いかがでございましょう、これを御縁にお付合いをねがえませぬか」

意味の汲《く》みとりかねる複雑な笑いをうかべている。

「風流なものを結んでおられるが」

典膳は応《こた》えるかわりにそう言って目で紀文の元結《もとゆい》を示した。髻《もとどり》を結ぶのに普通と違って金糸を用いてあったのである。

「これはお目の早い――」

紀伊国屋は照れたように嗤《わら》った。さいぜんお志津を別室へ介抱に運び入れる時には普通の麻の元結を緊《し》めていた。金糸の光るのは、よく見ればお志津の髷《まげ》に結んであったものである。

それが何を意味するか、典膳の隣りに並ぶ安兵衛の関心をそそったろう。――が安兵衛は素知らぬ顔で呑《の》んでいる。お志津はあれからまだこの座敷へ戻って来ない――

紀伊国屋はチラと安兵衛を盗み見て、目敏《めざと》く元結を指摘されたことに気が臆《おく》したか、この場ではもう、典膳と昵懇《じっこん》になりたいわけを打明けるのはあきらめた様子で、急にそわそわと典膳の前を立ち、座敷中央に戻って、

「さあ、どうぞ思う存分に今宵《こよい》はお遊びを願いましょう」

と言った。

この一語を待ちかねた如《ごと》く、それにかしこまっていた幇間や女どもが忽《たちま》ち無礼講の

どんちゃん騒ぎに入る。

「わっちゃあどうも、やっぱりロード・ゲシクトになりやしたねえ」

よろよろ立上って高木敬之進らの前へ坐り込み、

「おちかづきに、お武家さまのウエインが頂戴《ちょうだい》いたしとうござんす」

盃を差出す者もある。遊女の手を取って花見踊りを踊ろうと促す者もある。大変な賑々しさである。

そんな中で、愁《うれ》いにとざされた典膳の心は酔わない。

そのうち幇間桜川為山の音頭《おんど》で取巻き連の数人、うめ茶局《つぼね》、三寸局、火車などが立って広座敷中央で踊りを踊りだしたものである。いよいよ賑やかに気分は浮立ってくる。手拍子で踊りをはやす者もいる。

三寸局というのは、遊女の階級でも下の方で、吉原町に初めて廓《くるわ》が出来た頃は太夫《たゆう》、格子《こうし》、端《はた》の三階級に限られていた。それが元禄前に「うめ茶」という第四級が出来、うめ茶局の中で更に五寸局、三寸局、なみ局と分れたのである。紀文はたいがい馴染の遊女のいる妓楼《ぎろう》では総揚げをする。それで彼女らもこの宴席に侍《はべ》れたわけである。騒ぎが次第に大きくなると、気むずかしげに構えていた高木敬之進も隣りの遊女に戯《たわ》むれ出す。好き者の清十郎なんぞは「ケケケ……」奇妙な笑い声を立て、すっかり酔い出した。

吉岡玄蕃は、未《いま》だ三十に満たぬのに容貌《ようぼう》すこぶる魁偉《かいい》、堀内道場で「おやじ」なる異名を蒙《こうむ》っている。それが酒呑童子《しゅてんどうじ》のように真赤に酔って、我も踊らんず気構えを見せるのを池沢武兵衛がしきりに袂《たもと》を摑んで制していた。

「どうも、とんだところへお誘い致しましたな」

安兵衛が申訳なさそうに声をかける。

「何の」

典膳は頭を振って、

「先程は家僕があぶないところをおたすけ頂いたそうで」

「いや、却《かえ》って差出たことを致したと申訳なく存じております」

どちらも正面の踊りを眺めた儘で、顔は振向けない。

しばらくして又、安兵衛が言った。

「疵《きず》あとはいたみませぬか?」

「さよう、不思議なもので、時々、指の感覚が肩で動き申す」

「指の?」

思わず顔を向けた。

典膳はうなずいてこう言った。腕がもう無いのだから指を動かす神経がある筈《はず》はないのに、時々、ヒクヒク手を動かす感じで腕の付根に針で刺すような疼《うず》きがのこるというのである。

言いながら手をまわして肩をさすっている。

「丹下さん」

この時高木が身をねじ向け、

「先刻お話し申した紅白試合のこと、お引受けねがえましょうな？」

ぐるぐる座敷中央を回りながら踊っている人数の中に、混血娘ヘレンも混っている。踊りは六調子の花やかで鄙《ひな》びた手ぶりの舞いである。ヘレンは、碧《あお》い眼で、袂を翻《ひるが》えし正面の安兵衛と典膳の位置の方へ回って来る毎《ごと》に、チラチラ情熱的な眸差《まなざし》で典膳を流し見た。さいぜん安兵衛をみつめた時は、いたずらっぽい、少女めいた好奇心のそれだったが、広座敷に典膳の姿が入って来てからは急に人が変ったように黙り込んだものである。傍《はた》から冗談を言いかけられても応えないし、盃も手にしない。まじろぎもせず大きな碧い眼で一すじに典膳を見戍《みまも》っていた。

それが皆の踊り出すときになると、弾《はじ》かれたように自分も立上って仲間に入ったのである。何か、一歩でも、そうして典膳の顔をよく見える処《ところ》へ行きたい……そんな意図が明らかに感じられた。

踊りながらの、歌にあわせて唄《うた》う口の動きは、日本娘と少しも変らないから、彼女も日本言葉でしか今ではもう喋《しゃべ》らなくなっているのだろう。父のオランダ人は何処《どこ》にいるのか、或いは祖先がオランダ人なのか、兎《と》に角《かく》、碧い眼で風流な日本の踊りを手ぶりも確かに踊る容子《ようす》を見ると、異境に育てられる女の或《あ》る宿命的な哀れさが漂ってくる。

いつとはなく典膳の視線もこの異国の少女に注がれていたが、するとヘレンは自分を注目してくれる典膳と知ってぱっと瞳《ひとみ》を輝かせた。彼の視線が他へ移ると忽ち輝きも消える。再《また》、典膳の目が戻る。ヘレンは歓喜して急に楽しそうに綺麗《きれい》な声をあげて皆と唄う。

アラヨ、桃様よ

夢なと見せれ　夢で浮名が流さりょか。

ハヨイヤサー。

可愛《かわい》いじゃと言うて

捨言葉にも言うてくだしゃんせ
ハョイヤサー
いま此処で松が栄えて御城が見えぬ
なぜに御城下は島の影
いやというのに得心させてむりに咲かせた
室の梅
ハョイヤサ……

「いかがでござる、今の紅白試合の話は……」

典膳が黙って踊りを見つめるので、高木も視線に誘われヘレンの混血児であること
に興味をそそられた様子だったのが、やがて我に返って話を戻した。

典膳は片手で飲んだ盃を、ポトリと膳に捨てた。やはり黙っている。しばらくして、

「そういう話は、他日のことにして下さらぬか。今では侘び住居の身。こういう愉《たの》し
みには滅多にめぐり会えは致さぬのでな」

言って、

「そもじの名は?」

くるりと隣りの玉藻の横顔へ目を向ける。

典膳がそんな風にうちとけて来たのは初めてなので、

「わっちゃあ三浦屋の玉藻でおざんす」

膝《ひざ》をずらして、酌をした。典膳はこころよくそれを受けたので、あるいは、と末席でこれを見た番頭は思ったという。

だが典膳はこの一杯をうけただけで、不意に立上り、厠《かわや》へ行くと見せかけその儘《まま》茶屋を出た。

と、安兵衛もこれに続いてすっと座敷を出る——

突如と中座したのだから、表の夜風にでも酔いを冷やせば再び座敷へ戻るつもりで座を起ったのだろうと、紀文は簡単に考えたらしく、慌《あわ》てて番頭が追いかけようとするのを手で制しているのが安兵衛の出る時に見えた。

安兵衛自身は、むろん戻るつもりでいる。典膳とて、まさか挨拶《あいさつ》も残さず帰って行く人物とは考えられぬからである。

それで玄関で女中が、

「おや、お帰りでございますか」

驚いて寄って来るのへ、

「すぐに戻る」

草履を揃《そろ》えたあと、お供に出ようとする茂助へも、「そちはこれに残っておってよいぞ」一たんは言った。

併《しか》しふと別なことに思い到《いた》り、茂助に付いて来ることを許したのである。

別事とはお志津のことである。志津の下女も茂助と一緒に待っている筈であったが、玄関に姿はなかった。安兵衛は典膳の五六歩あとから往きながら、

「宇須屋の下女はどう致したな」

低く尋ねた。

「あの娘さんに付いて、さいぜん帰って行きましてござります。大そう青い顔で、着物なんぞは着崩れがしておりました。そうそう、ひどい乱れ髪で……若い娘御だけに、酔うと前後のわきまえもなくなるんでございましょうな。こちらは挨拶いたしましたが、目を吊《つ》り上げて、見向きも致してくれません」

「そうか。……」

帰ったのなら、いい。

「少し丹下どのと話がある。その方、あとから跟《つ》いてくるように」

吩《い》いつけて、ゆっくり典膳に追いつき、肩を並べた。

「いい月ですな」

安兵衛は言った。全く晩春にはめずらしい月の冴《さ》えた晩である。町家の殆《ほと》んどは表戸を降ろして深夜のように静まっている。野良犬が一匹遠くの辻《つじ》でしきりに二人の歩くのへ吠《ほ》え立てた。

「お手前、あれへ戻られるおつもりか」

暫《しば》らくして典膳が訊いた。どちらもすらりと背が高い。

「もしそうなら拙者、この儘帰宅いたしたとお伝え頂き度《た》いが」

「戻られんのですか?」

「久々に酒をすごしたせいか、肩が痛んで困ります」

二人の足取りは寸分違わず打揃っている。意識してそうするのではない。この呼吸の一致は、先に乱した方が負けなのである。

「丹下どの、お手前に一つお尋ね致したいことがある。構いませんか?」

「何を?」

「その疵。――何故わざわざ斬《き》られに御内室の実家へ行かれた? お手前ほどの人物、わけはおありであろうが、何としても拙者、それだけが見分け兼ね申した……」

チラと一瞥《いちべつ》をなげると、典膳は急に足を早め安兵衛のわきを離れて行く――

安兵衛は典膳につき纏《まと》うのを恥じて、途中で停《とま》った。

独りの影を曳《ひ》いて典膳は去って行く。傍らの掘割の水に月明りが映っては風で千々に砕けている。

あきらかに安兵衛は典膳へ不快の念を与えたようである。それが安兵衛にはあきらめきれない。こういう味気ない別れ方はしたくなかった。江戸に浪人暮しをして数年。初めて心から畏敬《いけい》する人物として安兵衛は私《ひそか》に典膳を知り、親愛感を懐《いだ》きつづけて来たのである。

せめてその胸中を腹蔵なく彼に打明け、何なら今宵一夜、心ゆくまで彼と語り明かしたかった……

「――旦那様《だんなさま》」

うしろで茂助が声をかけた。典膳と話す間、少し後《おく》れて跟いて来るように吩いつけられていたが典膳の方で去って往《い》ったからもうお供についてもよいかと問いかけたのである。

「………」

安兵衛は佇《たたず》んで、尚《なお》もじっと典膳の後ろ姿を見送った。何という淋《さび》しい影だろう。

何という寡黙《かもく》な偉い男であろう。――然《しか》も寸分の隙《すき》もない練達の剣境。

「あの腕前なら、まだまだわしは及ばぬ……」

安兵衛は心のうちでつぶやいた。謙虚な気持で、些《いささ》かもそのことは安兵衛を失意させない。却って或る爽《さわ》やかなものが心を通り抜けるのをおぼえた。

「――茂助、引返そう」

典膳の姿が見えなくなるまで立っていてから、軽く、その方向へ一礼して安兵衛は踵《きびす》を返した。

「又あの茶屋へお帰りなさいますので？」

「まさか、この儘屋敷へは帰れまい。あの仁にも宜《よろ》しく伝言《ことづけ》を頼まれておるでな」

安兵衛は紀文には、典膳の疵迹《きずあと》が痛む様子なので自分がすすめて帰宅させたと言うつもりでいる。高木敬之進以下へも適当に言いつたえておくつもりである。

月を仰いで、来た道を緩《ゆっ》くり安兵衛は引返した。

典膳の方は無表情に歩いて行く。安兵衛が考えたほど、淋しそうでも不快のようでもなかった。時折、つと立停って道の左右を見渡した。移転して来て、初めての他出なので、道を間違えぬよう確かめたのである。

西念寺の土塀が月の明りに仄《ほの》白く浮上るのが見える辻まで来た。其処《そこ》に嘉次平が待

ち迎えていて、

「おお、お帰りなされませ」

背をかがめて走り寄って来る。

「爺《じい》」

「は、はい」

「丁度よい具合に来てくれておった。足労じゃが、直《す》ぐこれを八幡裏の茶屋へ届けてくれぬか」

腰の脇差《わきざし》を外すと、

「紀伊国屋へ今宵の礼のしるし。まさか、落魄《らくはく》の境涯とて馳走《ちそう》を享《う》けた儘では済まぬでな。――それから」

総《あげ》　角《まき》

典膳が謂《い》わば紀文への引出物にと、嘉次平に托《たく》したのは、当麻《たいま》友則《とものり》、在銘、長さ一尺三寸八分半の拵付《こしらえつき》脇差で、兼て典膳の最も愛用していた一腰《ひとこし》である。

いかに浪宅暮しでも大小は幾つか予備があるが、この当麻友則だけは嘉次平のように心得のない者が見ても結構な拵えである。縁頭《ふちがしら》は金銅寿老に亀《かめ》、金紋狂い獅子《じし》の目《め》貫《ぬき》、小柄《こづか》は金無垢《きんむく》獅子、鉄鍔《てつつば》。

嘉次平は思わず主人の顔を見直した。

「よろしいのでございまするか」

典膳は目顔で余計な斟酌《しんしゃく》は要らぬ、早う届けよ、と言うともうくるりと踵《きびす》を返し家路につく。

やむなく嘉次平は脇差を一たん推し戴《いただ》いて手に持ち料理茶屋へ向いた。御旗本の栄耀《えよう》の名残りというには今の典膳の暮し向きは余りに哀れである。紀文への虚栄にしては、町人相手にもう少し適当な品があろう。けっきょく、招かれた時偶々《たまたま》帯びていた刀だから与えた迄《まで》で、惜しい気持があれば猶更《なおさら》、そういう惜しい品を与えるのが旗本武士の気風だったというべきかも知れぬ。それにしても、こういう立派な拵えの刀をと思うと、嘉次平の足は重かった。廉直《れんちょく》な殿様の御気性は知っているが、世間をお渡りなされるのに、これからはもう少し世智辛《せちがら》くあそばすよう爺めが気をつけねばならぬわい、と思う。料理茶屋は、先程紀伊国屋の番頭から聞いていたので直《す》ぐ分った。樹々《きぎ》の茂みの黝々《くろぐろ》と聳《そび》え立っている一角に、そこだけ夜の静寂を破ってさざめきが聞こえている。

玄関を這入《はい》りながら嘉次平はふと、あの正月の謡会《うたい》の賑《にぎ》わいを想《おも》い、あわてて頭を振った。

応対に出た女中に来意を告げた。

しばらく待たされていると、仄暗《ほのぐら》い廊《ほそどの》を遊女に雪洞《ぼんぼり》を掲げさせ、ほろよいの御機嫌《ごきげん》で遣《や》って来る宗匠頭巾《ずきん》の隠居がいる。玄関の方に近づくにつれ、何処《どこ》かで見たようなお方じゃと見戍《みまも》っていたら、隠居の方でも目にとめて急に歩みをのろくした。二人の目はヒタと合った。

嘉次平は御先代の丹下主水正《もんどのしょう》に仕えて以来、三十年になるが、まだ一度も主人のお供で遊女などの出入りする場所へは行ったことがない。旗本の中にはお微《しの》びで廓《くるわ》通いをするのもあると、噂《うわさ》に聞くぐらいがせいぜいのところだった。それほど主水正は謹厳廉直、いわゆるカタブツで通した人で、典膳もこの父に薫陶《くんとう》されて成人した。学問、武芸にこそ通じたが、遊里への道順などおそらくは二十年江戸に住んでいて典膳は知らぬのではないかと思える程である。

その典膳の、忠実な嘉次平は下僕である。宗匠頭巾をかぶった隠居を見ても、幇間《ほうかん》なのか、大尽なのか見当のつけようがない。だいたい、いい年をして遊女に寄添われて歩くようなふしだらな男は、これまで嘉次平の周囲には一人もなかったのに、どうも見たことのある顔なので一そう、嘉次平は注目した。

静庵の方は違う。

「そのもと、丹下とやら申す浪人の下僕ではなかったかな？」

玄関の式台の上まで来て、「そうじゃな？」

「はい。いかにも丹下家の召使いにござりまするが、――あなた様は？」

「静庵よ、――と申しても成程、知らぬか」

あっさり静庵は自己紹介は略《はぶ》くと、

「御主人なればさいぜん出て行かれたようじゃぞ」

老僕が迎えに来たと思ったのである。

「いえ、それで参ったのではございません。実は主人より紀伊国屋どのへ」

嘉次平は引出物に膓差を届けに来たことを告げた。

静庵は、ちょっと意外そうな顔をしたが、

「紀文どのへはもう取次いで貰《もら》ったか」

「はい、この家《や》のお女中にそう申してございまする」

「どれ、その引出物とやらを、チト拝見させて頂こう」

何を思ったか静庵は渡しにくそうにする嘉次平から脇差を受取った。

「玉緒。も少し明りを寄せなされ」

雪洞が近づくと縁頭から目貫、鍔、鞘《さや》へかけて刀の拵えをじっと見た。次に裏返して、小柄の拵えをしらべる。遉《さす》がに中身を抜くような失礼なことはしないが、拵えを見ただけで十分だったろう。

「……これを、引出物にと言われたか！……」

「はい」

静庵の目が一種厳粛な感動にうるみ出す。

「そうか。丹下どのとは然様《さよう》な……いや、いい目の保養をさせて頂いた」

ちょっと、拝むようにしてから脇差を嘉次平に返し、

「そのもとはいい主人を持たれたのう……」

「異なことをお尋ねいたしますが、あノ、静庵と申されましたのは？……」

静庵が奥へ入るのと入れ代りに、ようよう姿を見せた紀伊国屋の番頭喜兵衛へ嘉次平は真剣な目で尋ねた。

「あれ？　あアあれは深川の御隠居——中山さまのお知合いでございますよ」

あっさり言いすてた。先程は酔っていなかったのが今はほろ酔い機嫌。酔えば本性が出るのだろう、わざわざ玄関までこうして出て来るのは丹下典膳へ特別な厚意を示すのだと言わぬばかりに、

「それはまあまあ御念の入りますること。何もそう気をつかって頂かいでも、今宵《こよい》の散財ぐらい紀伊国屋にとりましてはな。ははは……」

碌《ろく》に嘉次平の説明を聞こうともしない。むろん、脇差にどれほど値打のあるものか知るわけはなく、むしろ、町人に刀などは有難迷惑——そう言わんばかりの慇懃《いんぎん》無礼さで、

「折角でございますから、では頂戴《ちょうだい》しておきましょう」

嘉次平は侘《わ》びしそうに刀を渡すと、物を言う元気もなくなったか、悄然《しょうぜん》、うなだれて茶屋を出た。

こちらは静庵である。

座敷は今や落花狼藉《ろうぜき》、手のつけられぬどんちゃん騒ぎだが、其所《そこ》だけひっそり静まっている安兵衛の隣りへ、考え込んだ面持で、坐《すわ》った。

「おぬし、丹下典膳どのと散歩で何の話をしたの？」

「別に。……何かあったのですか」

安兵衛は酒豪だから、盃《さかずき》は次々とほしているが、態度に少しの崩れもない。典膳と別れてから直ぐ此処《ここ》へ引返して来て、これも最前から何やら考え込んでいたのである。安兵衛のわきへは何時の間にやら混血娘のヘレンが坐り込んでいる。相当酔っている。

静庵が言った。

「近所の噂では、狐《きつね》をなぶり殺しにした祟《たた》りで、家は断絶、おまけに隻腕《せきわん》の片輪者に
なったと専《もっぱ》らの評判であったが、――あれは、偉い人物じゃ」

「どうしてお分りになりました」

「――む？　それぐらいのこと、わしとて人を見る眼はある」

そこへ千鳥足の池沢武兵衛が吉岡玄蕃とやって来ると、

「中山、おぬしが丹下さんの知合いとは思わなんだぞ。――ま、一杯」

「それがしもう十分頂いております」

「まあよいではないか。以前はあの様に気持よく呑《の》み合うた仲。それとも貴公、高田
馬場以来、評判男になったで、我らとは酒をくむはいやと申すかい？」

「どうも、少々酔われておるようですな」

さからわず安兵衛は盃をうけ、

「吉岡さん」

チラチラ混血娘ヘレンに流し目をくれている玄蕃へ、

「先刻申されておった紅白試合とやら、拙者も出向いてよろしいか？」

堀内道場の紅白試合は、毎年夏五月廿日《はつか》、当主源太左衛門正春が江戸で町道場を構えた記念の日を期して挙行された。

主として道場門弟の技術向上を褒賞《ほうしょう》する目的のためもうけられたものであり、対外的に宣伝を意図したものでなかったのが、道場の高名になるにつれて、世間にも知られ、特に著鈦《ちゃくだ》の政《まつりごと》の故事を付会するようになってからは、家士を門弟に差出している大名などから特別参観を申出られることもあり、一そう有名になった。門弟に切紙《きりがみ》、免許、皆伝の授与式の行われるのもこの日である。

が、何といっても当日呼び物の最たるものは、上段者による紅白試合と、著鈦の政から取った行事である。

著鈦の政というのは、中古、毎年五月と十二月に行われた公事《くじ》で、四人に擬した者の首に白布を置き、検非違使《けびいし》をして之《これ》を笞《むち》で打つ真似《まね》をさせたという。その故事から採って、死罪人を獄舎から下げて道場へ拉《らっ》し来て、庭前で試し斬《ぎ》りにする。

当時は真剣で立合うことなど皆無にひとしく、藩士同士の喧嘩沙汰《けんかざた》は両成敗とさだめられていたから、普通なら、刀に手をかけただけで勝敗に関《かか》わりなく家の断絶、若《も》しくは死を賜わるのを覚悟せねばならなかった。人を仆《たお》して咎《とが》めのないのは仇討《あだうち》か、上意討ちか、武士の面目《めんぼく》を余程傷つけられた場合に限られる。典膳の時には、あまり典膳が不甲斐《ふがい》なかったのと、不縁の理由によることにせよ、兎《と》も角《かく》、竜之進は義兄に当るわけで、兄が弟を折檻《せっかん》したと看做《みな》されたから竜之進への咎めはなかったのである。それですら千坂兵部の意見で、竜之進は十日余の謹慎をさせられている。

要するに真剣で人を斬る機会は武士には殆《ほと》んどもう無くなっていた。一生、手ずから人を斬るどころか、他人がそういう場面にあるのを見ることもなく一生を終った武士もずい分多い。従って、新刀の斬れ味を試すにも、自ら腕は揮《ふる》わずに、獄舎の吏人などへ刀を托して斬ってもらったものである。著鈦の行事が、堀内道場の評判を高める一因となったのもこういう時世の結果である。

一刀流の稽古《けいこ》は、前にも触れたように古風を重んじて竹刀《しない》道具を須《もち》いない。従って紅白試合と言っても、他流のように烈《はげ》しく撃合うことはなく、心得のない者には至極つまらぬものに見えたそうだ。木刀をふりかざしたり、間合をはかったり、間一髪で詰めたり。要するに甚だ儀礼的なそれは所作としか一般にはうつらない。斯道《しどう》をきわめた者だけが、間合の取り方ひとつにも滋味を見出《みいだ》し得るのである。

紅白試合は、鉢巻《はちまき》に紅と白の手拭《てぬぐい》を用い、白襷《しろだすき》に素面素籠手《すごて》、木刀を携えて互いに道場内に相対して勝負する。どちらが勝ったのか負けたかも素人目《しろうとめ》には判定し難いこと屢々《しばしば》だという。実際に打合うよりはだが本当はその方が面白いだろう。五月廿日の来るのを、堀内道場の門弟に限らず、江戸に居る武辺好きの面々が指折りかぞえて待ったのも当然であった。

当日の著鈦の行事には、「吊《つる》し胴」と「歩き袈裟《げさ》」の試し斬りがある。吊し胴というのは、囚人の足を先《ま》ず結び止め、目隠しをして、両手を挙げさせて撓《しな》わせた竹の先に吊し付ける。竹は根元を結《いわ》えて弓状に反らしてある。胴が真二つになれば、バネに弾《はじ》かれた如《ごと》く上半身は空中へ吊上げられるわけで、かなり酸鼻な処刑のようだが、曝《さら》し首などの極刑に較《くら》べればこれでも当時としては寧《むし》ろ囚人にとって本望な死に様だった。獄舎で首を打たれるのと違って、一応、名のある人物の手にかかって死ぬわけで、後々、菩提《ぼだい》の弔《とむら》いもねんごろにして貰《もら》える。人間、死ぬのに、名もない獄吏の手にかかって果てるよりは、名誉の士に討たれる方が死に花の咲くことと一般に考えられた時代だからである。

歩き袈裟は、これも竹に腕と首を結びつけられ、肩へ斬込みやすく両手をのばした格好で囚人の歩いてゆくのを、斬る。背後から斬るのが裏袈裟、前へ回って斬るのを表袈裟という。

戦国時代、織田信長の時に谷大膳亮《だいぜんのすけ》が鷹狩《たかが》りに出て、死人が田に横たわっているのを見て、之《これ》を畦《あぜ》に置いて帯刀の斬れ味を試みたのが「土壇据物《すえもの》斬り」の始めらしいが、刀剣の刃味をこころみるのに死罪の者の首を斬ったのは源平時代からの風習で、源氏の宝刀「膝丸《ひざまる》」は、首を斬った余勢で両膝をも斬落したのが名の起りであったそうな。

徳川初期になっても、死体を試すには土壇を築いた上に載せていた。水戸《みと》光圀《みつくに》なども少年の頃から、何人か死罪人を試し斬りにさせられたと記録にある。併《しか》し、罪人を斬るには沢山な礼をせねばならぬので、代りに藁《わら》を巻いた中へ竹を入れる据物試しが行われ出したのである。この場合、うまく斬れるように長大な刀を用い、重い鉛の鍔《つば》などを付けた者もあったといわれる。真剣勝負の妙味からは遠いので、堀内道場では筋肉を緊張させるため竹で吊り、歩かせて斬るわけだ。

さて当日、安兵衛は舅《しゅうと》堀部弥兵衛を伴って道場へ参観に赴いた。

丁度、据物斬りが済んで、いよいよこれから紅白試合の始まろうとする頃である。用意されてあった見物の席に着き、それとなく安兵衛は典膳の姿を探したが、見当らない。

弥兵衛老人は、安兵衛との縁談の纏《まとま》る時に当主堀内源太左衛門に会って以来なので、

「わしは一言、挨拶《あいさつ》いたして来るでの。お主も後でいずれは堀内どのに会うであろうが……」

耳許に囁《ささや》きのこすと、人垣《ひとがき》を分けて道場正面の神棚《かみだな》の下に端坐《たんざ》して試合の進行を見まもる源太左衛門の方へ寄っていった。

安兵衛は試合を見た。今しも眉《まゆ》の細いあの野母清十郎が木刀をじりじり上段にふりかぶってゆく。

清十郎は御進物番頭野母嘉左衛門の二男で、部屋住ながら長男以上の才子と旗本間で評判が高いが、

「──負けるな」

見ていて安兵衛は呟《つぶや》いた。

相手ではない。安兵衛自身が、この稽古試合にならば、清十郎の木刀捌《さば》きの華麗さに負けるだろうと見たのである。稍《やや》細身の木太刀を上段に翳《かざ》した清十郎の構えには、軽薄と見えて実は案外多彩な変化がかくされている。真剣勝負であれば分らないが、型

の上で変化の精妙を競うだけなら、安兵衛などの到底及ぶところではない。

曾《か》って、この道場に入門しようとした時に、切紙以下の技倆《ぎりょう》だと高木敬之進がさげすんだのも無理ではなかったと、あらためて安兵衛は苦笑した。

清十郎の上段が、相手の木刀を巻き込むように一閃《いっせん》して勝負はついた。

「野母清十郎の勝ち。それ迄《まで》」

師範代高木敬之進が、低いがよく透《とお》る声をあげる。

拍手などのおこらないのが武道試合である。咳払《せきばら》いひとつ発する音もなく、緊迫した静けさの中に次の紅白二組に分れた遣い手が左右の控えの座から立って道場中央へ進み寄った。

係りの者が、上段の堀内源太左衛門の端坐する脇《わき》に控えていて、次に試合する両名の姓名を読上げる。この声は道場一杯に響く。

道場内は三方に幔幕《まんまく》を繞《めぐ》らしてあり、正面に対《むか》って左が白、右が紅組。幕の真下には夫々《それぞれ》参観者の席が薄縁《うすべり》を敷いて設けられている。試合に臨む者は直《じか》に床板に坐る。別に、身分のある大名や藩臣の席は、神棚を背にして牀几《しょうぎ》が用意されてある。処々に空席のあるのは著鈦の行事が済んで既に帰って行ったか、まだ出席せぬ人々のものだろう。牀几に居る面々だけは、あらかた麻上下《かみしも》に礼儀を正している。上下の定紋で大目付四千四百石高木伊勢守《いせのかみ》、寄合衆千石柳生又右衛門の陪席しているのが分った。ちょっと、柳生家の嫡男《ちゃくなん》が一刀流道場へ来るとは意外だったが、まだ若々しい二十前後の青年で、多分は修業の為《ため》だろう、と安兵衛は思う。

他には、陪席した面々に心当りの人物は無い。目をやると舅弥兵衛が堀内師範のわきまでいって、くどくどと祝辞を述べている。離れて見れば、一徹で気丈なようでも腰が曲り、やはり年はあらそえなかった。

紅白の両名は、互いに間合を牽制《けんせい》しあって容易に勝敗は決しない。

ふと、うしろから肩を敲《たた》かれた。

「来ておられたかい」

池沢武兵衛である。

「過日はどうも――」

紀文に散財させたあの宵《よい》のことを言うと、

「や、もうあの話は無しじゃ」

手をふって、

「それより、心配なことがある」

「?」

「貴公は知っておろうかな、丹下さんの義兄であった長尾竜之進、あれが、今、玄関へたずねて参った。長尾権兵衛どの同伴で、……それはよいが、千春どのまでついて来ておられる――」

池沢武兵衛が、えらいことになりはせぬかと心配するのは、典膳と竜之進が顔をあわせはすまいかということである。

長尾竜之進に、典膳が片腕を落されて少しの反抗も見せなかったのは不可解だが、そのことで典膳の腕前を疑った者は道場仲間には誰一人ない。むしろ、余程深い仔細《しさい》があったのであろうと、いよいよ典膳の底知れぬ器量に畏怖《いふ》の念を深めたばかりだった。さればこそ、今日の稽古に知心流道場からの特別出場を慮《おもんぱか》って、万一の備えに典膳の出席を促したのである。

いかに隻腕《せきわん》とは言え、丹下典膳ある限り一刀流堀内道場の面目の失することはない、というのが師範代高木敬之進以下、重立つ者の共通の念である。

長尾竜之進は、堀内道場とは関係はないが、あの正月の丹下家での謡《うたい》会に高木敬之進も列席して、竜之進とは面識がある。今日の催しに、是非陪席したいと竜之進から申込まれれば一応は断れない。それで上杉家臣として、道場主堀内源太左衛門の名で招待をした。

が、はからざりき、長尾竜之進は知心流の一人として出席したらしい、と池沢は言うのである。

「確《しか》としたことは分り申さぬのじゃがナ、どうも、玄関先での応対の模様では、父権兵衛ならびに妹千春とは、拙者は別に罷《まか》り越してござる――そう挨拶いたされたそうな。明らかに、当一刀流への挑戦《ちょうせん》ともとれる」

「――――」

「ソレ、もうあれへ現われておるわ」

池沢が扇子で示すのを見ると、なるほど、長尾権兵衛の白髪《しらが》頭のうしろから項垂《うなだ》れがちに千春が跟《つ》いて来る。その傍らに不敵な笑《えみ》を湛《たた》えた兄竜之進が胸を反らして突立っている。

彼等は所定の牀几の席に着いたが、幔幕の前に一塊《ひとかたま》りになって控えている知心流の面々へ竜之進は意味あり気な会釈《えしやく》の合図を送った。それから権兵衛と並んで、千春を衛《まも》るように中に挟《はさ》んで坐った。

こういう日に、婦女子の姿を見ることなど異例だから、花やいだ千春の着物姿に一同微《かす》かなざわめきをおこしている。尋《つい》でそれが丹下典膳の以前の妻千春であるのを知って異様に道場内は緊張した。

何のために女の身でこういう場所へ出掛けて来たのか？　然《しか》も、前夫典膳がもしやすれば出席して来るかも知れないのである。衆人注視の中で、離縁になった夫と再会してどう仕様というのか？……

この不審は、安兵衛とて変りはなかった。わずかに安兵衛は、典膳の人物を知っている。

「恐らく丹下どのは来られまいが……」

池沢武兵衛に囁いてじっと権兵衛父娘《おやこ》を遠くから見戍《みまも》っていた。

千春は席に着いた時から一度も顔を上げない。父の権兵衛は師範役の座へ一礼し、道場内の誰にともなく軽く頭を下げて坐《すわ》って、もう真直《まっす》ぐ紅白二人の試合ぶりを見ている。

その様子で、特に典膳を求めて来たのではなさそうなのを知って、何となく安兵衛はほっとした。

竜之進だけは、試合の両人の構えをチラと蔑《さげす》むように一瞥《いちべつ》して、場内をじっと見渡している。気づかれぬよう、安兵衛は人の影に顔を引いた。

舅弥兵衛が戻って来た。

「安兵衛」

「はあ？」

「あれに婦女子を連れた仁が参っておられるが、当道場の一族かの？」

「さあ、それがしは余り長くは通うて居りませんので、とんと――」

「知らぬか」

頷《うなず》いておいた。

よせばよいのに池沢武兵衛がわざわざ弥兵衛の側まで寄って、

「これは中山どのが父上にござるか。拙者小十人組にて池沢武兵衛喬正《たかまさ》と申す者、以前より中山どのとは昵懇《じっこん》に致しおったものにござる。以後、お見知りおき下されい」

声は低いが、一同試合を見ているだけに動作が目立つ。

「これは御丁寧な御挨拶、浅野内匠頭が家来堀部弥兵衛にござる」

坐った儘一揖《ままいちゆう》した。

竜之進がこれに目をとめ、

「…………」

安兵衛を見て、少々意外だったらしい。向うから、誰にも示したことのない慇懃《いんぎん》さで頭を下げて来た。

仕方なく安兵衛も目顔で会釈を送る。隣りの長尾権兵衛が息子に耳許《みみもと》へ何か囁《ささや》かれ、あらためてこちらを見た。

微かな狼狽《ろうばい》がその面上を走るのが見えた。

まさか、権兵衛には西念寺わきですれ違った武士と此処《ここ》で会うとは思いがけなかったろう。まして、高田馬場で評判の中山安兵衛と聞いては一しお感慨もあったに違いないが、かたわらの千春の袖《そで》を引き、会釈ともつかぬ一礼を送ってくる。千春が顔をあげる。

安兵衛は、一すじなその眸差《まなざし》が注がれて来た刹那《せつな》、どうしたことか、ぱっと顔面の自分で赧《あか》らむのを覚えた。

これ迄《まで》も、美眸《びぼう》の女性には幾人か会ったことはある。ただ美しいという、男性に共通なその場の充溢感《じゅういつかん》を味って過ぎた。が、千春からは、曾《か》つて受けたことのない、胸に沁《し》みとおるような興奮を覚えたのである。忘れきれぬ強い印象である。言い知れずそれは奇妙な幸福感ですらあった。

「——胴っ！」

「それ迄」

鮮かな払い胴で一瞬に、この時道場の勝負がついた、ほっと安兵衛はおのれに返った……

この勝負は、安兵衛の心理的よろめきを救う上で役立ったが、意外な方へ事態を発展させた。

美事な払い胴で相手を蹲《うずくま》らせたのは白組の侍で、普通の眼には当然白の勝ちと思われたのが、

「小野田政右衛門の勝ち」

冷やかに審判の高木は蹲った紅組の勝ちを宣したのである。

ざわめきが道場内におこった。当の小野田は脇腹を抱えて容易に立上れない。勝ったと見える白の扇谷造酒之助《おうぎやみきのすけ》の方は、それでも審判に諍《あらそ》う迄もないと見限ったのだろう、小太刀を斂《おさ》め、チラと小野田の屈《かが》めた背を見据《みす》えたがすーっと、五六歩後退して作法通り木刀を引く。この態度はよく出来ていた。

「いかが致した。小野田、起《た》たぬか」

あくまで、低く高木が促すと、

「は。はっ。……」

うめいて、ようやく苦しそうに起上り、蒼白《そうはく》の面差《おもざし》に冷汗を浮かして、これも二三歩あとじさった。――その時に、

「あいや暫《しば》らく」

陪席者の内から声がかかって、長尾竜之進が、ゆっくり牀几を立った。

「われらの見るところ、いかにも扇谷どのの勝ちと見え申すが。いかなる打ちを以《もっ》て小野田どの勝ちと判定いたされたか、後学のため御所存を承り度《た》い」

「別に所存とてはござらぬ。小野田が打ちを先《せん》と見申したゆえ、勝ちの判定をいたした迄。稽古《けいこ》試合なら知らず、当流は真剣の境地を以て修業の場と致す。真剣なれば小野田が籠手《こて》が先にきまっており申そう」

「これはしたり」

竜之進の声が忽《たちま》ち高くなる。

「先の打ちと申されるが、カスリ傷如《ごと》きもので真剣の相手は仆《たお》し得ますまいぞ。いかに先の籠手とて、衆目の見るところ小野田の払われた二つ胴は真剣勝負なれば恐らく致命傷と相成っておろう。それをしも、一刀流では勝ちと申されるか」

一瞬、場内は声をのんで静まり返った。

「カスリ傷と言われるが、真剣なればあれで十分扇谷の手許は狂っておる筈《はず》。されば

胴への打込みは愜《かな》い申さぬ。又当流にては強ち《あながち》打ちの強さを以ては判定は仕《つかまつ》らぬ。むしろ無駄に打込み、相手に傷を負わせるは是《これ》すなわち未熟の証拠。何と申されても小野田の勝ちに相違ござらぬ」

言って、

「次——」

高木は紅白の左右へ平然と支度を命じた。

「待って頂こう」

竜之進の片頬が歪《ゆが》んだ。

「真剣なれば手許狂って胴の打ちは愜わぬと？　これは笑止。——いかがでござる。徒《いたず》らに木刀のみで論じておっては埒《らち》が明き申さぬ。果してカスリ傷か、二つ胴まで見事届くか、真剣にて今一度、何なら拙者お相手仕ろうか？」

場内が殺気立った。

あきらかに一刀流へ知心流の挑戦である。

「竜之進、控えい。詞《ことば》が過ぎる」

権兵衛が慌《あわ》てててたしなめたが竜之進はきかなかった。一歩前へ出て、

「拙者も上杉家の長尾竜之進じゃ。みずから言ったことばには責任を取る。真剣で、立合ってみられるか」

　まっすぐ高木敬之進をにらんだ。

「それがしと勝負しようと申されるのかな？」

　高木の顔色が変る。

「別に、お手前と敢《あえ》て名指しは致さん。誰でも相手は結構――」

　誰が聞いてもこうなれば併《しか》し高木自身で立合う以外におさまりようはない。

「さようか」

　割に、高木の口調は落着き払っていた。上段の師・堀内源太左衛門へ向いて、

「いかが致せばよろしゅうござりましょうや」

　と訊《き》く。

　許可があればいつでも立合ってみせると言った言外の自信に溢《あふ》れている。

　源太左衛門は膝《ひざ》に鉄扇を立てていたが、その儘《まま》の姿勢で、

「無用じゃ」

　と言った。

「は？」

「長尾どのの申される通り。その方の判定が至らぬ。扇谷の只今《ただいま》は勝ちに致せ」

「これは先生のお言葉とも思えませぬが」

高木が色をなすと、

「あやまちは誰にもあること。改めるに恥ずることはない。長尾どのへ詫《わ》びを申して、さ、次にかかれい」

「し、併し……」

事が紛糾するのを惧《おそ》れてこの場は長尾竜之進の顔を立てて済まそうとする、穏健な師匠の気持は分らぬではないが、道場の内輪だけの事柄ではない。大目付高木伊勢守も臨席している。柳生流の御曹子《おんぞうし》も観《み》ていることである。師範代の審判に見違いがあったとなれば、自分一個の不名誉で事は済まない。

それと、四千四百石大目付高木伊勢守は実は敬之進の伯父すじに当るのである。敬之進には今年十一歳になる悴《せがれ》がいるが、それの元服祝いにも加冠《かかん》の役を伊勢守につとめて貰《もら》った。おのれ一個の恥辱なら我慢もしよう、可愛《かわい》い悴に尊敬される父でありたい——ふとそんな気が敬之進の胸中に湧《わ》いた。

「お詞を返すようながら、真剣なれば事はあやまちで済み申すまい。この場に及んでは、何卒《なにとぞ》、真剣の立合いをおゆるし願い度《と》うござる」

そう言って、籠手の先を打たれ、胴へ反撃出来るか出来ぬかを証《あかし》すればよいこと、一命にかかわることでもあるまいから、衆目の見るところ、果してどちらの言が正しいか、是非とも試合をゆるして頂き度いと言った。

「おお、貴公の申されるとおりじゃ」

源太左衛門が諾否を与えぬ先に竜之進は乗出して、

「衆目の見るところとは申せ、矢張り検分の審判役が要ろう。それを中山安兵衛どのにお願い致そうか」

安兵衛にすれば思わぬ火の粉が自分に降りかかって来たようなものである。

一斉に皆の視線が安兵衛に向く。その中で、一番深い眸《ひとみ》を注いだのは千春であった。兄を止めてくれ、とも言っているようだし、そういう他事は一切とどめぬ一すじな、ただ安兵衛の目を見ているだけで無辺際の喜びを感じとっている、とも見える深い眸差である。

むろん千春は典膳を忘れきるわけはないから、無辺際の悦《よろこ》びを感じさせるのは安兵衛自身の胸にある愛の仕業《しわざ》だろう。しばしば愛はそういう錯覚を人にもたらす。その錯覚が又、得も言えぬ悦びの根源になる。

「……安兵衛、ど、どう致す」

弥兵衛老人が、突然婿《むこ》に白羽の矢が立ったので驚いて振向いた。弥兵衛にすれば、上杉家の竜之進が安兵衛へ心易い態度を見せたのも意外で、何が何やらわけが分らない。

安兵衛は直ぐには答えなかった。

竜之進が言った。

「中山どの、貴公なれば高田馬場にて真剣を揮《ふる》って来られた。我らの勝負を審判して頂くに最も当を得た人物じゃ。重ねてお願い申す、是非、立会って頂き度い——」

千春と並んだ権兵衛の老いの眼が、何かを懇願するように注がれて来る。人気男中山安兵衛と知って、柳生又右衛門も好奇の目を輝かしている。陪席者の総《すべ》てがそうだ。

「舅上《ちちうえ》——」

安兵衛は静かに席を立上った。

「こうなっては斂《おさ》まりはつきますまい。僭越《せんえつ》でも拙者、審判を引受けましょう」

「——大丈夫かな?」

「御安心下さい、拙者にも、考えがございます」

舅の耳許《みみもと》へ囁《ささ》いておいてから、差料を父にあずけ、脇差《わきざし》だけで道場正面へ進み出た。

師範席の堀内源太左衛門は安兵衛に全幅の信頼をかけている面持で、許可した。

あらためて両者は支度にかかった。

真剣試合である。

異様に一同は緊張する。

安兵衛は双方支度の出来るのを俟《ま》って道場中央に進み出ると、

「いずれも審判の判定には不服を唱えられぬよう。撃つべき個所は籠手と、胴。それ以外に太刀先走るようなれば未然に勝敗を宣し申すぞ。では」

言ってするすると後退した。さすがに両者はもう物も言わない。いずれも襷掛《たすきが》けに鉢巻、袴《はかま》の股立《ももだち》を取り幾分、高木敬之進の顔面が青かった。

「いざ」

両人は十分すぎる距離で太刀を構える。どちらも青眼。

ピタリとそれきり停止して動かなかった。

真剣勝負の怖《おそ》ろしさは、太刀が動けばどちらかが死ぬ、という爾前《じぜん》の予感の中にある。見る者にとってもこれは同様である。

喧嘩沙汰《けんかざた》で刀を抜くなら、激怒した感情が恐怖心を忘れさせ、ある意味では大胆にも無謀にもなれよう。真剣試合はあくまで已れの武術を披露《ひろう》するだけが目的だから、最も冷静な状態に自身をおかねばならない。恐怖心は、冴《さ》えた理智《りち》の底で見極められる。由来恐怖心というのは、理性の強い人格の場合ほどその怖ろしさの深まるものである。

従って、勝者は、必ずしも恐怖を超越した方とは限らない。理智の粗雑さが勝利を齎《もたら》すこともあり、勝敗はその意味では恐怖と技倆《ぎりょう》の微妙なかねあいの上で決定される。おそらく、余程体験と技術に差のある場合でなければ、爾前に勝敗を見きわめるのは第三者にも不可能ではあるまいか。力倆が接近すればするほど、紙一重の業《わざ》の差が、生と死という歴然たる結果となって現われるその怖ろしさに、人は居ずまいを正さずにはおれないだろう。純粋に、武技を生死に賭《か》けて競うこういう冷酷な手段を人間に取らせるものは一体、何だろう。

名誉心か。

自己への誇りか。

虚栄か？

千春は女の身で、ふとそんなことを考えていたかも知れない。

兄が必ず勝つとは誰にも予言出来ないのである。人にはどう見えようと、千春にとって、竜之進はやはり血を分けた唯一人《ただ》の兄であり、妹の自分をどんなに愛《いと》しんでくれているか千春はよく知っていた。兄は自分と瀬川三之丞の過《あやま》ちも知っている。ただ一度の間違いだったが、三之丞はそれを兄に告白して詫びたと彼自身で語っていたからである。本来なら、兄はむしろ三之丞をこそ斬《き》って典膳に詫びを言いたかったろう。それが典膳の機智で巧《たく》みに狐《きつね》の仕業と見做《みな》された。あの晩、竜之進は帰宅して涙を流して典膳の偉さに感動していたそうである。嫂《あによめ》からその話を聞かされたとき千春は穴があったら入りたかったが、それだけに、何故《なにゆえ》夫を斬ったりしたのだろうと怨《うら》んだ。

「何事も長尾家の家名のためには是非もなかったのではございませぬか」

嫂は、長尾の女《むすめ》ともあろうものが婚家から離縁されたとなれば世間はその原因を穿《せん》鑿《さく》しよう、せっかく、狐の仕業で済んでいるものを、何故今になって角の立つようなことを典膳はするのか、いっそ何もかも自分に相談して貰いたかった――兄はそう言って嘆いていた、とも話してくれた。典膳へ斬りつけたのも本当は竜之進と典膳との不和が原因で千春は離縁されたと、世間に見せたかった為ではなかろうか、とも嫂は言う。

いずれにしろ、竜之進の心底が千春には分らない。

今も同様である。

にくまれ役を殊更《ことさら》演じている兄が、非常に軽佻《けいちょう》な男に見えて仕方がないが、それとて知心流道場のため何ぞ目的があるのに違いないし、けっして、本当の兄は、出しゃばったことをする人ではない、と千春は信じていた。

それだけに、万一斬られるようなことにでもなったら……そう思うと、審判の中山安兵衛に何か縋《すが》りつきたい気持だった。

硯《すずり》

千春は兄の武芸がどの程度のものか知らない。兄は確かに夫典膳を斬《き》った。旗本随一の達人といわれた夫を斬る程なら、兄も凡庸《ぼんよう》ではないだろう。

しかし、あの場合は夫に反抗の意志がなかったので、創口《きずぐち》から兄の武術が推測された迄《まで》である。典膳の治療をした藩医が、斬りも斬ったり、黙って斬らせも斬らせたりと、千坂兵部に感嘆して語ったというから、凡庸の腕前ではないのだろう、と想像するだけだ。

相手はだが、かりにも江戸一の道場に師範代をつとめる人物で、まさか、負ける惧《おそ》れがあるなら当主の堀内源太左衛門が許可する筈《はず》はないと思う。

薄日に一方の白刃《はくじん》が閃《ひら》めいて八双《はっそう》の構えになった。竜之進である。

高木は地摺《じず》り青眼に取った。それきり両者同時に鋭い奇声を発して体ごとぶつかるようにだっと躍り込んだ。

白刃が空中に交叉《こうさ》した。

「それ迄」

凜《りん》とした審判の声が響いた。

「合討ち」と言った。

抗議をはさむ余地を与えぬ凜然たる一声である。

た易《やす》くは双方の構えは崩れない。切先上りに跳ねる如《ごと》く相手の腕を掠《かす》めたのが高木敬之進。身を低めて両手に把《と》った太刀の尖《さき》で天を衝《つ》く如く構えている。それに蔽《おお》いかぶさった上段から、踵《きびす》を上げ、つんのめる姿勢を一瞬審判の声に静止させられた格好の竜之進。

身動きすればいずれかの一の太刀が相手の死命を制するだろう。本当の勝負は、実はこの瞬間に始まるのである。

「双方引け。勝負は見え申した、合討ちじゃ」

もう一度安兵衛は言った。こんどの声は不気味なほど低かった。

身を乗出していた見物の一同は、まだ身がついていったような気持になっている。虚脱した感じで、ほっと肩を落したのはずい分経《た》ってからだった。あらためて、斉《ひと》しく上座の堀内源太左衛門を見る。

「いかさま見事な判定である。双方もはや武士の一分は相立ったであろう。さ、刀を斂《おさ》めよ」

すかさず脇《わき》から言ったのは大目付高木伊勢守で、

「中山、聞きしにまさるその方が処置、あっぱれであるぞ」

言って、白扇をさっと頭上に啓《ひら》いて褒め讃《たた》えた。安兵衛はまだ身動きせぬ二人の中へ割って入り、両方の鍔元《つばもと》を軽く抑えて、

「お引取りなさい」

と言った。

がっくり双方の気構えが崩れる。顔面の蒼白《そうはく》なのはどちらも同じで、全身玉のような汗だ。物を言う元気もない。精根をつかい果したからだろうし、企《たくら》みのあったらしい知心流の他の面々もこれを見てはもう一言も無かったに違いない。

このあと、再び紅白試合がはじまったが甚だ精彩のないものに了《おわ》ったのは蓋《けだ》し自然

のなり行きである。

その帰途。

安兵衛が大満足の舅《しゅうと》弥兵衛と連れ立って道場を出る門の処《ところ》で、千春を伴った長尾権兵衛に呼止められた。

長尾権兵衛は、嫡男《ちゃくなん》の危いところを救って頂いてと言って、丁寧に弥兵衛に礼を述べた。

堀部弥兵衛はむろん権兵衛とは初対面である。各自、浅野家、上杉家と主君の名を名乗り合ったが、その間千春は父の背後《うしろ》にかくれるようにして唯《ただ》うなだれている。

安兵衛はその容子《ようす》を床《ゆか》しいものと思った。彼女が女だてらに父同伴で道場へ来た理由を聞いたわけではないが、矢張り、典膳に一目、出会えるかと思ったのではなかろうか。道場の門からはぞろぞろ人が出て来る。いずれも立話をしている堀部父子にちょっと会釈《えしやく》をし、それからチラと千春を見て行く。合討ちの判定があったのだから恥じなくてもいいようなものの、ああいう出過ぎた兄の行動を人は矢張り非難しているに違いない。千春にすれば、女の身で試合を見に来た羞《は》ずかしさに加えて、そういう兄への非難まで一身に浴びるわけだった。二重に、彼女は傷ついているに違いないのである。

それにしては悪びれる様子は些《いささ》かもなく、あくまで典膳に会えなかった悲しみにうち凋《しお》れているだけのようなのが、却《かえ》って安兵衛の心を惹《ひ》いたのかも分らなかった。

当の竜之進は他の知心流の面々とあのあと直《す》ぐ帰っていったので、権兵衛と千春の少し後方にはお供の中間《ちゅうげん》だけがしょんぼり待っている。

「おぬしを知っておられたようじゃの」

権兵衛と別れて帰途につくと、暫《しば》らくして弥兵衛老人が言った。相変らず御満悦である。

「西念寺わきで一度、出会ったことがございます」

「そうじゃそうな。礼を申されておった……」

「――――」

「安兵衛」

「はあ?」

「あの婦人を存じておったのか?」

「何故ですな?」

「ふム。わしとて妻《さい》を娶《めと》る前には色々のことがあったて」

堀部弥兵衛が現在の老妻わかを迎えたのは前妻が亡《な》くなって七月後で、後妻である。安兵衛の未来の妻となる女《むすめ》はその先妻の生んだ子で、もう一人、弥兵衛には弥一兵衛という男子があった。十五歳のときこれは奇禍《きか》に遭って横死した。中山安兵衛が堀部家へ婿入《むこい》りしたとは言っても、弥兵衛の女おこうとまだ夫婦の契《ちぎ》りは交していないのである。そういう婿である。弥兵衛老人にすれば、安兵衛のような立派な士《さむらい》を浅野家に仕官させさえすれば、本当は或《あ》る程度本懐なので、女のおこうと安兵衛が将来、兄妹のように交ってくれても実のところ、それほど異存はない。

「ところでじゃ」

市ヶ谷御門外をすぎて、もう道場から帰る面々の姿も見当らなくなったところで弥兵衛が訊いた。

「先刻のあの真剣勝負、まことはどちらが勝ったのじゃな?」

安兵衛が応《こた》えないでいると、

「どちらが勝っておったにせよ、おぬしになら悋《かな》うまいの」

「分りませんな」

「何? 親孝行のしようも知らんのかい。おぬしが一番強い、とハッキリ何故言わん」

弥兵衛はそう言って快よげにカラカラ嗤《わら》った。

濠端《ほりばた》沿いに初夏の風がその弥兵衛の白い鬢《びん》を弄《なぶ》って吹く。下城の時刻にはまだ間があるようで、城を退《さが》って来る大名行列もなかった。外櫓《そとやぐら》の白壁が、綺麗《きれい》に水に映っている。

鉄砲洲《てっぽうず》の浅野藩邸お長屋へ帰ると弥兵衛は大変な御機嫌《ごきげん》で、玄関にあがるなり、

「そもじの婿どのはな、江戸一番の達人じゃ。ぼやぼや致しておると他所《よそ》の女子《おなご》に取らるるぞ、ふム」

迎え出た娘のおこうに言って、腰から外した刀を老妻にあずけながら、

「わか、そちの夫たるこの弥兵衛、槍《やり》を把《と》らせば天下に恐るる者なしと威張って参ったがの、全く以《もっ》て恥ずかしい。今日という今日は、老いの冷汗三斗ばかり掻《か》いたわ」

弥兵衛にすれば、実のところ高田馬場に於《お》ける安兵衛の奮戦ぶりを噂《うわさ》には聞いても、実際、腕前を見たのは今日が初めてなのである。聞きしにまさる今日の水際《みずぎわ》立った審判ぶりである。頑固《がんこ》な老人の常で、自分だけは安兵衛ごときに負けはせん、と思っていたのが、全く頭が下った、こんな嬉《うれ》しいことはない。――そう言って晩酌《ばんしゃく》も日頃よりは多く過ごして、下手な謡《うたい》を唸《うな》って聞かせたりした。

翌日出仕すると弥兵衛は特に藩侯にお目通りを願い出た。

「何じゃ爺《じい》」

浅野内匠頭長矩は当時二十八歳の青年君主である。この人には痞気《ひき》という持病がある。痞気というのは、シャクなどで胸がふさがって、腹のうちにカタマリのある病いという。これの起った時は機嫌が悪く、人が変ったように癇癪《かんしゃく》もちになるが、さもない折は老臣たちにも至極いつくしみのあるいい殿様だった。

あらかじめ、今日は御機嫌がいいと側近に聞いてあるから、

「実は折入ってお願いの儀がございまする」

弥兵衛は大胆に出た。

「何じゃ、又々婿自慢をいたそう肚《はら》か」

「これはお察しがようござる。いかさま、養子中山安兵衛が儀にございまする」

主君のわきに控えていた用人片岡源五右衛門が、

「弥兵衛どの、昨日はお手前の婿どの大そうに男をあげられたそうにござるな」

と言って目を細めて笑った。

「されば、その儀にござるて」

弥兵衛はいよいよ勇気を鼓舞されて一膝《ひとひざ》のり出す。

中山安兵衛を何とか浅野家に召抱えられるようにしたいものじゃ、ついてはお手前息女の婿に迎えられてはどうであろう――そう言って、堀部弥兵衛にハッパをかけたのは実は用人片岡源五右衛門なのである。昨日の堀内道場での顚末《てんまつ》も既に源五右衛門の耳に入っているので、或《あ》る意味では弥兵衛以上に源五右衛門は欣《よろこ》んでいる。打明けてみれば弥兵衛と源五右衛門とが、あらかじめ謀《しめ》し合わせた上の、今日の「お願い」なのである。

さて弥兵衛はこう言った。自分はもう老年で、御奉公も次第に意の如くはなりかねる、婿中山安兵衛は武人として実に天晴《あっぱ》れであり、この堀部弥兵衛の自慢の種であるにとどまらず、浅野家にとっても天下に誇示し得るに足る人物である。就いては、先般おゆるしを賜わって養子縁組の成ったことでもあるから、この上は特別の御沙汰《ごさた》を以て、堀部とは切り離し、中山安兵衛個人として御召抱えを願い度《た》い。そのために公儀浪人取締り方《かた》に触れるようなれば、名目上は堀部弥兵衛養子として後、堀部家を廃《はい》嫡《ちゃく》の上、中山姓に復させたとして頂いて結構である。知行高も、堀部弥兵衛の跡目相続二百石分に限らず、いかようの御仕置《おしおき》でも喜んで甘受する。あらかた、そんな意味のことを述べた。

聞いて、愕《おどろ》いたのは源五右衛門だ。

「弥、弥兵衛どの、それはチト話がちがいは致さんかい」

扇子を膝に取り直した。

「源五、そちは堀部の願いを存じておったのか？」

「は。……そ、それは」

片岡源五右衛門は進退に窮したが、思い余って実は弥兵衛が隠居のお願いをこそ謀し合わせもすれ、堀部家廃嫡なぞとは思いもよらぬ相談にござると言った。

たしかに当時、武士が生きながらに家を廃嫡するなぞは尋常の沙汰ではないからである。

「何ぞ仔細《しさい》がありそうじゃな。弥兵衛、正直に申してみよ」

長矩は涼しい目でじっと弥兵衛の顔を見詰めた。

「別に仔細なぞはござりませぬぞ。毎々言上いたしておりまするが様に、安兵衛ことは堀部家の婿であろうがなかろうが、今に於《おい》ては御当家にとっての逸材。それを御召抱え下さりまするなれば」

「いかにも召抱える、そちが養子縁組を願い出た折からそれはきまっておることじゃ。何も今更、堀部の廃嫡を願い出るすじはあるまい」

言って急に長矩の目に聡明《そうめい》な才気がはしった。

「さてはその方、むすめと安兵衛との縁談を破棄したい存念じゃな。弥兵衛――一体、何故じゃ？」

主君長矩の御前をさがってお長屋に戻ると、弥兵衛は伺候する時以上に御機嫌《ごきげん》がよかった。

「安兵衛はおらぬか、コレ、安兵衛を直ぐわしが部屋へ呼んでくれい」

玄関で老妻に刀を渡す間ももどかしげに言う。

居間で裃《かみしも》を脱ぎ了《おわ》ったところへ安兵衛が這入《はい》って来た。

「お呼びでございますか」

「おお、いよいよお主も明日から出仕ときまったぞ。まことに以て芽出度《めでた》い。明日、殿にお目通りを致して、その上で、わしが隠居の儀も御沙汰《ごさた》がある筈《はず》じゃ。おぬしの役向きはまだ定まってはおらんが、多分は馬回り役であろうと用人も申しておられる。――心配せずともよいわい。中山の姓にて、御奉公がかなう。いやこれで、全く以て万事芽出度い」

ひとりで悦に入っている。ただ不思議なのは、それほど御機嫌の弥兵衛が、目に入れても痛くない一人娘のおこう――彼女は母を手伝って弥兵衛の衣服をたたんでいた――へ視線を合わすのを避けるようにしていたことである。

おこうは下ぶくれの眉《まゆ》が淡々しくて、とりたてて美人というのではないが、おとなしく、瞼《まぶた》は少々はれぼったく、茹卵《ゆでたまご》の白身に目鼻をつけたように、色の白い娘である。

父の吩《い》いつけで時々母と一緒に馬の飼草を截《き》らされるので、手が少し荒れているのも如何《いか》にも古武士の風のある弥兵衛の娘らしい。

着物を片付けると、チラと安兵衛にわらいかけたが、父に一礼して、黙って母とともに居間を出ていった。

この時も弥兵衛は顔をそむけていた。

「父上」

安兵衛の表情は案外きびしくなっている。

「君侯はそれがしが中山姓の儘《まま》にて奉公いたすを許されたと申されましたが」

「そうよ」

「堀部家の跡目相続がそれで差許されますかな？」

「許すも許さんも、そういう約束でおぬしを養子に迎えたのじゃ。余計な心配はいらん。今後はもう、おぬしが好もしい相手をみつけて誰と縁組いたそうと……」

ぽつんと糸が切れたように、急に沈黙して庭を眺める。「うすら日が、さやさや縁側に葉影を散らしていた。風の具合では夕立が来るかも知れない。安兵衛は思いきって向き直った。

「何ぞ父上は、かくしておられることがあるようですな？」

「かくし事？　おぬしとわしとは仮初《かりそめ》の父子とは思うておらんに、何をかくし事などを致すことがある。たわけた事を申すでないわ」

言って、

「よいか安兵衛。わしはの、義理の継母によう仕えておるあのこうが、矢張り独りの折にはふと亡《な》くなった母を偲《しの》んでおるのではあるまいかと思うと不憫《ふびん》でならん。時々、わしの目をぬすんで、母の菩提寺《ぼだいじ》へ香華《こうげ》を捧《ささ》げに参っておるも知っておる。物心つく四つの比《ころ》から母の優しさを知らず、武辺一辺のこのわしが手塩にかかって育った娘じゃ。人一倍、淋《さび》しいおもいも致して参ったであろう。……そう思うと、せめて婿《むこ》どのには、三国一のよい男をめあわせてやり度いと思い、三国一の婿どのに愛想《あいそ》をつかされぬよう、女ひと通りの作法心得は身につけさせて来たつもりじゃ。親の欲目で申すのではない、あれは、よい妻になると思っておる。——併《しか》しな、人間、縁のある無しは別。非のうちどころ無い似合の夫婦と傍目《はため》には見えようとも、仕合わせに旨《うま》くゆくとは限らぬが男女の仲。あのような立派な殿御にあのような浅間しい女がと、人には見えても、結構むつまじゅう過ごしてゆく夫婦もある。……されば、無理強《むりじ》いはせん。おぬしほどの武士じゃ。嫁をめとるに義理なんぞにしばられる要はない。わしは、こうも可愛《かわい》いが今となってはおぬしも血を分けた悴《せがれ》同然と思うておるぞ。おぬしのしたいようにするが、わしにとっても一番嬉しい……」

弥兵衛の皺《しわ》の多い目許《めもと》が庭に視線を注いでせわしく瞬《またた》いた。陽差《ひざし》が消え風が次第に冷たくなった。

下に短冊《たんざく》を付けた風鈴が風にあふられ、澄んだ音で鳴り響く。

「分りました」

安兵衛が弥兵衛の横顔をじっと見戍《みまも》って、

「明日の出仕、何刻《なんどき》に参ればよろしいので？」

「初見の礼をとるのじゃで、少々は待たされるやも知れぬが、常の時刻でよかろうと用人は申されておった」

「では、舅上《ちちうえ》のお出かけなされる折までに支度をととのえておきましょう」

安兵衛はそれきり、一語も喋《しゃべ》らず、一礼しておのが居間へ返った。

翌日、辰《たつ》の刻に舅《しゅうと》に伴われて伺候した。

はじめて、安兵衛は主君浅野内匠頭長矩に対面したのである。

楓《かえで》の間で暫《しば》らく待たされている間、用人片岡源五右衛門が耳許《みみもと》へ寄って来て、「弥兵衛どのも存外、粋《すい》が利《き》く。お手前意中の婦人があるそうじゃな。殿にはその儀とくにお許しなされてござるぞ」囁《ささや》いた。千春のことを言っているらしい。安兵衛は予期したことで別に表情を変えなかった。

さて時刻が来て、弥兵衛と偕《とも》に初めて主君長矩の御前へ出たが、二三垂問のあったあと、芽出度く退出する前に安兵衛はこう言ったのである。

「舅よりいかように言上つかまつったかは存じませぬが、某《それがし》、本日只今《ただいま》を以て中山姓を名乗り申さず、名実ともに堀部弥兵衛が女婿《むすめむこ》と相成る所存にござりまする」

御前を退出すると弥兵衛は、「何も言わん、この通りじゃ……」安兵衛の手を取って推し戴《いただ》かんばかりに老いの目に涙を溜《た》めて喜んだ。

わきから片岡源五右衛門が、

「安兵衛どの、よう決心をして下されたぞ。この我らも弥兵衛どのに代って礼を申す」

「何を言われます。もともとが堀部家に婿入り致した拙者、それ程に申されては却《かえ》って穴があれば入りとうござる。さ、舅上、頭をあげて頂きます」

本当に冷汗を流さんばかりに安兵衛は嗤《わら》った。

長屋へ帰ると、

「いかがでございました？」

老妻のわかが伺候の模様を尋ねるのへ常になく弥兵衛は物を言わない。それほど、嬉しかったのである。

娘のこうは改めて父の前へ呼出されて、近々いよいよ正式に安兵衛との祝言《しゅうげん》を挙げると聞かされたが、これ又うなだれて物も言えなかった。

「どうじゃ、嬉しいであろう？」

「……はい」

「うむ、分っておる。分っておる。そちが安兵衛どのを慕うておるは、何も言わずともこの父は知っておったわい……」

挙式は事がきまったら一日も早いがよろしかろうという片岡の取りなしで、赤穂藩江戸家老藤井又左衛門の媒酌《ばいしゃく》で元禄七年六月十七日鉄砲洲築地《つきじ》の浅野家組長屋でとどこおりなく行われた。婚礼を祝して内匠頭長矩からは金十枚、絹服二重の別に熨斗《のし》鮑《あわび》、樽《たる》一荷の下されものがある。この日を以《もっ》て安兵衛は堀部の姓を冒《おか》し堀部安兵衛武《たけ》庸《つね》と改めた。

同時に馬回り役二百石を頂戴《ちょうだい》する。弥兵衛は隠居料として五十石を給され堀部家跡目相続の儀も無事に済んだわけだ。

そのうち長矩は就封の暇《いとま》を賜わって播州赤穂《ばんしゅうあこう》へ帰国することになった。安兵衛は江戸詰の身なので舅ともども行列を品川宿のはずれまで見送った。

浅野内匠頭は赤穂五万三千五百石の城主なので、国持大名の行装を仕立てて往く。すなわち先供、駕籠《かご》脇共《わきとも》十七人、騎上七騎、足軽六十人、中間人足百人。それに道具（槍《やり》）、打物（長刀《なぎなた》）、挟箱《はさみばこ》、長柄《ながえ》傘《がさ》、索馬《ひきうま》、供侍、徒《かち》、押《おさえ》（足軽）、茶弁当、供槍（供方侍の槍）を以て仕立てた行列である。

ほぼ一年にわたって主従の別れとなるので、役向きの面々以外は私《ひそか》に見送るのを許されたが、藩邸から品川宿まで約二里の間も跟《つ》いて送るのは異例のこととされた。

弥兵衛は安兵衛を名実ともに婿養子としてから急に安心して、張りが抜けたのかめっきり気が弱くなり、老年のこと故《ゆえ》これが今生のお別れになるかも知れんと、特に跡を慕ったのである。

志津磨静庵自慢の朱欒《うちむらさき》の花が咲き出した。

昨夜来の雨で、緑一色に洗われた庭に一きわ其《そ》の白い花が清々《すがすが》しい。老人の常で、早朝にはもう寝床を起出て、部屋の雨戸という雨戸はことごとく繰らねば気が済まぬが、たいがい、その音で弟子どもは目を覚ます。

「お早うございます」

慌《あわ》てて出て来るのはきまって三蔵という年少の京都から連れて来た弟子である。

「よいよい。わしが明ける。早う手水《ちょうず》を使うて来なされ」

「はい……」

「今朝の味噌《みそ》汁《しる》は何じゃ」

「辰《たつ》の日でございますで、八丁味噌にいたすと兄《あに》弟子さんが申されてでした」

「八丁か。濃すぎると拙《まず》いぞ。どうも春吉めは味つけが下手で困る。……よい味のわからん者にはよい字は書けん」

「はい……」

雨戸を繰り終ると、広い庭一面にまだ霧が降っている。

「きょうも日中《ひなか》は暑うなりそうじゃな」

言って、胸を張り、朝の冷気を深呼吸すると、

「そうであった、丹下どのへはもう何度ぐらい足を運んだな？」

「わたくしだけでも五度はお訪ねをいたしております」

「承知してくれんか」

「……はい」

静庵はちょっと考えたが、

「五ッ（午前八時）をすぎたら、足労じゃがもう一度行ってみなさい。近々に京へ帰ろうやも知れん、それ迄《まで》に何としてもお会い致し度《た》い、と言うてな」

「本当に江戸をお引払いになるのでございますか？」

「たわけ。そう言うてみる迄じゃ。それでも承知してもらえんなら、あきらめる――」

朝餐《ちょうさん》を済ませ、書院で内弟子に例によって字の規矩《きく》を明らかにする為《ため》の大字を書かせていると三蔵が戻って来て、

「仰せの通り京へお帰りになると申しましたら、とうとう承知をなされました」

「ほう、来てくれるか」

「はい、四ッ半にはお訪ねすると申しておられます」

「あの爺《じい》やが応対でじゃな？」

静庵はとっさの思いつきで、経机から使っていたばかりの硯《すずり》を取上げて、「三蔵、も一ぺん往って来てくれ。気が変られると困る。これは、おみやげにと存じておったが、お荷物になっては御迷惑ゆえ先にお届けいたします、そう言うてな」

習字をしていた弟子どもが驚いて顔を見合った。端渓《たんけい》水巌の硯石で、石肌《いしはだ》は美人の肌の如《ごと》く滑かに、墨を磨《す》る際に焼いた鍋《なべ》を蠟《ろう》で磨る如き感じがすると言って日頃、静庵の愛惜してやまなかった逸品なのである。

「構わん、あの仁にならこの品は分る筈《はず》じゃ。分らずともあの人に上げるなら惜しくない。――さ、持って行きなされ」

三蔵が硯をもって出て行くと、

「稽古《けいこ》はもう止《や》めにせい。それよりは部屋の掃除じゃ。春吉、おぬし指図をして奥を片付けさせてくれんか」

静庵は上機嫌である。自ら鋏《はさみ》を把《と》って庭に出て、茶室に挿《さ》す木斛《もっこく》の花を剪《き》って回る。生平《きびら》の甚平《じんべい》を涼しそうに着ているが、頭の宗匠頭巾《ずきん》はとらない。

部屋へ戻って花を活《い》け了《おわ》ったところへ珍しく賑《にぎ》やかな声が玄関にして、宇須屋の志津が注文の五色筆を届けて来た。

志津といえばあの紀伊国屋の晩以来である。

「よい時に来よった」

静庵はすぐ背後《うしろ》へ来て挨拶《あいさつ》する志津に、

「今日は帰りをいそぐかの？」

床の水盤の置加減を確かめながら、

「いそがねば手《て》伝《つど》うて貰《もら》えると有難いがな」

「何をでございます？」

「客人の応対じゃ」

丹下典膳と聞くと志津の顔がぱっと上気した。

「あら、それならあたいよろこんで手伝うわ」

言って、とても紀伊国屋さんが褒めていらっしゃったと言う。その口吻《こうふん》に、オヤ、という顔を静庵はした。

まじまじ志津を見《み》戍《まも》って、

「そもじ、いつから男が出来た？」

「！……」

「かくしても分るわ。……ふーん。油断のならんものじゃな、相手は、紀伊国屋か？」

みるみる耳朶《みみたぶ》まで真赧《まっか》になって項垂《うなだ》れる志津の肩口に、どうしようもない女になった情緒が立匂《たちにお》っている。

しばらくして、面を俯《ふ》せたまま蚊のなくような声で、

「……そんなんじゃないんです」

「もう、ふられたか」

いいえ、とかぶりを振る。

「片想《かたおも》いか？」

こっくり頷《うなず》いた。

「何じゃ。男に惚《ほ》れて、片想いと思ううちなら花じゃて。心配はいらん。あれだけの男、素人《しろうと》娘に滅多なことで手はつけまい」

「――――」

「さ、もじもじしておっては埒《らち》があかん。台所でも、見てやってくれんかの」

はずかしそうに終始顔を俯せた儘《まま》、会釈《えしゃく》してにげるように志津が立ってゆくと、

「そうか、紀伊国屋には、あの脇差《わきざし》が分りおったか……」

満足そうに静庵はつぶやいた。典膳が来たのは、約束どおり四ツ半が鳴って直後で

ある。早速茶室に招じ入れた。

鍔《つば》

志津が典膳を見るのは初めてである。

「いつぞやの紀伊国屋が席で、実はこれも一緒におったのでござるがな、酔い痴《し》れおってとんと手数をかけさせましてな、出入りの筆屋の気儘《きまま》娘で、志津と申す」

紹介されると志津は運んで来た菓子鉢《ばち》をわきに措《お》いて、丁寧にお辞儀をした。育ちのいいところが、恋に浮かれていてもそうして他人行儀な場面になると自ずと動作ににじみ出ている。静庵が可愛《かわい》がる所以《ゆえん》である。

典膳はただ軽く頭を下げた。静庵が言った。

「今どきの若い娘の気持は、まるで油断がなり申さんな。其許《そこもと》も知っておられるあの中山安兵衛に、つい此《こ》の間までうつつを言うておると思うたら何と、いつのまにやら他所《よそ》の男と出来ておる、嫁入り前でよかったようなものの、これが一たん嫁いだ後なら、はっはは……瑕《きず》ものになったで済み申さぬでな」

ふっと典膳の眉《まゆ》が翳《かげ》ったが、静庵は真赧《まっか》になって逃げ出す志津を見送っていたので気づかなかった。

「中山どのと申せば――」

典膳がすぐ口を切った。沈痛の表情からもう不断の顔に戻っている。

「浅野家の御家中と正式に祝言《しゅうげん》を致されたそうで」

「これはお耳が早いな。堀内道場ででもお聞きなされてか？」

「左様」

典膳の方から、紅白試合にも見事な審判ぶりであったそうで、と言った。

当日の長尾竜之進が千春の実兄であるのを口にしなかったのは恥を知る心情からだろう。

静庵は典膳が妻を離別したと知るのみで、それが竜之進の妹とは夢おもわぬから、あの日の真剣勝負で若《も》し安兵衛が引分けにせねば竜之進は斬《き》られていたろうと、専《もっぱ》らの評判であると話した。

典膳はくるしそうに聞いた。

庭の蟬《せみ》が漸《ようや》く耳ざわりに鳴き出す頃午餐《ごさん》が運ばれて来た。徳利が添えてある。

志津は少し離れた位置に坐って、静かに団扇《うちわ》で二人へ風を送る。二三度盃《さかずき》の献酬

があった後、

「今日お招きしたのは実は含むところなきにしも非《あら》ずでな」

静庵は盃を膳《ぜん》に置いて、

「其許、仕官いたされる気持はござらぬか」

真面目《まじめ》な顔を向けた。

「？……」

口へ運びかけた盃を典膳は止め、

「この片輪者のそれがしに？」

「そう言われるのがつらいで黙っておろうと存じたが、仕官とは申せ、尋常のものではござらんのじゃ。——それも、二つ」

「？」

「分り易い方から申すとな、紀伊国屋より依頼されて久しく相成る。今ひとつは、前田侯——」

静庵は以前に加賀の前田家に召抱えられたことがあり、その関係で、今も当主松平加賀守綱紀《つなのり》の本郷五丁目の江戸藩邸には歳暮拝賀の出入りを許されているが、とりわけ江戸家老の奥村壱岐《いき》とは昵懇《じっこん》で、かねがね文武両道に秀《ひい》でた人材の推挙を頼まれている。奥村壱岐はまだ弱年で、一年前に父伊与の家督を襲って家老の重職についたので、言えば個人的に師として身近に後見してくれる人材が欲しい、併《しか》しそういう一応の人物なら大概は歴とした主君に仕える侍であろうから、実際にさがすとなると却々《なかなか》おもわしい人物は見当らなかった。

「併し其許なれば、器量といい武辺の程といい、願ってもないお人と存じ申してな」

と静庵は言うのである。

「今ひとつの、紀伊国屋の方じゃが――」

紀文はあれだけ材木商で産をなしているが、実はもう一つ兼々のぞんでいる仕事がある。長崎御用である。

長崎御用というのは長崎で取引される外国貨物の中から主として将軍家の御用品を納入する仕事で、この長崎御用を引受ければ実際の代価より『御調物《おととのえもの》』と称して極めて安価に外国商品が手に入る、それも慣例で完全に事は運ぶから奇利を獲るわけである。

紀文は、そうして長崎御用商人となった上、更に往年の御朱印船如《ごと》きものを仕立て、海外貿易に雄飛したい企図を抱いている。むろん、鎖国令によって今は一切の海外渡航を禁じられているが、要するに耶蘇《やそ》教と関係なければよいのであろうから、せめて明国《みんこく》との交易だけでも直接彼地に出向いて日本人の手で行いたい野望を抱いている——その交易船の、総取締りに是非とも典膳のような立派な人物を迎え度《た》いと言うのである。

「どうも、話が大きすぎ申して」

聞きおわると、典膳は半ば呆《あき》れ顔に笑った。

「さよう、でかい話でナ、身共もはじめは相手に致さなんだが、あの紀伊国屋なら、或《ある》いはやりかねん——とふと思う時がござる」

「——」

「ま、今直《す》ぐ御返答をとは申上げん。ゆっくり、お考え願った上で結構じゃ。ただ、こういう話のあることだけはお忘れにならずにおいて頂きとうての。——まったく、ヘレンとか申すあの混血娘を可愛がる紀文なら、やるかも知れん……」

あとは独り言だが、静庵は更に言葉を継いで、目下紀文はその下準備に五の丸様へ取入るよう工作をつづけている。あれだけの男なら、見込みのないものなら他人に打明けたりはすまいし、現に国許《くにもと》で大きな貿易船を造らせている噂《うわさ》もあるから、実現するようなら、いっそ、話にのって一ぺん明国へ渡ってみられるのも面白かろう、と話した。五の丸様というのは時の将軍綱吉の生母本庄氏のことである。

聞いているうちに少しずつ典膳の眼が輝き出した。

志津は紀伊国屋の話が出ているので一心に聞いている。時々、団扇が止まる。我に返り慌《あわ》てて風を送る。

紀文が朱印船を仕立て海外へ渡る企図をもっているなぞとは、初めて聞く話だからだろう。

縁側に垂らしたすだれが揺れるぐらいに風が出て来た。

「紀文どのは、よく此処《ここ》へ参られるのですか」

暫《しば》らくして典膳が訊《き》いた。

「さよう、滅多に現われはいたさんのじゃが、しょっちゅう、宴席から呼出しを掛けて参っての」

「住居はどのあたりでござろう？」

「会うてみられるか？」

目が合うと、ふっと淋《さび》しそうに典膳が笑って、

「何なら一度」

と頷《うなず》いた。

典膳の立場にすれば、いっそ、くさぐさの事を忘却して、日本を去り、異国へ住みついてみたい気持のおこるのも自然の情だったかも知れない。武士には異る運命を生きることは殆《ほとん》どない。生れた時から、家柄と家督であらかじめ彼の人生は予定されている。一藩の家老の家であれば家老、五両三人扶持の歩侍《かち》の悴《せがれ》が、郡代や用人に出世することは絶対あり得ないので、武士階級の生涯は、変るといってもせいぜい主家を浪人するか、主家滅亡で討死するか、過失による切腹か、改易か、蟄居《ちっきょ》か、追放である。栄進したところでその藩内にとどまる出世にすぎず、小藩の悴が天下に号令する夢をいだいた等といえば狂人としか人は思うまい。

要するに、武士は生れた時から既にその晩年を或る程度は予想することが出来、不幸なケースも予《あらかじ》め幾つかに区別けされた想像の範囲を超えることはない。

その点、海外に雄飛すれば望郷の懐《おも》いにさすらう全然別の人生があり得るだろう。典膳のような悲劇の武士には、猶更《なおさら》強いそれは魅惑だったろう。

「話がそうときまれば」

静庵は手を拍《う》って食膳を片付けさせて、

「早速紀文に会うてやって下さるか。あれも其許から引出物に頂いた品を、見分けるだけの男じゃで、イヤ、喜びましょう」

「…………」

「志津」

「はい」

「そなた、紀文が今日は何処におるか存じておるな?」

志津は見る見る赧《あか》らんで、こっくりと頷いた。

「何処じゃ」

「八丁堀の本宅にいらっしゃるわ」

早速、静庵と連立って紀伊国屋へ出掛けることになった。志津はむろん付いて来たそうにしている。

当時紀伊国屋は独身である。紀文ほどになれば何処からでも欣《よろこ》んで嫁御寮が来そうなものだが、青年大尽の常で、というより、そういう内輪に小さく纏《まと》まるのを紀文は好まなかったらしい。女に不自由しないからではなくて、家に納めてやるのが妻をけっして幸福にすることにならないのを、紀文は知っていたのだろう。

紀伊国屋の居宅は本八丁堀三丁目河岸《がし》ぎわにあった。当時は永代橋がまだ架かってなかったので、深川から往くには両国橋を渡らねばならない。

「さぞ町中《まちなか》は暑いであろうな」

すだれ越しに庭の陽差《ひざ》しを見て、静庵はつぶやいたが、甚平から袗《すずし》の単衣《ひとえ》にさっさと身支度をやる。宗匠頭巾《ずきん》はその儘である。

さて出掛ける前になって、

「そうじゃ、其許に教えて頂き度いことがあるて」

「何ですかな？」

前田侯の話をしたので思い出したが、前田家から拝領の刀がある。書家に刀などは無用なのでつい蔵《しま》った儘にしておいたら、鍔《つば》が少々錆《さ》びついたようなので、どうしたものであろうかと案じていたと言うのである。

「それならお易い御用」

典膳は、鉄鍔のさびを落すには、瀬戸物などの中へ、粉ぬかにて鍔をうずめ、上より糠《ぬか》へ火を点《つ》ければ、ぬかの燃えるに随《したが》って油がしたたって鍔をうるおす、その鍔へ火のとどかぬ程を見はからって取出して、そろそろと錆を落せば、どんなにひどい錆でもとどこおりなく落ちるものだと教えた。

「志津、そなたも聞いておけよ。どのようなことでお武家屋敷へ奉公いたすとも限らん」

静庵は妙な念のおし方をした。

表へ出ると、なるほど陽差は丁度頭の真上で、うだるように暑い。両国橋へかかると、隅田川べりで子供たちが真裸かで快よさそうに水沫《すいまつ》をあげている。濡《ぬ》れた全身に焼けつくように日が射している。

志津のお供の下女は老僕嘉次平に日傘《ひがさ》を差しかけてあげようと言ったが、嘉次平は固辞した。前を往く主人にこそ翳《かざ》してほしかったろう。暑ければ痛み、寒くなれば疼《うず》く――そういう殿様の傷あとが片時もこの老僕の念頭を去らぬのである。

志津は殊勝に静庵と典膳の数歩あとを、時々くるくる日傘をまわしながら跟《つ》いて往く。

「えらいものじゃな」

橋を渡りきると静庵はしばらく樹陰《こかげ》に杖《つえ》をとめて言った。

「何がですか」

「お手前よ。修業を積んでおられる所為《せい》か知らんが、余り汗を掻《か》いておらんで」

自分は懐《ふとこ》ろの手拭《てぬぐい》で咽喉《のど》もとから胸を拭《ふ》く。やがて又、日影をえらんで歩き出した。

「五の丸様へ紀伊国屋どのが工作を致しておると申されましたが」

典膳が問うた。

「紀文というのは、一体何を考えておるのです?」

「何を考えておるかわしにもとんと肚《はら》の底までは分り申さんが。馬鹿《ばか》でないことだけは間違いござあるまいの」

静庵はそう言って、

「年を取った所為《せい》か、あれの晩年の方が気にかかる——」

低くつぶやいた。

奇《く》しき一語である。

或《あ》る行為が、かなりの時間を経て、はじめてその行為の意図を他人に納得させる人間がいる、紀文がそうで、何を考え、何を目的にしているのか当座はさっぱり分らない、年月を経てから、さてはそうだったかと合点《がてん》のゆくような、そういう紀文は男だと静庵は言うのである。従って本当の紀文の肚の底が分るのは彼が死んでからではあるまいか、と。

——書道家静庵が紀文を評したこの一言は実に肯綮《こうけい》にあたっていたので、紀文がどういう人物だったかを本当に理解するにはその晩年を見なければ分らない——

紀伊国屋文左衛門には前妻と後妻があった。前妻すなわち宇須屋の娘志津である。富岡八幡《はちまん》の酒宴で金糸の元結《もとゆい》を緊《し》めた伊達《だて》心に紀文は美事な結末を与えたわけである。さてその志津は宝永三年まで、十四年間連れ添って六月六日に亡《な》くなったが、その二年後の宝永五年に紀文は破産した。さまざまな伝説が彼の身辺を飾るのはこの時からである。諸道具を売りつくして、零落して襤褸《ぼろ》に切れ草履で浅草の観音様に詣《まい》るのを見た昔の幇間《ほうかん》が、余り気の毒に思って草履を買い与えたら、嬉《うれ》し涙でおし戴《いただ》いて受取り、さて懐中から金一分を出して其者《そのもの》に心づけをしたとか、似た咄《はなし》では、両国橋の辺りで鼻緒が切れ、立てようとしていると床店《とこみせ》の髪結いが出て来て早速にすげてくれた、紀文は相手に見覚えがない、見も知らぬ者へこれはどうした御親切かと言うと、髪結いは世間にあなたを知らぬ者はないと言った。そこで紀文は、

「我と知られては恥ずかし」

と、懐中の一両を礼に与えたとかいう類《たぐい》の咄である。ことわる迄《まで》もなく嘘《うそ》である。紀文は確かに落ちぶれて深川「一の鳥居」へ逼塞《ひっそく》しているが、実はその時も小判が四十箱あった。四万両である。しかも老中阿部豊後守《ぶんごのかみ》正武から年々米五十俵、金子五十両の仕送りをうけている。貸金の利息なのである。その外に店賃《たなちん》の収入もある筈《はず》で、当然十分に暮してゆけた。総じて成金は世間から憎まれるもので、金持で蔭《かげ》で悪口を

言われぬのは殆んどない。まして零落すれば嘲蔑《ちょうべつ》とそしりを受けるのが普通だのに、紀文だけは誰からも悪く言われなかった。然《しか》も世間に何時までも忘れられずに、愉快な人柄を偲《しの》ばれ、逸話さえ製造されてその末路を飾られている。実は四万両を携えた『零落者』なのである。

考えれば、江戸三百年を通じて彼は二人とない巧妙な失敗者だ。

紀文は本八丁堀の本宅の他に、深川に材木置場を兼ねた店舗を持っていた。元禄十六年十一月二十二日の夜、江戸一帯に大地震があった。これは江戸の三大地震の一に算《かぞ》えられる。その地震に火事が伴って、紀文の八丁堀の邸は灰燼《かいじん》に帰したのである。一町四方にまたがって、毎日畳刺しが七人ずつ来て畳をはり替えたという邸である。その火事の翌年の宝永元年に紀文の母が死に、一年へだてた宝永三年には妻の志津を喪《うしな》った。そこで深川一の鳥居へ逼塞したのである。世間が紀伊国屋の零落を噂したのはその頃である。

深川八幡の一の鳥居というのは『江戸砂子』（享保《きょうほう》十七年版）によれば一の鳥居、社より三四丁西にあり、此処に永代寺の函丈《かんじょう》あり、この鳥居より門前なり、町屋茶屋町なりとあるが、紀文の引込んだ頃は実に荒涼をきわめた場所になっていた。元禄《げんぞく》六

年に出版された『西鶴《さいかく》置土産』を見ると、
「深川八幡の茶屋ものは、本所築地よりは格別見よげに、京の祇園《ぎおん》町のしかけ程ありて、鳥居の内は二人一歩、外は三人一歩と極め置きしもおかし」
とあって、一の鳥居の外にも内にも綺麗首《きれいくび》を並べた茶屋は賑《にぎ》やかな渡世をしていた。中山安兵衛が初めて此処で紀文を見たのもこの頃である。けっして淋《さび》しい場所ではなかったのに、元禄十六年の地震火事に最も酷《ひど》く祟《たた》られたのが深川であって、一時は殆んど人家がなくなった。南を流れる川岸まで葭葦《あし》が茂って、夜間の往来は全く絶えて居た。其処《そこ》に草葺《くさぶき》の家根の幾つかが見え出したのは宝永三年の、志津が亡くなった頃からである。

巨富に輝く目映《まぶし》いような生活から、急にそういう淋しい葭葦の茂みの中へ隠れた紀文が、昨日の栄華に較《くら》べて落魄《らくはく》したと見え、誰にも気の毒と眺められたのは当然だろう。しかも、一箱といえば千両、その小判四十箱を担《にな》わせて引籠《ひきこも》ったのである。四万両あれば何処へ出しても押しも押されもせぬ立派な商人で通る。紀文はそれをしなかっただけだ。のみならず年々米五十俵、金五十両の給与を利息として幕閣の総理大臣ともいうべき阿部家から受取る債権をもっていたのである。

紀文が本当に零落していなかった証拠として今一つ、深川八幡の社殿の修理がある。

元禄十六年の地震で社殿は大破したが倖《さい》わいに火災を免《まぬか》れた。その修繕工事が宝永四年十月から同六年五月までかかったが、この社殿を寄進したのが葭葦の家に「逼塞している」紀文である。外観は多分に変更されたものの内部は昔の結構を存じ、如何《いか》にも善美を尽くした工作で江戸でも有数の社殿と称された。それが草履を幇間《ほうかん》に買って貰うような落魄者の手で成ったのである。八幡の神輿《みこし》の寄進も表向きに名は出さなかったが紀伊国屋だったという。そういう紀文は男である。そもそも幕閣に、逼塞後も債権を持ったというのが尋常ではない――

堀内仙鶴《せんかく》という人の書いた『大和《やまと》紀行』を見ると、紀文は貴志沾洲《せんしゅう》、稲津青流および仙鶴との四人連れで、宝永六年五月四日から京都、大和めぐりの旅に出掛けている。仙鶴や沾洲は俳人である。また『鎌倉紀行』は落丁本なので刊年は知れないが、最後に千江、御遷宮とて旅だちけるを送るとして、

「一万の鳥も渡《わた》らい品さだめ　沾洲」

「伊勢馬のます穂となりて山かつら　千山」

等の四句が見える。伊勢の御遷宮なら宝永六年だから紀文が鎌倉八幡の御祭礼を見物したのも、京大和めぐりと同年だったわけになるが、その宝永六年は、紀文の破産

した翌年に当るのである。

退屈しのぎに俳句をたしなみ、旅行しても宗匠同道では知れたようなものの、二三の師匠を連れて京大和をめぐる費用は当然紀文の懐中から出ていたと見なければならない。

これ等の費用は数年前の贅美《ぜいび》をきわめた遊蕩《ゆうとう》とは比較にならぬようなものの、三間五間の表間口を張った商家では旅行に堪えない。しかるに破産した紀文は中産どころの町人で出来ぬ事を平気で続けた。一年に鎌倉見物、京上り、大和めぐりと引続いて遊び回っているのである。

亦《また》、『諸聞集』なる書で、紀伊国屋の売り払った結構な家財道具を列挙した中に「胡蝶《こちょう》」の銘のある三味線が加えられている。

「この三味線は名物なり、正徳年中、近衛《このえ》殿三川町に御逗留《とうりゅう》のとき此《この》三味線御覧に入、胡蝶と銘を下され、御直筆なり」

と。

近衛殿というのは太閤基煕《たいこうもとひで》のことで、新将軍家宣《いえのぶ》の夫人煕子《ひろこ》の父である。近衛太閤は宝永七年四月に東下、二年間江戸に逗留された時に、紀文は秘蔵の古近江《こおうみ》の三味線を御覧に入れて御直筆の銘を賜わったわけだ。

町人がこうした貴人に接近するのは容易でない、まして破産した一商人が御染筆を願って持道具を装飾することなど尋常では考えられない筈であるのに、紀文にはそれ程の余裕があった。この事は京見物以後のことである。

——こうしてみると、紀文の財力はいよいよ底が知れない。しかも将軍家の夫人の父太閤に謁し、老中に債権を有することも出来た。それにもかかわらず「我が一生に儲《もう》けた大金を我が一生に遣い果した迄だ」と、一の鳥居の侘《わ》び住居に引籠《ひきこも》った身で傲《ごう》語《ご》して、自己を桜の散りぎわに譬《たと》えるような紀文は男なのである。晩年から先に書いた結果になったが、そういう紀伊国屋文左衛門なら朱印船を仕立てるぐらいのことは企てても怪《あやし》むにたらないし、その準備に五の丸様へ働きかけるぐらいの手腕は持っていたのが当然だろう。

さてその紀伊国屋の宏壮《こうそう》な邸宅へ、典膳は静庵に伴われてたどり着いた。

紀文は典膳の来訪を知ると大そう喜んだ。

「これはようお越しなされました。まさか、丹下様にお出《い》でを頂こうとは。……夢のようでございますな」

幾まがりもの廊下を先に立って案内して、

「人間、やはり家には居るものでございます」

静庵はもう何度も来たことがあるのか、じろじろ邸内を見回すようなことはしない。典膳とて同様である。皆の五六歩うしろに跟《つ》いている志津は、初めて紀伊国屋の本邸へ入ることが出来て、気儘《きまま》娘のようでもそれだけでもう上気している。気羞《きは》ずかしそうに俯向《うつむ》いて歩き、これまた邸内を見回すどころではなかった。

評判通り、内庭では畳職人が数人入り込んで、日影で畳刺しに出精している。宏大な屋敷の割には家族は少人数のようで、奥まった座敷に通されるまで、志津のあでやかな姿をじっと見送ったのは畳職人のみである。

静庵と典膳を上座に据えると、

「そもじも今日は客人、遠慮なくあちらへお坐《すわ》りなさい」

典膳から少しさがった違い棚《だな》の前を示した。その挙措《きよそ》には言い知れず寛容な優しさが籠《こも》っている。紀文ほどの艶福家《えんぷくか》が、手をつけた女を、それほど大事にあつかうとは静庵には意外だったらしい。

「なるほど、色の道はそんなものかの」

ぬけぬけとつぶやいた。

あらためて主客の間で挨拶《あいさつ》がある。別段、志津との関係をことさらに隠そうとしない態度も男らしく天晴《あっぱ》れだった。それが気に入ったらしい。

「丹下どのをお連れ申したのは、いつぞや其許《そこもと》の頼んでおった御朱印船の件じゃ」

早速静庵は切出した。

「本当に御承諾頂いたのでございますか？」

「早まっては困る。ともかく話を聞いた上でと同道いたした迄でな。しかとはまだお受けを願ってはおらん」

「話と申しても、何様まだ肝腎《かんじん》の御朱印が下っておりませんので。併《しか》し、そうですか、次第によっては御承諾がねがえますか」

紀伊国屋は急に青年らしい活々《いきいき》した眼《まなこ》になった。

前髪の小僧が茶菓を盆に盛って、しゃちこ張って這入《はい》って来た。つくづく気づいてみればこれだけの邸で、女っ気が一人も見当らない。下働きの婢は別であろうが、客座敷の応対から何から全《すべ》て男手でまかなっているようなのである。

典膳が尋ねた。

「静庵どのにうけたまわれば五の丸様へ出入りいたされておるそうなが、余程昵懇《じっこん》になされておるのか」

「五の丸様へは出入りを差許されていると申すだけで、別だん特別のお目をかけて頂いておるわけではございません。――ただ、御老中阿部豊後守さまへは、少々」

あとは言わず、あいまいに笑った。阿部豊後守正武は武蔵《むさし》国忍《おし》の城主十五万石。天《てん》和《な》元年に老中となり、幕閣に列して以来在職十三年の長きに及ぶ幕閣の首班である。そういう老中格に「少々つながりがある」と言えるのは余程の自信に違いなかった。

（元禄時代と結びついて有名な柳沢出羽守保明は、当時まだ老中にも列していない。）

典膳は以前は御旗本として折々幕府御用商人が当局者に取入ろうと種々裏面工作をするのは見てきている。それだけに老中と結びつくのがどれ程困難かも知悉《ちしつ》していたので、紀伊国屋が一介の富商にとどまらぬ器量なのと思い併《あわ》せ、海外雄飛は或いは実現するのではないかという気になったらしい。

「船を拵《こしら》えておられるそうだが、完成はいつ頃ですか」

「そんなことまで静庵さまはお耳に入れましたか。イヤお恥ずかしい次第で、まだ当分、出来上る見込みはたっておりません」

船は船でも、海外渡航となれば鎖国令以前の造船技術の復興を俟《ま》たねばならず、又そういう大型船を造ること自体が、幕府の忌諱《きい》に触れぬような工作も必要なのだろう、

「まあ万事は、お上のおゆるしを得ました上のこと。それ迄、差出たようでございま

すが、話を御承諾ねがえますなら当座のお暮し向きのお世話は一切、この紀文にさせて頂きます。この点はお含みおきを願い度うございますので」と言った。

そこへ番頭が商用の相談にやって来て、何やら小声で文左衛門の指図をうけていたが、番頭が引き退《さが》ろうとするのへ、

「そうじゃ、丹下さまにお引合わせ申したいゆえ、母者をこれへ連れて来て下さらんか」

と言った。

「承知いたしましてございます」

番頭は丁寧に皆へ一礼して去る。先日とは別の番頭である。

間もなく廊下に跫音《あしおと》がして紀文の母親が挨拶に現われた。まだ五十前の、いかにも平凡な婦人であったが、紀文の母に対する態度は、傍で見ていても気持のいい、いたわり篤《あつ》いものだった。

静庵は既に顔見知りらしいが、典膳は兎《と》も角《かく》として、紀文の母の出現で最も緊張していたのは志津である。どうやら紀文の意中は、嫁になる女性をそれとなく母へ会わせるつもりもあったらしい。何気ない、その紹介ぶりに心にくいばかりの、双方への思い遣《や》りが行届いている。志津は赧《あか》らんで俯向いて挨拶したが、母親も親しみをこめ

て応《こた》えていた。

こうなると、いよいよ人間の光り出すのは紀文自身である。

典膳が紀文の屋敷を訪ねてから十日余りして、紀伊国屋の手代が西念寺裏の浪宅へ『当座の費用』金十両を届けて来た。

嘉次平は詳しいことは何も聞かされていないので、紫の袱紗《ふくさ》に包んだそれを、土間へ抛《ほう》らんばかりに憤《いきどお》ったものである。

「いかに落ちぶれなされても御旗本にござりまするぞ。商家からの恵みを、お受けなされるお方と思われるが情無い。かようなものはお取次ぎいたすわけには参らん。取次いでは、爺《じい》めが叱《しか》られますだけじゃ」

そう言って涙をうるませて突き返した。典膳は例によって奥の間で書見をしているので、聞こえぬようにと声をおし殺した問答である。

手代は、

「併し過日お越しを頂きました時に、手前主人と丹下様との間で、そういうお話合いなさっている筈《はず》でございます。ともかくも、この旨《むね》をお取次ぎ下さいませんと」

「なりませぬわい」

思わず大きな声を出した。嘉次平にすれば、おのれは粥《かゆ》をすすっても殿様の食膳《しょくぜん》に三度の肴《さかな》を欠かしたことはない。それというのも廉直《れんちょく》な主人に浮世の苦しさを味わせたくないからであって、且《か》つ清貧の主君を心底から尊敬して居ればこそである。商人の恵みをうけるくらいなら、何もこんな裏長屋の恥をしのんでおらずとも一刀流堀内道場へ行けば、立派に師範代で暮し向きは立って行く。

「お帰り下され。かような浅間しいものを」

嘉次平はとうとう袱紗包みとともに相手を土間から押しやった。忠義無二には違いないが、些《いささ》か典膳の非運に偏執しすぎるきらいのあるのが嘉次平には分らない。侘《わ》びしい暮しにおちれば落ちるほど、自分と主人との間は鉄より固く結ばれるという満足感があって、そういう団結を他人に侵されたくない老人らしい偏執に捉《とら》われているのである。

が、今の嘉次平にそれを責めてやるのは酷《こく》だろう。

「――爺」

襖《ふすま》の内から落着いた典膳の声が来た。

「受取っておくがよい」

と言った。

何もかも聞いていたのである。

「何と申されます?……殿様、こ、このようなものを」

「よいから受取っておけ。——紀伊国屋」

「ハ、ハイ?……」

「足労をかけた。たしかに丹下典膳、紀文どのの厚意を受けたと、戻ってよく伝えてくれるように」

「承、承知いたしました」

襖越しの声だけで顔は見えないが、手代は、上り框《かまち》へ袱紗包みをそっと押し遣ると嘉次平から逃出す態で匆々《そうそう》に立去った。

「……爺、そちに話がある。これへ来なさい——」

げっそり、うなだれて土間に突立ち、悄然《しょうぜん》と嘉次平はその場を動かない。

「それへ坐れ」

嘉次平が俯向きがちに這入ってゆくと、
典膳は書を閉じて案《つくえ》から向き直った。

「そちがこの身を何かと案じてくれるのは嬉《うれ》しいが、わしにも考えあって致すこと、何をしようと差出口は許さぬ。――よいか？」

「……はい」

「いろいろそちには苦労のかけづめで、明日に希《のぞ》みのあるでない暮し向きを思えば、むくいてやれぬが不憫《ふびん》であるが、これはやむを得ん。――併し、いつまでもそちに粥をすすらせておくは更に不憫じゃ。そちは、一刀流道場へ身を寄せればと思っておるかは知れんが、片輪者が道場に居ては何かと気分が陰にこもる。不具者を師範代に招かねばならぬほど一刀流に人の居らぬわけでもなし――」

「併しお殿様ほどの遣い手は道場にもおいでなされぬと、野母さまや池沢さまが兼々のお言葉にござりました。もし爺めに、苦労させとうないため町家の恵みをおうけなされるのであれば、いっそお恨《うら》みに存じまするわい」

「爺」

典膳は微笑をうかべた。

「この典膳、いかにそちを憫《あわ》れもうとて、主従の順逆を忘れはいたさぬぞ」

「………」

「そちは我が手の内を信じ込んでおるようなが、人並みに遣えたのは五体満足であった以前のこと。一刀流は他流以上に諸手《もろて》を要する。今のわしには、人を斬《き》るはおろか、身を護《まも》るさえ満足に愜《かな》わぬのを忘れてはならぬ――」

嘉次平の顎《あご》が胸へめり込む程に深々とうなだれた。

「どうしてその様に悲しいことをお聞かせなされまする……お、お殿様の御武芸だけが、爺めには心の支えにござりましたに」

明け放った縁側のすだれが川風に揺れた。ハラハラ書物の頁《ページ》が翻《ひるが》える。片手を前からまわして典膳は文鎮がわりの鍔《つば》を載せた。

嘉次平の肩が微《かす》かにふるえ出しているのは、そんなにまでして妻の不義を庇《かば》わねばならなかったかという、無念さからであろう。

「よいか」

姑《しばら》くして又典膳は言った。

「わしとて木石ではない、そちが感じるほどの口惜《くや》しさはわしとて知って居る。煩悩《ぼんのう》もある……が、過ぎたことを、くよくよ思うは身の破滅を深めるばかりでな。そちよりわしが偉いとすれば、少々、その辺のあきらめを知っておることぐらいじゃ。――されば、そちとて愚か者の儘に居てよいわけはあるまい。主人が偉いなら、そちも偉うなってもらわねば困る」

「――――」

「……さ、泣くのはやめなさい。そち以上であろうと、この典膳が涙を見せたことがあったか？」

「よく分りましてござりまする」

嘉次平が洟《はな》をすすって詫《わ》びの叩頭《こうとう》をすると、

「分ればよい。以後、紀伊国屋のことゆえ月々届け物を欠かさぬであろうが、素直に受取っておくがよいぞ」

「はい、……」

「そちも年じゃ、これから次第に寒うなる。粥などすすらずと、精々旨《うま》い物をどっさり食ってな、長生きをいたしてくれ。爺がおってくれねばこの典膳まったく自由が利《き》かぬ――」

言って、低い笑声を立てた時だ。

「頼もう」

勢よく表戸を開ける音がして、

「丹下典膳どのが住居はこれであろう。少々談じ度《た》い儀があって罷《まか》り越した。誰《たれ》ぞおらぬか」

あたり憚《はば》からぬ高声《こうせい》に言って、

「──たしかにこれじゃな？」

「さよう、寺の裏角と言えば此処《ここ》より無い」

連れ同士で話し合い、又、

「頼もう。誰ぞおらぬか？」

ずい分無礼な訪問者である。

「行ってみなさい」

典膳は目でうながした。「わしは、昼寝でもしておることにしてな」

「承知いたしました」

嘉次平は腰の手拭《てぬぐい》で目頭を抑えると一礼して立つ。

典膳はくるりと向直って机上の本をひらいた。

「──丹下典膳どのは在宅か？」

「どなた様にござりまするか」

話し声が筒抜けである。

「我らは芝・金杉橋わき南新網町に道場を構える知心流角田勘解由《かげゆ》が手の内の者じゃが、丹下どの在宅なれば御意得たい」

「主人は只今《ただいま》やすんでおりまするので、御用向きを承りおきました上」

「何、かかる炎暑を罷《まか》り越したに昼寝をいたしておるから出直せと申すか？」

「まあまあ、そう貴公のように荒ぶっては話も出来ん」

別の声がたしなめ、

「丹下どの在宅なされてはおるのじゃな？」

念をおした。

「──はい、在宅にござりまするが」

「いつ頃起きて参られる？」

「そ、それは──」

とっさの判断で、

「ござんじでもござりましょうが、季節の変り目に疵《きず》あとがお痛みなされまするで、いつ頃お起きなされるか、わたくしめには」

「分らぬ？──なるほどな」

皮肉な口調で言うと、

「誰ぞ、先客があるのかの？」

と言った。

「いえ、どなたもお越しなされてはおりません」

「では、これは何だ？」

嘉次平が返答に窮した。先程、紀伊国屋の手代が置いていった袱紗包みである。上り框に、その儘《まま》に忘られていたのだ。

吾《われ》亦《も》紅《こう》

「先程紀伊国屋からの使いが参られて置いて行かれたものでございます」

嘉次平は有体《ありてい》に打明けた。

「なに紀伊国屋？」

顔を見合わした一人が、

「紀文は此処へも参っておるのか？」

言いながら上り框《かまち》へ寄って袱紗包みをあらためようとする。

「何をなされます？」

その非礼を憤ったので、けっして金子そのものへ執着があったからではないが、結果的には、金を奪われまいとする嘉次平の態度と見えた。

「退《ど》け」

遮《さえぎ》られると一そう穿鑿癖《せんさくへき》の昂《こう》じるのも人情である。武士は、嘉次平を突きのけ袱紗の中をあらためようとした。はずみに、力余って十枚の小判がバラリと土間へ散った。

「ほう、元御旗本丹下典膳ともあろう者が、町人分際の庇護《ひご》をうけて暮しておるか、これは驚いた」

嘉次平の最も怖《おそ》れていたことを口にした。それも殊更《ことさら》、近所へ聞かせる高声で喚《わめ》いたのである。嘉次平の顔色が変った。

「な、何も庇護など受けておられるわけではございませぬわい」

嘉次平の声が顫《ふる》える。

「紀伊国屋が方で、勝手に置いて行きましただけじゃ」

「勝手だと？……武士たる者が、勝手に置いて行ったものなら受取るか？——成程、路傍の乞食とて、人は勝手に銭を投げ置いて行くわ」

「な、な、何たることを申されまする……」

嘉次平は激昂《げっこう》した。

「かりにも元御旗本丹下典膳様がお住居にござりまする。お手前がたのような、礼儀もわきまえんお人をお入れ致すわけには参りませぬわい。さ、とっとと出て行かっしゃれ」

「黙れ」

大喝《だいかつ》したのと、おのれ下郎の分際で武士に向って……喚《わめ》きながら嘉次平を蹴《け》りとばしたのが同時である。「あっ」と悲鳴《ひめ》いて老僕の曲った腰がしたたかに柱に当った。

すーっ……と奥の唐紙が開いた。

「下僕の非礼は枉《ま》げておゆるし願い度《た》いが――」

うしろ手に唐紙を閉め、

「拙者丹下典膳、御用の趣きは？」

既に一刀を腰に帯びている。おだやかに上り框へ遣《や》って来て、

「爺《じい》。……痛むか」

突立った儘《まま》声をかけた。

「いえ……な、何ともございませぬ」

土間へうずくまり腰を抑えていたのが、無理に起《た》とうとして「うっ……」と呻《うめ》いた。

余程こたえたのであろう。

典膳の姿があらわれたので遉《さす》がに門弟両人の態度が変る。

「丹下どのか。我ら知心流角田勘解由が――」

「御用は？」

一人が言うのによると、何でも知心流道場で近く一般披露《ひろう》の武芸大会を催す、就いては、他流からも一流を究めた面々の参加を請《こ》うているが、特に典膳にも列席して知心流と自流との長短を比較検討してもらい度い、その上で、忌憚《きたん》のない批判・意見をうけたまわりたいが、詳しい打合わせのため一応道場まで同道願えれば幸甚《こうじん》だというのである。

「何の打合わせに参る？」

聞いて典膳が嗤《わら》った。過日堀内道場で紅白試合のあった時に、知心流の高弟両三名が列席して何事か企図したらしいが、中山安兵衛の才覚で、未然に妨げられたことは既に池沢武兵衛から典膳は聞いている。池沢はその時、意外に千春までが権兵衛父子に付いて道場に来た話も聞かせたので急に典膳が眉《まゆ》を曇らせ、黙り込んだため話は途中でおわったが、あらかた、知心流の意図しているところは想像がついた。

江戸で一刀流堀内道場と、角田勘解由の知心流道場では門弟数から、諸大名奥向き稽古《げいこ》の信望に於《お》て格段の差がある。そこで何とか堀内道場の塁に迫ろうと、仕組んだ狂言に違いないというのが池沢らの意見である。

今、わざわざ典膳のところに来て、その打合わせをしたいと言う。典膳が堀内門下随一の高足と噂《うわさ》されたのを利用して、その典膳に何らかの恥辱を加え、以《もっ》て一刀流の評判を失墜せしめようというのだろう。それにしては、今更、隻腕《せきわん》の典膳を負かしたところで知心流の名誉にもなるまいし、第一、紅白試合を真似《まね》て武芸大会を催すこと自体が少々、知恵のない咄《はなし》ではなかろうかと典膳は笑ったのである。

それを穏かな口調で典膳が言うと忽《たちま》ち相手は気色ばんでこう言った。

「いや、我ら然様《さよう》な異心あってお招きいたすのではござらぬぞ。全く武芸一途の念より招待いたす。——それに、お手前は今隻腕ゆえと申されたが、些《いささ》かも武技に於て劣るとは存じ申さぬ。我ら輩のみでなく、これはさる上司に於ても洩《も》らしておられることだ」

「上司？——」

「大目付高木伊勢守どの。お手前も姓名は存じておられようが、今は浅野侯に仕官いたした中山安兵衛、過日伊勢守どのが招きに応じて訪問の砌《みぎ》り、大目付どのより当代其方にまさる剣客はあるまいと問われて、即座に一人、この中山に勝る人物がござる、それは丹下典膳——と返答いたされたと承る。……されば」

どうやら謎《なぞ》は解けた。

典膳は知心流の長尾竜之進に腕を落された不束者《ふつつかもの》である、その典膳を中山安兵衛が褒《ほ》めた。あらためて典膳を嬲《なぶ》り殺しにすれば、堀内道場の不面目の因《もと》にもなろうとは考えて誘い出しに来たに違いないのである。典膳が今では浪宅暮しだから、斬捨《きりす》てても公儀に申しひらきは立つ。且《か》つ女房《にょうぼう》に去られ、竜之進に片腕を落されたうつけ者であってみれば、以前は知らず、隻腕の不自由さで尋常に闘えるとは思えない、すなわち典膳を斬ることはいとた易いと考えて出掛けて来たものに相違ない。

「左様か。……」

典膳は不意に寂しそうに苦笑した。それから、

「いかさまお招きにあずかろう――」

言って、

「嘉次平、そちは留守居をいたしておれよ」

腰をさすりさすり立上って不安そうな目を注ぐ老僕へ言い残すと、典膳は素足で沓《くつ》脱石《ぬぎいし》の草履を穿《は》いた。

その儘表へ出た。西念寺への角を曲ると、其処《そこ》にも三人余り門弟が待構えている。

典膳が寄って行くと三人の面上に緊張がはしった。中には刀の下緒を帯に巻きつけ、袴《はかま》の股立《ももだち》をそれとなく高めに繰上げた者もいる。

冷静に、それらを一わたり見て、真中の一人に目をとめた。

「わざわざのお出迎え忝《かたじけな》いが、この分なれば道場へ参らずともよいようですな」

と言った。

「いや、ここでは話もいたし兼ねる。御同道ねがい度い」

「金杉橋まで？」

「――さよう」

うなずく。もみあげが太く長く顳顬《こめかみ》から顎《あご》へかけて延びるにまかせた筋骨逞《たくま》しい男である。今どき、こういう強面《こわもて》は流行《はや》らないのに、それも知らずモミアゲに威武を示そうとするのは、長年の浪人暮しから何とか武芸の腕をあげて、何処《どこ》ぞに仕官をと願っている不遇者の一人であろう。一たん主家を浪人すれば父子二代をついやしても再び満足な仕官も出来ない、そういう逆境の武士が当時は数えきれぬほどに居た。

典膳も、明日はその運命である。縁もゆかりもない典膳を仆《たお》して、何とか知心流道場の名をあげ、ひいては仕官の糸口をと希《のぞ》む彼等に人間的悪心は微塵《みじん》もないので、いずれは妻子もあり、その妻子のためにこそ武道の研鑽《けんさん》も心掛けている。元禄という時代は、あらかた、そういう生計に困じた武士だけが武芸の奥儀《おうぎ》に達していた。（中山安兵衛もそんな一人だった）典膳のように、旗本の歴とした身分で、町道場随一の腕前を磨《みが》いていたなどは稀有《けう》な例である。父主水正《もんどのしょう》の無類の謹厳さと典膳の持って生れた才能があってはじめて達し得た剣境だったかもしれない。

が、さて、ふりかかる火の粉は払わねばならない。

「どうしても一緒にと申されるなら行かぬではないが——」

おだやかに典膳は笑った。「この儘、それがしは居《お》らなんだことに致して引返して頂くわけには参らぬか？」

彼等を斬る気は典膳にはない。斬るべき動機も、実は双方ともに無い。典膳を仆すことで、恐らく彼等の願っているような明日の発展は到底のぞめないのである。主取りをせぬ彼等が考えるほど、諸大名のふところは豊かでないのを旗本当時、典膳はいやという程見せられて来ている。仕官だけが武士の生き方ではないこと、根本的に人生観をかえれば、貧しくとも仕合わせな生涯は幾通りにもひらけて行くこと、そういうことを、この時の典膳は本当は話したかったに違いない。

併《しか》し、彼等の状態はもう差迫っているようだった。何としても同道ねがえぬなら、と言う。早くも刀の反《そり》をかえした者さえある。

「それほどに言われるなら、やむを得まい……」

典膳は踵《きびす》を返して、彼等の案内する儘に歩き出した。

両国橋を渡った。

暫《しば》らく行って、出会ったのが混血娘ヘレンである。

ヘレンは、はじめは嶮《けわ》しい顔つきでやって来る数人の武士の中に典膳のいるのは気づかなかったらしい。

門弟の方でも、眼《め》の碧《あお》い小娘に視線をとめる余裕のある者はいなかったので、道をよける女の前を気負い込んで通り過ぎる……

典膳だけが、ふと立停《たちど》まった。

「そなたいつぞやの娘ではないか」

と言った。

「?」

碧い眼が、大きく瞠《みは》られて、

「……テンセン?」

思わず出た呼び捨てだろう、見る見るそれから赧《あか》くなって、ひょいとお辞儀をした。

「──おぼえておったな、……何処へ行く？」

お供も連れずヘレンは独りである。

「わっちゃ、はちまんのインキョ行きますわいな」

碧い眼をくりくり動かした。

「丹下氏、お手前のお知合いでござるか？」

門弟が取囲むようにして訊《き》いたが、それには応《こた》えず、

「静庵どのへ参るのなら西念寺を通ろう、済まぬがわたしの住居へ寄って、帰りは遅くなろうが案ずることはない、と爺に伝えてくれぬか」

「ぬしさんは、何処行きなはいますえ？」

「金杉橋のきわ──らしい」

「芝ね？」

「さよう」

ヘレンもようやく唯事《ただごと》でないとは勘づいたようである。幇間《ほうかん》桜川為山の養女としか典膳は聞いていないが、見たところは町家の普通の娘と、着物の柄《がら》なども変りはなかった。襟足《えりあし》が、わずかに紅毛人らしく小さな生毛《うぶげ》を金色に陽《ひ》に光らせている。髪は、混血娘のためか常の日本の女同様に、黒い。

「ほかに、テンセンのお頼みはありんせんか」

機転を利《き》かせて訊いた。典膳は「ない」と言った。

「話が済まれたのであれば急ぎ申すぞ」

もみあげの長いのが嵩《かさ》にかかって促す。遅くなっても戻ると典膳の言ったのへ、無言の嘲蔑《ちょうべつ》をこめているのを無視しておいて、

「では気をつけてな」

典膳はヘレンと別れた。

午下《ひるさが》りの川端で、例によって河童《かっぱ》どもが水しぶきをあげている。ヘレンは暫らく心配そうに見送ったがもう典膳は振返らなかった。

「いずれで知られた娘でござる？」

目尻《めじり》のつり上った、険悪な面相の一人が訊く。嘉次平をあの時足蹴《あしげ》にした門弟である。

典膳はこれも聞き流して応えなかった。河風が乱れた鬢《びん》を弄《なぶ》る……目を細めて典膳は行く。

金杉橋へは隅田川から左へ折れるべきであるのに、彼等は右への辻《つじ》を曲った。ひっそりと、夏の午後のけだるさに蟬《せみ》の声のみ喧《かしま》しい人気ない空地が軈《やが》て目前に展《ひら》ける。

繰返すが、典膳には彼等を斬《き》る意志はなかったのである。

空地へ来てみると右側が武家屋敷、前面と左は濃い影を地に落した樹立《こだち》になり、緑の繁《しげ》みの向うに小高くなって矢張り大名屋敷の塀が見える。足許《あしもと》の雑草からは蒸せるような真夏の温気《うんき》が立昇っている。

「典膳」

門弟の一人が、足場を固めて素早く袴の股立を取って言った。

「おぬしに遺趣があるわけではないが、知心流道場の面目にかけて此処《ここ》でお主を斬らいではならぬ。我らも武士であれば騙《だま》し討はせぬ。一対一じゃ。言い遺《のこ》すことあれば剣客の誼《よし》みによって必ず伝えて進ぜる。あれば言え。なくば抜け」

そう言って柄《つか》にぷっと湿りをくれると、刀へ手をかけた。もみあげの長いあの一人である。

「どうしても、見のがしては頂けぬか」

典膳は落着いて問いかけた。じっとり、風に弄られていた小鬢の後れ毛が汗で顳顬へ濡《ぬ》れ付いている。

「見のがす？　おぬしの詞《ことば》とも思えぬが」

脇《わき》の方の一人が声を押し殺して、

「それとも此処で大地に手をついて我らに詫《わ》びるか」

と言った。

「詫びる？　知心流のお手前たちへか」

「左様」

「――断る」

典膳自身にも実は不安があった。これが以前の自分なら問題はない。五人同時に相手にしても何とか血路を見出《みいだ》す手段《てだて》はこうじ得たろう。

併し今は隻腕《せきわん》であって、以前の秘術がどの程度活用出来るか已《おの》れ自身にも心もとない。一抹のそういう憂慮が、猶更《なおさら》、斬りたくもない相手へ闘志を挫《くじ》けさせた。出来るなら見逃してほしいとは、だから或《あ》る程度は典膳の実感だったろうと思う。

……風が、急につよく吹いて腕の無い左の袂《たもと》をあふった。

「詫びるがいやなら抜け」「抜け」左右から雄叫《おたけ》びして詰寄る。

……典膳の肩が一つ、深呼吸をした。

「そうか」

鍔元をまさぐって鯉口《こいぐち》を切ると、何か抜くのが惜しそうな感じで鞘《さや》を走らせる。

ぱっと三四人がとび散った。

「知心流坪井与三衛門。――いざ」

もみあげの長いのが、踏とどまって大業物を抜く。知心流は豪刀を誇るので常の差料よりは寸も長い。

互いに斬結ぶべき遺趣は確かにないが、こうなれば相手には妻子とその生活がかかっている。必死なその剣尖《けんせん》に容易ならぬものを受取ってスルスルと典膳は後退した。それから徐々に片手青眼につけた。

意外な事態が、そうしておこった。

おのが目を疑ったのは先《ま》ず知心流の坪井与三衛門の方である。坪井は九州柳河《やながわ》の生れで、十二歳のおり、主家を浪人した父に連れられて江戸に出、当時駿河台《するがだい》に住んでいた朝倉与右衛門の門に入って知心流を修業した。以来二十年、今以《もっ》て主取りも愜《かな》わず道場とおのが侘《わ》び住居との往復に月日を過しているが、兄弟子角田勘解由が駿河台から金杉橋わきに新に道場を構え、その当主になってからも形に影の添う如《ごと》く常に勘解由を扶《たす》けて行動を偕《とも》にしてきた。知心流の伝来も朝倉与右衛門なる者の閲歴も今では未詳だが、元禄初期、一部の識者の間で知心流の荒太刀は一刀流以上と評価されていたそうである。坪井は師範代ではないが知心流四天王の一に数えられ、実戦の体験もあった。

さてその坪井が、瞳《ひとみ》を凝らし、息を詰めて典膳の青眼に対し、わが目を疑ったのは、典膳には左片腕が無い筈《はず》であるのに、構えを見ると、両手で以て構えたそれとしか見えない。

理屈の上では、幼少から典膳は隻腕だったのではなく、修練を長年両手でして来た――従って、片手が無くとも構えようは、習慣からどうしても両手のそれになる、とは分っているが、実際に見てみると、無い腕が五体無事にそなわっていると見えて仕方がないのである。

我に返れば確かに典膳は片手青眼である。然《しか》るに剣尖に目をこらし隙《すき》を窺《うかが》うと、両の手でゆったり構えているとしか見えない。……どれほど、おのれ自身を叱《しか》り、幻覚に惑わされてはならぬと意識しても、両の手で身構えた一分の隙もない相手に圧倒されるばかりであった。

じりじり坪井は後退し出した。或る間隔をおけば、紛れもない痩《や》せ細った典膳は浪人である。それが間合を詰めてゆくと、何か空怖《そらおそ》ろしくて打込めない。打込んだところで所詮《しょせん》及ばぬのを遉《さす》がに坪井は爾前《じぜん》に悟る。

——結局は、対峙《たいじ》したまま玉のような汗を全身に吹出して、眉《まゆ》に溜《たま》った額の汗がポタポタ雫《しずく》になって落ちた。

ずい分そうして無言の対決がつづいた。何時の間にか典膳の方が詰寄って両者の間合は接近している。遂《つい》に坪井は大決断の挙に出た。無い筈の左腕へ斬込《きりこ》む決断である。言えばおのれの幻覚を斬払うのである。

「やっ」

と叫び、大地を蹴《け》りざまに体当りで上段から撃ちを入れた。……空《くう》を斬るのにきまっている。……悲愴《ひそう》な捨身の一撃である。

典膳の体《たい》がひらいた。はあーと大きく典膳の口が開く。閻魔《えんま》が紅焔《こうえん》を吐くように舌を見せて太刀を揮《ふる》った。鏘然《しょうぜん》と音を発して坪井の剣はキリキリ空中高くはね飛ばされた……

ヘレンが西念寺裏長屋の典膳の住居へ寄って託《ことづけ》を伝えると、まだ土間の上り框《かまち》にしょんぼり坐《すわ》り込んでいた嘉次平が、

「それでは連れられてお行きなされたのでございまするか」

悲しそうにつぶやいた。その傍らには紫の袱紗《ふくさ》包みが無雑作に投出されてある。

「お前さまは何処へ行かれますのじゃ」

良《やや》あって問うので、

「はちまんの隠居行きますわいな」

ヘレンは舌の幾分短い言い様で言うと、

「おだじ（御大事）に」

たてつけの悪い戸を閉めて出た。

一たん西念寺の塀側まで道を返して左に折れる。静庵の住居の瀟洒《しょうしゃ》な門を這入《はい》ると玄関口に中間《ちゅうげん》が法被《はっぴ》の背をこちらへ見せて汗を拭いていた。ヘレンはそっと跫音《あしおと》をしのばせるように近寄った。彼女はお武家が苦手である。

中間はひょいと振向いて、碧《あお》い眼の娘なので微笑して通り口をあけてくれた。ヘレンの方では見覚えがないが中間は知っているらしい。

「暑いことですね」

と挨拶《あいさつ》して来た。

「あい」

曖昧《あいまい》に笑い返して土間へ入る。衝立《ついたて》の前で、

「はちまんの隠居さん、紀文大尽の使いにわっちゃ来たわえ」

澄んだ声で呼びかけると内弟子が出て来て、

「これは」

と不愛想《ぶあいそ》に言って直《す》ぐ取次いでくれた。

御簾《みす》を垂らした涼しい庵室《あんしつ》へ訪ねて来ていたのは堀部安兵衛である。

安兵衛ならヘレンも忘れようがない。

背後《うしろ》から手を仕えて挨拶すると、

「何の用だな」

静庵はこの日も生平《きびら》の甚平《じんべい》を着たきりだ。手の団扇《うちわ》をクルクルとまわした。

「紀文さん明晩、大川で夕涼みしに屋形船出そうと申してじゃ、はちまんの隠居一緒来ましょうね？」

「何、又散財か……」

静庵は団扇を鳥渡《ちょつと》とめた。

「丹下どのにも同行するようにと、申さなんだか？」

「テンセン？……いいえ」

頭をふる。それから思い出して、典膳と言えば先刻《さっき》、両国橋際《ぎわ》で会ったが、おっかないお武家に取囲まれ何処かへ連れられてお行きなされた、でも心配ないと、お留守番へことづけを頼まれたので途中で寄って下僕に伝えて来た——と話した。

「おっかない武士？」

安兵衛の顔色がふっと曇る。「何人ぐらいか？」

「何処へ行くと言うておった？」

静庵が訊《き》いた。

「金杉橋行く言うてじゃったえ」

「——金杉橋と申せば、知心流の道場ではござるまいか」

安兵衛が曇った眉《まゆ》をあげて、傍らの差料を摑《つか》むと、

「それがし、鳥渡——」

一礼して座を起つ。

静庵は止めなかった。

「用が済んだら戻って来られい。何なら、丹下どのも誘うてな」

後ろ姿へ声をかけ、

「ヘレン」

「あい？」

「その壺《つぼ》を、取ってもらおう」

庵室の隅《すみ》に唐草の風呂敷《ふろしき》へ包んであった木箱を示した。安兵衛が古道具屋で通りがかりに見て、大枚金五両を投じて購《あがな》ったという朱衣肩衝茶入《あけのころもかたつきちゃいれ》である。気に入れば静庵に贈るという。

ヘレンは両手で抱えるようにして運んで来ると、

「安べさん強い？」

と訊《き》いた。

「強いであろう」

「テンセンとどっち強い？」

「なぜじゃ？」

「相手は五人じゃえ。テンセンぐううと淋《さび》しそうに見えた……わっちゃ、淋しい人が好き。……それは何じゃいな？」

静庵が箱書を打眺《うちなが》めて、萌黄雲鶴緞子《もえぎうんかくどんす》の袋を解き出すとヘレンは覗《のぞ》き込んだが、きびしい眼でじっと壺を見入り静庵は黙り込んだ。

西念寺わき迄《まで》来ると安兵衛の足がふと、躊《ため》らいがちに止まった。念のため嘉次平に行先を確かめようかと、迷ったのである。併《しか》し一瞬の逡巡《しゅんじゅん》もゆるされぬ気がする。

「茂助」

安兵衛は供の中間をかえり見て、

「その方丹下どのの住居を知っておろう、知心流道場へ出向いたのであろうと思うが、さもないなら必ず呼びに駆けつけてくれ——。よいか、金杉橋じゃ」

言い捨てて再走《また》った。

丹下典膳がどうして知心流の面々に誘い出されていったか、事情は分らない。典膳の危急を救わねばならぬ由縁《ゆかり》もない。そもそも典膳が危機に立たされているかどうかも実は分らない。それでいて、不思議にせき立てられるおのれ自身の心が安兵衛にも不可解といえば言えた。

不可解——？

実はそう言うのは弁解である。安兵衛の胸には大きな幻がある。別離の妻千春である。典膳に若《も》しものことがあればあの美しい妻がどのように悲しむか。……安兵衛は疾《はし》った。

両国橋を渡りきった時である。

「果し合いだ。……お侍さんの果し合いだぞお」

鳶職《とび》らしいのと、物売り風態《ふうてい》の威勢のいいのが二三人、口々に喚《わめ》きながら河岸を前後して東へ走って行く。

「場所は何処か？」

安兵衛は通りすがりの売卜者《ばいぼくしゃ》らしい老人に訊いた。

「何でも十四五人を相手に大目付高木伊勢守様下屋敷裏で、片腕の御浪人が果し合っておられますするそうな」

なまず髭《ひげ》をふるわせて言う。

「下屋敷は何処じゃ」

「それ、向うの通りの辻二つ右へ――」

なるほど往来人が、ぞろぞろその方へ駆出して行く。安兵衛は袂《たもと》を翻《ひるが》えして刀の下緒を摑んだ。

人混みを掻分《かきわ》けると気勢におされて見物人はぱっと左右に道をひらく。空地が見えた。高木伊勢守下屋敷うらと聞いた時から知心流の意図するものは安兵衛には読めている。言ってみれば責任の一斑《いっぱん》は、安兵衛にあることである。伊勢守の面前で典膳を激賞したのが彼等を刺戟《しげき》したに相違なかった。

「町人退《ど》け」

と安兵衛は言って現場へ躍り込んだ。――後にこの時の安兵衛の態度が、無頼の徒の如く、尠《すくな》くとも主取りをしている家士の採るべき言動ではなかったと言って、居合わせた彦根藩士津村某《なにがし》に笑われたそうである。昨日や今日仕官したばかりでは、やはり長年の浪人暮しの地が出たのであろう、下品の至りだというのである。

これを聞いて安兵衛は大いに恥じ入ったそうだが、たしかに主君のある身で、かりにも無頼の徒の喧嘩《けんか》沙汰《ざた》へ一味するのは慎しむべきであり、武士は主君のためにこそ剣も揮《ふる》え、私情にかられた軽挙妄動は厳に戒めらるべきだからである。

併し、この時の安兵衛は、おのれの立場を省《かえり》みることそ、私情の最たるものと思ったろう。

空地では既に二人が斬《き》り仆《たお》され雑草を血に染めて伏せていた。典膳は蒼白《そうはく》の面に絶望的な淋しさを湛《たた》えて、だらりと隻腕《せきわん》に太刀を下げ、一人と凝《じっ》然と対決している。風がその片袖《かたそで》をそよがせて吹く……。知心流の門弟は、武士らしくあくまで一対一で一人ずつ典膳に撃ち向っていったのである。

五人が三人となり、その一人は既に青眼に構え、残る両人も後方に控えて一斉に異様な殺意で息をのんで勝負の結果を見戍《みまも》っている。群《むらが》って来る見物人もその場へおどり出た堀部安兵衛も、勝敗の帰趨《きすう》すら彼等にはもう目に入らなかったに違いない。

安兵衛はすかさず彼等の方へ走って行った。既に対決した一人は止めようがない。残る両人だけでも鎮《しず》め得たらと思ったのである。

「出るな」

途端に叫んだのは典膳だった。

「堀部さん、おぬしが出ては後日に迷惑がかかる。——出るな」

と言った。

黝々《くろぐろ》と自分の前に立ちはだかった人物に漸《ようや》く気のついた知心流の一人が、

「おのれ何者じゃ」

居丈高に叫ぶと、隣りにいた方が、

「おっ、貴公?……」

声をのんで瞳孔《どうこう》を一杯に見ひらいた。

安兵衛を知っていたのである。いつぞや紅白試合に長尾竜之進に同道して堀内道場へ行った一人だ。

「仔細《しさい》は存じ申さぬがかかる白昼に私闘は見苦しい。人目もござるぞ、控えられい」

そう言って安兵衛は両人の前へ手をひろげた。仲裁に入るのなら確かに後日わざわいの及ぶことはない。公儀へ申しひらきも立たず、浅野家家臣たる身の体面を損なわずにも済む。

以前の身一つの気儘な浪人暮しと違って、今では行動が朋輩《ほうばい》の毀誉《きよ》に連帯すること、言えば公私にかかわりなく、家中の士の言動はすべて赤穂藩の名を冠されて世間に評価されてゆく——そういうことを、咄嗟《とっさ》に典膳は教えたのである。その典膳は生死の間にあって、然《しか》も安兵衛にこれだけの配慮をめぐらす余裕があった。安兵衛が後々まで典膳に一目おいたのは蓋《けだ》し当然だろう。

典膳は白刃を交える相手が、安兵衛の出現で動揺したのを見て、携《さ》げていた刀の切先を垂直に卸《おろ》した。「もう歇《や》めぬか」と問いかけた。「ならぬ」雄叫《おめ》いて件《くだん》の一人は却《かえ》って挑発《ちょうはつ》された如《ごと》く真向頭蓋《ずがい》を目懸けて颯《さっ》と斬下した。

「危い」

下から受止めて体をひらき典膳は一刀横薙《よこな》ぎに胴を払ったので、相手は二つに折れて其場《そのば》へ倒れた。返り血が安兵衛のうなじまで飛んだ。

同僚三人までが斬られたのを見て残る両人が怖気《おじけ》づかず、寧《むし》ろ悲壮の決意で同時に挑《いど》みかかろうとしたのは、なりゆきで仕方のないことだったろう。典膳の方は、さすがに肩で荒い呼吸をして、顔が土色に変じ、膏汗《あぶらあせ》を流していた。

「退け」

言って右に立っていた一人が安兵衛へ先《ま》ず抜討ちをかけた。横様《よこざま》に飛退《とびしさ》ったが切先が安兵衛の着物の袖口を裂いた。

「これは」と言って、安兵衛は刀に手をかけた。安兵衛の面色《かおいろ》は此時《このとき》変っていた。

安兵衛と相手が向き合って立って、二人が目と目を見合わせた時、残りの一人が「おのれ助勢をいたすか」と叫んだ。其声と共に手に白刃が閃《ひらめ》いて安兵衛の肩を斬った。

遠巻きの見物の中から声にならぬ恐怖の叫びがあがる。血煙りを立て胸板を刺されて仰反《のけぞ》ったのは門人の方である。典膳が刀を抛《な》げたのである。

「だから申しおった。堀部さん、ひかぬか」

と又典膳は言った。その声のおわらぬ裡《うち》に安兵衛は残る一人を唐竹割りに斬下げた。

「それで、どうせよと申すのだな?」

此処《ここ》は和田倉にある老中阿部豊後守の屋敷。秋の気配が障子を明け放った庭前《にわさき》からすず風とともに微《しの》び入って来る。

紀伊国屋は揃《そろ》えた膝《ひざ》の上で両の拇指《おやゆび》をくるくる巧みにまわして、意味のある含み笑

いで、

「お殿様のお力添えで何とか寛大な御処置を願えればと存じまして」

「丹下典膳を釈放いたせと申すのか？」

「御承知でもございましょうが、丹下様はもともとが御旗本の御家柄《おいえがら》、喧嘩両成敗《けんかりょうせいばい》とは申せ、相手が無理に挑んで参りましたものを、お勝ちなされた為《ため》に江戸一里四方を限って御追放というのでは、いかにも丹下様がお気の毒でございます」

「紀伊国屋」

「？」

「その方の申し状さいぜんから聞いておれば、ずい分典膳に肩入れをいたしておるようじゃの、わけは、何だな？――例の船か？」

「これは御冗談を。手前も紀伊国屋でございます。お殿様に隠し立てなどは致しません。さき程も申しましたとおり、深川のさる御隠居に頼まれましたので」

「隠居？　芭蕉《ばしょう》のことかな」

「まさか」

文左衛門は綺麗《きれい》な皓《しろ》い歯を見せて笑ったが、

「そうそう、芭蕉と申せば例の庵《いおり》が又、空家になったそうでございますな」

巧みに話をそらした。芭蕉とは無論、俳聖芭蕉のことである。

芭蕉は深川の閑寂味に富んだ風致を愛して、二十九歳のおり初めて江戸に出て来たが、弟子の杉風《さんぷう》が提供した深川の活簀《いけす》屋敷にある六畳一間の茅屋《ぼうおく》に住んだ。これが後に謂《い》う芭蕉庵《あん》である。

当時、芭蕉は薙髪《ちはつ》して風羅坊《ふうらぼう》と号したが、延宝四年三十三歳の頃一たん江戸を去り、京都その他を遊歴して再び深川の幽棲《ゆうせい》に帰った。天和《てんな》三年の冬に庵が焼けたので、翌年新築して一もとの芭蕉をそこに植えた。ちょうど雨が降って芭蕉の大きな葉をそれが打つのを聞いて、

芭蕉野分《のわき》して盥《たらひ》に雨を聞く夜かな

の一句を吟じ、それから後ここを芭蕉庵と呼ぶようになったのである。行脚《あんぎゃ》に諸処を漂泊して、殆《ほと》んど江戸にいなかった芭蕉も、どうしたものか元禄四年の冬から同七年まで再々《またまた》深川にとどまった。久しい旅の間に庵が荒廃していたので、杉風は元禄五年の夏に芭蕉庵を改築したが、その庵のたたずまいがどんなに閑寂味の野趣あるものだったかは、「古池や蛙《かはづ》とび込む水の音」の有名な一句が、この庵で作られたのでも分る。後の川柳子《せんりゆうし》どもが其事を茶化して、

芭蕉翁《おう》ぽちゃんといふと立止り

古池の傍で芭蕉はびくりする
など詠《よ》んでいるが、芭蕉庵の跡は、大正末頃まで六間堀の酒店の裏にあったそうだ。
その庵が、近頃また空家になった——と紀文は言うのである。

歳　月

芭蕉が『古池や』の句を吟《よ》んだ池は芭蕉庵のすぐ傍らにあり、五六間四方の、池としては小さいもので、むろん今のように『古池』の句が多数の口の端《は》にのぼるわけもなかったから、水郷深川に在《あ》る何でもない只《ただ》の池と見られていたが、或《あ》る日この池畔に芭蕉が手ずから柳を植えているところへ、紀伊国屋が通りかかった。

芭蕉の傍らには弟子の鯉屋《こいや》杉風《さんぷう》が手伝っていたそうである。杉風は立派な別荘を深川に有《も》っていて、大尽紀文を知っている。二人は気軽に通りすがりの挨拶《あいさつ》をしあって、

「何を植えておられますな？」

紀文の方から芭蕉に声をかけた。芭蕉はこの比《ころ》五十一歳である。

チラと紀文を見たようだったが、黙ってせっせと植えつづけて答えない。有名なそれが俳人であることは紀文も知っている。のちに俳句の宗匠同道で京大坂を遊行した程だから、好きな道でもあったろうが、併《しか》し当時はまだ二十代の青年だったので、気むずかしいおじさんだな位の関心で池畔を通りすぎた。これが紀文が芭蕉を見た最後になる。柳を植えて芭蕉翁はこの年五月に帰省の旅にのぼって、十月十二日「旅に病むで夢は枯野をかけ廻《めぐ》る」一句を最後に、大坂御堂前《みどうまえ》の花屋仁左衛門なる人の裏座敷で没するわけだからである。

丁度その帰省の時に、杉風以下多くの門人が品川、或《ある》いは川崎、或いは箱根まで見送る話を紀文は耳にはさんでいたので、今は庵《いおり》が空家になっていると豊後守に話したわけだ。ひょっとしたら、杉風に頼んで庵に典膳をかくまって貰《もら》えたら……そんな気持が湧《わ》いたと豊後守へは見せるつもりもあったかも知れぬ。

紀文はうすら笑《えみ》をうかべ、

「——いかがでございましょう、お力添えを願えますなら、例のお話の方は……」

言ってじっと上座の阿部豊後を仰ぎ見た。典膳のお咎《とが》めを何とか赦《ゆる》してもらえるなら、金子の用達《ようたし》はお引受けするという意味である。

「交換条件とは其方らしくない申し様じゃの」

「ではお力添え願えますので？」

豊後守はうなずいた。

「町奉行の方で何と申すか知らぬが、実は丹下典膳には今一人、赦免《しやめん》を願い出でおられる筋があってな」

「？」

「上杉家の江戸家老千坂兵部どのじゃ。表向きは、上杉家よりの願い出になっておるが……運動の張本人はどうやら千坂どのらしいと、奉行所では申しておる」

「――――」

「紀文。さればじゃな」

阿部豊後は白髪の頭をかしげて、脇息《きようそく》に身を寛《くつろ》げ、含み笑った。

「その方何を企んでおるか知らぬが、丹下が御赦免に相成っても、果してその方の見込み通り、身を預けてくるかどうかは分らんぞ、上杉の方へ、さらわれてしまうかも知れん。ハハハ……」

紀文は和田倉の豊後守正武の邸を辞去すると本八丁堀の居宅へ帰り其の日のうちに、番頭喜兵衛に吩《い》いつけて金五千両を阿部邸へ届けさせた。豊後守正武には嫡男飛驒守《ちやくなんひだのかみ》正喬《まさたか》、三男越中守正房、四男主税《ちから》が夫々《それぞれ》三はん丁、かわらけ丁の別屋敷に住んでいる。近々《きんきん》主税に縁談がまとまるのでその支度金というのが阿部家の借財の理由である。むろん、そういう借用のはなしは当の豊後守は一切関知しないので、用人が勘定方と協議のすえ、お出入りの紀伊国屋へ『相談』を持掛けるという按配《あんばい》だが、紀文ほどになると、時には豊後守にお目通りをして、

「ちかぢか主税さまにはおめでたがおありのように承っておりますが、御用人方が出費の御心配をなされておりまます様子、――どうぞ、御用がございましたら此の紀伊国屋へお申付を願います」

直《じか》に紀文の方からそれとなく催促する。

老中の重職にあるとは言っても、大名の身として藩士の扶持《ふち》にも事欠く経済的内情は、当時の諸侯と変りないのを豊後守も知っているから、

「次第によってはその方に面倒を相懸ける」

ぐらいの事は言ってある。

典膳が釈放されてから届けたのでは金が死ぬ。そこは商人で、辞去したその足で運ばせたわけである。

番頭喜兵衛は事を済ませて戻って来ると、

「用人菅谷さまのお口ぶりでは、今日の五千両は、死ぬかも知れませんな」と言った。典膳釈放後の身柄はどうやら、上杉家の江戸家老千坂兵部が引取ってかくまうらしい、と言うのである。

「まさか」

紀文は自信ありげに笑った。

「丹下さんはな、あれでまだお別れなすった奥方を忘れかねておられる——とわたしは見ている。喜兵衛どんは事情を知るまいが、そういうお内儀の居られる上杉家へいかに何でもお入りはなさらん」

「併し上杉家では無うて千坂さま個人のお計らいとか——」

「大じょうぶ」

丹下典膳が五十日余の入牢《じゅろう》をゆるされたのは秋九月に入ってからである。後で分ったのだが、殊更《ことさら》入牢処分にしたのは大目付高木伊勢守より町奉行に内分の沙汰《さた》があったので、典膳の白昼江戸・将軍家お膝許《ひざもと》を騒がせた咎というのは表向き、内実は知心流の復讐《ふくしゅう》から典膳を守るためだった。これに就いては曾《か》つての同役たる旗本連や、典膳の叔父丹下久四郎、伯母方の婿《むこ》である火元御番頭・後藤七左衛門などの運動があったからだという。

従って、入牢中の典膳への取扱いも万事慎重だったそうだ。一里四方を限って江戸追放という処置も、言ってみれば暫《しば》らく江戸を離れた方が典膳の為《ため》にもよかろうと判断されてのことなのである。

――が、ただ一人、西念寺裏長屋で主人の帰りを待っていた老僕嘉次平は、釈放後、どこへも身を托《たく》そうとせず浪宅へ帰って来た典膳の蓬々《ぼうぼう》たる無精髯《ひげ》を見た時には、お痛わしいと言って声をあげて号泣した。

「泣くではない」

「………」

「そちも聞いておろうが、わしは江戸追放の御処分になるところを、叔父久四郎どのや伯母婿のとりなしで其の儀をまぬかれた。――併し、江戸に暮すつもりは今のわしにはもう無い。そちには苦労のかけづめで、栄耀《えよう》をさせてやれぬが心残りであったが、何事も運とあきらめて貰《もら》わねば仕方がない。この家《や》にある家財道具、わずかであろうが総《すべ》てそちへの餞《はなむ》けに遣わす。売るなと何なとして故郷の舟橋へ帰り、せめて余生を気楽に暮してくれぬか」

言って、

「これは――」

床の間の刀架に飾ってあった亡父主水正遺品の差料を取って、

「形見としてつかわす。わたしからではない、父のじゃ」

片山一文字・無銘の一腰《ひとこし》で、柄《つか》にも鞘《さや》にも埃《ほこり》の跡はなかった。主人の留守中、毎朝のように嘉次平がふきん掛けをして、大切に取扱った証拠である。典膳は二ヵ月ぶりに住居へ戻って、座敷の床の間を見たときからこれを遣《や》る気になったらしい。

「……さ、取らぬか」

「はい……」

嘉次平は半信半疑で膝行《しっこう》して刀を受取ると、

「江戸には住まぬと申されましたが……岡崎の大奥様の許《もと》へ参られるのでございますか。それなれば爺《じい》めにもお供をおゆるし願いとう存じまする」

「いや、母上にこの見窶《みぐる》しい姿を見せとうはない。何処へ行くとも未《いま》だきめておらぬ」

「では、どうして江戸をお発《た》ちなされまする？」

「じい」

典膳は冷やかな笑いをうかべた。

「わしに、そちは重荷じゃ」

と言った。

今迄《いままで》聞いたこともない突放した一言である。嘉次平は愕然《がくぜん》と色をなして、

「な、何と申されます？……爺めがおそばにおっては御迷惑なのでござりまするか」

「――――」

「お殿様」

両の手に刀を捧《ささ》げたままにじり進むと、

「申して下さりませい。なんぞ爺めが落度をいたしましたかい。それとも、お気にめさぬようなことが」

「そちに咎はない」

「？……」

「わたしは、独りきりになり度《た》いのでな」

「でもその御不自由なお体で」

「不自由？……不自由な者に四人も人が斬《き》れるか！」

はっとするほど激した自己嫌悪《けんお》の響きがあった。以前よりは又一段と痩《や》せ細って、蓬々たる無精髯の顔である。以前の清潔で気品に溢《あふ》れた面影は何処にもない。陰気で、

虚無的で、淋《さび》しさが打沈んだ深い翳《かげ》を表情にやどしている。入牢した所為《せい》というだけでなく、入牢中に明日の生き方を変えようとどれほど苦悩してきたかが、ありありと目許にも感じられた。もう、嘉次平の手の届かぬそれは別人の丹下典膳になってしまった——としか思えないのである。

「！……」

がっくり、嘉次平は項垂《うなだ》れた。

嘉次平はそれでも典膳の許を去る気にはなれなかったらしい。言い出したら前言をひるがえす主人でないとは承知していたが、辞《こと》を尽くして、御先代主水正さまに仕えてより、丹下家を死所ときめ、妻子もない独り身のこの老僕をお見捨てなされますのは余程の御決心でござりましょう。以後は足手まといにならぬよう、どのようなことを遊ばしても差出たお諫《いさ》めなどは申しませぬゆえ、どうぞ、おそばへだけは何時までもお置きを願いまする——そう言って水洟《みずばな》をすり上げ、畳に体をすりつけて懇願した。

「わしが何をしようと必ず口出しは致さぬな？」

「はい」

「きっとか？」

念をおし、嘉次平が「誓いまする」と言うのを見捨てて暫らく黙って庭に茎頭を揺らす芒《すすき》を見つめた。良《やや》あって言った。

「道具屋を知っておるか」

「は？……」

「近所のでよい。家什《かじゅう》一切うり払って家をたたむ」

「何処へ参るのでござりまする？」

「分らぬ」

その日のうちに両国橋わきの古道具亀屋《かめや》の手代が呼び寄せられた。道具の下見に来たわけだが、落ちぶれたといっても譜代の旗本で、家財のあらかたは半蔵御門外の屋敷を引払って此《こ》の侘《わ》び住居へ引越す時に処分してあったが、それでも日常身辺につかう手筥《てばこ》や、嗽器台《そうきだい》、鼻紙箱、什器、置炬燵《おきごたつ》、火桶《ひおけ》、調度など、西念寺裏長屋にふさわしいものは一つもない。

「およろしいのでございますかなあ……」

手代は気兼ねをしいしい凡《およ》その算盤《そろばん》を弾《はじ》いた。

翌日亀屋から車を仕立てて道具を引取りに来た。

近在の者は、そうでなくても蔭口《かげぐち》をささやきあった丹下典膳の引越しとあって、はじめは遠巻きに三々五々群《むらが》って見戍《みまも》っていたが、ただの引越しではなく、家財を売払っているのだと知ると、少しずつ輪をせばめるように、密集して荷車のまわりを取囲んだ。表通りを通る者も、それで何事かと足をとめて寄って来る。

たまたま静庵の内弟子が所用の戻りにこの様子を目にとめたのである。わけを知るといそいで邸に戻って静庵に報告した。

「なに売払う？……」

典膳が釈放されたことを静庵はまだ知らない。

「しかと間違いはないな？」

駄目をおし、すぐさま取るものも取りあえず弟子を伴って西念寺裏へ駆けつけた。

道々、

「それで丹下どのの姿をも見かけたか？」

「いえ、例の老僕が人夫どもに指図をしておりました。淋しそうでございました」

「淋しいはきまっておる。家財を運び出すなら家の中が表から見えよう。典膳どのは居《お》ったか？」

「……それは」

「たわけ」

叱《しか》っているうちに西念寺の塀を曲る。なるほど人だかりである。

「どけ退《ど》け退け」

静庵は杖《つえ》をあしらって群衆をかきのけて分け入った。

嘉次平は以前、紀文への引出物に典膳の脇差《わきざし》を料理茶屋へ届けた時、静庵からいい主人に奉公しておるなと慰められたのでよく覚えている。併《しか》しその静庵から、典膳が端渓《たんけい》のすずり石を贈られていたことは、うっかりしていた。

「引越しなさるのか」

うしろで声をかけられて、

「こ、これはいつぞやの……」

嘉次平は忽《たちま》ち家財道具をさらけ出している惨《みじ》めさに恥じ入った。

「道具は売られるのか？」

「はい」

「全部か」

「何ひとつ残さぬと申されまするので……」

「何一つな」

ずーっと一わたり、表に運び出されたのや荷車へ既に積み込まれた品々を見渡して、

「それで何処へ移られるのじゃな？」

「分りませぬ」

「分らん？」

「お殿様は何でも、牢におられました時分にお知合いになられた町家のさる請負師《うけおいし》のもとへ居候《いそうろう》すると申されまして」

「請負い？……鳶《とび》人足や人入れ稼業《かぎょう》のあの請負いか？」

「そのようなものらしゅうございまする」

「ふーん……住居を引払っても紀伊国屋へは行かれんか……」

静庵にとって少々あてはずれな事態である。入牢中に知合ったというなら、どうせ男伊達《だて》を売る、よからぬ俠客《きょうかく》の一人に違いない。そういう者の社会へ墜《お》ちてゆくにしては、典膳の人柄は高潔すぎると、静庵には思えた。所詮《しょせん》、水と油であろうに、また典膳ほど賢明な武士なら、それぐらいのことは見通している筈《はず》であろうに。……

「それで何か、もう請負師の許へ参っておられるのか？」

「――はい、今朝早くからお行きなされております」

「場所は何処じゃな？」

「浅草お蔵前の白竿《しらさお》長兵衛とか申される……」

嘉次平は、うなだれてもう詳しく話す気力もないらしい。

「あとでおぬしも行くのじゃな、其処《そこ》へ？」

「はい……」

蔵前の請負師なら幕府の米蔵のあるところで、其処に使われる常傭《じょうやと》いの小揚げ人足の親分である。静庵には、凡《およ》そ無縁の世界である。

「……そうか。あたらあれほどの人物がのう……」

さすがに、典膳の胸深く秘められた懊悩《おうのう》を見るおもいがして、がっくり静庵も肩を落した。どうせ、考えぬいたすえ、旗本の過去を捨てる決意をしたに違いはないが、隻腕《せきわん》ではまさか小揚げ人足も出来まい。紀伊国屋や、上杉家江戸家老の千坂兵部までが典膳の釈放後を色々案じて手をうっていた噂《うわさ》は静庵も聞いているので、それらを拒絶して町の請負師の許へ居候するからには、よっぽど、武士がいやになったかと想像するぐらいである。

さもなければ何か、入牢中に、別れた妻女のことで精神的打撃を蒙《こうむ》る事態でもおこったのか？

「そうじゃ、話は違うがの」

静庵はふと思い出して、尋ねた。

「丹下どのの入牢中に、堀部安兵衛どのが何ぞ言っては参られなんだかの？」

「こりゃあどうも、よくお出《い》でなすっておくんなさいやした。わっちらあ稼業に似ず夜ふかし致すもんでござんすからねえ。……どうも、とんだ失礼をいたしやして」

でっぷりと恰幅《かっぷく》のいい五十年配が、どてらをぞろりと曳《ひ》きながら内儀を従えて茶の間へやって来ると長火鉢の前へどっかと胡坐《あぐら》を組む。

銀煙管《ぎせる》を手に取った。

「おたね、熱いお茶と淹《い》れ代えて差上げなくちゃなるめえよ」

「あいよ……」

頤《あご》でうなずいて、亭主のわきへ坐《すわ》って早速銅壺《どうこ》の蓋《ふた》をあけた。これはまだ三十前後のいい年増《としま》である。

白竿伝右衛門のうしろには稲荷《いなり》大明神の神棚《かみだな》が祭られていた。向き合った典膳のうしろは襖《ふすま》、次の間からは直《す》ぐ土間へつづくが其処では威勢のいい若い者が、いずれもねじり鉢巻《はちまき》にどんぶりの腹掛け、紺の股引《ももひき》姿で、夥《おびただ》しく出たり入ったりしているらしく、時折、指図する風な意気のいい声があがった。

典膳はもう小半刻《こはんとき》ちかく、表と土間を出入りするその活気に溢《あふ》れた懸声を聞きつづけて坐っていた。武士のたしなみで、きちんと正坐を崩さない。且《か》つ早朝に起き出た習慣の儘《まま》に約束をまもって白竿長兵衛を訪ねて来た。長兵衛は父親の伝右衛門が「幡《ばん》随院《ずいいん》以来の江戸っ子」と自慢する悴《せがれ》である。白竿の異名も実は長兵衛のさっぱりとして粋で意気のいいのに人が名付けたので、伝右衛門はこの呼び名が気にいって早速屋号にしたという。

そんなことは典膳には分らないし、どうでもよいだろう。

内儀が燗《かん》の出来たお銚子《ちょうし》に肴《さかな》を添えて典膳の前へ置いて、

「何もございませんけどお一つ」

盃《さかずき》を器用につまんで、差出す。典膳が受取りかねていると、

「……そうぎこちなくなすっちゃ嬶《かかあ》の場がもてませんや。先生、御蔵前じゃあそれが熱い茶でござんすよ」

「併《しか》し拙者朝から――」

「いけねえいけねえ」

伝右衛門は火鉢の上で大きく手を振った。

「そう堅《かて》えこと仰有《おっしゃ》ってちゃ、折角おさむれえを捨てなさるおつもりが却《かえ》って妙なことになりやしょう。……どうも長兵衛が戻ってからと思っておりやしたが、これじゃあ埒《らち》が明かねえ。おう、おたね。わっちが代って一の一から先生にお教えしよう、若え者を一通りこれへ来さして呉《く》んな」

「あいよ」

うなずいて起《た》ちかけたのが、

「お前さん」

ふりむいた。

「何だ」

「折角お引合わせするんじゃああのお髯《ひげ》がねえ……」

「ん。それもそうだ。――よし」

ポンときせるの吸殻《すいがら》を敲《たた》き落して、

「お三《さん》をこれへ呼びな、剃刀《かみそり》を用意させてな」

とうとう無理強《じ》いに典膳は娘のお三に髯を剃《そ》られた。

お三は白竿長兵衛の妹で、長火鉢のわきに坐った伝右衛門の女房《にょうぼう》とは、年格好も似

合わないから明らかに継子《ままこ》である。しかし至って明朗な鉄火肌の娘で、父親から典膳に引合わされると、

「えい、あたいが剃って差上げるわ」

早速湯桶《ゆおけ》を三下共《さんしたども》に運び込ませ、

「せんせ。……さ、あたいの膝《ひざ》へ御寝《およ》なさいな」

膝枕《ひざまくら》をしろと言う。

「まさか……」

「何を仰有《おっしゃ》ってるんです先生、御遠慮にゃ及びません、お三だってその方が剃りやすうござんしょう」

併《しか》し典膳は坐った儘でと言った。

「そう、じゃお坐りになっててよござんすから。おっ母さん、熱い手拭《てぬぐい》をね」

全然人みしりをしない。平気で典膳の背後へまわって、中腰で、母から蒸し手拭を受取ると端坐した典膳の顎《あご》から、そおっと口許《くちもと》へ押し当てる。

「……熱うござんすか？」

物が言えないので典膳は首を振った。お三は大柄で肉の緊《し》まったいい体をしている。と襟もとの香りが典膳の鼻孔をくすぐる。近々と顔をよせ、上から覗《のぞ》き込むように

典膳の瞑目《めいもく》を見下して、却々《なかなか》手拭を離さない。何となく背後から抱き緊《し》めているように見えた。

女房がチラと伝右衛門へ笑いかけたが、すいも甘いもかみ分けたこの五十男は素知らぬふりで煙草《たばこ》を吹かしている。

髯があたためられた。

「おっ母さん、——襷《たすき》」

お三は母から紅のしごきを藉《か》りると襷にして、

「痛かったら仰有って下さいましね」

再び典膳のうしろへ中腰でにじり寄り、白い指を頤《おとがい》にかけて、面《かお》を上げさせる。典膳は咽喉《のど》を反らし隆《たか》い咽喉仏を見せた。

なるほど巧みな剃刀さばきである。近々と顔を寄せ、瞳《ひとみ》をこらして丹念に、剃る。無心と言いたいくらい一生懸命な態度だった。

神妙に典膳は瞑目している。

「……いたい？」

「いいや」

「お声を出しちゃ駄目」

いちど、頬を剃る時にだらりと腕の無い袖《そで》の垂れている上を、お三は無意識に手で抑えた。典膳の眉《まゆ》がヒクと動いたが誰も気がつかないと見えたが、暫《しば》らくしてそっとお三の手が離れた。二度ともうそこへ手はゆかなかった。

髯ぼうぼうの痩《やせ》浪人が、やがて端麗な青年武士の風貌《ふうぼう》に返る。伝右衛門の女房などは思わず目をみはり、尋《つい》で惚《ほ》れ惚れと目を細めて眺《なが》め入って、

「——お前さん、いい男だねえ……」

亭主の耳へ囁《ささや》きかけた。

お三は知らん顔だ。

「せんせ、済みましたわ……」

紅絹《もみ》でくるくる剃刀を巻き収めながら言うと、

「おう、別人のようにおなりなさいやしたぜ。……こうなったら早えとこ若い者をお引合わせしなきゃならねえ、おたね、其の辺にいる者を集めてくんな」

間もなく威勢のいいところがずらりと座敷に並んだ。

「みんな、揃《そろ》ったか？」

「へい」

右端に坐っていた苦味走った若いのが代表で頭をさげる。

「よし」

伝右衛門は煙管《きせる》を措《お》くと、長火鉢の向うで坐り直った。

「おめえ達も長兵衛から聞いているだろうが、こちらにおいでなさるのは元御旗本の丹下典膳さまだ。今日から都合でわっちどもがお世話をさせて頂くことになったが、長兵衛にとっちゃあ謂《い》わば御恩人。見るとおり腕が御不自由でいらっしゃる、以後は、おめえ達が先生の片腕ともなってお盛立てをしなきゃあならねえぞ、いいな？」

「へい。……」

「そいから先生の御希望で、御旗本だったって事ぁ今後二度と申しちゃあならねえ。わっちも言わねえが、お前たちも他所《よそ》へ行って余計なこと喋《しゃべ》るんじゃねえぞ。いいな」

それから典膳の方へ向いて、

「ごらんの通り、大体うちの若え者が揃いやしてござんす。何なりと先生から一つ、お言葉をかけてやってお呉《く》んなせえやし」

典膳の表情に言い知れぬ淋《さび》しい翳《かげ》が宿ったが、

「丹下典膳と申す。当分、当家へ世話に相成ることになった。——何分ともに、頼む」

と言った。

「さあ、これで御挨拶《あいさつ》あ済んだ。——みんな、手をかして貰《もら》おうじゃあねえか」

シャンシャンシャンと手をうって一同、典膳に頭を下げた。

「実はね先生——」

伝右衛門の語調ががらりとくだけて来る。

「此処《ここ》におりやすのとは別に小田原町の仕事場へ、長兵衛が連れてめえった若え者もいるんでござんすが、まあそれは長兵衛からお引合わせ致しやすでしょう、差当って、この中から二人ばかし、先生のお役に立ちそうなのを選んでやっておくんなせえやし」

「何のために？」

「別にどうってことあござんせん。お武家の方で言やあ、ま、当番とでも申しやすか」

伝右衛門は曖昧《あいまい》に笑ってから、ふと自分に注がれている視線に気づいて、その方を見た。

お三である。

典膳のわきに控えていたのが、懇願するような眸差《まなざし》で、合図を送って来た。当番をあたいにさせて頂戴《ちょうだい》……という意味らしい。

め、と伝右衛門は睨《にら》みつけておいた。典膳が言った。

「おことばは忝《かたじけな》いが、それがしには実はもう一人、お世話願わねば相成らぬ者が」

「お、嘉次平さんとか申されましたね？　うけたまわっておりますよ。――何あに、御遠慮にゃあちっとも及びません、嘉次平さんは嘉次平さん。何なら……」

言いかけて、居並んだ連中をずっと一わたり見回し、

「辰吉《たつきち》。巳之吉《みのきち》」

「へい」

呼ばれた二人は列を離れて膝ひとつ前へ出た。

「今日からお前たちは先生のお付きだ。いずれ長兵衛が帰《けえ》ったら詳しい指図はするだろうが、これからは何を措《お》いても先生のお役に立つよう励んでくれ。いいな」

言って、

「先生、こいつらは恐《こわ》いもの知らずの、竹を割ったようなさっぱりした野郎でござんす。右におりやすのが辰吉、左が巳之吉、どうぞ今後は御家来同様に思召《おぼしめ》して目をかけてやっておくんなせえ」

伝右衛門が頭をさげると、両人は無論、居並んでいた一同もお三おたねの母娘も一様に低頭した。

「拙者こそ居候の身で、そう改まられては恐縮いたす。何分ともに頼む」

伝右衛門のしていた口入れ稼業《かぎょう》は『割元《わりもと》』といって、人夫を提供する商売である。幕府の無役《むやく》の家来を小普請《こぶしん》というが、小普請入りを命ぜられると今でいえば休職か非職と同じことで、現職というものがなくなる。しかも小普請には際限がないので、当人一代だけではなしに子孫までも小普請でいなければならぬことがあり、その無役非職の武士に背負わせる義務があって、幕府の土木工事に知行高の割で人夫を出させる。これを高割人夫というが、百石毎《ごと》に二人ないし三人、五百石以上になればこれとは別に杖突《つえつ》きという者を一人出させる。並の人夫は中間《ちゅうげん》でいいが、杖突きは士分格の者でなければならない。

しかし旗本らは戦国の仕来《しきた》りのように、軍役として定められた人数を常時持っていないから、いざというとき高割人夫を出せない、それでは困るというので、慶安年間ごろから、人夫を請負って出す割元という稼業が出来たわけである。幡随院長兵衛などもこの小普請の請負業者の一人である。

一体、百石に対しての高割人夫は一年にせいぜい二三人出すぐらいのものだから、正直に自分の家来として余分に人を抱えておくよりは、割元に頼んだ方が出費も僅《わず》かで済み、人数も揃う。その代り、幕府の工事であるから何の某《なにがし》という旗本の家来分で出るわけである。もし不調法なことがあると、幕府は割元を処分せずに、名儀人の旗本を処罰した。従って割元は常に旗本に対して責任を持たねばならず、割元を信用出来ねば旗本もなかなか請負わせるわけにはゆかない。

そこで、安心して自分の家来分として差出せる人夫を要求する。すなわち割元への信用が物を言うわけである。

丹下典膳が、旗本の間にどれ程信頼された人物であったか、それを考え起せば、白竿伝右衛門が無条件で典膳を迎え入れた理由も納得《なっとく》がゆく。まして典膳は、悴《せがれ》の白竿長兵衛にとっては恩人だというのである。但《ただ》し、自分達の稼業の利益のために典膳を世話していると言われては、男がすたる。典膳自身にとっても、昔の朋輩へ信用を沽《う》りつける立場は好まないだろう。……そこで、御旗本であった過去は一切伏せるようにと寄子《よりこ》（人夫になる乾分《こぶん》共）にきびしく言い渡し、あくまで身柄をお世話すると、乾分二人を当番に付けさせたわけだ。

伝右衛門以下白竿長兵衛をはじめ、妹のお三や乾分どもが喜んで典膳の世話をしたのには、けっぺきに伝右衛門が断った如《ごと》く稼業柄典膳の信望を利用するつもりのなかったのは事実だが、それと別に実はもう一つ理由があった。きおい組との勢力あらそいである。

元禄のはじめ頃から小普請組の旗本たちの義務は人夫で差出さなくとも、金納でよいことになり、百石に就いて小普請金一両をおさめれば役夫を出すのと同等の扱いをうけるようになって、そうなると白竿伝右衛門の如き請負業——割元は次第に職場をおびやかされる。これにつれて勢力をのばして来たのが『きおい組』である。

幕府には各々旗本から土木工事の役夫として徴集する人足とは別に、常傭の人夫がいた。これは常に幕府に使われている者で、数は尠《すくな》いが自分たちは謂《い》わば御直参のようなもので、工事の都度集められて来る臨時人夫とは違うのだという誇りがある。割元の請負う町方人夫の数の多いうちは、そういう自慢も表立って口にしないが、次第に割元から出される人夫の数が減るに従って持ち前の誇りを鼻にかけ、羽振りを利《き》かすようになった。

その常傭人夫の団体が『きおい組』である。

幕府の制度として、小普請金が人夫に代行されるのはやむを得ないが、それをいい事に、昨日まで小さくなっていた連中が急に羽振りを利かせ、ことごとに大きな顔をして我《が》を通されたのでは男の意地が立たない。と言って、相手は小普請奉行に直属する手合で、工事場で彼等に楯《たて》を突くことはひいてはお上の権威へ反抗する仕儀ともなる。そこで仕事場では一切がまんをしているが、岡場所や矢場などで顔を合わすと、これはもう男と男の私《わたくし》のあらそいである、喧嘩《けんか》である。

一方が勝てば、必ず一方が次の日には仲間を連れて復讐《ふくしゅう》にゆく。

そんなことで、次第に両者の争いは大きくなった。たまたま鳶《とび》の頭《かしら》が『きおい組』と同調したので、江戸中の意気のいい若い者は、謂わば白竿組、きおい組などと自分で名乗り出して町方の勢力を二分する有様に迄《まで》なってきた。それで公儀からも両者に対して以後喧嘩を慎しむようにと公平に訓戒があったが、白竿組に属する乾分衆の言動を抑えるには長兵衛は確かに「男一匹」ではあるが何といってもまだ若すぎる。そこで長兵衛の後見にと、長兵衛自身が頼んで典膳に来てもらったのである。

典膳の気持が、一見、無頼の徒の用心棒とも見られ兼ねないこういう社会へどうして落ちてゆく気になったのか、典膳の人柄を知るほどの者は総《すべ》て噂《うわさ》を聞いて怪《あや》しんだ、書道家静庵も、紀文も、堀内道場の面々——堀部安兵衛さえ一時はその一人だったという。

が、典膳自身は何事も語らず、白竿長兵衛方に身を托《たく》してからの日々をひっそりと過していった。

そんな典膳の身の回りの世話をやいていたのは娘お三と、辰吉、巳之吉の二人である。

柿のへた

お三が食事の支度をして、自身にお膳《ぜん》を運んで這入《はい》って来た。

衝立《ついたて》越しに声をかけると、

「先生、お食事でござんすよ」

「おっと……こりゃあとんだ長話をいたしやした、御勘べんなすってお呉《く》んなせえ」

話し込んでいた伝右衛門が吸いかけの煙管《きせる》と、煙草《たばこ》盆を慌《あわ》てて手に携《さ》げて立って、

「おう、御苦労だなお三。お前にそれほど甲斐甲斐《かいがい》しいお世話が出来るとは思いも寄らなんだぜ」

「いやだよお父っあん」

「ははは……そのお父っあんにも偶《たま》には親身《しんみ》の世話をやいて貰《もら》いてえものよ」

笑いながら、次の間との境に立てかけてある衝立の片側をお三と入れ違いに出ようとするのを、

「伝右衛門どの」

典膳が呼びとめた。

「今の話、当分は伏せておいた方がよいでしょうな」

「そうして頂けりゃあわっち共も安心でござんすがね、先生の胸おひとつにお委《まか》せを致しやす。どうぞ、ごゆっくり召上っておくんなせえ」

伝右衛門は一礼して出ていった。

「何のお話でござんすか？」

お三は掛けていた朱の襷《たすき》を素早く外して、典膳の前に坐《すわ》ってお膳を並べる。この白竿屋に居候《いそうろう》になってから一番奥座敷の綺麗《きれい》な部屋が典膳に当てがわれた。今では白竿屋を背負って立つ長兵衛の吩《い》いつけである。その長兵衛は、今日も朝から典膳に挨拶《あいさつ》して小田原町の魚市場へ出かけていった。小普請《こぶしん》人足の請負仕事が減って、そういう方面にも手を出さねば若い者の気をすさませるばかりだからである。

典膳が黙っているのでお三は勝手に御飯を盛って、

「はい」

お盆を差出した。

「ありがとう」

うなずいて受取ると、お膳へのせる。それから箸《はし》を取り片腕で食べる。――静かな動作だ。お吸物を吸うときには必ず一々箸を措《お》き、けっして乾分《こぶん》共のように箸を取った手で汁椀《しるわん》を持って吸うような下品なことはしない。お三は心をつけ、なるべく焼き肴《ざかな》など小骨の多いのはお膳へ添えぬようにしてきたが、それでも食事をする時の典膳を見ているとふっと胸の奥底が痛む……

御飯をこぼすようなことはしないが、その代り、箸で少しずつ口へ運んだ。

空っ風がどんより曇った冬の午後の庭を吹き抜けている。そろそろ典膳の疵《きず》あとの痛み出す季節だろう。

「――せんせ」

暫《しば》らく食べるのを瞶《みつ》めていたお三が、故意ににっこり笑った。

「さっき、嘉次平さんに面白いこと伺ったわ」

「――何を？」

「子供の時分、先生は柿のへ、へ、たばかしお食べになったんですってね。……あんなもの、どうすれば食べられるんでござんすか？」

「柿のヘタか、嘉次平も余計なお喋《しゃべ》りをいたす――」

典膳は苦笑して、

「あれは味噌漬《みそづけ》にいたす」

と教えた。みその中へ棒で穴を造り、その穴へヘタを一杯つぎ込んで重しを置くと、しぶが出る。それを二カ月余り漬け置いたのを小さく刻んで食べるのだが、何とも風味があってよいものだと、典膳は言った。

「……惜しいわ、もっと早く仰有《おつしや》って下すったら良《よ》ござんしたのに」

真実お三は口惜《くや》しそうにしたが、

「何か、ほかにございません？　先生って案外げて物趣味ね」

「ほかにか……左様だな、玉子の漬物というのもある」

「玉子？　にぬきでござんすか？」

首をふった。

「生玉子――」

普通に殻のまま半日ばかりぬかみそに漬けておくと、なまの玉子と変らず、少々塩気があって一段と興のあるものだという。――その他、しじみを煮るには、餅《もち》ごめを四五粒入れて煮る。そうすると、しじみの身が一つ一つ離れて、鍋《なべ》の底にとどまり、貝ばかり取り捨てられせわしない食べ方をいたさずに済むものだとか、『表精飯』といって、唐《から》の道士の中元に製するものだが、南天の葉をすりくだき、その汁で米を炊き上げると、少しばかり赤く色づいて精気をつけるのに功のあるものである。又、飯は少しやわらかに炊いて飯櫃《めしびつ》の内へおしつけて詰め、風にあてぬようにすれば暑中もすえる事がない——そんな話もした。

お三は、呆《あき》れて聞いている。

以前は殿様と呼ばれた武士におよそ想像もつかぬ、こまかい話である。

「あきれた……先生って、ずい分物知りでござんしたのね。恥ずかしくってこれからは蛤《はまぐり》のお吸物なんぞ、出せやしませんわ」

「何、武士が合戦にのぞむ心得の一つにすぎん」

「いいえ、戦さに漬物樽《だる》を持って行った話なんて聞いたことがない。——きっと奥様がお教えなすったんでしょ？」

コトン、……と箸を膳へ置いた。

「——茶を頂こう」

「あら、もうお済みでござんすか？」

うなずく。

お三は鈍感なほうではない。しばらく、横顔をじっと見戍《みまも》っていたが、

「せんせ」

「――――」

「奥様のことを申上げてお気を悪くなすったのは、これで二度目でございますね」

「………」

「そんなに、お忘れになれないんでございますか?」

「そなた、何か誤解をしておるな」

「うそ!……」

かぶりを振ったがこの時、巳之吉が衝立の向うへやって来てひざまずいた。

「先生、お食事中でござんすが」

顔色が緊張に蒼《あお》ざめている。少々のことなら、日頃眉《まゆ》ひとつ動かぬ男だ。

「何だ」

ゆっくり典膳は顔を戻した。

「とうとうやって来ましたんで」

チラとお三の方を見て、

「お吩《い》いつけなさいやした通り、あれから直《す》ぐ辰吉と二人、入江町の切見世《きりみせ》をそれとなく見て回っておりやしたところ、仰有るように野郎が出て参りやして——」

「口上を伝えたか？」

「へい。そういたしやしたら、権現《ごんげん》の野郎が一も二もなく引きさがりやしたので、こちらもつい安心したのが悪かったのでござんしょう、帰り道、門前仲町で火消鳶《とび》二十人あまりに取囲まれ、わっちゃ、ま、お指図どおり何とか帰《けえ》って参りやしたが辰吉の奴《やっ》は——」

すうっと典膳が起上った。

刀架《とうか》へ寄って刀を摑《つか》み取ると、こじりで帯をまさぐって落し差し、

「直ぐ行けば間に合おうな？」

お膳のわきを通り抜けた。

驚いたのはお三である。

「巳之吉、まさかお前、あの『東照権現』に因縁をつけたんじゃないだろうね？」

「そ、それが先生のお吩いつけだもんで」

「な、何だって？……」

典膳はもう構っていない。

「案内を頼む巳之吉」

「ま、待っておくんなさい先生！……」

必死でお三が止めようとするのをふり切って廊下へ出た。

一たん、其処《そこ》で立停《たちどま》ると、

「――三、伝右衛門どのには此《こ》のこと黙っておくがよいぞ。――よいな？　多分すぐに戻る。――巳之吉、参ろう」

廊下の暖簾《のれん》をくぐり出た。

『東照権現』というのは、当時江戸で札つきの悪党で本名を纏《まとい》の与太郎といって元は火消人足である。併《しか》し誰も纏の与太郎とは呼ばず「権現与太郎」という。強請《ゆすり》、窃盗、騙《かた》り、博奕《ばくち》と手のつけられぬ悪事の数々を働いた男だが、彼の背には全身に倶利迦羅《くりから》不動明王の刺青《いれずみ》と、それへ大きく『東照大権現』の五字が彫ってあるので役吏も召捕るわけにゆかなかった。神君家康公の神号に縄目《なわめ》をかけては不敬に当る。まして刃物を加えるのは大問題ともなろうから、少々の乱暴を働かれても幕府の武士は知らぬ顔で見逃した。

ますます与太郎は増長し、今では全く手のつけられぬ乱暴を働いている。最近、更に『きおい組』がこれとぐるになったというので善良な町民たちは『きおい組』と聞いただけで権現与太郎を想像して、顫《ふる》え上った。

永代寺門前仲町へ駆けつける途々《みちみち》、切見世での事をかんたんに典膳は巳之吉に聞いた。

江戸の岡場所の中でも極く下等な私娼《ししょう》のいる所を切見世という。本所入江町もその一つで、元禄のはじめ頃からそろそろ一般に知られるようになって来て、路地の数も裏表新道とも二十あまり、其処に居る娼婦の数も二三百人をかぞえるようになった。

それだけひろがってくると、甲州屋路地といって其処の両側に長屋が建っている——その長屋に居る女達も揚代が高くなり、衣装道具も遊女とくらべて恥ずかしくないくらい立派になり、土地も賑《にぎ》わしく、客も大勢来るようになって、町はだんだん私娼のために繁昌《はんじょう》した。そうなると人が混雑するにつれて喧嘩《けんか》があるとか、怪我人《けがにん》が出るとか色々と出来事がおこる。

権現与太郎は、もと此の町内に住んでいたので、そんな時には何時でも飛び出していって始末をつけ、口を利《き》いた。それが又上手だというので何時とはなしに土地の者から立てられ、顔役になったという。一種の用心棒である。

常に其家の人身御供《ひとみごくう》となり、私娼地域の犠牲になるのだから、町内の首代《くびだい》というわけで、私娼一人に燈《あかし》ひとつ、その燈《あかり》を数えて一燈に就いて毎夜二文ずつを上げ銭とした。私娼の数が多いと、この所得も馬鹿《ばか》にならなくなったのが、そもそも与太郎のぐれだした発端ともいわれる。『東照大権現』の刺青をやったのもその頃である。

酒癖も悪く、はじめの頃と違って次第に私娼を強請《ゆす》るようになって、土地の者に毛嫌《ぎら》いされ、そのため夜鷹《よたか》や猪《い》の堀の船饅頭《ふなまんじゅう》の方まで手をのばし出すと、ますます横暴さを加えたので人が逃げる。するといよいよ暴れ出して遂《つい》に、手のつけられぬ破落戸《ごろつき》になったわけだが、最近になって時折、昔のことで因縁をつけ、入江町へ強請にまわるというので、典膳は旨《むね》を含めて辰吉と巳之吉にあらかじめ入江町を見張らせておいたのだった。

「それで旨《うま》く諭《さと》してはおいたのだな？」

「へい。その時は権現の野郎もおとなしく聞いて帰りやしたもんですから、まさかと思っておりましたが……門前仲町で急に」

「よし分った」

典膳は足を早めた。

門前仲町へ来てみると、なるほど、思ったよりは多勢の人だかりである。鳶人足が十七八人ぐるりと辰吉を取囲んで、悪いことに白竿屋の若い者が三人余り此処《ここ》へ来合わせ、辰吉を庇《かば》おうと喧嘩を吹っ懸けたらしかった。そのため踏む、蹴《け》る、撲《なぐ》るの散々な目に四人は遭《あ》ったらしくて、今では啖呵《たんか》を切る気力のある者も無くなっている。鳶職たちはそれをいい事に、さんざ日頃の白竿組への遺恨をはらし、溜飲《りゅういん》を下げているところだ。

中でも一きわ高声に罵言《ばげん》を浴びせているのが権現与太郎――酒肥《ぶと》りのした、肉づきのいい体で褌《ふんどし》ひとつの丸裸か。全身の刺青を衆目に誇示して言いたい放題の悪口雑言を吐いていた。

人を掻《か》き分け、典膳はその前へ静かに出ていった。

「な、何だお前は？」

路上に突伏して気息奄々《えんえん》たる辰吉の前へ立ちはだかった隻腕《せきわん》の浪人に権現与太郎は大きく目をむいた。

赤濁りがして、酔った眼である。ぷーんと息も酒臭い。

「どういうことを此の者ら致したかは知らぬが、失礼があったのなら許してやってくれぬか？」

「失礼？……ぷっ」

痰《たん》を路傍へ吐いて、

「お前は一体、何処《どこ》の誰だ」

と喚《わめ》いた。

黙って笑っていると、

「や、この野郎笑いやがったな。さてはお前、白竿組の頼まれ者か？」

「そうなら何といたす」

「何」

権現与太郎ばかりではなく、鳶の者が一斉に気負い立ち、

「おっ、並んでいやがるのは巳之吉じゃねえか？——違えねえ、このさむれえは確かに白竿組の回し者だ」

「そうだそうだ」

「権現、やっちめえ」

口々に喚き立てる。

「やっぱし白竿組だとっ……こいつは面白《おもしれ》え」

せせら笑って、肩を怒らせ二三歩前へ出て、

「おう、おさむれえ。いかにもこ奴らは勘弁してやろう。その代り、お前とわっちと

二人っきりで話をつけようじゃあるめえか」

「どのような話だな？」

「三べん回って大地に手をつき、ワンと言やあかんべんしてやる。それともこの股《また》あくぐるか。どうだ」

両股をふん張り、褌ひとつの胸を張った。

「いやだと申したら？」

典膳は手を前から脇《わき》へまわして、刀の下緒を帯に巻き締める。

「おお？……こいつは面妖《めんよう》な。やい、手前このおれを斬《き》るというのか。いってえ誰だと思っていやがる？」

「誰であろうと武士に向って聞き捨てならぬ雑言、次第によっては、宥《ゆる》さぬぞ」

「こいつは驚いた……どこの頓馬《とんま》か知らねえが本気で斬るつもりだな、——よーし面白い。斬れるものなら、バッサリ斬ってもらおう」

言ってグルリと背を見せて、

「さ、斬れ。だてに刺青しているんじゃねえ。はばかりながら東照大権現さまだ。斬れるものなら、さ、斬ってみろい」

遠巻きに見ていた群衆は無論、鳶の者たちもあっと目を疑った。

「斬れと申すのなら、いかにも斬ってつかわす……」

小指に力を溜《た》めてすーっと刀を抜くと、

「どこを斬られたいな? 首か。それともその背を真二つにか」

本当に典膳が斬る気だと知るとさすがの権現与太郎も顔から血が引いた。

「本、本気で斬る気か?……おもしれえ。斬れるものなら、さ、斬れ」

肩をそびやかせ、刺青を誇示するが足許《あしもと》が言葉についてゆかない。じり、じり、典膳の前を尻込《しりご》みで後退している。

見物たちは急に、しーんと静まり返った。典膳は宥さなかった。

「逃げるようでは其方、口ほどにない臆病者《おくびょうもの》だな」

「何だと?……」

「斬れと申すゆえ斬ろうと致すに、何故《なにゆえ》逃げる」

「――――」

「人並みにいのちが惜しいか? なれば以後性根を入れ変え、真人間になれ。前非を悔いるに憚《はばか》ることはない。そちがその気で改心いたすのなら、当方とて刀を斂《おさ》める」

「…………」

「どうだな？　人のいやがることを致して、その方とて恐らく内心たのしいとは思うまい」

「な、何をほざきゃあがる。前非を悔いる？……ペッ。こうなりゃあわっちも権現の与太郎だ。もう、逃げもかくれもしねえ。首なと尻なりと、存分に斬ってもらおう。——さあ斬れ。斬れ」

目をつり上げ其の場へじかにでン、とあぐらを組んで、坐《すわ》った。

「よい度胸じゃ。ならばもはや遠慮はいたさぬ——」

典膳の下げた刀の刃が、寝た。

これを見て驚いた鳶職共が、

「権現を斬らしちゃあならねえぞ」

「そうだ、頭《かしら》にわっち共の顔が立たねえ。どこの頓馬か知らねえが畏《おそ》れ多くも東照宮さまへ、刃物を当てようって野郎だ。構うことはねえ、やっちめえ」

「合点《がってん》だ」

口々に叫び合うと、先程から手にしていた棍棒《こんぼう》や天秤《てんびん》をふりかざして、

「権現、まかしといて貰《もら》うぜ」

乱然と典膳に襲いかかった。

そうなると巳之吉も引きさがってはいられない。「野郎。先生にな、なんてことをしやがる」ふりおろされる棒をかいくぐって典膳のそばへ護《まも》り寄ろうとした。

「手出しを致すではない、巳之吉。そちは下っておれ」

隻腕に白刃をだらりと下げた儘《まま》、無茶苦茶に撃ち込んでくる面々をあしらいながら与太郎へ近づいた。

権現は加勢に気をとり直したか、俄然《がぜん》大胆になり、「手出しはならねえ手出しはならねえ。こんな侍の一人や二人、ビクともするわっちじゃねえぞ」手をひろげ、加勢を鎮《しず》めるような大見得をきっていた。そこへ典膳が近寄った。

「与太郎、覚悟を致せ」

下げた太刀がサッと空に一閃《いっせん》したのと、逃げ腰に踵《きびす》を返した与太郎の背に一条の朱線が走ったのが同時だった。

「や、や、やりゃあがった!……」

権現は悲鳴をあげ、必死にあたりを逃げ回った。

「やられた……やられたぞ」

べつに典膳の方は追いかけたわけではない。『東照大権現』とある入墨の字の丁度まん中から真二つ、皮膚一枚を切下げた迄《まで》である。与太郎の身には全身酔いがまわっているので、わずかな創《きず》からも血がほとばしる。真白の襌がそれで、みるみる血に染まってくると、傍目《はため》には相当の深手と見えたから、

「大変《てえへん》だ、権現が斬られた」

「東照宮のお名前に刃物をあてやあがった」

巳之吉へ打って懸っていた連中も忽《たちま》ち引返して来て、典膳へ挑むでなく、遠巻きに立竦《たちすく》んでいる。権現与太郎は彼等の一人に抱えられて喘《あえ》いでいた。相変らず血は止まらない。

後方で見物していた庶民も権現与太郎に武士がこれ迄刀をかけぬ理由は知っていたから、典膳が『東照大権現』の字を二つに斬ったのを見た時には鳶《とび》の者以上に驚ろき怖《おそ》れ、或《あ》る者などは急にコソコソ人垣《ひとがき》を分けて逃げ出した。現場に居あわせたことで、どんな咎《とが》めを受けるかと惧《おそ》れたのである。巳之吉までが一瞬、てっきり典膳は乱心したと思い込んだという。

すべては、併《しか》し典膳には予定の行動だったらしい。

「巳之吉」

「へ、へ、へい……」

「わたしはこれより奉行所へ参って委細を説明いたす。その方は、怪我人どもを看取《みと》って白竿屋へ引返してくれぬか」

「へ、へ……併し、せ、先生は？……」

「案ずることはない。鳶の者ももうその方らに手出しは致すまい。わしは、一両日のちには立戻れよう。いずれ戻った上にて長兵衛や皆へもわけは話す。けっして心配いたすでないと伝えてくれよ。嘉次平にもな」

切先の血を拭《ぬぐ》って刀を鞘《さや》にすると、一度、鳶の者を見据《みす》えておいて、此《こ》の場を去った。見物たちが怖れて左右に道をあける。そうして怕々《こわごわ》典膳の顔を見戍《みまも》り、見送った。中には女も混っている。侍も二三、居る。それ等の目が一斉に注視する中を、至極物静かに、何か寂しそうに典膳は立去った。

典膳の言葉どおり鳶の者たちは挑戦的な罵言を浴びせはしたが、巳之吉ら白竿組の者へ再び襲いかかることはしなかった。権現を皆で囲み取るようにして、

「どけ退《ど》け退け」

見物どもへ喚き散らして浅草の方向へ去ってゆく。

「……兄哥《あにき》、大丈夫かい」

大地へ倒れている辰吉のそばへ走り寄って、巳之吉は抱え上げ、

「やい」

呻《うめ》いている他の白竿組の若い者を叱《しか》りつけた。

「お前たちは何て馬鹿なことをしやあがる。あとさきの見分けもつかず短気な喧嘩《けんか》を売りやがるから辰吉兄いがこんな目にあいなさった。兄哥のみか、先生にまでとんだことをおさせしちまったじゃあねえか。帰って、親分に何といって詫《わ》びるつもりだ?」

「男一匹が、これぐらいのことでのびたんじゃあ長兵衛若親分に申訳が立つめえ。さあさ、気を取り直して歩け」

巳之吉に叱咤《しった》されて喘《あえ》ぎながら起上った若い者らが、いずれも向う臑《ずね》や顔面に擦《かす》り傷、打撲《だぼく》傷の血をにじませ、ボロボロに引裂かれた着物で漸《ようや》く白竿組の表口へ辿《たど》りつくと、伝右衛門や長兵衛より先にお三が顔色を変えてとび出して来た。

「先生は?……先生はどうなすったんだえ?」

辰吉を肩に担いだ巳之吉を白い眼で睨《にら》んだ。

「申訳ござんせん――実は先生は……」

話しているところへ奥から長兵衛が出て来ると、

「巳之吉、まさかお前、先生をお独りで行かしたんじゃあるめえな？」

「そ、それが若親分、先生御自身大丈夫だと仰有《おっしゃ》いやしたもんで」

「ばか」

あたりへ響き渡る大声で一喝《いっかつ》した。

「何てえことをしてくれやがる。滅多なことで先生のお側は離れちゃあならねえと、あれほど言ってあったのを忘れぁがったかい！……」

長兵衛は、当時二十五歳。お三に似て口許《くちもと》のきりりと緊《しま》った、色の浅黒い好い男だった。土間から表への油障子の縁《ふち》を摑《つか》んで、桟《さん》に足をかけ、障子の油紙が震えるほど高声に叱った。その障子には大きな○に白、竿と屋号の二字が書かれてある。

「何とも申訳がございやせん、わっちゃ只《ただ》――」

「つべこべ今更言ったって始まらねえ。先生はそいで、何処へお行きなすった？」

「お奉行所へめえると仰有《おっしゃ》っておりやした」

「やっぱし、そうか！……」

うめいて虚空を睨み、「失敗《しま》った」と舌打ちする。

「あにさん、じゃお前、前から知ってたのかえ？」

お三がこんどは兄長兵衛を睨《にら》みつけて、

「今迄《いままで》、どうしてあたしにゃ言っておくれでないんです？」

「言うも言わねえも、わっちが独りで、勝手に想像申上げていただけよ。御自身でこうすると仰有ったわけじゃあなし、おめえにも打明けようはねえじゃあねえか」

「でもさ……」

「まあいい。済んだこたあ仕方があるめえ。——やい、後の段取は内へ入《へえ》ってきめる。此処《ここ》まで歩いて戻れたお前たちだ、人手はかりなくともへえれるだろう、早く中へ這《は》入《い》れ」

土間の上り框《かまち》でこれを見ていた伝右衛門はもう少し気が折れている。

「ささ、手をかして早く内へ入れてやんな」

まわりの若い衆を促すと、

「長兵衛」

突立った儘《まま》、悴《せがれ》の背後へ声をかけた。

「わけが何かありそうだが、一体、どうしたってえんだな？」

「どうもこうもねえ。先生は、最初《はな》からお奉行所に頼まれてうちへ来なすったのよ」

典膳はそのころ町奉行所の奥座敷で奉行能勢出雲守頼相と対坐《たいぎ》していた。

「御苦労であったな。浪人の其許《そこもと》にこういう手数をかけさせて甚だ我らも遺憾《いかん》には存じておるが、他に手段もないままに其許の技倆《ぎりょう》にすがったが。……あらためて礼を申す」

出雲守は麻上下《かみしも》に威儀をととのえているが、扇子を膝《ひざ》に立てて典膳に頭を下げた。

「さように御念を入れられましては拙者却《かえ》って恐縮いたす」

「いや、其許でのうては、こう易々《やすやす》は埒《らち》明き申すまい。——で、白竿組と火消共の拮《きっ》抗《こう》は？」

「多分、与太郎とやらの御仕置さえ厳になされればおのずと火消共の気勢も挫《くじ》け、白竿組とて最《も》早《はや》むたいな乱暴はいたさぬかと存じますが。それに、長兵衛と申すあの取締《とりしめ》、若いに似ずなかなか思慮のある男と見受け申した」

「さようか」

満足そうに出雲守はうなずいた。

江戸には火事が多く、その火事が人心に及ぼす影響を幕府の為政者は少し慎重に考えてよい筈《はず》であったろうに、当時は、あまりそういう心遣いを見掛けられなかった。『火事は江戸の名物』で済んでいたのである。従って消火の施設も特別に考慮されていないが、これは、幕府が火事といえば戦時の予習と考え、火事が人の生命財産に災害を加える点よりも、火事のドサクサに紛れて政治的謀叛《むほん》の起るのを惧《おそ》れたからである。だから消火よりは警備に重点をおいた。

大名火消の設定されたのもこの為で、これは方角火消ともいって、大手、桜田、二の丸、紅葉山、浅草の御蔵、本所の御蔵、増上寺、上野、聖堂、猿江《さるえ》の材木蔵と場所が指定されている。殊《こと》に大手、桜田は組になって、これはその近所に火事が無くとも、火事の場合は馳《は》せつけて警固する役回りである。火事がひどくなった時は、臨時に幕府から諸大名へ火消方を命じ、これは固める意味でなく消火の方で、奉書火消といった。

普通、火事があると消火にあたるのは「定火消《じょうびけし》」といって、裕福の旗本から選ばれたものである。勤めれば損がゆくにきまっているが、実は金を遣わせる為に命じたので、これが十人火消といって、駿河台《するがだい》、四谷御門内、八代洲河岸《やよすがし》、御茶の水、赤坂御門外、溜池《ためいけ》などの十カ所にあった。この定火消は古くは大名の役目だったのが五千石ぐらいの内福の旗本の役回りにきまったのだ、当時「火消屋敷のお殿様」と呼ばれたという。役料三百人扶持《ぶち》、与力六騎、同心三十人、それに中間《ちゅうげん》（時の言葉でガエンといって、鳶人足である）この人足が、一屋敷に二百人前後ついている。彼等は素裸かで火がかりをした。町火消は刺子《さしこ》を着ているが、これは褌《ふんどし》ひとつで火がかりをするので、役屋敷の方では先陣と呼び、大いに男伊達《だて》と鉄火な気前を重んじたわけだ。権現与太郎に味方して小普請《こぶしん》人足と張合ったのがこの人足どもだったのである。——ついでに言っておくと、いわゆる町火消、いろはの平仮名付けの組合が出来たのは享保三年になってからで、纏《まとい》や竜吐水《りゅうどすい》を用いたのもこの時からである。それ迄は、水で火を消すというより家を敲《たた》き壊《こわ》して焼草を無くするのが消火の主な仕事とみられた。褌ひとつの丸裸かで済むわけで、気性の荒かったのも当然である。

以前に、典膳が知心流門弟と白昼に私闘した廉《かど》で咎《とが》めを受けたのは、大目付高木伊勢守の実は謀《はか》らいによったので、「一里を限って江戸追放」云々《うんぬん》の仕置《しおき》も要は典膳の身に知心流の復讐《ふくしゅう》の及ぶのをおもんぱかった慎重な顧慮からだった。

ところで典膳の入牢《じゅろう》中に同じく咎めを受けていた白竿長兵衛の罪というのが一風変っていた。長兵衛は気分の闊達《かったつ》な男だが、或る時、島原の切支丹一揆《きりしたんいっき》の昔話をして、当時は西海道の諸大名は残らず出陣、将軍家名代として板倉内膳正《ないぜんのかみ》や松平伊豆守なども鎮定に出向いて随分な骨折りだったと聞いているが、もし今時分ああいう騒動がおこったのなら、われわれ町人の請負いで一揆をぶっ潰《つぶ》してみせる、その方が入費も少くて済むだろう、又そういう事件が入札になるようなら、この長兵衛などは思いきり安札を入れて引受けようものを、と言って笑い話にした。

それが偶々《たまたま》島原の乱当時に出兵して苦戦をしたという有馬侯へ、出入りの鳶頭から久留米《くるめ》藩士の耳に入ったので、かりにも天下の御政道に口をはさみ、且《か》つは藩の御先代を物笑いに致したは不届千万というので、罪を得て獄舎につながれたのである。

悪いことに、筑後《ちくご》久留米二十一万石の城主有馬侯はこの頃大名火消だった。消火の時水を運ぶのに最も便利なのを玄蕃《げんば》桶《おけ》というが、これは明和年度の有馬の殿様が火消を勤める時考え出したので、代々有馬侯は玄蕃頭を名乗るところから玄蕃桶の名がつけられたという。それほど消火に熱心な大名で、従って火消人足共も目をかけられている。小普請人足請負業者である白竿長兵衛とは、そうでなくても『きおい組』を介して不和の間柄にあり、この上、若親分長兵衛が入牢させられたのは火消共の口さがない訴えのせいだと、白竿組の方で騒ぎ出しては、どんな大喧嘩《おおげんか》になるかも知れず、そこで、典膳に居候《いそうろう》の名目で白竿長兵衛方へ身を寄せるよう、機会を見て公儀で持て余し気味の権現与太郎を始末してくれるようにと、町奉行みずから内々に依頼したわけである。権現与太郎を斬《き》るなどということは普通では出来ない。併し『東照大権現』の入墨を誰かが切ってしまえば、創《きず》がなおっても『東照大権現』の名に疵跡《きずあと》がのこる。与太郎は、今度はそういう畏《おそ》れ多い名前を疵物にして歩いているという咎で不敬罪に問われ、遠島の処分にもあうわけだ。

誰かがこれをやらねばならないが、背中の皮一枚を鮮かに切下げる手練者《てだれもの》はそうざらには見当らない。そこで典膳の入牢中を倖《さい》わいに奉行所から特に頼んだわけである。

さて典膳が予定通り事を済ました今となっては、白竿長兵衛方へ居候に戻る必要もなさそうだった。

「時に其許《そこもと》、今後はどう致される？　聞いてもおろうが、其許の身柄については上杉家千坂兵部どのより話があり、浅野家の堀部弥兵衛と申される留守居役よりも実は兼々話があったが……」

出雲守は話し出した。

雨　蕭《しょう》　条《じょう》

典膳が黙っていると、

「そうであった、其許、以前に御老中阿部豊後守どのと昵懇《じっこん》であったかな？」

「御老中？……」

「過日使いの者が見えられて其許の身柄いかように相成るものかとお尋ねがあったが」

紀伊国屋文左衛門の差金《さしがね》に違いない。

「何かの間違いではござるまいか。それがし別に——」

典膳は澄んだ目を戻した。

「左様か。……」

能勢出雲守はあまり深くは追及せず、

「——左内」

座敷の片隅《かたすみ》に控えていた祐筆《ゆうひつ》の役人を呼んで、

「例の品をこれへ」

「はっ」

一礼すると一度座敷を出てから、白木の三方《さんぼう》に金一封を載せて典膳の前へ差出した。

「些少《さしょう》ではあるが」

出雲守は言った。

「其許へ町奉行よりの寸志じゃ。本来なればお上より特別に御沙汰《ごさた》のあるべき筈《はず》であるが、事が事ゆえ、公けには致しかねる。その辺のところ、其許も旗本の育ちなれば察してはもらえようが」

言って、

「いずれ、与太郎なる者に不埒《ふらち》の所業あらば以後は容赦なく処置いたす。されば、其許へ後難の及ぶこともあるまいが、出来うるなら、当分、江戸を外に湯治でもゆるゆる致して参ってはどうかな？　これは奉行個人として申すのじゃが、御老中は兎《と》も角《かく》、上杉家といい赤穂藩江戸留守居役といい、どうも其許の身柄引取りの願い出が多くてな、一方を立てれば一方に義理を欠き、内心、実はほとほと困却いたしておる。……出来るなら、ここ当分の間――」

「よく分りました」

典膳は素直に一封を受け取り、

「しからば拙者これにて」

差料《さしりょう》を引寄せた。

「何処《いずこ》へ行かれる？」

「よもやとは存じ申すが、何さま気の荒い者共、いかようなことで又騒ぎ立てるやも知れませぬゆえ、当分は様子を見がてら長兵衛方へとどまろうかと存じ申す」

言って座を立ちながら、ふっと典膳は破顔《わら》った。

「武士と違い、町家の暮しに馴《な》れてみるとなかなか野趣のあるものでしてな。——御免」

それきり町奉行所の奥書院を出た。

典膳が戻って来たと聞いて奥から転ぶように迎え出たのは嘉次平とお三である。

「お、お、お殿様」

顔中くしゃくしゃにしてひざまずき老僕は典膳の足許に伏せんばかりにして泣いた。

お三はその後方に立って眸《ひとみ》を一杯見開き、

「よ、よく。……よく」

満足に物も言えない。

長兵衛や伝右衛門の喜びも非常なものだった。

「よく帰っておくんなさいやした……先生、わっちらあ、ごらんの通りでござんす」

乾分《こぶん》一同をずらりと両側に控えさせ、玄関にひれ伏して迎え入れた。

「何もそう仰々しくいたさずともよかろう。それではわしが入りにくい。——さ、頭を上げい」

「そ、それが実は先生——」

伝右衛門が言った。

「先程きおい組から使いの者が参りやしてね、先生のお身柄は御公儀で厳罰におあいなさるだろう、何といっても御神君の御尊号に刃物をお当てなすった、無事で済むわけゃねえと――」

「済むも済まぬも、こうして当人が無事に戻ったことだ」

「そ、そりゃそうでござんすが……実は、きおい組が因縁をつけに参ったにゃ、それだけのわけがござんす」

言いかけるのを横から長兵衛が、

「お父っあん。まあ奥へ入《へえ》ってもらって、じっくりお話し申上げようじゃねえか。……先生、ともかくお上りなすっておくんなせえ」

言ってうしろの若い者共を振返り、

「面《つら》あ伏せているだけじゃ話も何にもならねえ。みんな、先生はこうして無事にお戻り下すった。普請《ふしん》場はもうこっちのもんだ。さ、元気を出して、一緒にお迎えしようじゃねえか」

促すと、異口同音に声を揃《そろ》え、頭を下げて、

「お帰んなさえやし……」

いつも通りに典膳は奥の座敷へ落着いた。お三がイソイソと付いて来て、仄暗《ほのぐら》くなった室内に灯を入れる。典膳の知らぬことだが、全く灯が消えたよう打沈んでいた一瞬前までの家中が、忽《たちま》ち春にめぐりあった陽気さと、活気に溢《あふ》れて来た。

「お召替えなさるんでござんしょう？」

お三がシッケ糸のついた真新しいのを、いつの間に仕立てておいたのか素早くみだれ籠《かご》から取出して来て、糸を抜きながら末に控えた嘉次平とチラと見合うと、本当に嬉《うれ》しそうに含み笑った。八丈の下着に黒ずんだ縞縮緬《しまちりめん》の上着である。総角《あげまき》の丹下家の定紋が稍《やや》大き目に白く抜かれてある。嘉次平に相談して作ったものに違いなかった。

典膳は火消鳶《とび》との諍《あらそ》いから奉行所へ出向いたまま戻って来たので、言われてみれば確かに着物の処々が汚れている。あっさり背後から肩へ掛けさせた。それでも肌着《はだぎ》を脱がなかったのは疵《きず》の癒着《ゆちゃく》の迹《あと》を見られぬ為《ため》だったろう。

お三はもう馴れている。左の肩へは手を触れぬように、着せかけて直《す》ぐ前へ回って、帯を渡した。

「辰吉らはどう致したな？　痛む様子か？」

お三は否々をして、

「変に声を出したんじゃ兄《あに》さんに叱《しか》られるんでござんしょう、中二階でね、ふとんを引かついでみんな痩《やせ》我慢を張っております」

笑っているところへ長兵衛がこれもさっぱりした新《さら》の着物に羽織姿で、

「お支度が出来ましたら先《ま》ずはあちらへめえって一同にお盃《さかずき》のお流れを頂戴《ちょうだい》させてやってお呉《く》んなせえやし。……さ、嘉次平さん、お前さんもご一緒にどうぞ」

「何があるのだな？」

「何と申すほどのもんじゃござんせんが、ほんの、祝い心のしるしで。ま、わけはあちらへ参ってゆっくりと申上げやす」

神棚《かみだな》のある茶の間から続きの奥座敷へはいると、なるほど既にずらりとお膳《ぜん》が並べられ、若い者のおもだったのが左右に十五六人、いずれも真新しい藍《あい》の匂《にお》う印半纏《しるしばんてん》でかしこまっている。

上座に伝右衛門の右から三つ、空席のあるのは典膳主従と長兵衛の席だろう。

「お待ち申しておりやした」

伝右衛門が喜色を溢らせて迎えた。余程今宵《こよい》がうれしいらしかった。燭台《しょくだい》がコの字型に居並んだ一同の五人置きぐらいに立っている。その燭明りに典膳の黒い着物の地が光沢を放つ。

伝右衛門の女房《にょうぼう》たね、娘お三、それに下女が二人ばかり、上座の典膳から次々と土器《かわらけ》へ酒を注いで回った。

「急拵《きゅうごしら》えで何もござんせんが、どうぞ……」

長兵衛が目七分にさかずきを捧《ささ》げ音頭《おんど》をとると、

「おありがとうさんにござんす」

一礼して一同、一気に盃をほした。それから座がくだけた。

「一体、何をこう祝う?……」

典膳がけげんそうに問うと、

「さあ、わっちから申上げましょう」

伝右衛門が膝《ひざ》を向け直してこう言った――

実は播州竜野《ばんしゅうたつの》の城主・五万三千石の脇坂淡路守《わきさかあわじのかみ》の江戸屋敷が新橋一丁目にこんど再建されることになった。その普請場の人足を白竿組の手で請負ってほしいが、只《ただ》ひとつ条件があるというのは、是非とも「杖突き」は丹下典膳につとめてもらいたい。この儀たって御当主淡路守さまよりの懇望である。もし丹下典膳に異存があるならこの請負いは取消す。「杖突き」といっても、腕の不自由な身のことであるから常時つめよと迄《まで》は望まぬが、兎も角、典膳の「杖突き」を条件に請負って貰《もら》えるかどうか一両日中に返答をのぞむ——そんな使いが脇坂家用人から差向けられて来た。

「先生にゃ無論、御承諾を頂かなきゃ御返答の出来るこっちゃござんせんし、お身柄さえ果して御無事に奉行所からお戻りなされるかどうかも分らねえことゆえ、一応、ありの儘《まま》を申上げて帰って頂きやしたが……御承知のとおり、若え者の仕事も今じゃ十分にござんせん。体をもて余しておりますような有様のところへ、久々の大仕事。先生が御無事でお戻り下すったら、どんなにでもお縋《すが》りしてお聞き届けを願おう、そうすりゃあわっち共も、ほんとうに生き返った心地がしようと、さい前もこいつらと話しておりやした。丁度そこへの御無事なお姿——。ま、勝手なことばかりほざいて申訳がござんせんが、どうか、一同を助けると思召《おぼしめ》して此《こ》の話を請負わせて頂きてえのでござんす。この通り、お願いを致しやす」

伝右衛門が手をつくと、一座は急にし－んと静まって一様に頭を垂れた。職場を失ってゆく人間がどんなに淋《さび》しいものか、一人一人のうなだれた頭が物語っている。

典膳は併《しか》し、ふっとつよい目になった。

「その話の使いは、名を何と申した？……」

「何でも江戸家老脇坂玄蕃さまの御家来で松村とか申されやしたが」

「松村？……」

知らぬ名だ。どうやら典膳の杞憂《きゆう》だったらしい。

お三が新たに差してくれる盃をうけながら、

「杖突きとは、どういう事をいたせばよいのかな」

典膳の顔は不断のおだやかさに戻っていた。

「どうと言って、むつかしいこっちゃございません。ただわっちらの仕事を見回って下さりゃよろしいんで」

「検視役か」

「お武家の方のおことばじゃ、そういうことになりやすか」

「よかろう」

のみかけた盃をお膳に戻して、

「わたしで役に立つことなら、喜んで承諾いたす」

と言った。

「あ、あ、ありがとうございんす」

一斉に声に出し、十八人余りが膝頭に手をつかえて、感動した。

あとはどんちゃん騒ぎになる。踊るものがあり、得意の〝木やり節〟の美声をきかせる者があり、手品《てずま》を披露に及ぶ者もあり。……酒肴《さかな》に贅《ぜい》をつくした酒宴ではないので、本当に、うれしければこその騒ぎだろう。典膳は適当に見てやってから、目顔で長兵衛父子に会釈《えしやく》をして、目立たぬようにおのれの部屋へ引揚げた。嘉次平もついて来たそうにしたが、これは目で叱《しか》って引留めておいた。

脇坂淡路守の江戸屋敷に高割人夫が請負われたと聞いて典膳の心配したのは、淡路守安照の妹が、火消大名有馬の連枝《れんし》で越後《えちご》頸城《くびき》の城主・有馬左衛門佐《さえもんのすけ》永純の内室になっているのを知っていたからだった。謂《い》わば脇坂家と有馬は姻戚《いんせき》にあたる。火消鳶《とび》の後ろ楯《だて》でもある有馬一族なら、鳶の一味権現与太郎の負傷したことで典膳にいい感じはもっていないに違いないし、わざわざ典膳の「杖突き」を条件に人足を請負わせるというのでは、何か、これには裏がありそうな気がしたのである。

併し、考えれば与太郎の背を斬《き》ったのは今日昼過ぎだった。屋敷を普請するのに人足を請負わせるには、大名ともなれば却々《なかなか》わずらわしい爾《じ》前《ぜん》の手続きがいる。そういう手続きや重臣一同の協議のすえ、白竿組へ請負わせる事が決定したのであれば、既にかなり以前から、此の案は練られて来たと見なければならぬ。即ち何日か前に、江戸屋敷の普請を白竿組に請負わせる案は藩重役の間で、討議されたに相違なく、与太郎が負傷したこととは関《かかわ》りはないのである。むしろ、典膳を快よからず思う有馬家から横槍《よこやり》が入るとすれば、それは今後のことだ。ともかく今は、脇坂家の一存で白竿組に普請を請負わせたわけで、火消大名有馬とは切り離した問題だと典膳は考えた。それで諾《うべな》った。

ただ、最後に気懸りなのは、一体脇坂家の誰が、白竿組に居候《いそうろう》する自分のことを知っていたのか？……

典膳には心当りがない。それで余計に気になった。

翌日。

白竿長兵衛が自身で脇坂淡路守の屋敷へ出向いて、丹下典膳こと確かに「杖突き」の儀を承諾いたしましたので、この度の仕事を請負わせて頂き度《た》く存じます――と脇坂家用人ならびに家老玄蕃の家来松村由左衛門に申し出、近日匆々《そうそう》に普請にかかると約束して帰った。尚《なお》その時、

「権現とやらのいざこざは無事に片付いたかな？」

と念をおされたので、

「丹下さまが奉行所からお戻りなされましたのが、片付いた何よりの証拠でござりましょう」

長兵衛が答えると、

「そうかそうか。……イヤ、それはまことに祝着《しゆうちやく》」

　心から喜んでくれたという。

　この報告を聞いても典膳には何故《なにゆえ》、それほど自分の身を案じてくれるのか納得がゆかなかった。併しいよいよ有馬家とは関りがないと分って、安堵《あんど》もし、長兵衛父子へ心からよろこびの詞《ことば》を述べた。

「もったいのうごぜえやす。先生にそう仰有《おつしや》られちゃあ、わっち共あ身を粉にして働いても、屹度《きつと》、お顔をよごさねえ立派なお邸《やしき》を建ててごらんにいれやすよ」

　翌日から早速普請場の地ならしが始まった。

　脇坂邸は新橋一丁目から二丁目角へかけて在ったが、修築を兼ねた新普請である。むろん人足如《ごと》きに藩主淡路守安照の姿などは垣間見《かいまみ》ることさえのぞめない。「杖突き」の典膳とてこれは同様だったが、御納戸頭、藩の普請奉行をはじめ係り役人の白竿組に対する応接は大変に思い遣《や》りの厚いものだった。人足共は喜々として仕事に出精した。

　典膳も馴れぬ仕事ながら久し振りに羽織袴《はかま》で、杖を片手に現場を見回る。旗本当時は武芸でこそ体も鍛え、肉体労働などしたことのない身分だが、汗を流して働く人足どもの中に立混っていると、今迄は知らなかった不思議な、地道な労働のよろこびが他人事《ひとごと》ならず犇々《ひしひし》と身に迫ってくるのが感じられた。無為徒食というものが、どれ程人間を駄目《だめ》にするか、ふとそんな反省も湧《わ》く。これからは、わたしも本当に武士を捨て、おぬし達ともっこを担いで暮してもよいと思う……そう言って、一日の疲れを晩酌《ばんしゃく》一本で癒《い》やす席で、長兵衛にしみじみ洩《も》らすこともあった。

よろこんだのはお三だったろうが、

「勿体《もったい》ねえ、先生のように御立派なお武家にもっこを担がせちゃ、わっち共はお天道さまに申訳がございやせんよ。先生はただ、わっち共のそばで、仕事を見ていて下さるだけで、どんなにわっち等は精が出るか……こりゃあ皆が心から申していることでござんす」

長兵衛は妹のよろこびを無視しきって、言ったりした。

年の瀬を越さぬ裡《うち》に何としても仕事を了《おわ》らせたい。出来れば雪の降る前にと、一同の気の入れ方は日を追って熱烈になる。

そうなると、典膳も殆《ほと》んど連日のように現場へ行く。

或《あ》る日。

典膳が大工の助五郎なる頭梁《とうりょう》から見取図をひろげて、この辺にもう少し大きな足場を拵《こしら》えて頂きてえんですが、と図面を示されているところへ、うしろから声をかけ松村由左衛門が遣って来た。

「お役目大儀じゃな」

言いながら、頭梁の腰をかがめて挨拶《あいさつ》するのへ鷹揚《おうよう》にうなずき、

「丹下どの、お手前に会わせ度い人物があるのでな、足労じゃが内庭の方へ回って頂けぬか」

冬にしては暖い陽差《ひざし》を背に浴びて、目を細めた。鶴《つる》のように痩《や》せているので上下《かみしも》がいかにも寸の余った大きさに見える。

「それがし存じ寄りのお人ですか」

「ま、存じよりの仁と申せば申せぬこともない」

「？……」

「実はな、今迄黙っておったが、お手前にこの仕事を依頼いたしてくれるようにと、相談のあったのは越後溝口《みぞぐち》藩の江戸家老堀図書《ほりずしょ》どのじゃ」

「堀？……」

「さよう、順序を立てて話さいではならんが、お手前も承知の通り、われら御主君脇坂淡路守さま妹君は、同じ越後頸城の有馬周防守《すおうのかみ》さま内室にあたらせられる。日頃、

有馬どのと溝口家とは御昵懇《ごじっこん》のお間柄であったそうな。又われら主人脇坂玄蕃と堀図書どのとは旧来の碁敵《がた》き。さようの縁もあって、溝口藩より、当屋敷普請の折は、是非ともお手前方人足どもを雇入れられ度いと、ま、そのような話合いがあったとか身共も聞いた覚えがござる」

どうやら謎《なぞ》は解けた。安兵衛は今でこそ赤穂浅野家の家来となったが、生れは越後新発田《しばた》、運動に相違ない。白竿組に請負いを命ずるように持ちかけたのは堀部安兵衛の亡父もたしか溝口家の重臣だったとは典膳も聞いている。あの知心流の一件以後、安兵衛と対面の機会はない儘にすごして来たが、それとなく蔭《かげ》で案じてくれたらしい……

典膳が考え込んでいるのを由左衛門は別の意味にとったらしい。

「御心配は無用じゃ。われらとて火消鳶の騒ぎの儀は存じておるが……丹下どの。同じ有馬の姻戚と申せ、当家は別。お手前にいささかも他意はござらんぞ。それどころか、お手前なればこそあの入墨に刀をかけられたと、むしろ我等も敬服いたしておる」

「さように申されては却《かえ》って痛み入りますが……会いたいと申されるのは、誰ですか？」

「ま、それは参られたら分る。ともかく身共と一緒に……」

由左衛門は人夫の誰彼の会釈《えしやく》にうなずきながら、早や先に立って歩き出した。

「どうぞ、御遠慮なくお出《い》でなすって下さいやし。あとは長兵衛どんと相談いたしやすで」

大工の助五郎が風にあおられる図面を胸に抑えて一生懸命に言う。

「では頼むぞ」

典膳はともかく普請場《ふしんば》を離れた。

庭の築山の半分が普請のため削られ、盛り返された赤土の上に足場わりの板が引渡してある。

「こちらじゃこちらじゃ」

由左衛門が板の上から扇子で手招いた。典膳はゆっくり追いついた。

内庭へはいると、南に面した広縁の障子が少しばかり明けられて、隙間《すきま》からチラと見えたのは花やかな女の衣裳《いしよう》である。

典膳が停《とま》った。

「松村どの」

かわいた声で呼びとめた。

「それがし急用を思いつきました。——後刻、あらためて参上いたしましょう」

「な、なに急用？……」

「御家中御一同の御厚志はかたじけのうござるか、それがし不縁いたした妻《さい》と、今更会うつもりはござらぬ」

「な、何もそう急にあらたまって申されることはあるまい。事情はともかく、折角ああして参っておられること、お手前がた二人きりであれば兎《と》も角《かく》、われらとて同座いたす席に——」

「千春と同道いたして参られたのは堀部安兵衛どのですな？」

「さ、左様。……チトわけがござってな。此処《ここ》では話もならん、われら主人玄蕃どのも同席いたされ待っておられるのじゃ。普請場の労もねぎらおうおつもりであろう。

……兎も角、ま、ともかくこれ迄《まで》参ったゆえ……コ、コレ、何処へ行かれる……」

狼狽《ろうばい》して追いかけるのには構わずに踵《きびす》を返した。背後でさっと障子のあくのと、花やかな色彩の衣裳の動く気配がした。

普請場へ戻ると、

「おや、もうお済みでござんすか？……」

絵図面を拡げ、両側から覗《のぞ》き込んでいた大工の助五郎と長兵衛が驚いて顔をあげた。典膳が言った。

「わたしは急の用を思いついたのでな。今日はこの儘《まま》帰る。あとを頼むぞ」

「へ、へい……そりゃ後のことは大丈夫でございやすが、一体……？」

「何でもない。——頼むぞ」

無理に笑おうとしたが、さすがに頬がこわばった。典膳はそれでも働いている人足共にやさしく声をかけて普請場から裏塀づたいに道路へ出、浅草へ帰った。

思いがけぬ典膳の帰宅に、呆気《あっけ》にとられたのはお三である。

「オヤ、どうかなすったんでござんすか？」

「少々疲れが出たようでな。勝手をさせてもらった。——伝右衛門どのは？」

「奥におります」

「いや、呼ばなくともよい」

草鞋《わらじ》の紐《ひも》を解いて、いそいで濯《すす》ぎ湯の支度をして典膳の前へまわってうずくまったお三へ、湯桶《ゆおけ》をつかってもらいながら、

「——三、そちに話がある。あとでわたしの部屋へ来てくれぬか」

お三は典膳の左くるぶしを洗いながら、何事かと眸《ひとみ》をあげた。

「?……」

二人の間で濯ぎ湯の湯気が、淡々《あわあわ》と立昇ってゆく。

「そう真面目《まじめ》に瞶《みつ》められては当方も話しにくいが……兎も角、来てくれぬか」

「ええ、そりゃあ直《す》ぐにも参りますけど、――先生」

「?」

「奥様にお会いなすったのでございますね?」

乙女の勘は鋭い。すぐに、目を俯《ふ》せて又、くるぶしを洗い出した。

黙って典膳はされる儘にまかせている。油障子のわずかに明いた隙間の外を、人影が通って行く……

足を拭《ふ》きおわった。

「もうよろしゅうございますよ」

お三は何となく笑うと、さり気なく湯桶を抱え立って、

「あとで直ぐ参ります」

土間とは地つづきの勝手の方へ姿を消した。

典膳は部屋へはいると袴を脱ぎにかかった。脇坂家の普請以来、多勢の者は総出で

普請場へ出掛けているので、家の中はひっそりと謐《しず》まっている。嘉次平は今日は朝から丹下家の菩提寺《ぼだいじ》――青山三分坂の法安寺へ墓の掃除に出掛けていった。人足頭なみに仕事をしている主人の昨今が、やっぱり嘉次平には淋しいらしい。この頃は暇さえあると菩提寺へ出掛けては先代の墓の前で、何時間もうなだれているそうである。

お三が熱い茶を淹《い》れてはいって来た。気のせいか殊更《ことさら》、朗らかそうに振舞って、

「今日は暖かいわ。せんせ、障子明けましょうか？」

お盆を置くと視線が合うのを怖《おそ》れるように縁に面した障子へ走り寄る。

スーっと明けた。

「アラ、やっぱし寒い」

ぴしゃりと閉めた。

典膳は更に着物を着替えにかかった。片手で着物をきるのは不可能である。えりもとを合わせ、腰の前で褄《つま》をあわせて、片手だから帯を拾い取ろうとすると、だらりと前が崩れる。肘《ひじ》でその着物の前を抑え、帯を取っても今度はうしろから前へ片手でまわすわけにいかない。どうしても、一方から一方へ手で渡しながら帯は巻くものなのである。刀なら隻腕《せきわん》でも抜けるが、着物ひとつさえ典膳は独りでは着られない。

以前は、それをすべて嘉次平がしてくれた。今はお三の役割になっている。

うしろで着替えをする気配に、お三は障子の前から我に返って振向き、

「あら」

いそいで典膳の膝許《ひざもと》へ来て坐った。帯を拾いあげて、典膳の前からうしろへ回す。

典膳は褄をおさえながら突立っていて、

「三、そなたわたしの妻になってくれるか？」

じっと見下した。

お三はハッと顔をあげた。

「本、本気でおっしゃって下さいますの？……」

「わたしは一人で着物を着ることも愜《かな》わぬ。どうしても身の世話をやいてくれる者が要る。……今迄にも、これは考えぬではなかったが、わたしにはまだ未練があった
――嗤《わら》ってくれ、別れた妻へのな」

「！……」

「しかし、今日ばかりは目がさめたように思う。わたしが独りでいる限りは、復縁をあれの方でも待ち望んでおろう。そなたとて、いつ迄も独り身というわけにはゆかぬ、いずれかは嫁《とつ》がねばならぬ身じゃ、と申して、こうしてわたしが厄介《やっかい》になっておれば、

つい、そなたも縁づく機会を失おう……わたし一人のために、あたら若い身空で縁もなくすごさせるのは心苦しい……」

「あたしの事なんぞちっとも構いやしません。でもどうして、奥様と復縁なさらないんですか？」

「武士にはいろいろと体面があり、人に話せぬ事情もある。が、つまるところはわたしの気持が変ったのだ。——もう、今こそふっつり大小を捨てようと思う。なまじっか、武士に未練があるばかりに優柔不断な日もすごして来たが、近頃、ここの若い者らの立働くのを見てつくづく気が変った。わたしも腕は不自由ながら、皆と共に額に汗して働いてみたい」

「………」

「そなたへは何ひとつ、今迄事情は話しておらぬが、別れた妻《さい》はさる藩の重役の娘であった、矢張りいろいろ藩内の立場もあり、まさか請負稼業《かぎょう》の人足の妻にはなれまい。なったところで、親許に肩身のせまい思いをさせて暮さすのがあれの幸わせとも思えぬ——」

「では、奥様をお仕合わせに出来ないから、それであたしと一緒になると仰有《おっしゃ》るんですか？」

「いやか？」

「…………」

「わたしも丹下典膳、心にもない女人と夫婦《みょうと》になろうとは思わぬ」

「！――」

「わたしは皆と偕《とも》に働くことに生甲斐《いきがい》をおぼえるようになった。しかしまだ、わたしの身に沁《し》み込んだ武士の意地や虚栄は、一朝一夕には拭いきれまい。又悩む日が、かならず先々にもあろう……そういう時、本当にわたしと苦楽のともに出来るのはそなたではあるまいか。わたしの知らぬこと、気づかぬこともそなたになれば分る筈《はず》。――申してみれば、わたしの新生に誰よりもそなたの内助が要る。……そう思って、話をいたす気になった」

「！……」

「勝手者と思うか知らぬが、あらためて頼む。どうかわたしの心の杖《つえ》になってくれ……」

「――」

「いやか？」

　お三は典膳の突立った膝前で顔もあげ得ずにうなだれている。襟あしの長い、ほそいうなじが背中の奥まですうっとのびていそうな嫋々《じょうじょう》たる風情《ふぜい》に、典膳の手が思わず三の肩へかかった。

　そうした儘で、しばらくどちらも黙っていた。

「……そなた、泣いておるのか？」

　低く、典膳が声を落した。

「…………」

　三が首を振った。

「ではわたしの片腕になってくれるか？」

「……。え」

「かたじけない。この典膳が何故隻腕の浪人者になり果てたか、おそらく、そなたに話すことはあるまいが、聞こうとも思うまいな？」

「聞きません……」

「そうか、それならよい……さ、もう顔をあげなさい。わしはまだ帯を緊《し》めておらんのだ」

　それでも三は暫《しば》らく動かない。あさり貝や蜆《しじみ》を商うあわれな呼び声が遠くの方を通っていった。どんより、薄曇る冬空に次第にあたりが暗くなる。

いつまでもお三が顔を上げないので、典膳は自分で帯を拾いとって何とか巻こうとすると、ようやくお三は帯の端を摑《つか》んだ。膝で起《た》って、顔をそむけて典膳の腰の上から、両手で背へまわす。たぐり寄せて、きちっと緊めた。わずかに典膳の腰が反った。

いつもなら結髪がくずれぬようにと、お三の方で身を引くのだが、この時は避けない。前でまわしたのをすぐ両手でうしろへもっていった。典膳の腰を抱く格好になる。

「少し下へさげてくれぬか」

「…………」

「まだ……もう少し」

「…………」

「三」

「…………」

ぐらりと大きく髷《まげ》がゆれてお三は仰向きになった。目をとじている。白い咽喉《のど》をそらして睫毛《まつげ》をふるわせ、烈《はげ》しく肩で呼吸をした。おのが胸を典膳の脚《あし》へおしつけるように縋《すが》って面《かお》だけ仰向かせているのである。

典膳の片手が、その肩へかかった。しずかに揺すった。

「……どう致した？――聞くのは残酷か？」

「………」

「ゆるせ。よかれ悪《あ》しかれ、これがわたしの気性だ。軽々にそういうことは出来ぬ。いずれ、脇坂家の仕事がおわればその時は祝言《しゅうげん》をいたそう。――な？」

「………」

「……もう離れなさい。人が来る――」

烏《え》帽《ぼ》子《し》

「――先生、それはあんまり惨酷《ざんこく》ってもんじゃござんすめえか。何もね、わっちゃお三を奥様にして頂きてえと申すんじゃございやせん。そりゃ、お三が何を考えているかぐらいは餓鬼《がき》ん時から一緒に育った兄でござんす。すっかり見えておりやした――だけどねえ、お武家さまにゃお武家のしきたり、義理ってものがござんしょう。おんなじこってす。わっちどもにだって、人の道をふみ間違えるような奴《やつ》はまともな付合いはしちゃもらえませんぜ」

「人の道？」

「先生の方じゃ何とお考えになってるか存じませんが、——今日、突然にお帰んなすったあのあと、普請場《ふしんば》へ一体、誰が見えたとお思いでござんす？」

「…………」

「あんなお淋《さび》しそうな、それでいてお美しい奥様がおありなさいやすものを、見なきゃあ兎《と》も角《かく》、この目ではっきりお目にかからして頂きやしたからにゃ、たとえお三が死ぬほど恋いこがれようとわっちゃ、貰《もら》って下せえとは先生に申せるこっちゃござんすめえ？」

「！……」

「それにね、わざわざ、わっち共の働いてるそば迄《まで》お出んなって、ねんごろなお言葉をおかけなすったよ、一同に蕎麦《そば》を振舞って下さり、しかも先生のことぁこれっぽっちも口にゃお出しになれねえで、ただよろしくと皆の前で頭をお下げなさいやした……わっちゃね、世辞や愛想《あいそ》で言われたことばあ百万語聞いたって糞《くそ》くらえって性分の男でござんす。しかし、まごころのこもった一杯《いっぺえ》の蕎麦は肚《はら》の底まで沁《し》みやした……」

「——」

「何も、よろしくなぞと頭を下げて頂けるすじはねえ、それどころか、わっし共こそ先生にゃ身にあまる御恩をうけて働いているんでござんす、そのあっしが、今日けえったら、差出た口はきくなとお叱《しか》り蒙《こうむ》るなあ覚悟の上で、御事情は存じませんがもう一度、もとの鞘《さや》へおさまって下さるわけにゃあ参らねえものでしょうかと、膝詰《ひざづ》め談判で先生にお願い申すつもりで戻って参ったんでござんすよ。そしたら何でえ、事もあろうに普請が済んだらお三を嫁に貰いてえ……こ、これが先生、ハイ貰ってやっておくんなせえと、わっちが申せるとお思いになりやすか！」

「…………」

「——ひでえ先生だ。今日ばかりは言わしておくんなせえ。わっちだって、兄ひとり妹ひとり、人さまの前じゃ程々にあしらっておりやすが、胸ん中じゃ、可愛《かわい》くって仕様がねえんでござんすよ。その妹の心ん中にゃ誰の面影がやどっているかぐれえは、ね、先生だって御存じの筈《はず》じゃあございませんか。お独り身なら兎も角も、あんないい奥方がおいでなさるのに、な、何故、お三の馬鹿《ばか》野郎にそ、そ、そんな喜ばすような罪な言葉をお吐きになったんでござんす。わっちゃ、それがうらめしい……！」

座敷の外では、夜の雨が蕭条《しょうじょう》と軒をたたいている。

男泣きに泣く長兵衛の前に、さすがの典膳も頭を垂れ、寂として声無かった。

やがて長兵衛は水洟《みずばな》をすすると、

「生意気を申上げてごかんべんなすっておくんなせえ。今日ばっかしは、何もかも洗いざらい、思うことはぶちまけてお話しいたしてえんで」

「――わかった。いかにもわたしが悪い。三のことはゆるしてくれ」

「な、何を仰有《おっしゃ》るんです。……分ってさえ頂きゃもう何ひとつ申上げることはござんせん。なーに、お三の奴にしたって、おことばだけでもあいってやって下すったのなら、一時は諦《あき》らめかねて苦しみもいたしましょうが、そのうちにゃ、大事な思い出に、胸にあたためて生きて参るでござんしょう。――そんなことより、今の奥様のお話でござんす。ねえ、御事情を何も存じあげず差出たことを申すようでござんすが、あんなにおやさしい奥様……も一度、お二人で御一緒にお暮しなすっちゃあ――」

「その話はよしてくれぬか」

「？……」

「そちの申すのも尤《もっと》もと思うが、こればかりはわたしの一存で運ぶことでもなし」

「だ、だって奥様の方じゃ、ああしてわざわざ」

「長兵衛」

典膳の沈んだ表情にふときびしい気魄《きはく》がこもった。

「あれのことでその方の指図は受けぬ。——それより、嘉次平の身について頼まれてもらいたいが」

「な、何でござんす？」

「わたしは当分この家を出る」

「何ですって？」

「脇坂家で〝杖突き〟にわたしを指名いたされたわけもあらまし分った。もうわしが付いておらずとも、まさか普請を中止させるとは申されはすまい」

「で、先生はどちらへお行きなさいますんで」

「さきほどからのそちの申し条を聞いて居るうち、ようやくわたしも自分のゆくべき道が分ったように思う。……今迄は、不自由の身になって、色々環境も変え、生き方をあらためようとも致してみたが、結局、つまるところわたしに武士は捨てられそうにはない、となった。三を娶《めと》ろうなどと申す気になったのも言えば士分のおのれに傲《おご》っておった、片輪者という、自分に甘えておったような気がいたす」

「…………」

「何処《どこ》までこの隻腕《せきわん》ひとつで立ってゆけるか、もう一度武芸をたたき直してみようと思う。わたしのような人間には、どうやら、そういう道以外に真のおのれを生かす生き方はなさそうだ……。と申して世に剣客は数多《あまた》あり、五体満足でも奥旨《おうし》を究めるは至難のわざ。まして隻腕の兵法遣いが、どこまで剣聖に伍《ご》してゆけるか……或《ある》いは名もなき野辺に朽ち果ててゆくか……明日の命運は思わず、ひたすら、剣を磨《みが》いてみようと念《おも》うのだ」

「へ、へい……」

「ついては、気がかりなのが嘉次平——、今迄、苦労のかけづめで何ひとつ好い目もさせてやれず」

「わ、分りやした、先生、嘉次平さんのことはどうぞこの長兵衛にお委《まか》せを願います。けっして、わっちの身を粉にしたってお心残りなこたあするもんじゃござんせん」

「では、引受けてくれるな？」

「へい」

「忝《かたじけな》い。これでもう思いのこすこともなくなった」

何日ぶりの微笑だろう。典膳は、心から晴々と笑って、

「明日も雨かな？……やんでくれるとよいが」

翌朝。典膳は飄然《ひょうぜん》と白竿長兵衛の住居を出た。それきりそして数年間、その行方を

絶ったのである。

典膳が家を出るとき、あらかじめ、長兵衛は念をおされていたので家人の誰にも事情は打明けずに何気なく玄関へ送り出した。長兵衛がそんなふうだったから、他の者も、まさかこれきり典膳が帰って来ないとは知る筈がない。ふらりと散歩にでも出たのだろうと、伝右衛門夫婦などは普請場への身支度をしている若い者共を督励していて、典膳を送り出しもしなかったという。

嘉次平とて、同様である。

「気をつけておいでなさりませ」

常のように腰をかがめて土間から見送った。お三は、何も知らずに朝起きぬけから髪結いさんへ出掛けていた。多分、典膳が起き出す迄に綺麗《きれい》になっていたかったのだろう。

長兵衛だけが、身内の者に気づかれぬように努めながら目をうるませていた。そのふところには、形見に残された総角《あげまき》の紋の付いた印籠《いんろう》と、「白竿家の家宝になろう――」そう言って贈られた硯石《すずりいし》が温《ぬく》められていた。書道家静庵が愛用していて典膳に贈った、あの端渓《たんけい》のすずりである。

歳月は容赦なく過ぎる――

堀内道場でも、紀伊国屋でも、上杉家の千坂兵部の身辺には無論およそ丹下典膳の姿を、江戸近辺で見掛けた者は誰ひとりない儘《まま》に元禄十四年三月十九日になった。江戸中が騒擾《そうじょう》した。例の松の廊下で、浅野内匠頭長矩《たくみのかみながのり》が吉良上野介《きらこうずけのすけ》に刃傷《にんじょう》に及んだ事件がおこったのである。

――ここで、内匠頭と吉良上野介についてはもう、大概の人が知っていると思うので詳しいことは書かないでおく。――併《しか》し、事件の真相は、案外一般には知れていないようなので、その方を少し書き込んでみる。

一体、こういう出来事がおこったのは、一般に吉良上野介が強欲非道の悪人で、それにひきかえ内匠頭長矩は潔白な英君であり、吉良に賄賂《わいろ》をつかわなかったのを、肚《はら》にすえかねて上野介が、何かと意地の悪いことをした、そのため長矩も遂《つい》に堪忍《かんにん》がなり兼ねて、刃傷に及んだと大方には思われている。――併し事実は大分違うようである。

浅野内匠頭長矩がまだ十七歳だった天和《てんな》三年三月の『徳川御実記』を見ると、三月二十五日の項に「この日公卿《くげ》参向により、高家《こうけ》、吉良上野介義央指添《よしなかさしぞい》となり、勅使応対の役を浅野内匠頭長矩へおおせつけられ、この儀とどこおりなく行わる」と書かれている。もう少し詳しくいうと、勅使・花山院右大将定誠卿《きょう》の応対役が内匠頭で、本院使鷲尾中納言には土方《ひじかた》市正、新院使応対は青木甲斐守《かいのかみ》重正が夫々《それぞれ》つとめた。

すなわち内匠頭長矩は、十七歳にしてすでに勅使院使饗応《きょうおう》の儀式次第には一応体験があったので、元禄十四年はじめて勅使応対役を仰せつけられ、儀式のことに慣れず吉良の教示を仰いだのに、吉良が意地悪く教えなかったから激怒の余り刃傷に及んだというのは、嘘《うそ》である。

そもそも公卿が勅使として江戸に下るのは、将軍宣下、官位の昇進など特別の場合を除いては毎年、年頭に勅使のつかわされるのが定例で、幕府年中行事の一つだった。

内匠頭長矩が十七歳で天和三年につとめたのもその御馳走《ごちそう》役なら、元禄十四年のこの時も同じ年頭の勅使に対する御馳走役である。少しも変るところがない。役目に馴《な》れないというなら、天和三年の時こそそうであって、元禄のは二度目だから理にあわぬわけだ。

巷間《こうかん》つたえるように、吉良上野介が強欲な人物であったのなら、すでに最初の指添役をしてもらった時に分っている筈で、まだ十七歳の若者ゆえ内匠頭は気づかなかったにしろ、お付きの家臣がこの点に思いいたらなかったのはどうかと思う。

一体、赤穂の浅野家は、表向き五万三千石の小大名ではあるが、他に塩田が五千石ほどあり、広島の本家から金子の融通も受けて、風俗の奢侈《しゃし》にながれた元禄時代にはめずらしく倹約の家風もあり、小身ながら、なかなか裕福な大名だった。内匠頭長矩は、わずか九歳で父の遺領を継いでそんな藩の主君になった。苦労というものも知らずに、周囲から甘やかされ、節倹の家風だけを政務と心得て成人したのである。節約家といえば聞こえはいいが、実は評判のケチンボだった。

一方、高家というのは、幕府の式部官のようなもので、勅使などの参向に当っては御馳走役の大名がいろいろと打合わせたり、指図をうける、世話をかけるというので大概は馬代金一枚、金一枚ずつ付け届けするのが例になっていた。この付け届けは賄賂でも何でもない、金高も些少《さしょう》なもので、世話をうけるお礼として挨拶《あいさつ》代りに持って行ったものなのである。

しかるに長矩は、『秋の田面《たのも》』という本によると、

「惣《そう》じて御馳走御用仰せつけられ候大名は、いずれも世話焼として上野介方へ馬代金一枚宛《ずつ》、早速つけとどけ致し候《そうろう》こと、並の格と相成り候ところ、浅野内匠頭、そのうまれつき至極吝嗇《りんしょく》つよくして人の云《い》う事を少しも聞き入れず、江戸家老藤井（又左衛門）安井（彦右衛門）の両人を呼出し、申され候には、これまで世話焼の吉良へ金一

枚つかわし候由《よし》なれども、それは無用なり。御用の相済みたる上祝儀《しゅうぎ》がわりに差出すがよろしく、先に持参には及ばずと申され候。家老両名、かねて主人の心底、かように金銭出しぎたなき事を存じ居り候間、いかにも左様にあそばされて然《しか》るべく候と答え候由」

と書かれている。

相役の伊達左京亮《だてさきょうのすけ》の方は世間なみに挨拶付け届けをしているから、吉良の扱いが人情としても自然と浅野と伊達では異った。それを内匠頭は立腹したので、殿中刃傷の騒動は内匠頭の根性の小ささから起ったことだ——あらかたそんな風に『秋の田面』の作者は言っている。

これが至極公平な見方だったという証拠は他にもまだ二三ある……

確かな史料によると、内匠頭が馳走役を申付けられた時に、「近頃何事も華美になってゆく、公家の供応役の如《ごと》きも費用がかさむようで、それが前例になっては相成らぬから此《こ》の度は前年より余り高くならぬよう、質素につとめるように致すぞ」と家老の藤井又左衛門に洩《も》らした。

長矩は十七年前のことを考えてみると、天和三年の折には四百両かかっている。それから元禄十年に勤めた伊東出雲守に費用を聞き合わせると千二百両つかったという。

そこで、その中をとって、七百両ぐらいに見積ればいいだろうと考え、高家の月番の畠山民部大輔《はたけやまみんぶだゆう》に自分で拵《こしら》えた予算を見せて打合わせをしたそうである。

畠山はこれを聞いて肝煎役《きもいりやく》の吉良上野介に相談に及んだ。吉良は反対した。

「勅使供応役は大名一代に一度か二度のものである。されば倹約するには及ぶまい、前年、前々年の例もあれば当年のみ格別に質素にいたすすじは立たぬ」というのである。

これは、どうやら吉良の言い分が正しかった。そもそも天和三年と元禄十四年では貨幣価値が違う。天和三年の四百両は元禄時にはほぼ八百両に相当するので、それを七百両であげるとなると、前の四百両より粗末なものになるわけだ。吉良がふんがいしたのも当然である。

もともと吉良は四千五百石の身上ではあるが、当時徳川の本家の家筋に当るというので大名扱いをされていた。足利《あしかが》将軍に代るべきは駿州《すんしゅう》の今川か、今川に人が無ければ吉良から継ぐ、と言われた程の家柄である。家格として赤穂浅野家より上であるのに、その吉良に相談もなく、当時の相場にあわぬ予算をきめたのだから、それなら一切、何もかも浅野家が独自に取計らえばよろしかろうと言い出したのも当然の話であって、しかも、あくまで内匠頭は七百両で仕切ろうとする。吉良の指添えするところと全《すべ》てに行違いが生じたのは当然で、何も故意に内匠頭へ間違って指図したわけではないのである。

且《か》つ、勅使たる公卿方では前年、前々年の例を知ってそのつもりでいるから、いよいよ事が行違った。そこで遂に内匠頭は癇癪《かんしゃく》をおこして吉良へ斬《き》りつけた。もとは饗応費用の節倹から生じたことである。内匠頭長矩という人は、それほど物のけじめもつかぬお坊ちゃん育ちの短慮で、ケチンボな殿様だった……と、小宮山南梁《こみやまなんりょう》なども言っている。

事実、国許《くにもと》赤穂の仕置家老として、大石内蔵助《くらのすけ》より上席にあった大野九郎兵衛が、赤穂城明渡しの時に分配金のことで醜く言い争った話は一般に知られているが、そういう算盤《そろばん》ずくの打算にたけた家老を珍重して重用するほど、内匠頭自身が暗君だったと評されても仕方があるまい。けっして、内匠頭が英君でなかった事実は他にもある――

刃傷の一件ののち、赤穂浅野家が取潰《とりつぶ》しになった時に領民はひどく喜んでお祝いをした伝説が播州《ばんしゅう》にある。義士討入りを土地の誇りと心得ている筈《はず》の今の我々には意外な話だが、『閑田次筆』によれば、大野九郎兵衛が仕置家老として政務を執り、常々苛酷《かこく》な取立てをして領民を苦しめていたので、浅野家が潰れるのを「悪政がやんだぞ」と言って、大喜びで餅《もち》をついて祝ったというのだ。

当時、諸大名は各藩とも手許は大方が火の車だった、そういう時に浅野家では二万両のお納戸金《なんどきん》があった。それほど裕福な大名なればこそ長矩は二度も勅使供応の馳走役を仰せつけられたのである。いかに仕置家老大野を重用して苛政を布《し》いていたかが分るし、藩主自身が、そんな算盤ずくに心を寄せていたから刃傷に及ぶ癇癪もおこしたわけだ。

しかも、場所柄をわきまえず、おのが吝嗇《りんしょく》のために騒ぎをおこしながら、武人としても不覚者であるという嘲蔑《ちょうべつ》を長矩は受けている。

吉良上野介に向って内匠頭が斬りつけたのは二太刀である。本当に嗜《たしな》みのある武士なら、殿中の小《ちい》さ刀で切りつけたのでは死命を制し得ぬくらいは心得ている。当然、突くべきである。

貞享《じょうきょう》元年八月二十八日に、大老の堀田筑前守正俊を若年寄の稲葉石見守《いわみのかみ》が殺した。これは御用部屋の刃傷で、大老の正俊は一番上座にいて、将軍出座の触れに立とうとするところへ稲葉が来た。稲葉は若年寄だから別の部屋にいたのである。それが、い

んぎんに礼をして、

「御用のすじがござりまする」

と言った。

「何じゃ」

正俊は立ちかけた膝《ひざ》を下へつける。それを合図に稲葉は小刀を抜いて、左の脇腹《わきばら》を突きえぐった。ただ一刀に殺したので、正俊は、

「石見乱心」

と一声言っただけで死んでいる。まことに手際《てぎわ》があざやかで、これは長矩の刃傷に十六年前である。

又、天明四年の三月二十四日に、新御番の佐藤善左衛門が若年寄田沼意知《おきとも》を桔梗《ききょう》の間で切るときは、あらかじめ二尺三寸五分の吉広の刀を脇差に拵《こしら》え直し、初太刀を肩先に切りつけたが、返す刀では腹を突いた。実は腹と見えたのが力余って突けず、両《りょう》股《もも》かけて三寸五六分切った、その出血が多かったため屋敷へ帰って死んだのである。

いずれにしても、小脇差を使うなら、突くことを第一とするのは謂《い》わば武芸心得の初歩である。かりにも殿中で刃傷するからには、命を捨て、家来を捨て、家は断絶の覚悟で意趣をはらすのに、初太刀は吉良の烏帽子《えぼし》に引っかかって斬れず、二太刀をわ

ずかに吉良の肩先へ斬りつけた程度というのは、余程、情け無い殿様だった。

この時の内匠頭を抱きとめたといって梶川与惣兵衛《かじかわよそべえ》が武士の情けを知らぬと非難されているが、二太刀も斬りつけて満足に人を刺せぬ長矩と見ては、抱きついて制するのが当然だろう。場所は然《しか》も殿中、式日登城の時——人の多い時である。稲葉の折は、若年寄の堀田対馬守《つしまのかみ》が抱きとめた。ただ稲葉の業が出来ていたから、正俊を存分に斬らしてから抱いたと人は言うのである。手順は同じだ。長矩の未熟さを言わず、梶川のみを非難するにはあたらない。


刃傷のあと、上野介は品川豊前守に付添われて高家衆詰所へ引きさがると、其の場で医師の手当を受けた。それから大目付より意趣をただされたが、更に身に覚えのないことを言ったので、とりあえず乗物を駆って平川門より帰宅を許された。

内匠頭長矩の方は、梶川与惣兵衛に抱きとめられた儘なのを、目付役天野伝四郎、曾根《そね》五郎兵衛が受取り、『蘇鉄《そてつ》の間』杉戸の内に入れて乱心を詰《なじ》った。ついで長矩の身柄は田村右京大夫《うきょうだゆう》方へ預けられることになり、

「事は白木書院廊下にての騒擾《そうじょう》なれば、公卿の拝謁《はいえつ》は黒木書院にて滞りなく行われ、目付役鈴木源五右衛門、曾根五郎兵衛をば伝奏邸につかわされて長矩が家人の騒擾を

しずめらる。長矩が宅には目付多門《おかど》伝八郎、近藤兵八郎つかわされ、義央（吉良上野介）が宅にも高家品川豊前守をつかわさる。

この夜大目付庄田下総守《しもうさのかみ》、目付大久保権左衛門を右京大夫が宅につかわされ、長矩に死をたもう。時所もわきまえず、ひが挙動せりとてなり。また義央は罪なきによって、刀疵《かたなきず》治療すべしとの御旨《おんむね》をつたう」

と『御実記』にあるような順序を経て、長矩は即日切腹を仰せつけられた。別に幕府の御徒《かち》方の日記によれば、

「三月十九日。御座の間に於《お》ける梶川与惣兵衛この度《たび》の仕方よろしきに付、五百石御加増」

とある。一般の意見も吉良はお構いなく、長矩に切腹を命じた処置を妥当と見ていたようだった。むしろ江戸の町々には、長矩に武士の心得のないのを嘲笑して、

「初手は突き二度目はなどか切らざらん石見がえぐる穴を見ながら」

と言った落首が飛んでいる。こうして見ても、当時、内匠頭長矩はけっして名君とは見られていなかった。内匠頭を今日的な英主に仕立てたのは、結局大石良雄以下四十六士の忠誠のたまものだったことが分る。

田村邸での切腹当夜の模様は、浅野家で編纂《へんさん》された『冷光君御伝記』（長矩の伝記）

に書きのこされ、これは田村右京大夫に仕えていた者が、後日浅野家に様子を聞かれて答えたのを書きとめたものだが、それに由《よ》ると、内匠頭は田村邸に預けられた時にはもう落着いていて、

「自分は全体に不肖の生れつきで、その上持病の痞気《ひき》があり、物事とりしずめ候事まかりならず、それ故《ゆえ》今日も殿中を弁《わきま》えず不調法の仕形かくの如し。いずれものお世話に罷《まか》りなり候。さりながら相手方は存分に仕負わせ、せめてもの儀に候」

と言い、

「差構《さしかま》いなくば酒を所望いたし度《た》い」

と頼んだ。痞気というのは、シャクなどのため胸がふさがり、腹のうちにカタマリの如きもののある病いという。

田村家の方では、

「御大法に触れ候間、酒は差上げ申すまじく」

と答えた。

「しかれば煙草《たばこ》は？」

と所望すると、これも右同前で差上げかねるという。そこで茶を乞《こ》うて喫したが、この時の長矩は足袋を脱いでいたそうだ。

そのうち、申《さる》の下刻（午後五時）になっていよいよ切腹がはじまった。

切腹の座には検使の庄田下総守以下、御目付二人、歩行目付四人、御小人目付六人、それに介錯人《かいしゃくにん》の磯田《いそだ》武太夫《ぶだゆう》が控えた。

長矩は白小袖《こそで》に熨斗目《のしめ》麻上下《かみしも》で、切腹仰せつけられし上意の趣き、かしこまって候《そうろう》と答えると、徐《おも》ろに切腹の座につく。書院の庭に畳三畳を敷き、その上に布団《ふとん》を敷いただけの急場の切腹場である。のちにこの切腹の座が問題となったが、ともかく、其処《そこ》で奉書紙に巻き水引で結んだ脇差を把《と》って、容《かたち》をあらためると、田村右京大夫に向い、

「上野介はいかが仕《つかまつ》りしか？」

と問うた。

右京大夫はとっさに、「当座に相果てなされ候由うけたまわってござるぞ」と返答する。

長矩はこれを聞くや満足げに肩衣《かたぎぬ》を取り、押え肌《はだ》を脱いで、左のひばらへ短刀を突立て、右へ引回して、

「介錯《かいしゃく》頼む」

と声をかけた。介錯人磯田武太夫は立所《たちどころ》に太刀をふるったがこれが仕損じた。為に長矩の首は、耳の脇に疵《きず》が残ったそうである。

田村家から早速使者を以《もっ》て浅野大学（長矩の舎弟）へ死体を即時引取りに参られ度しと申し遣った。浅野家では用人粕谷《かすや》勘左衛門、片岡源五右衛門らが田村邸へ暮れ時に着いて、田村家の家来立会いの上で切腹の広庭へ案内された。

其処には屏風《びょうぶ》を立回し、侍多数が付き纏《まと》っていて、死体の左肩先に首が据《す》えてあった。これを受取って棺に納め、亡君の大紋、大小、刃傷の時の脇差、それに鼻紙、足袋、扇子などを棺に入れると、乗物にのせて一同泉岳寺に供して仮葬したのである。戒名を冷光院殿吹毛玄利大居士という。

――以上が長矩切腹の場の正確な記録である。ところで問題になった切腹の座だが、後日、伊達陸奥守《むつのかみ》綱村――田村右京大夫には宗家に当る――から老臣を使者として、

「右京大夫は内匠頭の身柄お預りの上意はうけたが切腹の事まで沙汰《さた》されていたわけではあるまい、それを公儀へ一言の問合わせもなく切腹させたは軽率の至りである。且《か》つ上野介存命のことなれば、旁《かたがた》以て叶《かな》わざる迄《まで》も一応、内匠頭助命の儀を願い出てこそ武士であろうに、これを申さざること残念の至り」

と言い、

「そもそも内匠頭ことは一国一城の主なり、目付の指図なりと雖《いえど》も平士同然に庭上にて切腹致させ候儀、武士道の本意に非ず、親族の皆まで面目を失い候事、甚だ浅間しき次第なり」

と叱《しか》りつけた。一城主の長矩であれば座敷内で当然切腹させるべきである。それを平士同然に庭上でさせたのは武士道を心得ぬ仕儀と叱りつけたのである。このことは、後に幕府内でも問題になり、検使庄田下総守の落度ということで、下総守は大目付役を罷免《ひめん》されたが、もし内匠頭が大名らしく面目を保って切腹出来ていたら、赤穂浪士の悲憤はああ迄熾烈《しれつ》にはならなかったろう。従来、とかくこのことは見落されがちだが、『亡君のうらみ』と四十六士に言わせた根本のものは実に、主君の死に際を辱《はずか》しめられたこの点にあった。

色 里

さて主君長矩の刃傷《にんじょう》の一件によって、領地を召上げられ、同苗《どうみょう》大学は閉門を仰せつけられた処分の次第は、同日申《さる》の下刻直ちに赤穂表へ急使（早水《はやみ》藤左衛門《とうざえもん》、萱野《かやの》三平）を以《もっ》て注進された。それからの、大評定――大石内蔵助を中心とした籠城《ろうじょう》説や、城明渡しを機に盟約を結んでゆく藩士一同の挙動はここでは割愛するが、ただ、盟主となった大石良雄の人となりと、当時藩士一同が主君長矩をどう見ていたかは、彼等の義挙を説明づける上でも一応、ふれておかねばならない。

――前《さき》に、内匠頭長矩は明君ではなかったと書いたが、赤穂四十六士の中でも長矩に対してそう心服している人は尠《すくな》かったので、これは、小野寺十内ほどの穏健な人物が妻へ宛《あ》てた手紙を見ても、

「今の内匠どのにかくべつ御なさけにはあずからず候《そうら》えども、代々の御主人くるめて百年の報恩……かような時にうろつきては家のきず、一門のつらよごしも面目なく候《そうろう》ゆえ、節にいたらば、こころよく死ぬべしと思いきわめ申し候」

と書いている。心服した主君のためにというよりは、武士の道としてかかる場合は死なねばならぬというのである。大高源吾も母に当てて似た手紙を書いている。

又、かんしゃく持ちであった点については、後年、舎弟の浅野大学が旗本に取立てられた時に、兄は実に短気で怒りっぽい人だったと朋輩に洩《も》らしているし、不破数右衛門の実父佐倉新助が数右衛門に当てた書面を見ると、

「家中の役人共は、殿様の御機嫌《ごきげん》を損ずることをおそれて、金をつかわねばならない

場合でも倹約ばかり致しているので、お家の評判が悪くなる一方であった。去年の大変もつまりは殿様の吝嗇《りんしょく》に原因があった」

と、はっきり書いている。心から心服していた亡君の怨《うらみ》を報ずるためなら誰でも艱《かん》難《なん》辛苦するだろう。そういう、所謂《いわゆる》《復讐《ふくしゅう》》でなかったところに彼等の本当の偉さはあったので、赤穂義士の立派さは、『忠臣蔵』などが喧伝《けんでん》しているのとは大分性質の異ったものだった、ということを今の吾人《ごじん》はもう冷静に見究めていいのではないかと思う。

誰だって、追慕してやまぬ明君の怨を報ずるなら人情としても参加出来ることである。併《しか》し主君の方が明らかに吉良上野介に較《くら》べて落度があった。人間的にも欠陥が多かった——と知悉《ちしつ》しながら、猶《なお》、臣たるものの道に殉じていった一同と、一同を統率した大石良雄の人間的懊悩《おうのう》やその器量の大きさは、どれほど強調してもしすぎることはあるまいと思う。大石は山科《やましな》閑居のつれづれに廓《くるわ》通いをした。人はそれを吉良の付け人の目を欺《あざむ》くためだったと簡単に割切っているが、果してそうだったか？

大石良雄が昼行燈《ひるあんどん》と綽名《あだな》された家老だったとは有名な巷説《こうせつ》だが、或《あ》る程度、正鵠《せいこく》をえているように思われる。

大田蜀山人の『半日閑話』によると、大石の風采は甚だあがらず、梅干爺のようであったと書かれているし、後に吉良邸討入りをして本望成就《じょうじゅ》をとげ、細川家に身柄お預けの仮処分をうけている時に、接待役をした細川藩士堀内伝右衛門の『覚書』によると、

「大石内蔵助は総体に小さな声で物を言う人であった。大変な寒がり屋さんで、夜分ねる時には茶ちりめんのくくり頭巾《ずきん》をかぶり、火燵《こたつ》ぶとんを引っかついで寝ておられた。昼間も用のない折は、大方は大きな火鉢《ひばち》に錠をおろし、べんがら縞《じま》の布団《ふとん》をかけて炬燵《こたつ》がわりにしてあるのへ、終日もぐり込んでおられた。又、細川邸へ預けられた翌朝、髪を結わせられたは内蔵助どの一人であった」

と書かれている。いつ首を刎《は》ねられるかも知れぬ、そんな武士のたしなみとしてなら、大石ほどの人物だから他の面々にも髪を結っておくようにと促したに相違ないが、他の義士（細川家へ預けられた他の十六人）は、いずれも前晩討入った時のさんばら髪の儘《まま》だったので、接待役の伝右衛門の方から、「各々《おのおの》方も大石殿のように髪を結いなされたらいかがじゃ？　常に結わせつけぬ者に髪をさわらすは心地が悪うもござろうが、その儘よりは見栄《みば》えが致す」とすすめたので、ぼつぼつ一同も結いはじめたという。断るまでもないが、討入り当夜、老人の堀部弥兵衛らと門を堅《かた》めていて、最も

奮戦していないのが内蔵助その人である。さんばら髪になるどころではない。その内蔵助が、亡君の仇《あだ》を報ずると簡単には言っても兎《と》に角《かく》、あれだけの大事を成し遂げて、翌朝にはもう髪を結って澄ましていた──そういうダンディズムが、大石にはあった。

また内蔵助の嫡男《ちやくなん》主税《ちから》は、原惣右衛門《そうえもん》が堀部安兵衛に送った書中にも、

「主税どの当年十五歳にて候得共、年わい《よ》よりはひね申し候。今春前髪とられ候て、器量良く云々《うんぬん》」

とあり、討入り後の義士を身柄お預けときまって駕籠《かご》で藩邸へ舁《か》き運んだ人足の話に、

「四十六人の衆は人柄、男振りまでそろいて大男にて、なかんずく大石主税どのと申候は、若年にて御座候えども大男大力にて」

実に重かったと洩らしているが、その主税が述懐するところでは、山科閑居の頃、父の内蔵助が或る日主税に向って、

「自分はもう四十余歳、世の中のことも一通りやらぬものはないが、お前は僅《わず》か十五歳で浮世の歓楽というものを知らぬ。間もなく日頃の本意を達する時にもなろうから、余命は何程もない、江戸へ下向する前に存分な遊興をいたしておくがいいだろう」

そう言って、陰間《かげま》（男色を売る少年）を買わせたという。

僅か十五歳で大男なら、当然、性的に熟していたろう。父とすれば日常見るにたえぬこともあったろうが、大望を控えて、然《しか》もあっさり歓楽をすすめる程、大石という人は従来の忠臣義士の範疇《はんちゅう》からはずれていたのである。このことは大石自身の遊蕩《ゆうとう》ぶりを見ても分る。

一体に、山科に移り住んでからの内蔵助が遊蕩にふけったのが吉良の間者や密偵の目を欺くためだったのなら、吉良方や上杉家の記録にそういうものがあってよい筈《はず》だが、事実は何もない。横目や隠密がだんだんに入り込んで来ていると堀部安兵衛が大石良雄へ送った書面に書いているのは、赤穂の城明渡し前後のことである。その後には、隠し目付、隠密などということは一つも書かれていない。四十六士の書面のどれにも書かれていないのみならず、吉良方の書類を見ても、密偵を放ったという形跡は認められない。

上杉家はどうかというと、これもそういう形跡はない。ただ、山科へ行ったという猿橋《さるばし》八右衛門が一人ある。猿橋は確かに米沢上杉家の家来で、与板組《よいたぐみ》に属して京都にいた。併しそれは内蔵助らの動静をさぐるために上京したのでなく、元禄十三年から往《い》っていたので、もともと猿橋は与板組でも、金剛流の能役者である。それが習い事の伝授のために京の家元へ三年詰めていたのである。その間が恰《あたか》も大石の山科閑居の時だった。又、当時の伏見奉行の建部内匠頭が吉良とは遠い姻戚《いんせき》関係にあるので、内蔵助の動静を内通したと『江赤見聞記』にはあるが、そもそも『江赤見聞記』なるものが、内容の甚だ怪しい書物である。

だいたい、山科の大石の身辺に密偵を出すほど吉良方で赤穂浪士を怖《おそ》れるなら、討入り当時（既に大石は江戸へ下ったと当然判明しているのに）仮普請《かりぶしん》中の吉良邸で上野介が安閑と茶の湯の会など催していられる筈がない。相手の身辺にたえず目を注いでいたのは吉良方ではなく寧《むし》ろ義士たちの方で、四十六士の一人富森助右衛門が本望成就のあとで細川藩士に語ったことばに、

「それがしは吉良屋敷へ毎夜交替で様子を窺《うかが》いに参っており申したが、惣体《そうたい》、吉良邸は普請中にて、平長屋、竹腰板の壁にて、それも中塗りゆえ内部が透いて見え、槍《やり》などの柄《え》は短く致した方がよかろうと定めたのも、内部の見えたおかげでござった。又、長屋の妻子の寝ておる有様も一目瞭然《りょうぜん》にて、夫婦の夜なべ致しておるが見え申したのには些《いささ》か赤面つかまつってござる」

と笑い話にしている。夜中に、外から邸内の閨事《けいじ》が見えるほど隙《すき》のあった邸《やしき》に上野介は住んでいたわけだ。赤穂浪士の復讐を恐れ、大石の身辺に密偵を出すほど要慎《ようじん》深

い老人だったのなら、一日と我慢の出来ぬ住居である。

こういえば、或《ある》いは人は大石の放蕩ぶりに吉良方は欺《あざむ》かれたというかも知れぬ。併し、赤穂浪士が上野介の首級を挙げようと策動していることは当時、多くの人は知っていた。義士たちの間で秘密は案外まもられていなかったのである。従って上杉家から上野介の身辺に警固の付け人を出していたのも事実である。それでも上野介自身は、平気で市中を出歩き茶会にも出れば、俳人とも往来していた。

これはどういうことか？

要するに吉良上野介は、低俗な芝居で描かれるような臆病者《おくびょうもの》ではなかったので、だから殊更《ことさら》大石の動静をさぐる必要も認めなかった。

結局、内蔵助の遊蕩は、ダンディな彼自身の意図から出た行為であったわけになる。

このことは、彼の遊びぶりを見ても分る――

内蔵助の遊んだのは、

「由良さんこちへ、手の鳴る方へ」

のだだら遊びなどで、多く祇園《ぎおん》の『一力』――万亭《よろずてい》で行われたように『仮名手本忠臣蔵』などは書いているが、元禄十六年版の『立身大福帳』を見ると、祇園は歌舞伎《かぶき》役者や白人《はくじん》を揚げる場末の色里で、大尽粋客の遊ぶ所ではなかった。西鶴《さいかく》の『好色一代男』『好色一代女』を見ても此処《ここ》の遊廓《ゆうかく》の下卑ていたことは分るのである。当時島原は大坂の新町、江戸吉原と並んで天下三遊場所の一だった。大石は此処の一文字屋の浮橋という女を揚げて遊んだ。それより多く遊んだのは伏見撞木《しゅもく》町である。

ところで撞木町へ通う人を当時白魚大臣と言った。この撞木町という所には、いい遊女は居なかった。太夫《たゆう》だの天神だのという上等の遊女は居ない。鹿恋《かこい》といって、十八匁《もんめ》の女、それも半夜といって売り分けだから、一晩九匁である。もっと悪い一匁とか、五分とか言う女もいた。悪い方はあるが、いい方は無い。京の大仏前から駕籠《かご》に乗って、撞木町まで来るのに駕籠賃が五匁二分かかる。九匁の女を買うのに、五匁二分の駕籠賃がかかる。駕籠が高い。白魚の竹籃《かご》と同じようだというので、撞木町へ通う大臣のことを「白魚大臣」といった。

伏見は夜船の出るところで、ちょっと賑《にぎ》わしいし、四季折々の眺《なが》めもあり、新町や島原で遊ぶのとは又違った趣きがある。そのうえ女が安いので入用が尠《すくな》い。京都で遣い過した大臣や中以下の者の遊び場にまことに好都合というので元禄七年頃からなかなか繁昌《はんじょう》した遊里である。しかし内蔵助は、大臣とは言えない。大臣というのは、廓《くるわ》の一番いい遊女を買う、太夫を買うものが大臣である。然るに内蔵助はけっして太夫を買わなかった。

ではどうしたかと言うと、もっときわどい放蕩をしている。

二度目の江戸下りで、然ももう討入りの差迫っていた元禄十五年の十月下旬に、赤坂裏伝馬町の比丘尼《びくに》——十八になる山城屋一学という女に通ったそうだ。当時の江戸に比丘尼で名高い町が七八ヵ所あった中で、赤坂が一番繁昌していたといわれるが、比丘尼というのは、最初は地獄の絵図を持ち歩き悲しい声で物語りをした。それが万治頃から哀れっぽい声を悪用して、歌などうたうようになり、遂《つい》に売淫《ばいいん》に陥ったのである。内蔵助はそんな丸太——坊主《ぼうず》頭の遊女を買っている。

気の小さい人なら、この解釈の仕様に困って殊更な理由を付会したいのだろうが、今の我々はもう、彼の忠臣ぶりを強調するそうした脚色を持つ必要はあるまい、と思う。討入りの翌朝に、髪を結わせていた人物、寒がり屋で終日こたつにもぐっていた人物——そういうダンディ内蔵助が、どれぐらい大きな事を仕了《しおお》せたかは、赤穂城明渡しから討入りまでの行動をつぶさに見れば分明するのだから。

話は前後するが、赤穂浪士が見事本望を遂げた時、細川、毛利、久松家などに分れて身柄を預けられ、ついに切腹を命じられたが、其の時大石主税、堀部安兵衛ら十人の切腹した久松家の記録を見ると、切腹のために支度した品々として白紋付上下《かみしも》十人分、小袖、小刀十（これは切先五分出し、あとは残らず観世《かんぜ》よりにて巻いてあった）、乗物、水桶《みずおけ》多数などと共に、扇子が十本用意されている。

何のためかというと、満足に切腹出来ぬ者のため、刀の代りに扇子を把《と》って腹へ突立てる真似《まね》をしたところを、うしろから介錯《かいしゃく》人が首を打つ手筈だったからである。その介錯人が又、軽侍分の中でも剣術を好む者をえらばれたというのに、目付衆から古例の介錯の仕方、首実検の方法を学ばねばならなかったという。『波賀清太夫覚書』なるものを見ると、

「主税どの介錯は誰殿にて候、其次よりは其一番を見て、其通り御勤めコレあるべしと也《なり》」

と書かれている。万事がこの通りである。切腹する方も介錯人も満足に所式を知らなかった。元禄とはそんな時代であった。

もっとも、切腹の古例を知らぬのは知る機会がなかったからで、死を怖れたことにはならないし、同覚書「当日の模様」にも、

「いずれも落着きたる体、見事に見え申候。わけて堀部安兵衛に主税、次の座にて始終口上等これあり、昼夜世上の噂《うわさ》ばなしの節の顔色に少しも替ることなし、仕成《しな》し一《ひと》

入見事《しお》や。

同日早天より水風呂《みずぶろ》申し付、朝料理すむといずれも早速入湯して髪を結せ、和やかに薄茶せんじ、茶煙草《たばこ》など呑《の》みながら時を移す」

と書かれている。さて切腹の時になって、一番が大石主税。介錯人は徒目付《かち》たる右の『覚書』の波賀清太夫その人である。

切腹の場は愛宕《あたご》下の久松邸内大書院の庭で、花色無地の幕をめぐらして庭を囲い、切腹の座には先《ま》ず莚《むしろ》を敷いて、上に畳二枚、その上に浅黄木綿の綿入の大布団《おおぶとん》一宛を敷き、脇《わき》の方には血隠しの砂桶が用意してあった。義士の一人一人が、主税、堀部安兵衛の順に、案内役の同道で一たん玄関を出て、切腹の庭へ臨むのである。

検使が二人、大書院の縁側に着坐《ちゃくざ》して待ち、徒目付《かちめつけ》以下はのこらず板縁にうすべりを敷いた上に着坐、小人目付、使衆は庭の片側に同じうすべりを敷いて着坐していたそうだ。

主税は十六歳、義士中の最年少者だが、

「大石主税殿、御出候え」

と呼ばれると、

「かしこまった」

とこたえ、座を立った。この時安兵衛が、

「某《それがし》も只今《ただいま》あとより参りますれば、何卒《なにとぞ》」

と、わざわざ主税へ声をかけた。主税は、にっこりと微笑したそうだが、安兵衛についで豪気忠臣の士であった大高源吾が、

「忠烈の主税なれども、いまだ年若き事ゆえ、切腹にのぞみ未練の事ども之《これ》あるべきや？」

と心痛の面持で見送ったという。

見方によっては、これほど主税にとって侮辱はない筈だが、若い主税を案じる美談めいた形でこういう話が残っているのは、如何《いか》に我々の知る『武士道』なるものから、彼等が離れて生きていたかの証左である。

さて主税は安兵衛ら同志と別れると玄関を出た。

玄関から切腹の場へは、通り道に同じ薄縁《うすべり》を敷いてあったそうだ。主税は庭へ出ると、切腹の布団の上で検使方へ向って坐し、介錯人の波賀清太夫に目礼すると、日夜顔見知りだからその目が笑った。清太夫も応じて目礼を返す。

そこへ小刀の役人が三方《さんぽう》を持ち出して、前に置く。小刀と扇子が並べられた三方で

ある。

主税は押肌をぬぐと、小脇差の方を取上げた、と見るや背後からもう、清太夫は首を打った。

刀は腹に刺さっていないのである。介錯した当の清太夫がこれは語っていることである。観世より迄《まで》巻いた脇差——扇子とどれだけ違うのか。

介錯の仕方には、いつ首を打たねばならぬという作法はない。——普通、身分の低い者が身分ある人の首を打つ時には太刀を八双に上げて構え、朋輩なら中段、相手の身分の低い時は切先を下げた儘《まま》で打つ。それが古例である。又打つ時機は、被介錯人が三方の刀を引寄せようと頸《くび》ののびた刹那《せつな》を打つ時もあり、小脇差を手に把って、片手で腹を撫《な》ぜ、体《たい》の極《きま》った瞬間を打つ時もあり、十分に刀を切りまわさせてから打つ場合もある。すべては介錯人の判断にゆだねられる。

清太夫は、その『覚書』の文体から見ても、かなりの人物だったと思う。その彼が主税の様子を見ていて、小脇差を取上げた刹那に首を打たねばならぬと判断したのである。

見苦しい切腹ぶりをさせたくない人情からだったろう。このことは、大高源吾が切腹の朝から何やら顔色すぐれず、屈託する様子に見えたが、主税が異儀なく切腹を済ませたと聞いてほっと安堵《あんど》の色を浮べたという『古今記聞』の記述にも符合する。繰返すようだがそういう時代なのである。

清太夫は首を打つと、右の手で主税のたぶさを取上げて検使の実見に供したが、そのあと直《す》ぐ仲間四人が駆けつけて首もむくろも三方も一緒に布団に包んで勝手口へ運んでいる。あとに血が少し残っているのは、桶の砂を掛けて隠した。畳に血が付くと急いでこれも替えている。

時間にいそがれたわけではない。次に切腹する者への心遣りからしたことだ。安兵衛には無用の心づかいだったろうが、或《あ》る者にはこの親切も必要だった。そういう元禄時代の武士が、後世、武士道の精華といわれるあの義挙を成し遂げたのである。映画やことさら筆者は赤穂義士にケチをつける意は毛頭ない。事実を書いている。映画や芝居などで美化されているよりはるかに地味で凡庸《ぼんよう》だったそんな同志を率い、あれだけの事を成し遂げた大石良雄の、本当の偉さを知るには、ありの儘の義士をまず見届ける必要があると信じるからである。

偉かったのは浅野内匠頭ではない。家老大石良雄と、武人派の堀部安兵衛と、もう一人——上杉家の千坂兵部に頼まれて吉良の付け人となった丹下典膳、この三人だったと私は言いたい。

四十六士の一人吉田忠左衛門が討入り当時の模様を自書した覚書がある。それを見ると、見事本望を遂げてのちの一行は、はじめは泉岳寺《せんがくじ》まで行くつもりはなく、吉良邸の近所の無縁寺へ上野介の首をあずけて公儀の処分を俟《ま》つつもりだった。しかし無縁寺では門内に入ることを許してくれず、又、赤穂浪士が考えていたほど世間はこの事件を騒ぎ立てなかったので、泉岳寺へ辿《たど》り行くことが出来たが、その途中「手疵《てきず》これある者、けが仕《つかまつ》り候《そうろう》者は御船蔵の先にて駕籠《かご》をやとい候て乗り申し候。其の外堀部老人なども途中より駕籠に乗せ候て罷《まか》り越し申候」と書かれてある。

これで見ると、一行の引揚げは講談などで聞かされているのと大分違う。町の駕籠に乗せたというのだから、乗せる方も商売として極く自然に乗せているわけで、江戸中が義士の討入りに大騒ぎをしたのではなかったことが分る。

当日は御礼日の儀（月の十五日）に候えば往来も一入《ひとしお》多い筈《はず》であるのに、よく泉岳寺までお着きなされたものよと言われたのに対しても、「仰《おお》せの如《ごと》く当朝は御登城の御衆と見え候乗物、或いは馬にて御通りの衆二三人にもお目にかかり候えども、火事場などへ出《い》で候ものかなどと思召《おぼしめ》し候やらん、何事もなく泉岳寺へ参り候」と忠左衛門は答えている。

また義士の一人富森助右衛門の見知りの町人で、南八丁堀の大島屋八郎兵衛という者が、朝起きて店先を掃除していると、火事装束の侍が二人通りかかり、八郎兵衛と名を呼ぶので顔をあげて見たら、一人が見知り越しの助右衛門だったので驚いたという咄《はなし》も残っている。

如何に吉良邸討入りが、一部関係者を除いては当時の人心の予測するものでなかったか、且《か》つその引揚げがどれほど地味だったかはこれを見ても分るので、大石以下が行ったのは、言えばそんな静かなクーデターにすぎない。けっして仰々しい仇討《あだうち》美談ではなかった。

このことは四十六士の武具の刃こぼれや血のりを見ても分る。大石内蔵助の刀は切先一尺ばかりに血が付いていた。これは上野介のとどめを刺したからだろうという。刀は相州物である。堀部弥兵衛老人のは槍《やり》も刀も血が付いていない。刃こぼれもないのは戦闘しなくて済んだ証拠である。又、近松勘六のは二尺余の大脇差《わきざし》だったが公儀で改めた時には錆《さ》びついて抜けなかった。討入りの節泉水に転んで水が入ったのだろうという。（それにしては後始末の心得のない武士である）不破数右衛門のは刃がこぼれてささらのようになっていたから、四五人も切りとめ申し候や、という。この不破は、内匠頭には受けが悪くて浪人していた武士である。

一方、吉良方の方を見ると、「小林平八郎以下死者十七人。このうち十一人は刀脇差に血付、切込有り、残る五人は働き知れ申さず」という。その活躍ぶりを判断するには死骸《しがい》のあった場所を見るのが常識だが、清水一学などは台所口で死んでいる。映画などで両刀遣いの達人に仕立てられている武士が台所で死ぬようでは余り奮戦したとは見えない。小林平八郎は「お長屋役人小屋前にて」死んでいる。すなわち、おのが寝所をとび出て直ぐ斬《き》られている。しかも平八郎は上野介の家老なのである。こうして見ると、いかに双方ともに大部分は凡庸の侍だったかが分るだろう——

夢の花さえ

丹下典膳がその武芸を見込まれ、遂《つい》に吉良方の付け人になる経緯を述べる前に、もう暫《しば》らく、松の廊下刃傷《にんじょう》事件後の赤穂藩士の動向に触れておく必要がある。大石良雄の偉さが光り出すのはこの時からで、それ以前の大石は内匠頭にも余り重用されず、国許《くにもと》の藩政はもっぱら大野九郎兵衛が仕置《しおき》していたし、どちらかといえば、内蔵助は家老には違いなくとも時々閉門を命ぜられたりして、その存在を家中でも嘱望《しょくもう》されてはいない方だったから。

刃傷事件の直後、江戸を発した最初の早駕籠《かご》……早水《はやみ》藤左衛門、萱野《かやの》三平の両人が赤穂の町にはいったのは三月十九日寅《とら》の下刻（午前五時）頃である。江戸を出て五日で着いている。両人は大手門から城内に入ると、内山下《うちさんげ》の大石内蔵助の屋敷にはいった。内山下というのは、三の丸で、ここに藩の重臣の屋敷があった。

内蔵助はまだ寝ていたが、江戸よりの急使と聞くと早速に起出て対面した。両人は息もたえだえの有様で、兇変《きょうへん》のあった夕刻に江戸を発し、百七十五里を宿つぎ早駕籠で走破して来たのだから無理もない。やがてその両人が気を取直すと書状を差出した。内匠頭の舎弟大学からの書面である。あて名は大野九郎兵衛と大石の連名になっていたそうだ。内蔵助は直《す》ぐ披《ひら》き見た。

中には只《ただ》内匠頭が殿中で刃傷に及んだこと、老中から家中の面々はしずかにするようにと達しのあること、国許でもその旨《むね》を承知して静穏に謹慎していてもらい度《た》いと書いたあとで、何よりも先《ま》ず札座《さつざ》を処理するようにとしたためてあった。早水、萱野の両人が江戸を発《た》つ前には、まだ内匠頭は切腹していない。しかし札座のことを書き添えてあるのは、最悪の事態を既に覚悟していた証左である。

札座というのは藩札の役所のことで、藩の信用で藩札は領内に流通しているものだから、藩がつぶれれば価値はなくなる。従って領民が困窮するのでこれを処理するのが藩の責任である。札座の処置を示唆《しさ》されては、いかな大石も愕《おどろ》いたろう。即刻、総登城を命じた。

突然の登城命令に何事かと二百余人の家中の者は城中大広間にあつまった。大石は大学の書状と急使の口上書を披露《ひろう》した。忽《たちま》ち大広間は騒然となる。

しかし、急使のもたらした報告は不完全なので、いずれ次の使者を俟《ま》って行動をきめることにして、とりあえず藩士二人を江戸へ向って出発させた。これが同日正午頃である。つまりこの程度のことしか当日、策の立てようはなかったのである。

こうしておいて、内蔵助は金奉行、勘定方、札座奉行などを集めて藩札の発行高と現在藩庫にある額をあらためさせたが、もうその時には、領主家の滅亡の噂《うわさ》を伝え聞いた領民共が、早くも両替のため奉行所へ続々つめて来ていた。

札座をしらべたところ、藩庫に現存する金は藩札の発行高にくらべてはるかに不足していることが分った。

額面通りの支払いをすれば、もちろん足りない。こういう際には四分替えにするのが普通で、五分替えに払えば上々とされている。大石はなるべく率をよくして支払うべしと奉行に命じ、六分替えに決定した。手一ぱいのところである。

一応これで藩札の処置——領民の生活の不安は除くことが出来たわけだが、藩士への手当金の分配が問題となる。

藩庫はもうからっぽであって、藩から町人共に貸しつけた金や、年貢《ねんぐ》の未進があるが、こういう際に徴収にかかっても多分あつまるまいというのが奉行などの意向だったらしい。

しかし、大石の読みはもう少し深かったので、六分替え即時払いの英断に出たことが領民を感激させ、浜方の貸付や未進租税を取立ててみると意外に集まりがよかった。

赤穂家の断絶を知って、苛政《かせい》に泣いていた領民が餅《もち》をついて祝った咄《はなし》の書かれてある同じ『閑田次筆』にも、

「事おこりて城を除せらるるに及びしかば、民大いに喜び、餅などつきて賑《にぎ》わいしに、大石氏出《い》で来て事をはかり、近時、不時に借りとられし金銭など、皆それぞれに返弁せられしかば、大いに驚きて、この城中にかようのはからいする人もありしやと、面《おもて》を改めしとかや」

と書かれている。内蔵助のこの藩札処理は、ひとり彼の評判を高からしめたにとどまらず、浅野家に対する領民のこれまでの悪感情をあらためさせたわけで、言いかえ

れば、上席にあって政務を執った大野九郎兵衛が如何《いか》にむごい取りたてをしていたか、その大野を重用した内匠頭はどんな領主だったかが分る。そんな藩主に疎《うと》んじられていた大石が、事件に処して先ず領民にあたたかい思い遣《や》りを示したのは、一種の痛烈な復讐《ふくしゅう》だったとは茲《ここ》では言わない。しかし、札座のことは浅野大学からもさしずされてきたにしろ、実際に当って、六分替えという空前の高率で支払うときめただけでなく、変報到達の翌日には有り金全部を投出して支払いを開始しているのは、そこに人間大石の或《あ》る快哉《かいさい》がこめられていたのではなかろうか。このことは、山科閑居当時の遊蕩《ゆうとう》ぶりとてらし合わせて見ても、暗君を戴《いただ》きながら然《しか》も臣たる道に殉じていった一人の大人物の、甚だ文学的な心理屈折のあやを覗《のぞ》かせているようにも筆者などは思う。

さて総登城の日の夜、戌《いぬ》の下刻に第二の急使、原惣右衛門、大石瀬左衛門が到着した。

このふたりは事件当日の夜に江戸を発っているので、漸《ようや》く詳細な模様を大石は赤穂で知ることが出来た。

第二の急使となった原惣右衛門は三通の書状を携行していた。

広島の本家・浅野美濃守、浅野大学、長矩の従兄弟《いとこ》にあたる戸田采女正《うねめのかみ》三人連署の大石ら国許の重臣に当てた一通と、内匠頭の切腹した田村邸から死骸《しがい》を引取るように報《し》らせて来た書状の写しと、老中より「赤穂家中の者静穏にいたすように」と達しのあった書付の写しの三通である。

これによって、主君切腹、したがって領地没収の上お家断絶の儀は瞭《あき》らかとなる。内蔵助は再び総出仕を命じ、右の書状を家中一統に読みきかせたうえ、使等より聴取した江戸の模様を知らせた。城中大広間は蜂《はち》の巣を突いたように騒然となった。ただ、今となっては気になるのが吉良上野介の生死だが、これに就いては江戸より何の報告もない。原惣右衛門も上野介の身のことは知らない。これ以後、度々《たびたび》江戸表から飛脚があり、大学の閉門を命ぜられたこと、鉄砲洲江戸屋敷の引渡しのあったこと。内匠頭夫人寿昌院は当夜のうちに鉄砲洲の屋敷から実家（長矩には同族にあたる三次《みよし》の城主浅野式部《しきぶ》少輔《しょう》長照）の屋敷に引取られ、其処《そこ》で落飾したこと（瑶泉院と名を改めたのは後のことである）などは報告されたが、かんじんの上野介がどうなったかは、わざとしらされなかったという。赤穂で騒ぎ立てるのを怖《おそ》れたからだろうが、堀部安兵衛の筆記『武庸筆記』を見ても、江戸家老どもが一向この重大事を伏せて知らせないので、在所の家老をはじめ皆立腹して待ちこがれたが「終《つい》に申しつかわさず、結局赤穂近国の家中より縁者へ申し来り候《そうろう》は、未《いま》だ上野介どの存生にて、ことさら浅《あさ》手《で》の由《よし》相聞え候」と書かれている。江戸の家老安井彦右衛門、藤井又左衛門（これは国家老だが内匠頭のお供をして出府していた）の両人は最後まで国許藩士たちの激昂《げっこう》を惧《おそ》れて、上野介の微傷であったこと、且《か》つ吉良家には何のお咎《とが》めもないことは伏せつづけたので、「呆《あき》れかえった大べらぼうな家老共だ」と海音寺潮五郎氏なども其著『赤穂義士』に書いて居《お》られる。

『武庸筆記』にもあるとおり、赤穂で上野介の無事を知ったのは近国諸藩の家中の武士から、赤穂の親戚《しんせき》へ知らせて来たからである。これが同月二十五六日頃だという。何度も書くとおり、そういう「大べらぼうな」腑《ふ》抜《ぬ》け侍どもを家老にして平然たる内匠頭は主君だった。ついでに言っておくと、そういう藩主の夫人となった瑶泉院のことは、名を阿久里といったという以外、正確なことは何ひとつ分らない。年齢さえも分らぬし、いつ死んだかも不明である。美人であってほしいとは、われわれの赤穂義士に対する愛着がえがき上げた願いなので、事実の方はどうだったか分らない。まして、美人ときめてかかり、彼女に吉良上野介が横恋慕したなどとは、虚構にしても大べらぼうな話である。

ただ、勅使応対の事件以前に、吉良が内匠頭へ悪意を懐《いだ》いていたと見られる史料が一つある。

元禄初年ごろ、吉良家ではその三河の領地に塩田をひらき、製塩事業をはじめ、饗《あえ》庭塩と名づけて売出した。しかし、邦国の製塩は、これを最初に大規模にやり出したのは赤穂の浅野家で、吉良の塩は赤穂塩のように良質には出来ない。

そこで赤穂藩に秘法の伝授を乞《こ》うたが、浅野家では教えなかったので、上野介はひそかに恨んでいたというのである。大名夫人に横恋慕したなどというべらぼうな話よりはこの方が信じるに足りるだろう。


赤穂の領地没収について、江戸から近々受城使の発向を見るという報告のはいった日に、何度目かの会議の席で大石はこういう意見を述べた。

赤穂城は藩祖長直公が築き給《たも》うたので公儀のものではない、浅野家のものである。やみやみ明渡すわけには参らない。そもそもかかる事態に立ち到ったのは故内匠頭様の不調法によることではあるが、上野介の方には何の咎めもなく、御優諚《ゆうじょう》すらたまわり、しかも至って軽傷で近く平癒《へいゆ》も疑いない由である。然《しか》れば御公儀は甚だ不公平な裁きをなされたことになる。この点を申立て、併《あわ》せては御家再興を嘆願せんためにも城受取りの上使に検視を請うて、大手門で切腹し、何分の御沙汰《ごさた》を乞うべきではあるまいか。各々に於《お》いて所存あらばうけたまわり度い。

——要するに殉死嘆願説で、これに対して籠城《ろうじょう》抗戦説もあり、或《あ》るいは、穏便に開城すべしと説も分れたが、けっきょく、おだやかな開城説に落着いたのは人の知る通りで、これが四月十二日である。この頃にはもう家中藩士もそろそろ引払いをはじめ、赤穂近在の村々に所縁をたよって移転先をもとめる者、城下の町家に一時の厄介を頼む者、他国へ行こうとする者、皆それぞれに家財道具をまとめ城下は大騒ぎだった。

翌十三日になると、武家屋敷はあらかた空家になっていたという。

城地明渡しの正式に行われたのは四月十九日朝六時である。その前晩、すなわち午前一時頃から受城使脇坂淡路守と木下肥後守の軍勢およそ六千人余りが受取りのため赤穂城へ入ったが、途次の道筋の清掃の行届いていたこと、明渡しに関する帳簿目録の精密であること、道具類の整理など、以《もっ》て一般武士の手本ともすべきであると上使をして感服せしめた。

ところで受城使脇坂淡路守は、江戸屋敷の普請《ふしん》をいつぞや白竿長兵衛に請負わせたお殿様である。こんどの城受取りに当って、万一赤穂藩が籠城抗戦の挙に及ぶかも知れぬという情報によって、家来四千五百四十五人を引きつれて乗込んでいた。その大半は播州竜野に国詰の面々だが、中にはあの普請当時出府していた藩士もある。

いよいよ開城もとどこおりなく済んで、内蔵助以下赤穂藩士が城を永久に跡にしようという時だ。脇坂淡路守の近侍らしい一人が、つと大石のそばへ遣《や》って来て、

「はなはだ異なことをお尋ねいたすが、江戸表より堀部安兵衛どの、たしか当地へ罷《まか》り越しておられましょうな？」

と声を低めて問いかけた。五十年配の、かなり身分の重そうな鄭重《ていちょう》な物腰の武士である。

堀部安兵衛と聞くと、内蔵助の目が微《かす》かだが、動いた。

「いかにも参っておりますが、お手前は？」

「かような遽《あわただ》しい折にいかがとは存じ申したが、それがし……脇坂家中にて久しく江戸定府をつとめ申した松村由左衛門」

言って容《かたち》をあらためると、

「このたびの御心労、お察しを申上げる」

丁寧に頭を垂れた。

「これはねんごろなお詞《ことば》、かえって痛み入ります」

大石も静かに礼をかえし、

「ところで堀部安兵衛をおたずねの御用向きは？」

「いや、江戸表より下向いたしておられるなれば何も申すことはござらぬ。ただ、いささかそれがし面識ある間柄にござれば。――御免」

受城使淡路守の物頭役らしいのが早く参れと合図しているので、由左衛門は大石以下へも会釈《えしやく》をのこすと慌《あわ》てて駆け戻っていった。

「何者にござるか？」

大石の後方にいた番頭奥野将監《しょうげん》がいぶかしんで内蔵助の顔を見上げたが、

「何でもござらぬ」

曖昧《あいまい》な苦笑に紛らせて家臣一同と偕《とも》に春秋を埋むべきであったかも知れぬ城を永久に去った。

堀部安兵衛が江戸から赤穂に到着していたのは事実である。定府の奥田孫太夫、高田郡兵衛の三人同道だったという。高田は宝蔵院流の槍術《そうじゅつ》を能《よ》くしたといわれ、安兵衛、奥田孫太夫とともに従来、江戸武人派・急先鋒の三羽烏《さんばがらす》と史家などに言われている。しかし後にこの高田郡兵衛は約に背いて変心しているし、安兵衛はその腑甲斐《ふがい》なさを嘆いている。十九や二十の壮言大語する血気盛りなら知らぬこと、奥田孫太夫は馬回り兼武具奉行をつとめて当時すでに五十五歳、安兵衛も三十二歳の分別ざかりである。それに宝蔵院流の槍術なるものが、聞こえはいいが元禄時代は名のみあって実の乏しい槍術だった。お家滅亡に悲憤慷慨《こうがい》するのが武人派と単純に割切るほど安兵衛も馬鹿《ばか》ではあるまい。

従って、この郡兵衛や奥田孫太夫と一緒に安兵衛が屢々《しばしば》激語して大石の東下《あずまくだ》りを待たず、江戸同志だけで事を構えようとしたなどという説を私は採らない。赤穂義挙の記録として最も貴重なものの一は『武庸筆記』である。それほど安兵衛は刻明に手紙を書いている。山科や京に居る同志との連絡の必要にせまられてである。あれだけ武芸も立ち、手跡も見事だった武士なら、徒《いたず》らに口角泡《あわ》をとばして気負い立つわけがない。第一、それなら刻明な書状などまどろしがって書くまい。

安兵衛が高田らと偕《とも》に血相変えて赤穂へ籠城説を唱えに来たと一概に見るのが、いかに粗暴かはこれを以ても明らかだろう。あくまで、公儀へ浅野家の再興を願い出る殉死嘆願のためだったと、これは安兵衛自身が書いている。

大石良雄は、さすがにそんな安兵衛と高田郡兵衛の違いを見抜いた。安兵衛と内蔵助が互いを見知り合ったのは主家断絶のこの悲劇の最中《さなか》だったが、三人が再び江戸表へ引揚げる時に、

「一両日の中、御発足御下向の由。このたびはるばる御登りの儀、御深切の御志感じ入り存じ候。諸事繁多の時節柄ゆえ、しみじみと御意を得ず、お名残り多く存じ候。

以上
四月二十日　　大石内蔵助」

この手紙を、内蔵助は三人への連名にしないで別々に一通ずつ書いている。そういうこまかい区別を大石はつけた人である。

堀部安兵衛が江戸から赤穂へ到着したのが四月十四日で開城が十九日。二十日にはもう大石の手紙にもあるように「一両日のうちに発足下向」している。赤穂城にとどまっていたのは精々六七日である。諸事繁多の時節柄ゆえ、しみじみ意をつくせず、お名残り多く存じ候と大石が書いたのには、或る真情がこめられていただろう。

それでも、内蔵助から脇坂家臣松村由左衛門より声をかけられた話を安兵衛にするぐらいの暇はあったと見るべきで、当時内蔵助はすでに城外尾崎村に寓居《ぐうきょ》をさだめていたから、たぶん其処でだったに違いない。

「ほう……松村どのが左様なことを尋ねましたか」

安兵衛もはじめは意外そうにしたが、直《す》ぐ、あらためてありの儘《まま》を打明けた。すなわち脇坂家普請の当座、由左衛門が現場見回りの役だったこと、その改築普請へは心当りの人足請負い業者を安兵衛から脇坂家用人へ頼み込んで入れてもらったこと、それというのが或る人物を知っていて、その人物が請負い業者の住居に寄食していたので、何とか便宜をはからいたかった為《ため》だと、そんな話を打明けたのである。お家断絶という折が折だけに、それ以上の、丹下典膳の委細については何もこの時は話されなかったと見るのが至当だろう。

やがてその翌日か、若《も》しくは翌々日、安兵衛は江戸での再会を約して赤穂を発《た》った。大石はまだ残務整理があるので、赤穂に残り、それからの四五十日間、ずっと遠林寺《おんりんじ》の会所へ通ってしごとをつづけた。遠林寺は代々の浅野家の祈願所である。また、この残務整理中に、内蔵助は浜方への貸付金の回収をうながしているが、あつまりが悪く、すっかり回収出来れば五千五百両になる筈《はず》のものが、わずか五百七十両しかあつまらなかったそうだ。しかしこの金が後の仇討《あだうち》の費用になったのである。

海音寺氏の『赤穂義士』に拠《よ》ると赤穂城明渡し前後における内蔵助のはたらきが美事だったので、心ある人々の間に評判となり、脇坂家からは当分百人扶持《ぶち》で客分に召抱えようとの内意があったそうだ。のちに山科に移るため赤穂を引払い大坂まで来ると、鍋島《なべしま》家、細川家、有島家、山内家、浅野本家なども、それぞれのつてを求め、高《こう》禄《ろく》を以て招いたともいう。

一方、『浅吉一乱記』などには、赤穂藩士が他愛なく開城したので、世間の者は、

大石は鮨《すし》の重しになるやらん
赤穂の米を食いつぶしけり

そんな落首を飛ばしてあざわらったという。
何にしても、そういう毀誉《きよ》褒貶《ほうへん》の中に、残務整理も済ますと、六月二十五日赤穂を立って、大石は海路大坂に向った。そうして二十八日、山科の新居に着いた。

山科へ移ると、内蔵助は屋敷を買いひろげ、田地をもとめ、京都から大工や左官を呼んで家を新築して離れ座敷までこしらえ、前栽《せんざい》には好きな牡丹《ぼたん》などを植えて、この地に落着いて余生を過すように人には見えたという。

名も母方の姓をとって池田久右衛門とあらためた。

元来大石の家は、ふるくは近衛《このえ》家に代々つかえて諸大夫となった荘園の管理人の家柄で、内蔵助良勝の代に、良勝は男山八幡《はちまん》の宮本坊に弟子入りしていたのが、僧を好まず、十四歳の時脱出して江戸へ出て、流浪の暮しをつづけるうち、浅野采女正《うねめのかみ》長重に登用されて禄《ろく》三百石を食《は》むようになったのが士分のはじまりという。二十八歳のとき良勝は主君長重にしたがって大坂冬の陣に出陣して冑首《かぶとくび》二級を挙げ、その後一そう重く用いられて家老に栄進した。これが大石良雄の曾祖父《そうそふ》である。

以来、代々家老として浅野家に仕えたが、良雄の母は備前池田家の家老池田出羽《でわ》の女《むすめ》だったところから、山科で池田の名を名乗ったわけだ。

ついでに言うと、内蔵助の妻は但馬《たじま》豊岡藩士石束《いしつか》源五兵衛の女で、この時は三十三歳、名を陸といった。大石は小柄な方だったのに、長男主税は十五歳の少年とは思えぬ大力の大男だったと、例の駕籠《かご》舁きが言っているから、多分、母の体質をうけついだのであろうし、そうとすると妻女は大柄な女で、多分は蚤《のみ》の夫婦だったのかも分らない。しかし内匠頭夫人瑶泉院の場合と同様、大石の妻女の享年《きょうねん》、その後の消息など一切不明である。山科閑居の頃には一緒に住んでいたし、内蔵助の遊蕩《ゆうとう》ぶりは日常つぶさに見ていたろう。そんなところから、大そうな賢婦人だったろうかと、我々は好意的に想像するが、もしかすれば賢婦でなくて底なしの人の善い婦人だったかも分らない。何事も義士の夫人のことは我々には知りようがない。分っているのは、愛妻家小野寺十内の妻女が俳句をよくしたことぐらいである。大石の妻は、内蔵助との間に嫡男《ちゃくなん》主税の他に一男二女あり、内蔵助の江戸下向にあたって離別され、豊岡の実家へ帰されたが、大石の行状から吉良邸討入りの非常を予想させるのは、この妻子離別の一件ぐらいではなかろうか。

ここで明らかにしておかねばならないのは、亡君の仇討《あだうち》と今の人は単純に言うが、当時の観念で、この説は自他ともに成立たないことである。吉良上野介が内匠頭に斬《き》りつけたのであれば復讐《ふくしゅう》とも言える。挑《いど》んだのは内匠頭の方であって、上野介は刀を抜きもしていなかった。一方的な短慮と、激昂《げっこう》で刃傷《にんじょう》に及んだすえお上の裁可によって切腹を命ぜられ、家は断絶したのである。上野介を恨むすじは何もない。従って復讐とは、吉良方にすれば甚だ一方的な勝手な解釈で、且《か》つ迷惑な話である。

それを、大石は遂行しようという。

大石が山科から伏見撞木《しゅもく》町の遊女のもとへ通っていた頃彼自身の作と伝えられる有名な地唄《じうた》が二曲のこっている。「里げしき」と「狐火《きつねび》」という。

里げしき

更《ふ》けてくるわのよそほひ見れば、宵《よひ》のともしびうちそむき寝の、夢の花さへ散らす嵐《あらし》のさそひ来て、
閨《ねや》をつれ出すつれ人《ひと》おとこ、よそのさらばも猶《なほ》あはれにて、内も中戸を開くるしののめ、送る姿の一重帯《ひとへ》、
解けてほどけて寝乱れ髪の、
黄楊《つげ》のつげの小櫛《おぐし》も、

　さすが涙のはらはら、袖《そで》に、
こぼれて袖に、露のよすがの憂《う》きつとめ、こぼれて袖に、つらきよすがのうき勤
め。

『狐火』の方は「あだし此《こ》の身を煙となさば、やめてくるわの里近く、廓《くるわ》のや、廓の
せめて、やめて廓のさと近く」云々《うんぬん》と反復があり、
「何をおもひにこがれて燃ゆる。野辺の狐火さよ更けて」でおわっている。ふしは祇《ぎ》園《おん》の井筒屋なる茶屋の亭主・岸野二郎三がつけたといわれるが、何にしても大石の遊蕩ぶりはかくれもない。しかもそれが吉良方の目を誤魔化す必要の何らない日々に持たれたのである。気の小さい人は、この解釈のしように困って殊更《ことさら》な理由を付会したのだろう。しかし、忠臣は遊蕩するわけがないという、ちっぽけな人間観から少々内蔵助はケタのはずれて大きな人物だった、と見る方が本当ではなかろうか。

それを証拠に、いかに放蕩しても大石は身をもち崩さなかったし、その遊興費は当然ながら自前である。公私のけじめを、内蔵助がいかにキチンとつけていたかを物語る例として、討入りまでの出費を記載した「預り置き候《そうろう》金銀請払帳」なるものが残っている。

赤穂で城明渡しの後に請取った金の支払いを、刻明、且つ詳細に帳面につけて、討

入り前に瑶泉院に差出したもので、この金銭出納簿はいろいろなことを自ずと我々に語りかけるが（例えば俗説に伝わる天野屋利兵衛なるものは架空の人物で、討入り用として武具調度品の購入代金は、義士各自へそれぞれ一両前後を手渡してあり、まとめて天野屋利兵衛に武具を調達させた事実はない。天野屋などはそもそも存在しない）浪々の身となって一年余り、義士のうちには相当に暮し向きに難渋したものがあったが、それらの浪士――神崎与五郎、原惣右衛門、矢頭右衛門七、武林唯七、大高源吾など――へ、

「勝手もと差詰り、願い申すによって、金なにがしを遣わす」

と一々金高を記して必ず手形（受取）を取っている。神崎与五郎なども之《これ》については、討入り後に、

「内蔵助は去春、御城明渡しの節配分仕り候金子《きんす》をも申し請けず、いずれもへ分けてくれ申し候。諸道具など売払い候て、其金子百三四十両を以《もっ》て、私共はじめ同志のもの共を養い申し候。若きもの共、勝手のつづき兼ね候者など、早く討ちたがり申し候を、兎角《とかく》と様子も知れざるを申し候て留め申し候。おびただしき心遣いにて候」

と賞讃《しょうさん》している程だ。

東《あずま》下《くだ》り

いたずらに遊蕩の日をすごすと見えた内蔵助の身辺にも、同志との会合や、江戸にある堀部安兵衛との書面連絡、或《ある》いは「亡君の墓参」の名目による最初の東下り、吉良家偵察のため神崎与五郎を江戸へ派遣するなど、一挙のための準備は少しずつだが進められていた。

多くの史書にこれは記されていることだが、お家断絶後の大石の主目的は、吉良の首級をあげる事より浅野家の再興にあった、という。しかし内匠頭の舎弟大学が閉門をゆるされ、家を継ぎ、人前に一応面目の立つ身分に復し得ても吉良上野介が現在のまま勤役しているのと肩をならべての勤めでは所詮《しょせん》大学の世間への面目は立つ筈《はず》はない、というのが堀部安兵衛らの意見だった。

世間もまた当初は内匠頭の短慮と武人の心得の無さを嘲笑《ちょうしょう》したが原因は如何《いか》にもあれ、喧嘩《けんか》両成敗が当時のさだめである。しかるに内匠頭のみ厳罰を蒙《こうむ》り、吉良に何らお構いのない不公平さを見るうち、いわゆる判官贔屓《びいき》の心情から兇変《きょうへん》に遭《あ》った浅野家臣への同情と、吉良上野介への憎悪《ぞうお》を人々は次第にいだくようになった。とりも直さず、大学がお家再興によって、平然と殿中で吉良と顔を合わせるようなら、むしろ世間の物笑いになり、それはけっして大学の為にもならぬという安兵衛の読みなのである。

このことは、世間の甚だ好奇的な希望として、赤穂浪士が主家再興を欲すると否《いな》とに関《かかわ》らず、所詮は吉良邸に討入らねば舎弟大学の面子《メンツ》が立たぬ事態になってゆくことを意味する。すなわち安兵衛は自分たちの武士道の名誉のためではない、あくまで御舎弟大学様の面目のため亡君の鬱憤《うっぷん》をはらさねばならぬと見た。従来の説では、大学の赦免の儀が遂《つい》に見られなかった為に大石も肚《はら》をきめて吉良邸討入りを決行したという。

順序として先《ま》ず浅野家再興を大石の方寸の第一義におく、しかし安兵衛は、再興されたとしても其の後の大学の立場が、世の嘲蔑《ちょうべつ》をこそ蒙《こうむ》れ、けっして幸福なものにはならぬこと、また大学の閉門中に上野介を討つなら、責任は大学に及ばぬだろうが、閉門赦免後では、大学の示唆《しさ》によって決行されたなどと見られかねない。その辺の事情までも読み込んで、いずれにしろ上野介を討たねばならぬ我らだと主張したのである。

このへんの意見の分れが、武士たる者、臣たる者は何を第一義におくべきかという人間大石と、堀部安兵衛との違いであろうし、意見の食い違っている間だけ、決行が遅れたと言えなくもない。

むろん、大石内蔵助が性急な仇討《あだうち》説に同調しなかったのにも理由があった。即《すなわ》ち上杉家の動向である。奥州《おうしゅう》米沢十五万石、上杉弾正大弼綱憲《だんじょうのだいひつつなのり》のある限り、事は一浅野家臣の復讐では済まない。

結果論で言うことになるのだが、赤穂義士の討入り当夜の模様について吉良邸の様子を記したものに『米沢塩井家覚書』なる一本がある。この事件に関して上杉家で記された唯一《ゆいいつ》の史料である。

それによると、元禄十五年十二月十四日の夜八ツすぎ（午前二時）浪士が吉良邸の表門へ来て、火事だから門を開けよと言ったので、門番は何処《どこ》の火事かと問うと、

「こなた書院より出火に候《そうろう》、匆々《そうそう》あけ候え」

と言った。

門番は書院の方を振見たが火の手のあがる気配はない。

「戸をあけ申すわけには参らぬ」

と喚《わめ》き返した。

するど多勢の足音が走り来て、「埒《らち》明かぬことを申すなら踏み破るぞ」と梯子《はしご》をかけ屋根へあがり、段々に邸内へと飛び入って、表門、裏門同時に合図の太鼓を打ち、裏門の扉《とびら》をば斧《おの》で打ちやぶって（表門には手をつけなかった。このわけは後に述べる）一時にどっと乱入した。

もっとも、屋敷内に入っても火事火事とさわぐばかりで、邸内の小屋小屋の前に槍《やり》、長刀《なぎなた》を以《もっ》て固め、火事というのに驚き出るところを「水もたまらず首をホクリホクリと打落し、念仏一遍を最期《さいご》いたし候者あまたコレ有り」という有様だった。かるがるに命ばかり長らえた者が、戸口の隙間《すきま》からうかがい見ると、固め口には四五人ずつが一組になって、屋根上には半弓を以て狙《ねら》う者もあり、一寸ものがさぬ手組であったという。

「表は御玄関の台所口、妻戸口、御隠居（上野介）の御玄関、台所口の扉など鎚《つち》斧を以て引破り、御殿じゅう野原の如《ごと》く打散らし、爰彼処《ここかしこ》に手負い死人倒れ申し候。山吉新八、須藤与一右衛門、左右田孫八（いずれも上杉家来）等の働き専一、しのぎをけずり候え共、皆敵は着込をいたし、突いても討っても、きれ通りいたさず、敵には手負いも少なく御座候。本所方（吉良方）には死者十五人、手負い二十三人に候。いずれも思いがけぬ事ゆえ、のがれがちの様子に御座候」

又。

屋敷中の所々には小座敷が沢山あるが、よくも乱入して銘々に見届け、納戸《なんど》などへも入り込んで長持の中も見てまわり、怪しいと思えば縁の下まで踏み破った。丁度隠居所の台所で菓子蠟燭《ろうそく》の役人がにげ回っていると、義士の方から、「何者ぞ、いこうウロタえ候は」と詰《なじ》るので、私は菓子ろうそくの役人だと応《こた》えたら、「早々に菓子ろうそくを取出せ、さなくば首を討つぞ」と言われ、顫《ふる》えながら菓子蠟燭の箱を出すと、早速に箱を打割って屋敷中に蠟燭を立て、菓子をツマミ食いに食って赤穂浪士は働いた。

又。

「右の役人、左様の徳を以て、露命つつがなく候」という。

又。

「上州様（上野介）左兵衛様（上野介の悴《せがれ》）御立合い御戦い、もとより上州様めがけ申したる事ゆえ、前後左右より取込み申し、ためし討ち申し候。御疵《きず》二十八ヶ所に候。実に御たまりなされぬこそ理《ことわり》に御座候」

これによれば、上野介は立派に抗戦したことになる。上杉家の記録だから多少の潤色はあるに違いない。それにしても、御疵二十八ヶ所とはどういうわけか？　炭小屋で震えるような臆病者《おくびょうもの》を二十数ヵ所も別々に斬《き》りつけるのが、果たして心ある武士のすることか？

吉良上野介に止《とど》めを刺したのは内蔵助である。これは内蔵助の相州物の刀の切先に血がついていたのでも明らかである。又上野介を仕止めたのは間《はざま》十次郎と武林唯七の働きであったと、義士の一人吉田忠左衛門が後に語っているが、「ただし、いずれの働きも同前に候。上野介殿首に紛れコレ無しと申すべき為ばかりに、両人の名を書出し候」

と言っているから、二十八ヵ所の疵は何人かが一太刀ずつ斬りつけたのかも知れぬ。そうなら、ちかごろの愚連隊のリンチぶりと違わぬではないか、と筆者などは思う。武士の情けを知らぬそういう事を義士がするとは考えられない。とすれば、上野介は及ばぬ迄《まで》も抗《あらが》ったに違いないのである。炭小屋にかくれるような臆病者とは、俗説にしてもひどすぎる。

あの松の廊下で、内匠頭に斬りつけられながら一手の応戦もせず、うしろを見せて逃げ出したのを武士にあるまじき臆病至極の振舞いと一般に言われているが、時は勅使饗応《きょうおう》の席である。その饗応使たる職分にある内匠頭の乱業は、大不敬の罪をおかしている。日本の国柄として、武士の意趣にもせよ、勅使を迎える公けの席で私怨《しえん》の行為に出る内匠頭に、尋常の相手をするのが立派な武士とは断じて言えまい。まして上野介は高家筆頭の位置にあった。「気違いに刃物」の内匠頭から難をのがれるのが卑《ひ》怯《きょう》とは一概に言えぬ筈《はず》である。討入りの夜、二十八カ所の疵をのこしたのは必死になって逃げまわった——即ちそれ程臆病者だったというなら、そんな臆病者（しかも年寄りだ）を二十八カ所目にようやく仕止める義士たちの腕前は余っ程にぶかったわけになろう。これは考えられない。とすれば抗戦のために蒙った疵である。上野介は、傲慢《ごうまん》な老人だったかも知れぬが、ぜったい臆病者ではなかった。

大石や堀部安兵衛なら、それぐらいのことは見込んでいたろう。あらかじめ、出来るだけの手は打った上での討入りである。裏門のみ破って表門を毀《こわ》さなかったのは、当時、武家屋敷の火事というものは門さえ焼けなければ表向き、公儀に対して火事に遭ったと言わずに済んだ。それゆえ若し自家に火事がおこっても内部で消しとめれば面倒にならなかったので、大方は門を開けずに消したものである。中が混雑していても表門の開かぬ限りは、互いに手伝いは遠慮するのが慣例である。それを大石は利用した。

又、「誰にても上野介殿を討候わば合図のチャルメラを吹くべし、右の笛を聞き候わば皆々玄関へ寄り集まるべし」とも内蔵助は定めている。当時チャルメラは南蛮渡米のラッパで、他の上杉方の呼子笛と紛れない為の用心からである。

「両国橋より本所御屋敷近辺、居借り浪人数多《あまた》コレ有る分、みな浅野殿家来どもに候由《よし》、かねがね商人等に身をやつし、油売りなどになり候て、本所御屋敷へ行き、殊《こと》のほか安売りいたし候ゆえ、いずれも茶の煙草《たばこ》のと入れたて、心安きふりに致し候よし、数度出入りいたし、とくと御屋敷の様子も見届置き候よし沙汰《さた》申し候」とも『米沢塩井家覚書』にある。上野介が本当に臆病者なら、とっくに逃げ出している筈だ。

赤穂で血盟当初は約三百人が大石のもとで進退を一にすることを誓った。とかくするうちそれが百十四人ほどに減り、討入りの折はわずかに四十六士である。

脱盟していった者が必ずしも卑怯者《ひきようもの》とは言いきれないだろうし、立場が代っておれば四十六士の中にも脱落しかねない何人かはあったろう。そういう軽佻《けいちよう》をきわめた惰弱な元禄風俗に生きる武士たちに、忠臣義士の亀鑑《きかん》として三百年後もなお名を挙げられる運命を創造していったのは、何といっても内蔵助の偉さだった。更にいえば、これは一そう大事なことだが、四十六士の言動を必要以上に美化し、称揚し、伝承して来た意味で、本当に一番偉かったのは切腹の仕様も知らぬ面々を忠臣に仕立てて、讃《さん》美《び》を惜しまず育《はぐ》くみつづけて来た日本人一般の気質そのものだったと言える。その意味では『仮名手本忠臣蔵』に虚構された武士道の美を何人《なんぴと》もそこない得ないし、『忠臣蔵』を超える大衆の文芸は将来もあらわれることはないだろう。

しかし、四十六士を美化する余り、上野介を殊更臆病者にして自慰するような安易さから、もう吾々《われわれ》は卒業してもいい筈だと思うから、煩雑《はんざつ》を承知で史料による事実を書いているのである。臆病で卑怯者を討つのと、敵ながら堂々たる相手を主君の仇として狙《ねら》わねばならぬ立場におかれた、浪士たちの艱難《かんなん》と、どちらが苦衷に於て深いかは瞭《あき》らかだろう。上野介には或《あ》る意味で非のうちようがないからこそ、大石はくるしんだ。この苦しみは、臆病者を討つ立場に数倍する。若《も》し情況が変っていて、浅野内匠頭が吉良の浪士に狙われていたとすれば、身を挺《てい》して赤穂藩士は主君を護《まも》った筈である。護って討死しても誰ひとり忠臣義士とは言うまい。彼も武士われも武士なら、吉良方にも立場の相違こそあれ、赤穂義士に匹敵する何人かはいた筈だ。

そういう吉良方に忠臣となる人物を、死力を尽くして仆《たお》すためには口先だけの悲憤慷慨《こうがい》で事は成らない。大石のめぐらす策略に、慎重の上にも慎重さのあったのはこの為だった。多分、四十六士が揃《そろ》って堀部安兵衛のような武人なら事はもう少し早く運んでいたのである。赤穂方に大石がある如く吉良には上杉の千坂兵部がいる。当時兵部の禄高《ろくだか》一万石である。万石に列する家老に何人の忠臣がいるか？　大石は先ずそれを指折って数えたろう。かぞえつつ時に暗澹《あんたん》の想《おも》いに昏《く》れて酒盃《しゅはい》をかたむけたのではなかったか。

大石は酒好きであった。

本望成就《じょうじゅ》の後のことだが、大石内蔵助ら十七士は細川家に身柄を預けられた。その時の、十七士に対する細川家の扱いは万事非常に行届いたもので、風呂《ふろ》は毎日たてて一人毎《ごと》に湯をかえる。厠《かわや》へ立つといえば、坊主《ぼうず》衆が跡について来て手水《ちょうず》の水をかけてくれる。三度の食事には焼物付の料理が出て、内蔵助が「自分たちは御存じの通り久しい浪人暮しで、かるい食事になれているから結構な料理を毎々頂戴《ちょうだい》すると胸がつかえる。この間の黒飯鰯《いわし》が恋しい、どうぞ料理の方は今後かるくして頂き度《た》い」と申出たが、料理人の方で、義士にうまい物を食ってもらい度いと腕前をふるうので、一向あっさりした料理は出なかった。

そんな優待の中に切腹の日までを一同和《なご》やかにすごしたのだが、面々はいずれもたばこが好きで、細川家の接待役の姿を見ると、集まって来て先ず煙草を所望した。次が酒である。

接待役堀内伝右衛門の書いたものによると、面々の中でもとりわけ内蔵助は酒を欠かさなかったという。

或る時、他の接待役がごまめの煮しめたのを茶うけにと差出すと、さてさて忝《かたじけな》し、よき肴《さかな》出来申し候と口々に言って、各自が紙にすそ分けをして悦《よろこ》んだ。朝晩の食膳《しょくぜん》以外に内密で皆は夜酒をのんでいたが、その肴に屈竟《くっきょう》の品と喜んだのである。彼等は夜酒を「薬酒」と呼び、時たま夜酒の出されぬことがあると、

「大石どの、今宵《こよい》はくすりが出ませんが」

と催促したそうだ。すると大石は喜悦して当番の衆に、

「いささか腹痛を申出るものがござる。なにとぞ薬を」

と言う。たいがいは内蔵助自身が言い出すことなので、当番衆も承知して酒を出した。先ず一番に独酌《どくしゃく》するのは内蔵助であったという。

——どんなに寛《くつろ》いで、旨《うま》い酒をこの時の大石は飲んだろうか。討入り前のくさぐさの謀《はか》り事や悩みや暗澹たるおもいに昏《く》れて手にした酒を知らねば、喜悦して「くすりを」と当番衆にたのむ大石の人間味は分るまい。

願望の成ったよろこびは、その悲願に賭《か》けられていた苦しみのぼう大であるほど、

深く大きいのは明らかである。

そして、最も苦慮していたのが山科閑居の頃だった。最初の東下《あずまくだ》りから内蔵助が山科に帰り着いたのは十二月五日。討入りの丁度一年前である。京都へ帰ると、その十五日に嫡男《ちやくなん》松之丞を元服させて、主税良金《ちからよしかね》と名乗らせた。義挙に悴《せがれ》を一味させる覚悟を此《こ》の時はじめて内蔵助は決意したのかも知れない。それから七八日を経て、二十三日、江戸にある原惣右衛門と、大高源吾から吉良上野介隠居の書状が届く。上杉弾正大弼綱憲の子の義周《よしちか》が吉良家の跡目をついだという報《し》らせだ。

義周は上野介の孫に当るが、上杉家の悴が吉良の養子になったからには当然、上杉家の手で上野介の身は護《まも》られるに違いない――

元禄十五年があけると、二月十五日、山科の大石宅で上方《かみがた》にある一党の会合が催された。来る三月は亡君の一周忌だから、三月に何としても決行しようというのが激越派の主張だったらしい。

しかし、一周忌頃は吉良方でも当然警戒していると見なければならぬ、御辺らの思《し》惟《い》するぐらいのところは、敵方でも読み取る人物の二三は必ずいるであろう、急いでは却《かえ》って事を仕損ずる、今暫《しば》らく待って、大学どのに恩命降下が出なければ、その時こそは諸子とともに敵家へ切込み必ず年来の本意を達するであろう、まず、それ迄は此の内蔵助に進退を委《まか》せてもらい度い、と大石は言葉を尽くして一同を慰撫《いぶ》した。いわゆる山科大評定である。内蔵助には徳望《とくぼう》があり、信頼もあるので、一党の長老吉田忠左衛門が調停して、しからば神文の誓いをいたそうと、誓約に署名することとなった。この時の人数は、江戸の堀部安兵衛らは除外してほぼ五十名である。さて山科会議が了《おわ》ると、内蔵助は篠崎《しのざき》太郎兵衛と変名した吉田忠左衛門と、森清助と変名した近松勘六に、寺坂吉右衛門を供に加えさせ、江戸の同志との連絡と鎮撫のため京都を発足させた。これが二月二十一日であった。

三月中旬になると、内蔵助は赤穂におもむき、国許《くにもと》近在に散居している遺臣をあつめて、華嶽寺《げがくじ》において亡君一周忌の法会《ほうえ》をいとなんでいる。そうして山科へ戻ると、吉田忠左衛門に尋《つい》で神崎与五郎を吉良家偵察のため江戸につかわした。詫《わ》び証文で有名なこれが神崎の東下りになる。与五郎は四月二日江戸へ到着、麻布飯倉《いいくら》の上杉家中屋敷に近い谷町に借宅して、あずまや善兵衛と偽名して扇子《せんす》の地紙売りになって敵状探索にあたった。別に前原伊助が、本所の吉良家の裏門前に借店して米屋五兵衛と称して穀物をあきない、たえず吉良の様子をうかがっていた。後には神崎もこの店に同居して共同で事にあたった。

赤垣源蔵は、「徳利の別れ」の講談で有名だが、神崎の詫び証文と同様あくまで作り話で、源蔵は脇坂淡路守の家臣だった兄のもとへ白鳥という貧乏徳利を提げて雪の日にそれとなく別れを告げに行ったというのだが、実際には源蔵には兄はいない。暇《いとま》乞《ご》いに行ったのは妹婿《いもうとむこ》の田村縫右衛門という人の家で、討入りの二日前である。「その妹ともしみじみ盃《さかずき》をいたし、いつもよりむつまじく物語いたし罷《まか》り戻り、夫《それ》より三日目の夜、本望遂げたり」というから、けっして無惨《むざん》な扱いを受けたのではなかったし、会いに行ったのは妹だったことも分る。源蔵のこの時の衣類は非常に結構なもので、討入りのことを妹には告げなかったが身なりのきちんとしていたこと、そもそも源蔵は好酒家では無かったこと等から想像すると、講談で喧伝《けんでん》されているのとは大分人物も違う。むしろ妹おもいの、おだやかな優しい人だったのではなかろうか。

ここでも一つ言っておくと、『忠臣蔵』の「おかる」らしい女性は、たしかに内蔵助の身辺にいた。二条寺町の二文字屋次郎兵衛の娘で、妻子を離別したあとの内蔵助に側女《そばめ》として仕えている。大石はいよいよ事を決行するため江戸へ下るときに、彼女は妊娠していたらしくて、

十一月二十五日付けで大徳寺の海首座《かいすそ》あてに出したらしい手紙を見ると、

「玄渓《げんけい》（寺井玄渓、浅野家典医で一党の同志的後援者）へ頼み候《そうろう》一条出産のことも、出生申し候わば少々金銀つかわし、いず方へなりとも、玄渓つかわし申すべく、人となりて見苦しくあさましき態《たい》になり候わば、その節よきように御心をつけられ頼み申し候。大西へもその段申しつかわし候。もし、いかなる様子にて、野郎（男娼《だんしょう》）白人《はくじん》（下級娼婦）等になり行き候はぜひなき事にて候。この節、いらざる心づかいには候えども、少しは心にかかり、志の邪魔になり候ゆえ、申しいれ候ことに御座候」

と書かれている。生れる子の行末を案じて、哀々《あいあい》の情見るべきものありと海音寺氏は言う。さて七月にはいって、おどろくべき報《し》らせが吉田忠左衛門から山科に届いた。

浅野大学は七月十八日、長の閉門を免《ゆる》されて知行召上げとなり、本家の芸州広島藩主松平安芸守《あきのかみ》の許へ配流《はいる》の身となった、万事是に至りて休《ま》す――という急報である。

大石があれほど、堀部安兵衛らの意見をしりぞけ、先ずお家再興をと念じた悲願は爰《ここ》に潰《つい》えた。山雨来らんとして風楼に満つ――今こそ事を決すべき時機は来た、と人々は思ったろう、七月二十九日、上方にある同志は急遽《きゆうきよ》、円山重阿弥《じゆうあみ》の寮に会して、討入りか否《いな》か、内蔵助最後の決心をただしたのである。

この時集合の面々は大石父子以下十九人。原惣右衛門、小野寺十内、大高源吾、武

林唯七、不破数右衛門らと偕《とも》に江戸から来た堀部安兵衛も加わっている。安兵衛は、

「上方の長談義にはもう飽き〳〵仕り候、余命いくばくもなき此の老骨、この儘《まま》にて冥府《めいふ》へ参ったらば亡君に合わせ申すべき顔とてもござらず。老後の思い出に、拙者一人にても吉良邸へ討入り屍《しかばね》をさらす所存ござれば云々《うんぬん》」

と、しびれをきらす弥兵衛老にせき立てられ、内蔵助督促のため京へ上って来たのである。そこへ大学様左遷の報らせである。

円山評定の席で劈頭《へきとう》第一に口を切ったのは六十二歳の老人間瀬久太夫であった。ついで六十歳の小野寺十内が言葉を添え、ともに弥兵衛老の焦慮は人ごとならず、一時も早くこの上は亡君の怨《うらみ》を報じ度いと言った。

内蔵助はこれに応《こた》えて、今までは木挽町《こびきちょう》様（大学）御取立のため微力をつくしたが、これひとえに臣たる者の道をつくさんためであった。しかし公儀の御沙汰《ごさた》といい、大学様の御なりゆきといい、もはや主家再興はのぞめぬ、この上は一同吉良邸に討入って上野介どのの首級をあげるのみである、と言い、

「おそくとも十月上旬には此の内蔵助かならず江戸へ罷《まか》り下る。されば各々方も各自下向あってそれがしの出府を待って頂き度い。——但《ただ》し、それ迄《まで》はぬけがけの手出しは断じて致されぬよう固く約して頂き度い」

と言った。一同は承知した。

評定がおわると、一座は急に感慨をおぼえ一瞬粛然となったが、やがて言いしれぬ歓《よろこ》びが春の水にほとびるように一同の頰に笑みをうかべさせ、これが京に於《お》ける最後かも知れぬ、面々うち揃っての祝宴がはじまった。もう、手のまい足のふむところを知らぬ有様である。まず小野寺老人が、

つわものの交《まじわ》り
たのみあるなかの
酒宴かな

と小謡《こうたい》をうたい出ると、原惣右衛門はさっと扇子をひらいて立ちあがり、

命をしかの隠れ里
命をしかの隠れ里
時しも頃は建久四年、さつき半ばの富士の雪
さみだれ雲に降りまぜて、鹿《か》の子斑《こまだら》や群山《むらやま》の……

「小《こ》袖曾我《そでそが》」の一曲をみずからうたい、みずから舞いおさめた。その翌日、すなわち七月三十日、まず堀部安兵衛が京を出発して江戸へ帰った。当時安兵衛は本所林町五

丁目の紀伊国屋文左衛門の店《たな》を借り、剣道指南の看板をかかげていたが、このことは後に詳しく述べる。

ついで他の面々も各々結束して江戸表へ志し、大石の東下《あずまくだ》りの時には義士の江戸に集まるものすべて五十余人あった。

このうちで、安兵衛と同じく本所三ッ目緑町横丁の紀伊国屋店に道場をひらいていた杉野十平次。杉野は中小姓で七両三人扶《ぶ》持《ち》の微禄者だったが、親戚《しんせき》中に富裕の人が多く、従って杉野も資産があり、江戸ではその資産を傾けて同志の貧窮を救ったという。武林唯七なども杉野方に同宿した一人である。変名は、杉野は杉原九一右衛門と名乗り、武林唯七は渡辺七郎右衛門といった。

堀部弥兵衛の方は両国矢の倉の米沢町に妻子を同居させていた。

小野寺十内は医者と称して石町三丁目南側の小山屋弥兵衛裏店《うらだな》の借家にいる。後にここは大石内蔵助父子の投宿した所である。十内は前にも書いたように仙北十庵《じゅうあん》と変名し、六十歳。家には老母あり、愛妻丹女もあったが、母妻を捨てて節に奔《はし》ったのである。

大高源吾は当時三十一歳の壮年で、内蔵助の下向に前後して十月十七日江戸へ入り、南八丁堀湊《みなと》町の宇野屋十右衛門なる者の裏店に移って大坂の呉服商新兵衛と変名し、同志の間を斡旋《あっせん》した。忙中に閑ありというか、源吾は討入り前の秋に俳書『二つの竹』を撰《せん》している。

潮田又之丞《うしおだまたのじよう》は源吾とともに内蔵助の股肱《ここう》となって大義のために尽瘁《じんすい》したが、彼は馬回りと絵図奉行を兼ね、二百石を食《は》んでいたというから同志の中では身分のある方である。原田斧右衛門《おのえもん》と変名し、内蔵助に従って東下りした。

その他、間瀬久太夫は医者という触れ込みで新麹町《しんこうじまち》四丁目に一家を構え、不破数右衛門は新麹町六丁目に原惣右衛門らと同居する。安兵衛の道場には、横川勘平が同居していた。

九月に入ると、内蔵助は主税を伴って石清水《いわしみず》の男山八幡宮に参拝し、悴《せがれ》の武運を祈願して一たん京都へ帰ったが、同十九日、主税は先ず、明年三月が亡君の三回忌だからその法会《ほうえ》準備のためと称して間瀬久太夫、小野寺幸右衛門（大高源吾の弟で十内老人の養子）、大石瀬左衛門らに足軽、若党を引連れて京洛《きようらく》の地を離れ、垣見左内と変名して短亭長駅五十三次を踏破し、九月二十四日江戸日本橋石町《こくちよう》の小山屋弥兵衛方に投宿した。

この報に接して江戸の同志はいよいよ総帥《そうすい》内蔵助の下向も間近かであろうと意気衝

天の勢いがあった。

それから約十日後の十月七日、機既に熟せりと見て内蔵助は、梅林庵から移ってい
た京都三条の旅舎を発足して、江戸下向の途についた。日野家の用人垣見五郎兵衛が
その変名である。随伴したのは潮田又之丞、近松勘六、早水藤左衛門、菅谷半之丞、
三村次郎左衛門及び若党、中間三人、上下十人、匹馬粛々として東海道を東《あずま》へ下った
が、その京都出発間際《まぎわ》、内蔵助が親戚の近衛家の諸大夫進藤筑後守《ちくごのかみ》に百両の借金を申
込んだところ、大石の志を知らぬ進藤家では、

「また、だだら遊びに使い果すのであろう」

と、ていよく断ったところ、内蔵助は、さらば江戸に下り候間、おあずけ致しおく、
と長持一棹《さお》をあずけて江戸へ下った。討入りの後、遺書が来て長持をあけてくれとあ
ったので、ひらいて見たらそれぞれ名札をつけて形見分けをしてあったそうである。

さて京都を出て十六日目。藤沢へ出迎えた吉田忠左衛門を先導として鎌倉雪ノ下の旅
宿に入り、滞在二日ののち、鎌倉を出て川崎在の平間村の富森助右衛門の隠宅へ入っ
た。この隠宅は軽部五兵衛という、浅野家へ秣《まぐさ》を納入していた百姓の所有地に建てた
ものだが、内蔵助の下向に先立って大石の家来瀬尾孫右衛門が借りておいたという。
此処《ここ》に滞在すること十日余り、江戸の模様を偵察して同志一党へ訓令を発した。内

蔵助自身が直接、そして最初に発した訓令である。

「一、拙者宿所は平間村にあい定め申し候間、此処より同志の衆中へ、自身諸事申し談ずべき事」

を第一条とする十カ条の訓令である。相じるし相ことば、討入りの武器、服装などの指示を与えたものだった。ついで十一月五日になると、案外、赤穂浪人に対する警戒の厳ならざるを知って、悴垣見左内《せがれ》(主税)の伯父五郎兵衛と称し、訴訟事件のため後見として入府したと見せかけて小山屋弥兵衛の控え家に逗留《とうりゆう》したが、この小山屋は当時繁昌《はんじよう》した宿屋で、長崎出島のオランダ甲比丹《カピタン》の来朝の際などは宿舎に定められていた。

大石は他を憚《はばか》って、領袖《りようしゆう》株の小人数の者にしか出入りをゆるさず、平間村とこの石町の小山屋の間を往復してその宿所を晦《くら》まし、上杉の刺客にそなえて常に護衛を厳にしていたが、その小山屋に、混血娘のあのヘレンがいたのである。――

再　会

ここで丹下典膳の方に話を戻さねばならない……

飄然《ひょうぜん》と白竿屋長兵衛の住居を出てから、杳《よう》として行方を断って隻腕《せきわん》の剣客典膳の消息を知る者は誰もなかった。元禄十三年十月、それまで、ひたすら主人の帰りを待ちわび長兵衛の家で世話になっていた老僕嘉次平が、或《あ》る朝、それが習慣の丹下家の菩提寺《だいじ》へ墓の掃除に行こうと家を出かかったところで、急にフラフラと昏倒《こんとう》した。

「嘉、嘉次平さん……どうなすったんです！」

玄関へ送り出していたお三が愕《おどろ》いて駆け寄り、

「だれか！……兄《あに》さん、だ、誰か……」

屋内へ悲鳴に似た声をあげる。あたりにいた若い衆がびっくりして、お三の前後から、

「爺《じい》さん、気を、気をしっかり持っておくんなせい」

ゆさぶるようにして励ましたが、

「お殿様が、おかえりなされますぞ、……お、お、おとのさまが……」

とろん、と生気のない眼《まなこ》でうつろに虚空《こくう》を睨《にら》みあげると、それきり、意識不明になった。

すぐ奥座敷へ担《かつ》ぎ込まれる。医者よ薬よと大騒ぎになる。あらゆる手段をつくしても何とか生き返らせようと、長兵衛の尽くした努力は、当時近所の美談になったほどであった。

「嘉次平どんをこの儘《まま》亡《な》くならしちゃあ先生に申訳がねえ。あんなに待っていた嘉次平どんだ、この儘じゃあ死んでも死にきれめえ……」

そう言って、何としてでも助かる方法はないものかと医者に縋《すが》るようにして頼んだ。

この頃の白竿組は、住居の方も拡張し、江戸市中で白竿組といえば知らぬ者のない程、人入れ稼業《かぎよう》の元締にのし上っていた。長兵衛はそれをあくまで脇坂淡路守屋敷の普請《ふしん》を請負えたおかげであると言い、つまりは典膳がいてくれたからだったと、機会ある毎《ごと》に身内や同業者に洩《も》らしていたそうである。そのため一そう長兵衛の人気はあがったというが、そんな義理にあつい男だから、老僕嘉次平の世話をすること恰《あたか》も実父に仕える如《ごと》くだったという。もうこの元禄十三年には、父親伝右衛門夫婦は亡くなっていたので、組の小頭に起用された辰吉、巳之吉など少数の乾分《こぶん》を除いては、典膳を知る者もなかった。それでも白竿組は、丹下先生のおかげで今日《こんにち》にまでなれたのだと口癖に言う長兵衛だった。若い衆が、いたわられて却《かえ》って淋《さび》しそうな老僕を自分のじいさまか何ぞのように親身に世話をやいたのも無理でない。それだけ猶更《なおさら》、嘉次平の昏倒には一同、心を痛めた。

が、介抱の甲斐《かい》もなくその月のすえ、とうとう嘉次平は嗄《かす》れ声で最後に典膳の名を呼んで、みまかった。どんなに行方知れぬ主人の身を按《あん》じつづけた老人かを知っているだけに身内一同、目頭を熱くしたが、中で、最も激しく悲しみの声をあげたのはお三であった。

お三はもう二十六の大年増《おおどしま》になってしまった。いつ戻って来るか分らぬ人、何処《どこ》へ行ったかも知れぬ殿御を私《ひそか》に待ちつづけた六年の歳月である。

長兵衛はそんな妹の本心を知ってか知らずか、嫁に遣《や》ろうとは言わなかったし、白竿組がのし上って来るにつれて降るように持ちかけられる縁談にも、

「あれは男まさりの気の烈《はげ》しい女でござんす、とてもの事にゃ貰《もら》って頂いて二年たあ続きますめえ。お互い、あとで苦情のひとつも聞き合わなきゃあならねえ話――まま、何もなかったことにしてこの話は、お納めなすっておくんなせえ」

丁寧に頭をさげ、ひきさがってもらうのが常だった。縁談のあったことはおくびにも妹の前で出さない。

長兵衛の偉かったのは、女遊びをしなかったことである。稼業が稼業だけに、岡場所や廓《くるわ》に誘いをうけるのは始終のことだが、招かれては往《い》ってもけっして痴態を演ずるようなことはしなかった。男っ振りのいい、気性のさっぱりした人入れ稼業の元締を世間の女の方で放っておかない。なかには酒にまかせて執拗《しつよう》に搔《か》き口説く情の深い女もいる。ことごとく適当にあしらって長兵衛は戻る。

いちど、女房《にょうぼう》を迎えたことはあった。三年目に時疫に罹《かか》って急逝《きゅうせい》した。以来、男やもめで通している。終《つい》には世間の方で、あれは兄妹《きょうだい》は兄妹でも兄妹姦《かん》の方だと影口するものもいたが、笑って聞き流した。

お三とて所詮《しょせん》は生身《なまみ》の女である、兄が艶事《つやごと》に耽《ふけ》るのを身近かに見てはやっぱり心おだやかではあるまい、くるしかろうとは考えて身をつつしんだのである。そういう妹への思い遣りといたわり方を知る長兵衛は男であった。

お三の方で、時には後妻を迎えたら、とすすめる。

「おめえのようないい女は世の中にゃ居ねえや。口惜しいがな」

笑って相手にしなかった。口にこそ出さないが、いつかは典膳は嘉次平の消息を知るためにも戻って来るに違いない、その時まだ典膳が独り身なら、その時こそ、待ちつづけた妹のいじらしさを愬《うった》えて、側女《そばめ》にでも貰ってもらいたい……そんなのぞみも長兵衛にはあったのかも知れない。

いずれにしろ、いつ帰ってくれるか知れぬ人を待つ、そうした二人の心に或る支えと希望を持たせてくれていたのが嘉次平の存在であった。女のお三にすれば、嘉次平の身の世話をしているだけで何か慰められるものがあったろう。或る意味では自分なぞより、もっと切な思いでその人の帰りを待ち侘《わ》びる老人だったから。

その老僕が、みまかったのである。白布を蔽《おお》われた仏のかたわらで、声をあげて慟《どう》哭《こく》したのも無理でなかった。

「泣くんじゃねえ。……泣くんじゃねえってよお」

言う長兵衛のうなだれる頰にもハラハラ雫《しずく》があふれた。

その晩は通夜《つや》。

翌朝、生前の嘉次平がそれを日課のようにしていた丹下家の菩提寺――青山三分坂の法安寺の墓地のかたわらに、あの白狐《びゃっこ》の碑と並べて丁寧に葬《ほうむ》った。このとむらいは立派なものだったそうで、長兵衛の父伝右衛門が亡くなった時よりも万事心をくばった葬式だったという。併《あわ》せて中陰の四十九日には、ほとけが生前口癖に言っていた丹下家先代の法要を典膳の名代として長兵衛はいとなんだ。

さて嘉次平の没後、お三は気が抜けたようなうつろな眸差《まなざし》でぼんやり庭を眺めたり、思い出しては嘉次平に代って丹下家の墓へ香華を供えにいったりした。嘉次平の碑の前で長い間合掌しているのを寺僧がいぶかしんで、

「ほとけは祖父にあたられるのかな？」

言葉をかけることもあったという。

そのうち元禄十三年が暮れ、十四年三月、殿中松の廊下でのあの刃傷《にんじよう》である。江戸中はその話でもちきりだったがお三には何の関心もなかった。

ついで赤穂家の断絶、城明渡し、家中の離散から浅野大学閉門、吉良上野介の隠居と、武士社会は遽《あわただ》しい動きを見せていたがお三にとって、上野の桜が一夜に散ったほどにも心にかかることでなかった。そうして更に夏がすぎ、秋風の立ちそめた八月中旬。

同業者の前川忠太夫なる人物がひょっこり白竿屋に長兵衛を訪ねて来た。

もう団扇《うちわ》の要らぬ季節になっているが、あらたまった白扇を持ち、羽織袴《はおりはかま》で供の者に手土産をさげさせ、何か屈託した様子だった。

長兵衛は仕事があって他出していたが、報《し》らせを聞き、急いで帰って来ると、

「こりゃあわざわざお出掛けを頂きやして恐縮にござんす。御用がおありなら、そう仰有《おつしや》って頂きゃあわっちの方で出向いてめえりやしたものを」

奥座敷へ招じて先《ま》ず挨拶《あいさつ》のあと、長兵衛は笑ったが、

「いやいや、今じゃ元締におなりなすったお前さんに、そう丁寧に挨拶されては痛み入ります。――実はな、無理を承知の頼みがあって来たのじゃが……」

忠太夫はもう頭髪に白いものの混り出す年である、縁側から吹入る風がその小鬢《こびん》をほつれさせている。

「何でござんしょう?」

前川忠太夫は、浅野家のまだ盛んな頃、出入りをゆるされていた三田松本町に住む日傭頭《ひようがしら》で、長兵衛にすれば大先輩である。

「実はな、お前さんも聞いておろうが、もと赤穂の御家老で大石内蔵助さまがな」

長兵衛が怪訝《けげん》そうに目をあげると、

「お前さんも噂《うわさ》に聞いておろうがの、去年、その大石様が泉岳寺へ亡き内匠頭さまの墓参のため江戸へ来られた折に、お泊りなされておったのがこの忠太夫の住居でな」

「それならわっちも伺っておりやした。浅野様であのような御不幸がおありなすったのは兎《と》も角《かく》として、よくまあ昔の出入りをお忘れなさらず、お世話をなすったもんだ、

人間は、ああでなくっちゃならねえと若え者にも話したことでござんした」

「いや、そう言われると穴があったらはいりたい……なにさまナ、お国家老であらせられた大石様ほどのお人じゃ、その気におなりなすったら何処へでも、お宿ぐらい御不自由はなさるまいに。人夫頭ごときこの忠太夫を頼ってお越し下さったというのが、滅法うれしくてな、出来る限りはと、ま、お世話をさせて頂いたのじゃが……」

「――――」

「実は、そういう行き掛りがあるので、今度ばかりはハタと困《こう》じ果てての」

日傭頭忠太夫が語るのによると、このたび本所松坂町へ屋敷替えで移った吉良上野介の新邸に、あたらしく二棟《むね》ばかり隠居所の増築をすることになった。吉良家へ出入りの頭梁《とうりよう》から人夫の方は忠太夫に差出してもらい度《た》いと話があったが、何さま浅野と吉良の関係がある。痛くもない腹のひとつもさぐられるのは迷惑だし、ついては、何かといそがしい最中《さなか》であろうが、普請場の人足を白竿組で引受けてもらえまいかというのである。

「何の御相談かと思ったら、そんなことでござんすかい。ほかならぬ前川のおやじさんのお申出――よござんす、ほかの仕事は打遣っても必ずお引受けいたしやしょう」

「承知してくれるか、ありがたい」

内心ほっとしたらしく、はじめて出されていた茶に手をつけると、旨《うま》そうに一口のんで、

「ところでな、もう一つ――」

湯呑《ゆのみ》を膝《ひざ》に戻した。

「その普請場の模様は一切、他言をつつしんでもらいたい、という吉良様のきついお達しでな」

「？」

「いずれ、頭梁とも詳しい打合わせはしてもらわねばならんが、この点、わたしの口からもとくに頼んでおきたい」

「喋《しゃべ》るなとおっしゃりゃあ、たとえどんなことがあっても喋るわっちじゃござんせんが、いってえ、何故《なぜ》ですね？」

「…………」

「お考えちげえをなすっちゃ困ります。浅野の、吉良様のと申したって、わっち共にゃ特別御《ご》贔屓《ひいき》を蒙《こうむ》ったわけじゃなし、どちら様へもお味方はいたしませんが、おやじさんは、申してみりゃあ浅野家にお出入りなすったお人だ。どうしてそれが、わざわざ吉良様の御普請のために……」

前川の忠太夫が帰ってゆくと長兵衛は客の去ったあとに、暫《しば》らく腕組をして動かなかった。

お三が後片付けにはいって来て、

「あにさん、御用は何だったえ？」

声をかけると、

「どうも、わけが分らねえ……」

ひとりごとにつぶやいたが、

「辰吉を呼んでくれねえか」

辰吉が白竿組の印半纏《しるしばんてん》をまとってはいって来ると長兵衛は声をひそめて何事か相談した。お三は心得て座をはずしたが、廊下へ出た時ふと耳に入ったのが典膳の名前である。

どきっとして、お盆の湯呑を思わず落しそうになった。

「元締、そ、そりゃ本当でござんすかい？」

辰吉の声もうわずっている。

「しっ。声が高え。……まだ確《しか》としたことは分らねえ、わっちの見込んだ迄《まで》の話——

お三に聞かしちゃあ、毒だ。いいな、はっきりするまでは何も知らさずにおいてくんねえ」

「へ、へい……」

あとは聞こえない。早鐘をうつ動悸《どうき》をしずめかね、お三は柱に暫《しば》らくじっと凭《もた》れていた。

それから間もなく辰吉は何処かへ駆け出していった。兄の長兵衛は、客座敷を何気なく出て来るとこれ又むつかしい顔で仕事場へ出向いて行く。

前川忠太夫が依頼した吉良邸の普請というのは隠し部屋のことである。忠太夫は、彼自身が言ったように以前の浅野家に出入りの日傭頭で、大石内蔵助が最初の東下《あずまくだ》りの折にはその縁故で前川宅に投宿した。

そんな間柄の男が、わざわざ吉良邸の隠し部屋の普請に人夫をと頼まれるのも奇怪なら、忠太夫が、それを白竿組に又頼《まただの》みするというのも不審である。

心から浅野家の否運《ひうん》をなげき、大石一味に同情を寄せるほどの忠太夫であれば、義士討入りの万一の用意に、邸内隠れ家の様子を知る屈竟《くっきょう》のこの機会をのがす筈《はず》はないだろう。又吉良方で、事もあろうに浅野家に出入りの日傭頭を頼むというのはわけが分らない。

それで長兵衛は問いただしたら、意外なことを忠太夫は答えたのである。

「実はわしも不思議に思うてな、頭梁に先ず念をおしてみた、そうしたら、どうも人夫は前川組の者共でと、上杉さまからお達しがあったらしい」

「上杉？……」

「大石様をお世話したことも承知の上で、と申されたそうな」

「わたしにもよくは分らんが、何でも上杉様の御家老で千坂兵部さまと申されるお方が、特にこの忠太夫に人夫を申しつけるようにと仰《おお》せつけられたそうでの」

「それじゃおやじさんは、こんなことを訊《き》くなあ出過ぎたようでござんすが、誰ぞ、その話を浅野の御家来衆に相談なすったんでござんしょうね？」

「した。お前さんだから打明けるが、さるおかたにな。そうしたら、この仕事はお引受け申さず他へ頼んだらと、ま、そういう御注意をうけたので、こうして忙しい元締とは承知のうえ出掛けて来たようなわけでな」

「すると、わっちに、代って仕事を引受けるよう頼めとも、その誰かさんが申されたのでござんすかい？」

「……そうだ、と言わなきゃあならないのかね、元締？」

くるしそうな忠太夫の目許《めもと》だ。

「いえ」

あわてて長兵衛は手を振った。

「そうでござんすかい。いや、分りやした。もう何もお尋ねはいたしますめえ。この話は黙ってお引受けいたしましょう」

と言った。

「聞いて下さるか」

「承知いたしやした」

忠太夫はほっと、あらためて安堵《あんど》の色をみせ、間もなく世間話をして帰っていったが、座を起《た》つ時に、何もきかず呑み込んでくれた長兵衛に済まぬと思ったのだろう。

「これは世間の噂と思って聞き流しておくれ、元締、お前さんには浅野様と上杉の御家老の両方から、目が光っているそうな」

「え？」

「いや、お前さん自身にではない、もう大分まえの話になるが、片腕のない剣術の先生をお世話申したことがあったな、その先生の様子よ」

「じゃあおやじさん、せ、せんせいは江戸へお戻りなすったんですかい？」

長兵衛の声がうわずったのも無理ではあるまい。

「よくは知らん……何でもお見かけした人があるそうでな」

「ど、ど、何処でござんした?」

「小石川中天神下の道場とか――ま、ま、そのはなしはいずれ又のことに……ともかく、頼みますぞ」

匆々《そうそう》に忠太夫は辞退していった。長兵衛は早速辰吉を呼んで、とりあえず天神下へ様子を見に走らせたわけである。よほど確実なことが分ったうえでないと、お三の耳に入れまいとしたのも実の兄の気持では当然の思い遣りだったろう。江戸の地をふむからには、お三はともかく、老僕の様子を見に先ず一番にこの家へ戻って来るお人とばかり信じていた、その確信の裏切られた侘びしさも長兵衛にはあったかも知れない。

辰吉の戻りが待ちきれなくて、だから家も出たのである。

ひと足ちがいに、辰吉が戻って来た。

「元締はお出かけになったんでござんすかい?」

ぼんやり、老僕嘉次平の位牌《いはい》の前へ坐《すわ》り込んでいる、お三のうしろから辰吉が声をかけた。

物を思っていたのでお三がハッと気づいて振返ったのは少時《しばらく》してからである。

「先生に、お会いしたのかえ？」

目の色を読んだ。

「そ、そうじゃねえんでござんすが……」

言いかけて慌《あわ》てて、妹には黙っているようにと口止めされたのを思い出したのだろう。

「元締は、何処《どこ》へお行きなさいやした？　普請場《ふしんば》でござんすか」

「辰吉」

お三はすがるような眸差《まなざし》をあげる。

「お前、何か先生のことで聞いて来たんじゃあないのかえ？　お願い、おしえておくれ」

「わ、わっちゃあ別に……」

「たつきち」

お三の黒味のかった瞳《ひとみ》にみるみるうるみが湧《わ》いた。

「この通り。……おしえておくれ」

掌《て》を合わすのだ。

辰吉の表情がきゅっとゆがんだ。彼がひそかにお三を想《おも》っていても不思議のない話である。

「元締にゃ、堅く口どめされておりやすが、なあに、それも事がはっきりしねえからのこと。いずれはお耳にへえることだ。申上げやしょう。いかにも先生は江戸へお帰りになっておりやす」

「！」

「わっちゃまだ、確とお見掛け申したわけじゃねえんでござんすが、いま小石川中天神へ出掛けるつもりでおりましたら、姐《あね》さんも御存じでござんしょう——ソレ、深川黒江町の井筒屋の旦那《だんな》、あのお方が、たしかに片腕の無え御浪人を昨日だか芝の源助町でお見掛けなすったそうで、あんまりよく似ておいでなさるゆえ余っ程声をおかけしようと思ったが、人違いでもしちゃあとためらっているうちに、行過ぎておしめえなすったとか」

「ど、どんな御様子だったんだえ？」

「何でも、女連れ——」

「！……」

「それも普通の娘さんじゃねえ、混血娘らしいと井筒屋の旦那は申しておりやした」

「――――」

「姐さん」

辰吉は真心をおもてに溢《あふ》らせ、おのが両手を膝にはさんで坐り直った。

「気になさらずにいておくんなせえ、こうなりゃあ、身内が総出で江戸中を尋ね歩いても必ず先生はお連れしてめえりやす。――なあに、あんな御立派な先生だ。わけがなくっちゃあ何を差措《さしお》いても亡《な》くなった爺さんの様子を見に、お帰りにならねえわけはござんすめえ。きっと、御事情がおありだ。だけどそれがお済みになりゃあ、来ると申上げても帰っておいでなさるお人だ……わっちゃ、これだけは夢うたぐっちゃおりませんぜ」


その晩。

お三は兄の長兵衛が夕方仕事場から戻って来ると、何か顔をあわすのを避けるようにして自分の部屋へこもり、ぼんやり、いつまでも坐り込んでいた。典膳が江戸の地を踏んでいるのはもう疑いようがない。にも拘《かかわ》らず、白竿屋へ帰ってくれないのは、けっきょく、自分がうとまれているためだと直感的に思った。何のため、六年もその人を待ちつづけたのか？……

連れ立っていた女というのが、お別れになった筈の奥様だったのなら、むしろ気持は救われたろう、とお三は想う。以前典膳がまだこの白竿屋でぶらぶらしていた頃に、思いきって紀伊国屋の船で南蛮あたりへ渡航してみたいと洩《も》らしていたことがあった。混血娘というのは、もしかしたらそんな南蛮渡来の女性かも知れず、それならこの六年の間に、典膳は本当に海外へ出向いていたわけになる。

むろんお三とて、きびしい鎖国のお達しのあるのは知っているが、紀伊国屋の財力と、典膳の忽然《こつぜん》と消息を絶った経緯《いきさつ》から想像すると、どうしても本当に海外へ出掛けていたお人としか思えないのだ。それならもう、混血娘というのはただの未婚女性ではない……

燈芯《とうしん》が、じじ……と時々侘《わ》びしい音を立てた。家の中はめずらしくひっそりと静まり返って、いつものように晩酌《ばんしゃく》で甚句《じんく》を謡《うた》う若い衆の声もない。博奕《いたずら》をしているらしい様子もない。典膳が江戸へ姿をあらわしたことが、口から口へ囁《ささや》きつがれて妙に深刻な感慨に一家の者すべてが陥っているからだろう、お三はそう思った。

実は、もう少し長兵衛の内心は複雑だったので、典膳らしい人物に井筒屋さんが出会ったと辰吉に聞くと、すぐその辰吉をもう一度井筒屋へ走らせ、紛れもなく典膳は江戸へ戻っていることを確信したが、同時に典膳が江戸に入ってかなり日数の立っていることも意外なところから知れた。同じ小普請人足の請負業者で、むかしの典膳を見知っている者が二人ばかり、もう半月も前にそれらしい姿を一人は本所、ひとりは新麴町《しんこうじまち》で夫々《それぞれ》見掛けたというのである。

（何か、ふけえわけがおありなさるに違えねえ……）

長兵衛はそう思う。白竿屋へ帰るのが長兵衛らに後日、迷惑の及ぶ何か事情があるのだ。さもなくて姿を見せぬお人ではねえと思う。

問題はその事情である。

ここで長兵衛の思い当ったのは、曾《か》つて典膳の妻が上杉家筆頭家老の娘だったということだった。また千坂兵部が、あの権現与太郎の一件の前、入牢《じゅろう》中の典膳の身柄を引取り度《た》いと申出ていた咄《はなし》も思い出した。――となると、吉良家の普請人足に前川忠太夫を上杉家で指名したこと、それを赤穂浪士の誰かが白竿長兵衛に頼めと示唆《しさ》した話まで、何となく、すべてが同じ一つの糸でつながっているような気がするのである。その糸をたぐってゆけば、元は丹下典膳に結びついているような気が。……

それから二三日して、吉良家の増築普請を受持つ南新堀町二丁目の大工甚兵衛というのが、若い者を一人供につれて長兵衛をたずねて来た。

甚兵衛は顎骨《あごぼね》の四角に出張った、みるからに意志のつよそうな四十年配の頭梁《とうりょう》である。

おたがいに、名前だけは聞いているが行き違って親しく膝《ひざ》を交え話しあったことはない。

午《ひる》にはまだ間のある、爽《さわ》やかな朝気の満ちた庭を眺《なが》める座敷に、両人は挨拶《あいさつ》をして対《むか》いあった。縁側の軒に吊《つ》り忘れた風鈴が、折々思い出したように微《かす》かに鳴る。その下には石の頂きを握り窪《くぼ》めた手水鉢《ちょうずばち》があり、上に伏せてある捲物の柄杓《ひしゃく》に、やんまが一疋《ぴき》止まって、羽を山形に垂れて動かなくなった。

「あらかたの話はもう前川のおやじさんから済ましていなさると思いますがね」

甚兵衛は浅黒い顔を引緊《し》めて、笑うともなく頬をゆがめ、いずれ二人で打揃《そろ》って吉良家の御用人へ挨拶に伺い、その折に詳しい日取の打合わせや増築の場所を点検させてもらうことになるだろうが、目下の予定では、一日も早く建て増すようにとのお達しがあるので、明日にでも都合がよければ一緒に出向いてもらい度い、今日はただその折合いをつけてもらいに来たのだと言った。

「明日でござんすね、ようがす。わっちの方じゃあ何もかも前川のおやじさんに約束した仕事、明日から早速人数を繰出せと仰せられても構わねえ心づもりで、参りやしょう」

「そうして貰《もら》えると有難《ありがた》い。ところでだ元締、こちらに適当な『杖突《つえつ》き』をして頂けるお侍はおいでなさらねえかね、もし居て下さると、万事好都合なんだが」

「杖突き？」

「ま、相手は何といっても高家御筆頭をおつとめなされた吉良様だ、まして、米沢上杉様から御養子がおはいりなすった、町家の普請をするようなわけにゃいかねえことぐれえは、元締も先刻承知していなさるだろう。本来なら、わっちの方で杖突きはお願えしておくのが順序だが、あいにくと……」

「頭梁」

長兵衛が背をかがめ気味に、下から甚兵衛をうかがい見た。

「お前さん、誰かを目当てにわっちへ仕事を渡して来なすったね？」

「いや、元締へ話の橋い渡したのは前川のおやじさんだ、誤解しちゃあいけねえぜ」

「じゃあその前川のおやじさんへ、わっちに頼めとお申しつけなすったのは、本当は誰なんですい？」

「……………」

「わっちも江戸で請負い人足の元締をつとめている男。まんざら、あき盲《めくら》じゃあこの仕事はつとまりますめえ。何も言いづれえことを聞かして貰おうたあ言いませんが、前川のおやじさんに聞きゃあ赤穂の御浪人だ、お前さんの口ぶりだと上杉様あたりからお命じなすった様子。一体こりゃあどっちが本当なんですね?」

甚兵衛はくるしそうに黙り込んだ。どうやら長兵衛の勘はあたったようである。

「元締」

ややあって、いかつい顔に似ず弱々しいわらいをうかべると、

「口の堅《かて》えで評判のお前さんのことだ。どうせは隠し部屋の仕事もしてもらわなくちゃならねえ……一切ぶちまけて、話してくれてもいいと思うかも知れねえが、こればかしはわっちの一存じゃどうにもならねえ。何もきかずに、黙って仕事だけ引受けてもらうわけにゃゆかねえかねえ」

「頭梁。くどいようだが、わっちも白竿の長兵衛だ。一たん引受けると約束したからにゃどんなことがあったって仕事だけはやり了《おお》せますよ。ただね、今お前さんの仰有《おっしゃ》ったとおり、相手は高家御筆頭をつとめなされた吉良様だ。ましてあの御刃傷《にんじょう》の一件がある。――ね、隠し部屋を造りなさるからにゃ、相手はお大名、どんなことで秘密の洩《も》れねえようにと、こちとら、バッサリやられねえとも限りますめえ?……この仕

事を前川のおやじさんに相談うけた時、わっちゃ先《ま》ず一番にそれを考えて、おやじさんにゃ恩がある。こりゃあまあ、死ぬ覚悟で引受けにゃあなるめえと——」

「…………」

「思いちがいをしちゃいけませんぜ、わっち一人で済むことなら何も今更こんなキザな文句は吐きゃあしません。頭梁の話を聞いていると、どうやら本当の目当はこの長兵衛じゃねえようだ、それもわっちが以前にお世話申したことのあるさる御浪人……。頭梁、わっちゃね、そのお方にゃ口につくせねえ御恩をうけておりやすよ。言ってみりゃあ、白竿組が今日のようになれたのもみんなその先生のおかげだった。わっちの体ひとつで済むことなら死ぬ気で引受けるなぞと、きいたような白《せりふ》を吐きゃあしませんが、そのお方の身に迷惑のかかるような仕事とあっちゃあこの白竿長兵衛、明日お仕置になると分ってもお断りするより仕様がござんすめえよ。え？」

「元締」

甚兵衛の顔が再び意志のつよそうな表情に引緊った。

「よく分った。お前さんのそのせりふを聞いちゃあ、わっちも頭梁の甚兵衛、江戸っ子だ。何もかもぶち割って話をしやしょう」

手にしていた莨《たばこい》入れをしまって腰に挟《はさ》んだ。

「実はほかでもねえが、お前さんの今言った御浪人——丹下典膳さまとか仰有るそのお人を、上杉様の方で必死におさがしになっていてな」

「待ってくんねえ、じゃ上杉様の方じゃ、まだ先生の居所はつきとめていなさらねえんでござんすかい？」

「いかにもよ。江戸にたしかにおいでなさると迄《まで》は分ったが、何処にお住いか、まるっきし当てはつかねえ、それで若《も》しや元締んところへあたりゃあ様子が知れるんじゃねえかと」

「一体、そ、それを仰有ったのは誰ですい？」

「御家老の千坂兵部さまだが、実をいうとこのお方が今、明日も知れねえ御重体でな、どうしてもその御浪人にお会いして、おたのみなさりてえことがあると……」

　甚兵衛が帰ってゆくと長兵衛は大声でお三を部屋に呼び寄せた。顔の色がこの数日来とは打って変り、喜色に溢《あふ》れている。

「お三、先生は偉《えれ》えお人だ。わっちらをお見捨てなすったんじゃねえぜ」

「？……」

「何てえ顔をしやあがる。こ、これがお前にゃあ嬉《うれ》しくねえのかい」

「だって兄《あに》さん、出し抜けにそんなこと言ったってあたしゃ」

「お、それもそうだ、あははは……この長兵衛としたことが、とんだ慌《あわ》て者になりゃあがったぜ、ははは……」

よほど嬉しいのだろう。笑いながらいそいで目頭をぬぐうと、

「こうなりゃあ何度も同じ話をするのはまどろっこしいや……好い機会だ、身内の奴《やっ》らにも聞かしておきてえ。――三。辰吉や巳之吉がいたら直《す》ぐこれへ来るように言ってくれ。――それからな、爺《じい》さんの位牌に、ひとこと、先生にお逢《あ》い出来てよかったなあと、そう声をかけてやんな」

「逢えたって？……」

「お前はちかごろ、魂の抜けた尼《あま》みてえにしょんぼり墓の前へ立ってるから気がつかねえんだ、いま頭梁がうち明けた話にゃあ、先生は嘉次平とっつあんの亡くなったのを風の便りに聞きなすって、もう何度も墓参りをしていなさる」

「！……」

「それを先生の伯母婿《むこ》さまとやらが一ぺんお見掛けなすって、上杉様へ何かの折にお話になったのがそもそも今度の――おっ。こりゃあみんなの前で話すことだった。さ、ともかく野郎たちに此処《ここ》へ来るよう言ってくんねえ」

兄の打って変った明るさに染まって何となくお三の頬も上気してくる。あわてて皆を呼びよせようと座敷を出かかると、

「お三」

長兵衛が呼びとめた。

「おめえは、いいお人に惚《ほ》れてくれたなあ――」

「いやだよあにさん」

「ははは……む、無理もねえ――」

ぱあっと赧《あか》らむ妹を見上げた兄の目が、糸のように細くなってうるんでいる。

小頭《こがしら》なみの意気のいいのが六七人、辰吉を中に、長兵衛の前へ左右に居並んだのはそれから間もなくだった。

長兵衛はお三をそばへ置いて言った。

「みんな、今日は嬉しい話をきかせる。ほかでもねえ先生の御消息が、知れたぜ」

「！」

「あわてちゃいけねえよ。まだ何処《どこ》にいなさるかは分らねえ。がとにかく江戸へお帰りなすって、亡くなった爺さんの墓参りをなすったことぁ分った。それについて、一両日中にゃわっちらは吉良様の御普請《ごふしん》の仕事をはじめる。すると必ず、いいか、必ず

先生はわっちらの普請場へお出《い》でなすって、それとなくこの仕事からは手を引くようにと御忠告なさるに違えねえ、そしたらな、どんなことがあったって先生をつかまえて離すんじゃねえんだ。いいか？」

「元締、何故先生は仕事をしちゃならねえと忠告なさるんでござんす？」

「こんどの仕事を引受けると、どんなことでわっちらに厄難《やくなん》が及ぶかも知れねえ、それを御心配下すっての親ごころよ。うれしいじゃねえか、白竿屋へ戻ったのでは、みすみす危い仕事をさせる、それが気の毒だと、わざと姿ぁお見せにならなかった――」

「…………」

「だがな、そうと知ったら猶更《なおさら》、この身はどうなろうと、わっちらも江戸っ子だ。お侍は義のためにゃいのちをお捨てなさる。同じ人間に生れて、小普請人足ながらそれが出来ねえわけはあるめえ。まして、武士の恩義は捨ててもわっちら多勢のためにこっそり身をかくし、爺さんの墓参りをなさるお人だ。心ん中じゃあ武士を捨てきれねえお方が、そんなに迄してわっち共の稼業《かぎょう》をおまもり下すってると、察しがついたらお前たちも、よ、この仕事は、たとえ後でどんな厄難に遭《あ》おうと、先生のために引受けなくっちゃ申訳が立つめえ？……いやな者は無理にとは言わねえが、黙って、この長兵衛にいのちをまかしちゃくれめえか？……」

長兵衛は早呑込《はやのみこ》みに一切の事情を察したつもりでいたのである。典膳をまだ世話していた頃に、いちど、気儘《きまま》な浪人暮しをなすって、何処かでお嘆きになっているお身内の方は、いらっしゃらねえんでござんすか、と尋ねたことがあった。「無い」と典膳は答えたが、「その代り、ひとりだけ、この身が世話をうけた人物がある」と言った。

「誰でござんす、それは？」

長兵衛にすれば、世話をするのは自分ひとりと思い込みたい気があったので、多少は傍焼《おかやき》も手伝っていたろう。

典膳は、片腕を失った時に介抱をうけたさる大名屋敷の御家老だとだけ言った。それから暫《しば》らくして、これは妹のお三が、その家老とは上杉家の千坂兵部殿だと聞かされていたのである。

赤穂家のお取潰《とりつぶ》し一件以来、吉良上野介は案外のん気に構えているが（或《あるい》は虚勢をはっているのかも分らないが）上杉家の重臣達はひそかに赤穂浪士の行動を監視しているらしいとは、長兵衛も人の噂《うわさ》に聞いていた。典膳の武芸がどの程度のものか分るわけはないが、重病の千坂兵部が何としても息のあるうちに典膳に会いたいと言うのは、典膳の腕前を以て大石ら赤穂浪士を暗殺するか、さなくとも、隠居上野介の付け人になり、是非とも護《まも》ってほしいと言いたいからだろう、と長兵衛は察したのである。

もしそうなら、先日前川忠太夫が仕事の依頼に来たのも本当は、それとなく典膳の様子をさぐる赤穂方の策ではなかったのか？

いずれにしても、丹下典膳が赤穂浪士には警戒され、上杉方には非常に頼りにされるに足る武人であることだけは間違いない。それを承知で、敢《あえ》て長兵衛らに後難の及ばぬよう、姿をあらわさぬ典膳だったと長兵衛は見たわけだ。

彼がいのちにかかわっても、その典膳に代って恩のある上杉家のため、吉良上野介の隠れ部屋を立派に造り上げたいと思ったのも当然なわけだった。

「どうだみんな、いのちを呉《く》れるか？」

「水臭《くせ》え元締」

辰吉が代表で、

「何もかも元締の一存でお運びなすっておくんなせえ」

同じ頃、白竿長兵衛の住居を出た大工甚兵衛の方は、その足で上杉邸内に家老千坂兵部宅をおとずれた。

かねて打合わせの上で甚兵衛は白竿組を訪ねたことである。兵部の家来田中源左衛門というのが、早速別室に甚兵衛を通させて、

「どうであった、見掛けなんだか」

待ち兼ねた態に膝《ひざ》を進めた。

「残念でございますが、おいでではございません。そのかわり耳よりの話を聞いて参りました」

「何じゃ？」

「前川の頭《かしら》の方でも、同じように丹下様の様子をさぐって参ったそうでございます」

「何？」

「なんでもこのたびのお仕事はお引受けいたしかねると御当家へ」

「む。それは申出て参った。さすがは堀部安兵衛ら一派、御家老が策の裏を見事掻《か》いての」

源左衛門は四角張った甚兵衛とは好一対の瘦《や》せぎすな侍である。右頰に大きな愛嬌《あいきょう》のあるほくろがある。

兵部の裏を掻いたというのは、浅野家に心を寄せる前川忠太夫と承知で隠し部屋の仕事を請負わせるのに関連していた。すなわち、忠太夫に隠し部屋、落し穴の仕事をさせれば、必ず赤穂浪士へ後で密告するに相違ない。斯《か》く斯くの場所に罠《わな》ありと教えるであろう。

さすれば万一の討入りの折、浪士も其処《そこ》は迂回《うかい》する。——実は、迂回するその先々にまことの陥穽《おとしあな》を設けて浪士を欺《あざむ》こうというのが上杉家の策だったのである。

むろん、隠し部屋の在り場所も違う。

赤穂浪人らはこの策謀を読みとった。あっさり、請負いを辞退して来たが、そこまでは上杉の方でも読み込んである。

が、典膳の消息にまで、警戒の手をのばしているとは田中源左衛門には思いもよらぬことだったのである。

「詳しく、そ、その前川がさぐりとやら申すを、話せ」

「別にくわしく話すこともございません。同じように元締――長兵衛の方へ丹下様のことを何かと尋ねましたそうで」

「それで丹下どのが菩提寺《ぼだいじ》へ、墓参に詣《もう》でられる儀も話したか？」

「申しました。そういたしましたらひどく驚きまして」

「む」

「却《かえ》ってこちらがくどい程に様子を訊《き》かれたようなわけでございます」

甚兵衛は一本、話に町人らしい信義をつらぬくことは忘れぬ男だった。白竿長兵衛が死ぬ覚悟でこの仕事を請負うとまで言った点には一語も触れなかったのである。

「田中様、御用人がお呼びにござりまするが」

茶坊主《ちゃぼうず》が廊下に手をついたのはこの時だった。

「御家老が？」

源左衛門はチラと茶坊主の表情を読んだが、

「さようか、すぐに参る」

言って、甚兵衛に向い、

「その方はこれにて待っておれ、或《ある》いはこのたびが普請《ふしん》についてのお話やも知れんでの」

廊下から庭づたいに別棟の兵部の病室へ出向くと、

「田中源左衛門にござりまする」

からかみの外に坐《すわ》って声をかけた。

「待ちかねておられる。さ、これへ――」

内から声が言う。

「――御免」

両手で金泥《きんでい》の襖《ふすま》をひらくと、袴《はかま》をさばいて膝から進み入った。一たん、うしろ向きになり、再び両手を添えて襖を閉める。

兵部は床の間を枕《まくら》に、源左衛門のはいって来たのへ足の方を向けて深々と布団《ふとん》に埋まっていた。パンヤのはいった二枚重ねの敷布団である。枕許《まくらもと》にお付きの小姓が一人。布団の左右――裾《すそ》の方にもそれぞれ側小姓が一人ずつひかえている。煎《せん》じ薬の匂《にお》いが部屋へ一歩入った時から鼻孔《びこう》をつくが、お匙医《さじい》も脈をとる典医の姿も見当らなかった。

兵部の側用人が、これははるかに枕許を離れた位置で静座している。

兵部が仰臥《ぎょうが》の儘《まま》で、

「居所は分ったか？」

低く、つぶやいた。げっそり頬が落ち、昔日の凜乎《りんこ》たる面影は偲《しの》ぶべくもない。しかし口辺にのびた無精髯《ひげ》が一種鬼気をたたえているのは、この儘では死にきれないのだろう。大石以下、赤穂浪士が必ず吉良上野介の首級を狙《ねら》うことは、この病んだ智恵《ちえ》者《しゃ》にだけはハッキリ見えていたかも分らない。

「源左衛門、あのようにお尋ねに相成っておるぞ。近う参れ」

「はっ」

「丹下どのが住居は、つきとめたか」

「そ、それが……」

源左衛門は直接兵部へは言葉を返せない。側用人に向って、

「無念ながら長兵衛なる者が住居にも姿をあらわさぬ由《よし》にござりまする」

「消息は？」

「われら以上には何ひとつ――」

「…………」

ごくん、と病人の突起した咽喉《のど》仏《ぼとけ》が何かのみ下した。目は瞑《と》じたままで、

「大石の様子は、知れたか？……」

「は。その儀なれば左兵衛さま用人、須藤与一右衛門どのが報《し》らせによりますれば、

何でもいよいよ東下《あずまくだ》りをいたし鎌倉雪ノ下あたりまで参っておりまするとか」

「鎌倉……」

「は、一両日中には多分、江戸入りをいたそうかとか」

言った時だ、病室の外に声あって、

「長尾竜之進どのが妹千春どの、ようやくこれへお越しなされましてござりまする……」

それを聞くと病床の兵部が、

「これへ通ってもらうがよい」

瞑目《めいもく》していて低くつぶやいた。

「は」

用人は一たん病人へ向き直り一礼してから、

「しからばお通し申せ」

茶坊主へ声をかける。

病床のすそに立てかけた六曲一双の金屏風《きんびょうぶ》のわきに、やがて恭々《うやうや》しく手をついたのは典膳の元の妻千春である。しばらく顔をあげない。

「利右衛門」

兵部が用人へ言った。

「しばらく話がある。その方らは次の間へ退《さが》っておれ。用があれば、呼ぶ」

「しからば」

叩頭《こうとう》すると、側小姓や田中源左衛門に目くばせして、千春の傍らを通るのに一度会《え》釈《しゃく》をしてから、次々に退座していった。枕許に坐った小姓だけが残った。

「かような姿のままで、ゆるされいよ」

「………」

「近う。声を出すのが、くるしい……」

ごくん、と又咽喉仏が動いた。枕許の小姓が静かに座布団を裏返して、兵部のわき数尺のところに、置く。

千春は誰にともなく頭を下げ、微《かす》かな衣摺《きぬず》れを曳《ひ》いて其処《そこ》へ来て、坐った。

相変らず顔をあげない。

「お加減いかがでございますか」

消え入りそうな膝の両手に目を落して言った。

「ごらんの通りの、不甲斐《ふがい》ない有様じゃ。……竜之進は、息災かな?」

「お国許にてつつがなく御奉公いたしております」

「馬術は、相変らずか」

「はい……」

しばらくどちらも黙り込んだ。風が出て来たらしく書院窓の外で樹《き》の梢《こずえ》が騒ぎ出している。

「わざわざ、そもじを米沢から呼び寄せたはこの兵部が一存と思うてもらいたい。あらかたは、察してくれておろうが、丹下典膳の消息――そもじの手で、聞き出してもらえぬか。出来れば、わしが枕許へ伴うてくれるとうれしい……」

「――」

「飛脚にて報《し》らせた如《ごと》く、江戸の奈辺《なへん》かへは戻っておる。今となっては、そもじ以外に典膳を味方につけるてだてはないのじゃ。……あたら武士を不具者にしたのはそもじの兄竜之進、それを承知で、かようなつらい役目をそもじに頼まねばならぬ」

「…………」

「それほど、事は逼迫《ひっぱく》しておる」

「…………」

「どうじゃ？　兵部が末期《いまわ》の頼みききとどけて貰《もら》えぬか」

「どのあたりに居る見込みなのでございますか？……」

「よくは分らぬが、丹下家の菩提寺青山三分坂の法安寺が寺僧の申すには、両国矢の倉に住居いたすと典膳が洩《も》らしたとか……手を分けて、早速にさがさせたが見当らぬ……そもじに、心当りはないか」

千春のうなだれた儘の首が、かすかに左右に振られた。兵部が薄目をあけ、虚《うつ》ろに天井を見上げている。そうすると――そう、死期の迫った危篤《きとく》人に紛れもなかった。

しばらくして又兵部は言った。

「何としても、典膳には上野《こうずけ》どのを護《まも》ってもらわねばならぬ。……そもじは、国許にいて知るまいが、赤穂浪士の不穏の動き、江戸にあるわれらには手に取るように見える……いずれは、彼等は徒党をくんで事をおこそう、もし、不幸にして吉良殿が首級をあげられるようなことあっては謙信公以来、武門に名ある上杉が家名にかけても徒手してはおれまい。われら上杉が勢を駆り出し義徒を追撃したならば、芸州広島の浅野本家がどう動くか……さすれば、事は一藩の毀誉《きよ》にはかかわらぬ大事ともなろう……大石ほどの器量者が、それを考えてくれぬのが――わ、わしには口惜しい……」

「――――」

「わしは、一吉良家の、上杉の家に執着してこれを思うのではないのじゃ……あくまで泰平の今に騒擾《そうじょう》のおきるを怖《おそ》れる……騒ぎを未然にふせぐために典膳の武技が必要じゃ。——わかるか」

「……ハ、はい……」

「あたらあれだけの武士を片輪者にしたはそもじの兄。更に理由をただせば元はそもじのあやまちからじゃ……何ひとつ、典膳は申さなんだ、そなたへの恨みをな」

「！……」

「余人に出来ることでない。それだけに、あの、男の、頼もしさが……たのも」

「御、御家老！……」

枕元に控えていた小姓が悲痛な声をあげた。

ハッと千春の顔があがる。まっさおな頰に涙が滂沱《ぼうだ》と濡《ぬ》れている。

「だいじない。……薬を、薬をくれい……」

「はっ」

それでもまだ不安そうに小姓が顔をのぞき込むと、兵部はゲッソリ削《そ》げた頰に苦しそうなにが笑いをうかべ、

「まだまだ……このままでは死ねぬ。典膳にひと目、あうまではのう」

歯をひらいた。

小姓が慌《あわ》てて枕許のわきから土瓶《どびん》の濃い煎《せん》じ薬を湯呑《ゆのみ》へ注ぐと、一たんお盆に載せて、

「申しわけございませぬ、少々お手を拝借いたしとう存じまする」

と、低く千春へ頼んだ。

千春は掌《て》で頬をぬぐうと、いそいで手をかした。

うしろへ回って小姓が、腋《わき》の下へ手をさしのべ、しずかに上体をおこす。千春は前から体を抱くようにして抱えあげる。

兵部は元来が骨格の逞《たくま》しい人であった。それがこうも変るものかと思えるほど老衰し骨と皮になっている。

千春は典膳のことではもう泣ききったあとで、ある決意の色を青く冴《さ》えた頬に湛《たた》えていたが、兵部の痛ましいやつれように思わず眉《まゆ》を曇らした。

小姓が背後から湯呑の煎じ薬を兵部の口へもってゆくと、咽喉仏の隆《たか》い咽喉を反らし二口、三口のむ。だらりとそれでも薬は胸へこぼれた。黒褐色《こくかっしょく》の臭気のつよい漢方薬だった。

「かたじけない……」

大きく息をついて、暫《しば》らくやすむと、

「今の話じゃ。そなたなら、かならず典膳も頼みをきいてくれよう……あれは、まだそなたを愛しておる……」

「………」

「身共や、上杉家のためではない、大きな騒ぎにならぬよう――な、典膳が江戸へ戻って来たのは、そなたのことを気にかけている証拠とわしは見た。あれだけの人物、隻腕《せきわん》でこの六年、武芸を鍛えて参ったのなれば何をめあてに今更江戸の地を踏もうか……彼の意図は、ひとつ」

「！」

「また典膳が付け人にして吉良殿をまもってくれるなら、よもや赤穂浪士に名はなさしめまい……。そなたには、くるしい役目であろうが兵部末期《まつご》のたのみ、きき届けてもらいたい――」

「……分りました」

うなだれると、綺麗《きれい》に撫《な》でつけた髪が兵部ののびた髯《ひげ》に触れた。

「肯《き》いてくれるか？……」

「はい。……そのつもりで国を出て参りました」

「そうか……」

兵部は小姓の胸へぐったり身をあずけると、

「――そうか」

と、もう一度言ってうなずいた。往年の知恵者と謳《うた》われた面影は何処《どこ》にもない。痛ましいほどやつれ、老い込んだ病人が其処《そこ》にはいるばかりだ。かろうじて、風貌《ふうぼう》に一種謹厳の気の漂っているのは、この儘には死ねぬ気魄《きはく》だけで生命を支えているからだろう。

「……そなたに、心当る居所は？」

再び小姓に手を添えられて薬を飲みおわると、身を横たえて目を向けた。

「ございません」

千春は弱々しく頭をふってから、

「でも、一ヵ所だけ……」

何故《なぜ》か赧《あか》くなった。

千春には思い出の場所がひとつある。

当時の武士は、結婚前に相手の女性を見るようなことは絶対なかった。旗本にしたところが、輿《こし》迎えをして、自分で輿を受取っても、まだどんな容貌の妻かは分らない。初夜の床盃《とこさかずき》をする時になって、はじめて妻の顔を見、妻も夫の顔をはじめて見たのである。

今の人なら奇異に思うかも知れないが、当時、武家階級の婚姻の目的は、あくまで子孫を絶やさぬこと、嫡子《ちゃくし》をもうける点にあった。

子孫の繁昌《はんじょう》は君に対しては忠、親には孝行ということで、一分の私事ではない。養い扶持《ぶち》は主君から受ける。一朝ことある場合は主君の馬前に討死するのが武士である。従って、おのれの体は実は我がものでない。あくまで主人に差出した生命である。ということは、一応、勝手な好悪《こうお》感の選択などはゆるされないので、相応する身分の娘を嫁にせよと上意があれば、つつしんで之《これ》を享《う》けた。

滅私奉公ということばが、そういう男女間の感情の上にも徹底していたのが武士階級だ。結婚倫理が根本的に今と違っている。その代り妾《めかけ》を何人持とうと今日的非難を蒙《こうむ》るわけではない。産れる子を養う資力があるのなら、何人の妾に子供を生ませようと、いざという場合それは兵力の絶対数を主君の支配下に備えるわけで、戦争を絶えず念頭におくべき武士一般が、あの戦時中の「生めよ殖《ふ》やせよ」式な、「子は国の宝」といった概念に支配されていたのは当然だった。

元禄時代になって漸《ようや》く世は泰平に馴《な》れ、男女の好悪感がふたりの結びつきに或《あ》る程度の影響を及ぼすようにはなったが、それでもなお彼が武士である限りは、主君にあずけたいのちであり、ほしいままに選り好みの婚姻をするのは慎しまねばならぬ点に渝《かわ》りはなかった。

みだりに他藩の子女との婚姻のゆるされなかったことや、

「縁辺ノ儀、タトエ小身ナリト雖《いえど》モ上ニ申サズ私ニ相定ム不レ可ノ事」

と法度《はっと》に定められてあり、結婚にはそれぞれ役向の目付、家老に届け出をした上で「くるしからず思召《おぼしめ》し下さらば御許し願い度《たく》」と願書を提出するしきたりも、まだ残っていたのである。

だからこそ美人の女房《にょうぼう》を持った夫は、そのめぐりあわせの幸運を同輩に羨《うらや》ましがられもしたが、結婚前に、懸想《けそう》して女房にした等という話は、町民根性の文芸が興《おこ》った江戸中期以降のことで、実際には殆《ほと》んど見られない。

千春と典膳の場合も、これは例外ではなかった。ただそのめぐりあわせが少々劇的なドラマを、用意していてくれたのである……

千春がまだ十五歳の比《ころ》である。

谷中《やなか》七面宮へお詣《まい》りにいって、広い境内にはいると最初に目についた一本の桜が、満開の花を咲かせていた。

彼女はお付きの女中を振返って、

「美しいわ……」

目をみはって笑い、そのまま佇《たたず》んで眺《なが》めた。そばへ近づくより離れている方が美しさの立ち勝るのを少女らしく信じたのである。

風の少しもない、長閑《のどか》な春の日であった。

「江戸はやはり暖こうございます。お国許《くにもと》ではとても今時に満開の花は眺められませぬ」

奥州米沢の近在から奉公に来た女中は、千春のうしろでうっとり目を細めた。千春は上《うわ》の空で聞いていたが、この時向うから父と連立った青年が歩いて来た。本院に所用でもあって立寄ったのらしく、年配の武士の方は足早に事もなく桜の下を通りすぎる。

すぐ後《おく》れて青年は来かかったが、本院からこの時下僕が走り出して来て、青年に何やら指示を仰ぐと又向うへ引返した。

青年は父を追うて足早に同じ桜の下を通ったが、チラと花を見上げ、あっさりこれも通り去った時に、風のない筈《はず》が、沢山の花びらがハラハラ降る如く地面へ散ったのである。

ほんの偶然かも知れないが、見ていた千春には印象の強い場面だった。

ふつうなら、通りがかりの武士に視線を注ぐような不躾《ぶしつ》けはしない。目を俯《ふ》せて行交う。この時は近づいて来る顔を見戍《みまも》った。

青年の方では彼女に一顧も与えず通り過ぎた。これも又武士の躾けを受けていたのである。やがて下僕が遣《や》ってくると彼女の前をよけ、石畳の縁を走り抜けた。

それだけのことである。典膳に千春が嫁ぐ三年前だった。

むろん、中にたって世話をする人があり、父の告げる儘《まま》に御旗本と知った位で、何もかも周囲にお膳立《ぜんだて》をされて入輿《にゅうよ》した。

それがあの桜の下を通った青年であった。

寝物語に彼女が夫へ打明けたのは、閨房《けいぼう》の羞恥《しゅうち》もいくらか薄らいで来た頃だ。

典膳は知らなかった。

「ほう……そちに見染められていたとは嬉《うれ》しい」

心から愉《たの》しそうに笑って、

「ではいつか折を見て今度は夫婦で詣ろう」

「ほんとうでございますか？」

「父上は、そなたと覚えておられようかな？」

「あなた様と同じ、わたくしを見ては下さいませんでした」

仕合わせだった時期——。わずかそれから十日余りの裡《うち》に、急の役替えで典膳は大坂へ城番を仰せつけられた。約束は守る人だった。

「帰府したら必ず行こう。待っていてくれるな？」

「はい。……」


「一ヵ所だけ？……何処じゃ」

兵部が訊《き》いた。心なしか眼に光りが増している。

答えられるわけはない。

「いずれたしかめた上にて、お報《し》らせしとうございます……」

千春はこたえて、うなだれた。

都合よく医師《くすし》の来たことを茶坊主が告げたのはこの時で、

「よい。——通せ」

兵部は枕許《まくらもと》の小姓へ命ずると、

「では、呉々《くれぐれ》も頼むぞ」

千春に言った。

彼女は黙ってうなずくと、身をくれぐれもおいたわり下さいますように、と言って病室を退いた。

待ちかねた如《ごと》く、

「いかがでござった、御家老の御懇望？……」

用人の利右衛門が顔を寄せてくると、

「今も典医どのに伺い申したら、よくもってあと三日のいのちと申された！……御家老が御遺言同様の儀なれば、この上は、そもじのみが頼りにござるぞ。何卒《なにとぞ》、われらよりもお願いをいたす、最後の御のぞみ、かなえさせて下されい……」

目が真赤に泣きはれていた。

千春は、及ばずながら努力してみるとしか答えようがない。

たしかに約束を守る人だったたし、あの否運が夫婦に音ずれていなければ江戸へ戻って、連れ立って下さったろうと千春は思う。そんな少女めいた愉しみを大事にする彼女を、典膳は一番いつくしんでもくれたのである。この二十八日が、丁度、典膳との結納を交した日だった。おぼえていてくれる人かどうかも分らない。しかし、兵部が言ったように、もし、典膳の胸中に自分のことが残っているのなら、七面宮へ姿を見せるだろうか、と思う。

それだけの期待で彼女は顔を赧らめたのである。

千春は国許の米沢から、千坂兵部の書状で江戸へ呼びよせられ四年ぶりに昨夜、桜田御門外の上杉邸へ入ったばかりなので、この儘とどまっていてはと利右衛門にとめられたが、辞退して屋敷を出た。供につれてきた老女の身内が新麴町五丁目に住んでいるという。そこへ一先《ひとま》ず厄介《やっかい》になることにきめてあった。重い足を運んでいると、呼びとめた人がある。――堀部安兵衛だ。

「お国許へ参られたように仄聞《そくぶん》しておりましたが、いつ、江戸へお戻りなされた？」

作り笑いとも見えず、なつかしい、不思議な人柄のあたたかさが通って来る風貌、そう言えば瞭《あき》らかな記憶が甦《よみがえ》って来たが、何処やら一すじ、笑わぬ鋭い眼がじっと千春の表情を見戍っていた。

彼女は微《かす》かに頰を染め、

「お久しゅうございます……つまらぬ考えごとをしていたものでございますから」

丁寧に会釈《えしやく》を返した。

「いつ江戸へ？」

「昨夜おそく着いたばかりでございます」

「兄上と？」

かぶりを振った。「ひとりで参りました」

安兵衛の目がすうっと細くなった。

「千坂兵部どのを見舞うて参られたか」

と言う。

千春がかすかに頷《うなず》くと、

「丹下どのには、では未《いま》だ逢《あ》っておられんな？」

「御存じなのでございますか」

「居所？」

「ええ」

「…………」

「ごぞんじなら、お教え下さいまし」

眸《ひとみ》に縋《すが》るような色が出たのはやむを得なかったろう。

「お教えいたしてもよいが、貴女《あなた》には、逢われまい」

「何故《なにゆえ》でございます?」

「わたしにそれを言えと申されるのか?」

「………」

「千春どの、そもじが江戸へ入られたあらかたの事情――この堀部安兵衛には察しがついており申すが」

言って、再びじっと千春の表情を読むと、

「兵部どのの御様子はいかがでした?」

ほかのことを尋ねた。

答える気に千春がなれなかったのは当然だろう。

「何故、お教え下さらないのでございます?」

「………」

「そんなに、わたくしはにくまれておりますか?……」

無言の中で、互いに目をのぞき込むような数秒が過ぎた。

通行人が怪訝《けげん》そうに二人の顔色を見分け、道をよけて通って行く……

弱者に弱いのは、矢張り安兵衛の方だった。

「わたしの立場で、そもじに丹下どのの居場所を明かすわけには参らぬ。このことは、赤穂家に禄《ろく》をはんだ身として、そなたにも察して頂けようかと思う。……但《ただ》し、尋ねて逢いに行かれるのはそもじの自由。引留めはいたさぬ」

「どの辺りでございますか」

「………」

くるしそうに、安兵衛はそれでも黙って眸《め》を凝視《みつ》め返したが、

「谷中の瑞林寺《ずいりんじ》を知っておられるか」

と言った。

「そこの住持が、何でも隻腕《せきわん》の浪人者と至極懇意に付合っておられるそうな。――一度、訪ねて行かれたら消息が知れるかも知れぬ」

「瑞林寺でございますね？……」

千春に思い当る寺の名ではなかった。

安兵衛は、意味深くうなずいてから、

「但し」

と言った。

「もし、そなたの尋ねておられる人に相違なくば、堀部安兵衛、今以《もっ》て旧交をあたためつづけて参ったつもりと、お伝え下さらぬか」

「？……」

「近々にわたしは他家へ仕官いたす筈、そのみぎりには、心から一度会って礼を申し述べたい、さよう申しておった、とも」

「礼でございますか？……」

「丹下どののあずかり知らぬ仕儀と申されようが、武士の誼《よし》み、口には出されずとも千坂どのへ会おうとなされぬ友情のほど、身にしみて我ら忝《かたじけな》く存じており申す――そう伝えて下されば、分って頂ける筈」

千春の深い眸差《まなざし》が微かな愕《おどろ》きと狼狽《ろうばい》で動いた。

「本当でございますか、それは」

と言った。

「……本当に、千坂さまのお心を知っていて、逢わぬのでございましょうか？」

安兵衛に答えられる性質の問いではない。しかし良《やや》あって、安兵衛はこう言った。

「あれだけの遣い手、その気になれば今の上杉家なら千金を投じても抱え度《た》いとのぞまれよう、それを、百も承知で、敢《あえ》て病床を問われぬのはひとえに我らへの芳志――

とまあそう解釈いたすより方法はござるまい」

「――……」

安兵衛と別れると千春はその足で谷中の瑞林寺とやらに回ってみることにきめた。典膳の真意がどうあるにしろ、千坂兵部のいのちはあと一両日のうちだという。頼むだけは、千春は頼んでみようと思う。

別れる時安兵衛は、

「それがし今は本所林町に浪宅を構えております。いささか剣道指南の看板を掲げましてな。これでも、案外に多忙の身……不在いたす折もござるが、誰かが道場におりましょう、若《も》し、急用があるようなれば、いつでも訪ねてお越しなさい」

そう言って、世間向きには長江長左衛門と名を変えてあるから、とも告げてくれた。

千春はただ頭を下げて、安兵衛の振返り振返り去ってゆくのを見送った。

谷中瑞林寺というのは、尋ねたら直《す》ぐ分るだろうと考えて、一たん根津権現《ごんげん》社の門前町へ出て通りを右へ折れ、辻《つじ》々に土塀をつらねた寺町通りを、一つ一つ見てまわった。

案外わからない。道往《ゆ》く人に尋ねても、

「さあてね。このあたり寺ばかりでごんすからねえ……」

中には眼に一丁字もないのが、したり顔に山門の掲額をのぞき込んだりしてくれたが、小首をかしげ引返して来るのが関の山だった。

そのうち晩秋の日差はつるべ落しに昏《く》れてくる。身を刺す冷たい風が、次第に心細さの増す千春の胸の底を吹きとおってゆく……

あらかた、谷中には七十余の寺院があった。辿《たど》り辿って再びもとの辻へ戻ることも何度か繰返した。お供についている女中が、

「もう少し、前《さき》の方へ参ってはどうでございますか」

同じところをぐるぐる回るようなので、いぶかしんで千春の顔を見上げた。

分っていることとなのである。たしかに七十余の寺の半分しか探そうとしていない。蒼守稲荷《かさもりいなり》や天王寺門前町あたりの一画に瑞林寺はあるのかも知れなかった。

――が、其処《そこ》には谷中七面社が在る。もし七面社の近くに瑞林寺があったら、とりもなおさず典膳の想《おも》い出の中にも、はっきり、あの約束が活きているような気がして、期待とおそれとで、容易に近づけなかったのである。一番おいしいお菓子を子供が最後まで残しておくのに似た気持もあった。

「もう少し、このあたりを探してみましょう……」

あたりは薄暗くなって来たが、七面社の方へは向かわずに再《また》、三崎町から道を巽《たつみ》へとった。

「……あ、奥様。あれではございませんか？」

女中が指さしたのは長門前町の角を曲って、直ぐ、右手に見えた寺である。大きな古ぼけた提灯《ちょうちん》が門脇《もんわき》に吊《つ》り下げられ、今しも寺僧が灯《ひ》を入れようとしていた。『瑞林寺』と、灯のともった提灯に、たしかに筆太の字が読める。

よろこぶ筈《はず》の千春が一瞬いい知れぬ淋《さび》しい翳《かげ》を眉《まゆ》に落したのは、矢っ張り大事なお菓子の消えてしまったわびしさだったろう。

それでも気を取り直すと、無心によろこぶ女中の目へ笑い返して、門へ寄っていった。

「モシ……」

怪訝そうに四十過ぎの寺僧が、女二人の足のつま先まで見下して、立停《たちどま》る。手につまんだ紙がぼう……と燃え尽きたので慌《あわ》ててわきへ捨てた。

「当寺にお住持さまはおいでなされますでしょうか」

会釈をしてから丁寧に千春は尋ねた。

「今かな？……おられるが御女中がたは？」

「お住持にお目もじの上、お願い申したい儀がございます」

「お名前は何と申される？」

「…………」

「お見うけしたところ、武家の御内儀と拝察いたすがの」

もう一度あらためて千春の物腰を見直してから、

「さようか」

あっさりうなずいた。名を明かさぬのは、余程秘めた事情があるからだろうと見たのである。

「ともかく、取次いでみましょうで、ま、中へおはいりなされ」

黒衣を風にあおらせ、先に立って境内の石畳を入る。

中は思ったより広かった。本堂を正面にして右手に庫裡《くり》がある。

「明日、さる御家中の法要がござってな。取込んでおり申すが……」

庫裡の外で一たん待たせると寺僧は仄暗《ほのぐら》い土間へ這入《はい》っていった。竈《かまど》でも奥にあるのだろうか、煙りと一緒に汁《しる》の匂《にお》いが仄かにあたりに漂っている……

しばらくすると、十歳ぐらいの小坊主《こぼうず》が本堂わきの回廊へ出て来て、ちょこんと膝《ひざ》

をつくと、

「こちらからお上りをねがいます」

広縁の前の沓脱石《くつぬぎいし》を手で示した。千春は履物を揃《そろ》え脱いで、静かに上った。下女は沓脱石の下の地面へじかに草履を脱いだ。

長い奥廊下を案内された。

「これにお待ちを願います。すぐ、灯を持って参ります」

書院造りの一室に通され、なるほど小僧が直ぐ行燈《あんどん》を点《つ》けて引返して来た。千春は座敷のすその方に虔《つつま》しく坐《すわ》って待った。

咳《せき》払いが廊下にきこえ、姿をあらわしたのは五十あまりの布袋《ほてい》さまのようにでっぷりふとって、人の好《よ》さそうな住持である。にこにこ笑っている。

千春がいざって手をつき、挨拶《あいさつ》しようとする前に、

「とうとうおみえなされたの。待っておりましたわい」

ハッと千春が眸《ひとみ》をあげると住職は手を振った。

「何も申されるではない。そもじの名を聞いては、当方とて却《かえ》って話がいたしにくいでの」

相変らず、にこにこしている。

「わたくしの参ること、御存じだったのでございますか」

「ごぞんじも何も、そもじ方ら二人、暮方からこの辺をうろうろしておられたそうな、見た者があっての」

「誰でございます？……」

「ま、それは誰とも言うまい、はは……ところで。お尋ねの相手じゃがの」

布袋さまのようにぼっちゃりした頤《おとがい》をぐっと二重《ふたえ》にした。手くびへ数珠《じゅず》を巻きつけた片手で、つるりと頭を撫《な》で、

「此処《ここ》には居なさらん」

「え？」

「にげられたわ」

「！」

「もっとも、そのお顔では無理でないが。――いや、悪うとられては困る、あまりお美しいでの。愚僧とて若くば、煩悩《ぼんのう》をもて余そうで、わははは……」

呵《か》々《か》すると、前歯が一二本抜けていて、一そうそれが好々爺《こうこうや》然と見えた。

「どちらへ参ったのでございましょうか？」

千春は気が気ではない。

住職は知らん顔で、茶菓を運んで来た先程の小僧さんに何やら意味の聞きとれぬ指図をした。小僧は鄭重《ていちょう》に千春へも叩頭《こうとう》すると中腰で退出した。好人物のお住持さまと女の千春には見えるが、案外お弟子には躾《しつ》けの厳しい和尚《おしょう》さまのようである。

「ま、お茶なと召上れ」

住持は台付の湯呑《ゆのみ》をすすめると、

「米沢のお国許《くにもと》へ戻られていたそうだが、江戸へは？」

「昨晩着きました」

「それで直ぐ此処へ？……よく、千坂どのが存じておられたな」

「此処をうかがったのは、上杉の家中からではございません」

「ほう、すると誰じゃな？」

一瞬千春は躊《ため》らったが、

「赤穂の御浪士で堀部安兵衛さまでございました」

「何、赤穂？」

住持の白い眉がぴんと上った。

「あの浅野家の家来がか？」

「はい……」

軽い愕《おどろ》きが、ありあり老師の瞳孔《どうこう》にひろがった。

「それはえらいことをする男じゃ。ふーん……赤穂浪士がのう……」

唸《うな》る。事情は、あらかた知っているらしい。

良《やや》あって、

「千春どの——と言われたかの？　そうと聞いては、そもじを無下《むげ》に追い払うわけもなるまい……そもじの為《ため》ではない、その教えたと申す浪士の心ばえにな。——それにしても、えらい男が赤穂にはおるの」

千春はそれどころではない。

「何処へ参ったのでございますか？」

「御主人かな？」

どきっとした。典膳のことを夫として扱われたのは何年ぶりだろう。

住持はいっこう頓着《とんじゃく》なしに、

「そもじがうろうろしておられると言うで、急に出て行かれてな。遠くへは行かれまいと思うが……。そのうちには戻って来られよう、待っていなされ」

ゆっくり自分で茶を啜《すす》ってから、

「そうかのう、えらいものが浪士の中に入っておるな……」

まだ感心している。

千春は心も其処にない懐《おも》いだったが、

「お内儀」

住職がふと真顔をあげて、

「此処を教えたのが赤穂浪士と知ったら、丹下どのはどうすると思われるな?」

「?――」

「千坂兵部どのを見舞いに出向くか、却って江戸より姿を消すか……」

「!……」

「ま、かような話をそもじとしてみてもはじまらぬが、どうも、愚僧は様子が変りはせぬかと思う……」

「どういう意味でございますか?」

「あの仁は、おそらく承知いたそう、吉良どのの付け人をな」

「!」

「いつぞや、こんなことを申しておった――上野介どのが赤穂浪士に不穏の動きあるのを薄々《うすうす》は耳にしながら、平気で警固の供も連れず茶会へ出たり、俳人と往来いたすのを見てな、吉良家には武士道の心得ある者はおらぬのか、と——」

「？……」

「丹下どのに言わせると、狙《ねら》わるる人は常に寝所をかえ、昼夜用心をきびしくして、行路に敵ありと聞かば脇道を通り、道をかえ、出会いたりとも、どのようにしても討たれぬよう退くを誉とすべし。血気の勇者はこれをそしるとも、或《あ》るいは卑怯《ひきょう》というとも苦しからず、小人の勇は用うべからず——それが武士道と申すものじゃ。死力をつくして討とうとし、死力をつくして討たれまいとするきびしい争い、これが武士道にかなった敵討であろう、可哀《かわい》そうだから討たれてやろうなどというのは、真の武士の態度でない。そう言うておった」

「！……」

「愚僧のこれは判断じゃが、昔は知らず、今の丹下どのが腕前に匹敵する遣い手はおそらく赤穂浪士の中には、一人もおらぬのではあるまいかの。たとえ、その堀部安兵衛どのとやらが討ちかかっても、よくて互角、と愚僧には思える。しかるにじゃ、知ってか知らずにか、その堀部どのが、そもじに敢《あえ》て此処の居場所を教えた——となると……」

すーっとこの時、障子が明いた。

先程の小僧である。

廊下へ手をついて、

「いらっしゃる場所が分りました」

「分った？……何処じゃの」

「七面宮の境内にござりまする」

「七面？……妙なところへ行かれたもんじゃの。まあよいよい、七面の社なら直ぐ其処、程のう戻って参られようでな」

「でも」

小僧は言いにくそうにしたが、

「こちら様がいんでおしまいなさる迄《まで》戻らぬ、帰られた後で、教えに来てくれよと申されました」

「たわけ」

住持は叱《しか》りつけた。

「じゃからそちは口が軽いと常々に申しておる。当人を前にして左様な」

「和尚さま」

千春はメラメラ燃えたつ眸《ひとみ》をあげた。

「わたくしその七面の宮へ参ろうと存じます」

「なに知っておられるかな、場所を？」

「はい」

住持はじっと千春の眸の奥をのぞき込んだ。

「――ふム、そうかい」

と言った。

それから慌てて言葉遣いを変え、

「はは……それほど執心いたされるならとめはせん。……ナニ、愚僧はみすみす、あれほどの仁を死なせとうは無いと思うた迄でな。ま、しかし、そうまでムキになられては、やむを得まい……」

意味深長な感慨を洩《も》らした。

それから、

「行くなら早う往《い》ってみなされ」

と言った。

千春は深く頭を下げ座敷を出た。

どうして其処《そこ》まで歩いたか覚えていない。

七面宮の境内に這入ると、残月の夕空に懸った大きな本堂の屋根の下の暗がりに、ひっそり立っている人影を見た。

千春は、ずい分ながいあいだ門のきわに停って、動かなかったそうである。

向うの人影も化石のように身動きをしなかった。

やがて、一あし一あし、はじめはうなだれがちに、次第に面をあげ彼女は典膳の目の前へ寄って行った。

くるりと典膳が踵《きびす》を返した。ゆっくり向うへ歩き出す。千春は目を落して、跟《つ》いて行く……

「いつ江戸へ来たな?」

意外に静かな声だったので、

「昨夜でしたわ」

まだ別れていない夫婦のような素直な気持が声に出た。

しばらく、何となくどちらも黙って歩いた。

典膳の容子《ようす》は六年前と殆《ほと》んど変りがない。強《し》いて言えば思ったより窶《やつ》れずに、人間的逞《たくま》しさが加わっていることと、端麗な横顔から以前の憂愁《ゆうしゅう》の翳《かげ》が消えていることだろう。今ではもう、千春に限らず、誰にでもやさしくする人……そんな印象さえうける。妻に裏切られ、食禄《しょくろく》を失い、さまざまな逆境を経てこの円熟味を加えるまでにはどんな苦しい日々があったろう。そう思うと心の底が凍ってくる。それでも、此《こ》の七面社にそれとなく佇《たたず》んで呉《く》れていたことは、やっぱり千春には嬉《うれ》しかった。

典膳が言った。

「わたしのいることがよく分ったな」

「堀部様に聞いたのでございます」

「ほりべ？……」

つと停って、

「堀部安兵衛がわたしの此処にいることを教えたのか？」

「いえ、それなら小僧さまに聞きました……」

思わず嗤《わら》った。

「そうか……喋《しゃべ》ったか」

「あなた」

「……………」

「兵部さまが御重体なの、ごぞんじでございますのね？」

「……………」

「どうしても会っては頂けませんか？」

思い出の桜の下へ来た。今は枝に枯葉もない。ひいやり静まった境内の中で、ほそぼそ梢《こずえ》が夕闇《ゆうやみ》の空へ延びていた。

「舅《しゅうと》どのはいつ亡《な》くなられた？」

典膳は話をそらした。

「二年前でございます」

「では四十九日をすまさずに米沢へ行ったのか」

淡い眉を愕いてあげ、

「ごぞんじだったのでございますか？……」

「……竜之進どのは、無事か」

「……はい」

左の垂れた袂《たもと》に蜘蛛《くも》の糸が纏《まと》い付いている。人の通らぬ本堂裏を通ったのだろう。一本独鈷《どっこ》の帯にぶらさげられた印籠《いんろう》には千春も見覚えがあった。

姑《しばら》くして、典膳は言った。

「そちは千坂どのに頼まれて参ったものと思うが、戻って伝えてくれぬか。——今更、この典膳に付け人を仰せられたところで、吉良殿に瑞徴《ずいちょう》はのぞめぬとな」

「………」

「わたしも武士の義理はわきまえている。意地もある。付け人になるからには、万難を排しても必ず、吉良殿は守らねばならぬ……それが、くるしい」

お供の女中は千春に門際《ぎわ》で待つようにと吩《い》われているので、しょんぼりいつまでも奥様の帰って来るのを待った。

夜の暗さのふかまるにつれて、山門前の表通りを往く人影も殆んど見当らない。仄《ほの》かに、残月の明りが道路の白さを浮上らせているのが却《かえ》って寂しさを深める。

彼女は国許米沢で、千春が長尾家の本家（米沢に在る）に移されてからお付きに奉公した身だから、奥様の別れた御主人とやらが元旗本の御立派な殿御だったと、僕婢《ぼくひ》の私語で聞かされた以外には何も詳しい事情は知らない。

しかし、千坂兵部の要請で江戸へ出た千春のお供につけられ、先程の瑞林寺住職のことばや、あの堀部安兵衛とやらの態度のはしばしから想像すると、およその事情は知るともなくうかがえたような気がする。

一度きりだが、国許でひっそり暮していた千春の許へ、瀬川三之丞と名乗る家中で も歴々衆のひとりが訪ねて来たことがある。何でも永らく京都へ医術と儒学の勉強に 遣わされていたとかで、男ぶりは左程《さほど》でもなかったが、いかにも学問を身につけて重 厚な人柄のお方のように女中には見えた。長尾家にふるくからいる用人なども、

「瀬川どのもよくあれだけに精励なされた……変れば変るものかな」

感慨深げに洩《も》らしていたのを覚えている。

さてその三之丞が千春と対面して、

「若気の過《あやま》ちとは申せ、貴女《あなた》に犯した罪のおそろしさ、身にしみて近頃しみじみ分り 申した……！」

畳に手をついて詫《わ》び、ただこれだけは信じて頂き度《た》い、わたしは幼少の頃から貴女 の美しさに心酔し、こよなく讃美《さんび》する気持をいだきつづけて来た、その気持が遂《つい》にあ の狂気のような過ちを犯させたが、今どうやら、人並みに世間へ出られる人間になれ たのも、貴女への申訳に、せめては世間なみに恥ずかしくない者になろうと一心に勉 励したおかげであった、貴女を愛するにふさわしい男になろうと心掛けた、いえば今 日の私を創《つく》ったのは、貴女へのそんな讃美の気持であったと思う。——今更、詫びの

仕様はないが、一人の幼馴染《おさななじみ》が、貴女によってどうにか一かどの学者になることが出来たのを、見てもらいたいと思い厚かましくも対面を願ったわけである。この上は、典膳どののもとへ参って懺悔《ざんげ》した上、どのような裁きにも服そうと思う、そう言った。

千春は聞き了《おわ》ると、

「過ぎたことです。私達が別れたのは、やはりわたくし達夫婦だけの問題だったと思います。今更夫の前へ出て懺悔なされたところで私達がどうなるものでもないでしょう。……あやまちは過ちとして、そのように立派になって下すったのなら私も本望です……」

そう言って、

「すぎたことはお互いに忘れましょう――」

淋《さび》しく笑った。

――女中は、その時茶菓を運び入れてこの会話を聞いたのである。……

千春が隻腕《せきわん》の武士と一緒に戻って来た。

女中は我に返り、慌《あわ》てて頭を下げる。

「………」

千春は言葉をかけてくれない。其処《そこ》に女中を待たせていたことも忘れているのではないかと思えるほど、うなだれて、武士のうしろに従っている。

武士の方はチラとこちらを一瞥《いちべつ》したが無言で通り過ぎた。おぼろの月明りに、秀麗な横顔が悲壮の愁気を湛《たた》えている。よほど重大な会話を交したのだろう……

千春がそのまま行き過ぎるので、女中もうしろから跟《つ》いていった。間を隔てて。

山門を出ると右へ曲る。瑞林寺へ戻るのとは反対の道だ。――更に左へ折れる。

千春は憂《うれ》い深くうなだれきって足運びに元気がない。是非の判断のつきかねる問題に当面し、どう仕様かと迷っているらしい。というより、歩き進むにつれてますます気が重くなってゆくようだった。

しばらくして武士が言った。

「今夜は何処《どこ》に泊る？……上杉家か？」

「いいえ。……女中の知り合いへ厄介《やっかい》になるつもりです」

「では、もう帰るがよい。おそくなっては先方に迷惑があろう」

「——あなた」

意を決した面持で千春は顔をあげ、

「もう一度だけ、お考え直しになって頂けませんか？……千春一生のお願いでございます」と言った。

「会うだけでよいのか？」

「はい。……もう無理にとは申しません。でも、わたくしには嘘《うそ》はつけません。兵部さまにお目にかかり、あなたがやっぱり承諾しては下さいませんでしたと、はっきり申上げてお詫《わ》びしとうございます。ですけど、わたくしの口から申すよりも、あなたが直接お会いになったうえで、おことわりなさるのが本当ではないのでしょうか？……生意気を申すようでございますけど、お考えのあることなら、じかにお話しなさるのが、武士のまごころと申すものではございませんか？……堀部さまにだけ、まごころをお通しされて、兵部さまに——」

人が不意に辻《つじ》を曲って来たので千春は口を噤《つぐ》んだ。何処ぞのお坊さまのようである。

「よいお晩でござりますな」

見知らぬ千春へも会釈《えしやく》をして、

「なむあみだぶつ南《な》無《む》阿《あ》弥《み》陀《だ》仏《ぶつ》……」

つぶやきながら通りすぎる。典膳が言った。

「そなたの申しておることは、わたしに死ねというにひとしい……。が、分った。いかにも兵部どのを見舞いに行こう！——」

丹下典膳が前妻千春を伴って桜田御門外の米沢藩邸内に千坂兵部の病床を訪ねたのはその夜のうちである。

曾《か》つて典膳の腕を斬落《きりおと》した長尾竜之進は国許《くにもと》詰となって今は江戸にいない。それでも「竹に雀《すずめ》」の家紋をあしらった上杉邸に足を運び入れることは典膳にとって気の重いものだったろう。——が、玄関の応対に出た家人が捧《ささ》げ出す手燭《てしよく》に照らされた典膳の風貌《ふうぼう》は、冷やかなほど平静であった。

「武州浪人丹下典膳、兵部どのが見舞いのために罷《まか》り越したと、お取次ねがい度《た》い」

千坂兵部の家来のうちでも典膳のことを知っている者は今では何人もない。ただ

背後《うしろ》に控える千春は、家老長尾氏の息女であり午過《ひるす》ぎにも一度訪ねて来たばかりなので、

「丹下どのでござるな？　暫時《ざんじ》お待ち下され」

隻腕なのを不審そうに見直して奥へ入った。

取次をうけた兵部の近侍や側用人浜田利右衛門の喜びは非常なものだった。

「何、丹下どのが参られた？　な、何をぼやぼや致しておる。これへ、これへ通さぬか」

手の舞い足の踏むところも知らぬ有様で、若侍を一喝《いっかつ》し、ソワソワ自分も立上った。

兵部は奥の病室で昏睡《こんすい》をつづけている時である。報《し》らせに行ったものか、もう暫《しば》らくして目の覚められるのを待つかと、控えの間の主治医へ相談に一人が慌てて馳《は》せつける。浜田利右衛門は座敷内をわけもなくぐるぐる回っている。

ここで重大なことだが、彼等兵部の家臣たちはあくまで、危篤《きとく》の主人が懇望していたから典膳の来訪を喜んだので、けっして吉良上野介の身が、これで安泰だと歓喜したわけではなかった。どちらかと言えば、典膳の武芸の練達ぶりを兵部以外の誰ひとり、見知ってはいないし、さほど切実にその武辺を必要とも考えていなかった。末期《いまわ》のきわに、ただ主人を安らかにみまからせたい、その一念だけで典膳を待ち典

膳の来訪をよろこんだのである。上杉の陪臣としてなら、これは当然の人情だったろうが、そのため、ようやく眠り入った病人をわざわざ起すのもいかがなものであろうかと、形式的に主治医の意見を叩《たた》いたにすぎぬ。医者というものがこういう場合、こたえる詞《ことば》はきまっている。

「せっかく眠りに入られたものにござれば……」

どうせあと一日もつか持たぬかの寿命である。病人が待ちのぞんだ相手を引合わせたところで危篤人が快癒《かいゆ》するわけもない。兵部の主君上杉弾正大弼《だんじようのだいひつ》綱憲でも見舞いに来たというなら別だが、聞けば、重臣長尾家の息女の前夫とは言え、一介の浪人者ではないか。主治医はそう判断したのである。

「さようでござるな。……しからばお目覚めに相成るまで……」

とうとう典膳と千春は、別の間で待たされた。兵部はだが、それきり昏睡から醒《さ》めなかった……

典膳と千春は控えの間でいつ迄《まで》も待たされた。

典膳が此処《ここ》へ来るまでの心理的推移を本当に知る者なら、この待ちぼうけは典膳に対し甚だ無礼な扱いだったことが分る。且《か》つ兵部にとっても不忠至極の措置というべきだろう——

千春にはそれが分るが、と言って、ようやく安眠についたばかりの病人ゆえ今少し待ってもらい度い、と家臣に告げられれば、無理に起してでもとは女の身で言い出せなかった。まして、典膳は承諾に来たのではない、と千春は知っている。付け人になることを、直接、辞退のため遣《や》って来たのである。わざわざ起して落胆させるのは、しのびない懐《おも》いがあった。それで典膳には悪いと思いながら、千春は夫の背後でうなだれがちにじっと坐《すわ》って待っていた。

典膳は項《うなじ》を反らし、瞑目《めいもく》しているのか化石のように端坐《たんざ》して動かない。出された茶菓には手もつけない。病人のある家で、ひっそり静まっているのは当然だが、客座敷とは言え侘《わ》びしい一室へ通されたきり、応対に来る家人の姿もないとなると、何か、招かれざる客の感じさえふっと千春の心には兆《きざ》す。

——もっとも、側用人浜田利右衛門がそこまで意地の悪い男とも思えず、むしろ、典膳が以前の千春の夫だったと知っているので、久々の夫婦の語らいを邪魔せぬようにと、気をきかして、わざと姿を見せないのかも知れなかった。それならそれで、典膳の瞑目が千春には猶更《なおさら》くるしい……

一時《いっとき》たつ。二時たつ。

静まり返っていた屋敷内に、急に廊下を行交う遽《あわただ》しい人々の跫音《あしおと》がし出した。それにつれて、狼狽《ろうばい》し、上ずった家来たちの騒ぐ声。廊下を右往左往する足音。

ハッと千春が面《おもて》をあげる。

「医者《くすし》どの、医者《くすし》どのを早く。……早く」

呼び交う声につれて、

「各々《おのおの》すぐに御寝所へ来ませい。――殿が、殿が御臨終にござるぞお」

彼方此方《あちこち》の唐紙がサッと開く。

「なに、殿が?……」

夢中で廊下を走って行く――

「あなた」

思わず千春が声をかけた。

「…………」

巌《いわお》の如《ごと》く典膳は動かぬ。

――が、動悸《どき》っと千春は呼吸《いき》のとまるおもいがした。動かぬと見えた典膳の肩が、微《かす》かに、哭《な》く如くに顫《ふる》えているのである。

「……遅れた千春」

と言った。

「おそすぎた！……対面の上なれば兎《と》も角《かく》、今となって、断るために推参したとは、死人に、言えぬ……」

血を吐くような声であった。


千坂兵部は、ついに典膳を見ることなく其《そ》の夜のうちに永眠した。

狼狽周章する家人の廊下を行交う中に、黙然、坐して慟哭《どうこく》する典膳の真意を千春さえ本当は窺《うかが》い得なかったろう。

病人がみまかってしまえば、家臣どもにとって典膳は無用の存在に斉《ひと》しい。しかし兵部は用意周到な人だった。

ほとけとなった死人の亡骸《なきがら》に遺族や重臣たちが取縋《とりすが》って涕泣《ていきゅう》して、晒《さらし》の死装束に着せ替え、さてほとけを別室に移そうとすると、枕《まくら》の下から遺書が出て来たのである。

『丹下典膳殿　親書』

とある。

側用人浜田利右衛門は、実にこの時はじめて、待たせた儘《まま》の典膳を想《おも》い起した。とりあえず遺書を携え、みずから典膳の前へあらわれた。

典膳は、すでに予期していた如く、冷静な容子《ようす》でこれを受取り、一礼ののちしずかに啓《ひら》き見たそうだ。

読みおわると、

「御遺志のおもむき、たしかに承知つかまつった」

と言った。その語気に漂《ただよ》う悲痛さを汲《く》み取るほど利右衛門は平静でいられない。

「何と、御遺言あそばされてござる？」

膝《ひざ》を進める。

典膳は無言の儘で、元通りに巻きおさめると、

「——いずれ、御家中へも同一の趣きは申し遺《のこ》されてある筈《はず》なれば、それにて御判断下さるように」

遺書を懐中に差料《さしりょう》を摑《つか》んで、立った。

焼香も典膳は遠慮したのである。千春は、この儘居残るべきか、典膳について藩邸を出るべきか、一瞬迷ったが、いつもならこういう場合、「残れ」と指示を与える典膳が何も言わないので、自分のひとり判断で、一たん藩邸を出ることにした。

典膳はとめようとしない。

とっぷり夜のふけた夜道を、黙《もだ》しがちに二人は瑞林寺への道を帰る。そのあとを女

中が付いて来る。

「そなた、今夜はもう旅籠《はたご》へ一泊してはどうじゃ」

「あなたは？……」

「――」

「瑞林寺へお帰りでございますか」

かすかにうなずく。

しばらくして、

「兵部どのが葬儀を見送ったら、そなた、国許へ帰るがよいぞ」

「江戸にいてはわるうございますか？……」

「――わるい」

千春はもう不安に耐えかねた。

「兵部さまの御遺書には何が書かれたのでございます？……」

「……………」

典膳は黙っている。

どうせ、前後の事情から推して、吉良の付け人に懇請された遺書ときまっているが、そんなふうに黙り込まれると矢っ張り、千春には気になる。付け人になるのに、どうして慟哭することがあるのだろう。

千春は女の身で、松の廊下のあの刃傷《にんじょう》についても詳しい経緯は分らない。しかし国許米沢で上杉家臣らが話していたことや、その後の世間の噂《うわさ》を聞いても、悪いのは短慮を起した浅野内匠頭の方で、吉良上野介には事件後にもお咎《とが》めはなく、却《かえ》って慰撫《いぶ》の上使が立ったということだった。

典膳は上杉家臣ではない。妻の縁で上杉の家老千坂兵部に昔は昵懇《じっこん》していたというにすぎない。身贔屓《みびいき》というものがあって、千春の耳に入るのは上杉方の一方的な解釈ばかりだったかも分らないが、それにしても、内匠頭は切腹を仰せつけられ、吉良にお咎めのなかったのは公平な目が、上野介に落度のないのを認めたからではないかと思う。赤穂浪士が吉良殿をつけ狙《ねら》うのは、いわば逆恨《さかうら》みではないのだろうか。典膳が正義の人なら、そんな迷惑な恨みをうける人を守ってこそ武士だろう……そう思う。

個人的に、どれほど堀部安兵衛と親しいにしろ、そうした公私のけじめは典膳はつける人だと千春は思っているから、その悲痛な面差のわけが一そう分らないのだ。これが兵部の遺志をあくまで断るというのだったら、生前の兵部にうけた情誼《じょうぎ》を裏切ることになって、それが心苦しいのだろうと納得がゆく。しかし典膳は付け人を承諾したのである。何をそんなに長嘆息するのだろうか？……

南大工町の通りにはいった。民家は殆《ほと》んど大戸を卸《おろ》して寝静まった屋根の上に朧《おぼ》ろな残月が懸っている。灯《ひ》の洩《も》れる窓もなく、明りがともっているといえば辻《つじ》番所の提灯ぐらいのものだった。

何処かに旅籠を取れといいながら一向に典膳は別れようとは言わない。自分のと千春の黝《くろ》い影を踏んで相変らず無言に歩く……

天啓というのだろうか、閃《ひら》めくようにこのとき千春の脳裏を疾《はし》ったことばがあった。あの瑞林寺の住持が洩《も》らした、武士は仇《かたき》と狙われるなら、どのようにしてでも之《これ》をしりぞけ身をまもるのを誉《ほまれ》とする、と典膳が語ったという詞《ことば》である。事の正邪はもはや問うところではない、一たん付け人を承知したからには、全力をつくし死力をつくして上野介の身を赤穂浪士の手からまもらねばならぬ――その武士道のきびしさに、典膳は内心、哭いているのではあるまいか――そう思ったのである。

黙りがちな典膳が、この時ふと尋ねた。

「堀部どのが近く他家へ仕官する――とか言ったな？」

「……はい。そのように申して居《お》られましたわ」

「そうか――」

意味深くうなずいて、

「気の毒だが、その仕官の儀は成就《じょうじゅ》すまい」

「え？……」

瑞林寺へ帰り着くまで、それきり典膳は一言も語らなかった。

住持は、千春が七面社へ出掛けたきり、どちらも戻らなかったので秘《ひそか》に案じていたようである。

千坂兵部がたった今、亡《な》くなったと聞いて余計に驚ろいた。

「そ、それで御身、臨終に間にあわれたのか？」

黒衣の袖《そで》をさばき、ひらき直る。

「………」

微かに典膳は頭をふった。

「残念ながら病床へは案内《あない》してもらえませんでした」

「なに会わぬ？」

信じられぬといった、眉《まゆ》のあげようだ。

典膳は説明する代りに黙って懐中の遺書を出し、住持に渡した。

丹下典膳宛《あて》に、兵部の直筆と見ただけで中は読まずとも和尚《おしよう》には一切がのみ込めたようである。

それでも念のため、遺書へ瞑目して、啓く。千春は典膳のわきで項垂《うなだ》れている。自分には話さぬ内容を住持にならい、黙って見せる人だ。

読み了《おわ》ると住持は長大息した。

「愚僧のひきとめて来たことが、あだになったわ……」

おのれ自身に吩《い》いきかせるようにつぶやき、ぼっちゃりした指で元へ巻きおさめると、合掌する。

良《やや》あって、

「これは、燃やした方がよさそうじゃの」

謎《なぞ》をかける言い方をした。

「——御随意に」

と典膳は言った。

「どうするおつもりじゃ？」

「やむを得ますまい。……一日とてゆるがせには出来ぬ事態。そうときまれば明日にでも吉良方へ参ろうかと存じ申す」

「やっぱり、のう……」

住持はつらそうに瞼《まぶた》をとじた。姑《しばら》くして言った。

「吉良殿が家老にて小林平八郎どのというを、愚僧ちと存じており申すでの、御身さえ差し構いないなら添書をしたためて進ぜるが」

「そう願えるなら好都合です」

上杉家の重鎮と目された千坂兵部の親書があるのに、わざわざ上野介の家老にまで何故、住持の添書を必要とするのか千春には納得がゆかなかった。――典膳の悲劇は、おもうにこの時すでに瑞林寺の住持には見《み》透《とお》せていたのである。

話がそうときまると、もう何も打明けて話すことはない。はじめて千春の存在に住持は気がついたように視線を向け、

「いこう夜も更《ふ》けて参ったで。今夜は寺へお泊りなさるかの？」

典膳が付け人として吉良邸に出向いたのは、それから四日後、千坂兵部の葬儀のおわった翌日である。

兵部の親書は、考えるところあって典膳は焼却した。瑞林寺住持の添書のみたずさえて吉良邸に出向いたのである。

玄関で案内を乞《こ》う。中庭あたりに普《ふ》請場《しんば》をもうけたらしく人夫の懸声が潮騒《しおさい》のように内塀の向う側に起っている。ふと典膳の目が、それへながれた。

「お、貴公は丹下典膳どのでござろうな？」

応対に出て来た若侍が隻腕《せきわん》の浪人姿に一目で声をあげた。日頃の典膳の律義さなら、この日ぐらいは袴《はかま》をはいている筈なのが、相変らずの着流し。

「いかにも丹下です。御家老小林どのへお取次を頂き度《た》いが」

「し、しばらくお待ちねがい度い」

あたふたと奥へ走り入った。

予想した以上に長く待たされた。典膳の名を知っている程なら、兵部が生前どれほど手をつくして行方を探したか、それが何のためかを承知している筈だが、それにしては長い。

典膳は目をとじる。なつかしい者の声が節まわしのいい懸声をあげている……

「どうぞ、お上りなされい」

さきほどの若侍が戻って来た。上役から何か典膳のことで叱《しか》られたらしい。不機嫌《ふきげん》な顔色である。

典膳は差料を抜くと、鞘《さや》のまま玄関わきの刀架へ掛け、案内される儘に奥へ通った。

鍵《かぎ》の手に、廊下を曲った時である。

「えい」

裂帛《れっぱく》の気合で、真槍《しんそう》が障子の陰から突出された。典膳の身がくるっと一回転した。

槍《やり》の穂首を摑みもしない。元のとおりの足運びで廊下を進む。

前を案内する若侍の肩が微《かす》かにふるえているその動きから、今度は典膳も目を離さなかった。

誰が突いたのか、いずれは腕試しをしたのであろう。

「これにてお待ちねがい申す――」

一室の前まで来ると襖《ふすま》をあけ、若侍が青ざめた顔で言った。

一礼して典膳は入った。

典膳はここでも、随分待たされた。形式的に茶菓を出されたあと、

「御家老さまは只今《ただいま》用談中にござりますれば、暫時《ざんじ》お待ちを願いますように」

茶坊主《ちゃぼうず》が言って、ひきさがったきり。

応対にあらわれる取次役もない。

典膳は、覚悟の上らしく、あっさり目を瞑《つむ》って何時までも座敷に独り坐《すわ》りつづけた。

時々、普請場で聞き覚えのある声が人足どもに音頭をとっている。六年を経ても耳の底についいた、あの張りのある白竿長兵衛の声だ。典膳は瞑目《めいもく》のまま聞き入った。

吉良上野介の屋敷は、総坪数二千五百五十坪。はじめ鍛冶橋《かじばし》にあったのが、呉服橋へ移され、更に本所松坂町の松平登之助邸に屋敷易《がえ》を命ぜられたのは元禄十四年九月で、そもそも両国橋の初めて架かったのが万治二年――武蔵《むさし》と下総《しもうさ》の両国に跨《また》ったため、此《こ》の名が出たが、従って本所は当時まだ新開地であり、蕭々《しょうしょう》たる場末の屋敷町にすぎなかった。夜陰に義士が隊伍《たいご》を組んで打ち入るにはもってこいの土地なのである。

邸内は、昨十四年十二月に吉良上野介が隠居をして、子息の左兵衛が跡目相続をしたから、本邸と隠居所の二つに分れている。建坪は八百四十六坪、うち本家三百八十八坪、お長屋が四百二十六坪、表門は東にあり、左に腰掛、右に門番所、腰掛に接して長屋十六間半（小屋敷二軒、厩《うまや》九間）門番所に接して、長屋十三間。

裏門は西にあり、その右に番所があった。北は本多源太郎および土屋主税邸。西側にちかいところに長屋があり、その東に池があって、橋が架かっていた。北側には弁天の祠《ほこら》と稲荷《いなり》の社が祀《まつ》られている。普請の人夫が入っているのは隠居所の間取りを変更するためと称し、不寝番の番所、それに万一の場合に備えて、落し穴を穿《うが》ったためだった。典膳にとっては、これをしらされても憂《うれ》いは同じだったろう。

背後《うしろ》で襖があいた。三四人の跫音《あしおと》が這入《はい》って来る。静かに典膳は目をあいた。

「待たせたな」

声をかけ、対面の位置にゆっくり坐ったのは小林平八郎。すかさず一人が脇息《きょうそく》を床の間わきから取寄せ、平八郎の傍らへ差出した。

そのまま、これも平八郎の稍《やや》下座に典膳へ対して坐る。あとの二人が更に右へ居並ぶ。いずれも吉良家ではかなりの身分と見え、衣服に贅《ぜい》をこらしている。

しばらく彼等は無言で典膳を見据えた。

「小林平八郎じゃ」

錆《さび》の利《き》いた好い声である。四十前後、細面だが眼は鋭い。

黙って典膳は目だけで会釈《えしゃく》を返した。

「それがし杉山甚五右衛門と申す。これにあるは石原、古沢。いずれも御隠居さまお側役じゃ。ところで貴公――」

意味ありげな皮肉笑いを泛《うか》べた。

「御本家上杉様家老長尾権兵衛殿が息女と婚縁の間柄にあった由《よし》承わるが」

此処《ここ》で暫《しば》らく故意に言葉を止めて、

「その片腕、同じ長尾殿が嫡男《ちやくなん》竜之進に斬《き》られたという噂、誠で御座るか？」

「――その通りです」

「ほほう……」

大袈裟《おおげさ》に目を見張った。

人夫の木遣り節がまた、中庭で聞こえている。

「しからばいま一つ、生前千坂兵部様、貴公がことを事更賞《ことさらほ》めて居られたように承わるが、何か、特別な間柄にでもあられたのかな？」

「…………」

「なるほど、先頃廊下にて手のうち試みた限りでは一応の心得はあると見える。併《しか》しじゃ、我等吉良家にも人はおり申す。片輪浪人にまで主君を護《まも》ってもらわねばならぬ程」

「――まあまて」

小林平八郎がゆっくり制した。眼は鋭く典膳を見据えて、脇息に肘《ひじ》を持たせ、パチンと手で扇子を鳴らす。

「その方、もとは御旗本であったそうじゃの？」

「――」

「永年の浪人暮しでやはり何かと昔の栄耀《えよう》が偲《しの》ばれようの？」

「――――」

「――その苦労、わからぬではないが、当家にも気の立つ若侍が多い。まさか亡《な》き兵部殿の遺言であってみれば、むげにそのほうが希望も絶ちかねるが、今も申す通り、家中に一徹者がおる。それらに懣《ふんまん》をいだかせては家の統一も乱れること、ま、当分は、食客の扱い分にて屋敷に居《お》られるよう、わしからも御隠居様に言葉はそえておくが、それでよいなら、当分ぶらぶら致しておるがよい」

典膳は無言で頭を下げ、

「そのように願えますなら」

と言った。

一斉に皆の目に侮蔑《ぶべつ》の色がうかぶ。ふン、と小鼻を鳴らした者さえあった。跫音荒々しく彼等は打揃《うちそろ》って座敷を出ていった。ぽつんと典膳は残された。

小林平八郎以下が、どういう肚《はら》でいるか典膳には分っている。妻の兄に腕を落される不甲斐《ふがい》ない武士、そんな者まで数を頼んで上野介の付け人にしたなどと世間に聞かれては、まるで吉良家に人なきが如《ごと》き有様となる。ましてや片輪者である。

もともと吉良家では、よもや赤穂浪士が討入って来ようなどとは考えていなかった。

来るなら来てみろ、そんな奢《おご》りもあったにしろ、世間に兎角《とかく》の噂《うわさ》のあるのは赤穂浪士達の虚勢だと解釈している。従って典膳が付け人の名で吉良家に来るのは、亡き兵部の縁故を頼りに、食扶持《くいぶち》にありつきたい為《ため》だと見たのである。彼等の中には、上杉の強《た》っての要望で、万一に備える落し穴など作るのも笑止の沙汰《さた》と迷惑がる者もあった。大石以下の浪士の苦衷とは雲泥《うんでい》の差だ。いえば、勝負は既についている。

そんな中へ、侮蔑の目で見られながら典膳は坐らねばならぬ……

「あ、こりゃあ……」

床の間の隅の書院窓が少しあいていた。庭を通りかかった法被《はっぴ》姿のいなせな男がヒョイとその窓から室内を見て、

「せ、先生じゃございませんか」

「お、おなつかしい……一体、どうなすっていらしったんでござんすかい？」

転ぶように縁側へ回ると、がらりと障子を明け、

「先生。巳、巳之吉でござんすよお」

思わず声が涙ぐんだ。「ずい分、おさがし申しやした……」

典膳の愁《うれ》いに沈んだ面がほっと柔らぐ。目を瞑《と》じた儘《まま》で、

「皆に変りはないか」

「へ、へい。おかげさまで、親分以下今じゃ立派に江戸の請負い稼業《かぎょう》で名の通る白竿組をもり立てておりやすよお」

「…………」

「――先生」

声を沈めると、

「嘉次平じいさんが、とうとうこの夏亡くなりやした……」

「それは聞いた……立派なとむらいを出してやってくれた由――嘉次平もあの世で喜んでおろう……」

「そんな水臭え話をしてるんじゃございんせん」

ごくんと生唾《なまつば》をのんで、

「お三姐《ねえ》さんが、今でも嫁がずに居ること、ごぞんじでござんすか？……」

眼が燃えてきた。お三を幼少から想《おも》いつづけている男の眼だ。きっぱり、その思慕をこの男は断ってお三の仕合わせだけを願っている。つい、その気持が、こんな咄嗟《とっさ》の場合にも出てしまったのである。

典膳の横顔が睫毛《まつげ》をひらいて、

「長兵衛は、中庭か？」

「へい」

こっくりうなずくと、初めて我に返ったように、

「そうだ。す、すぐ報《し》らせてめえりやす――」

「よい」

呼びとめた。

「わたしは今日から此処の居候《いそうろう》になった。いずれはいやでも顔をあわす」

「そ、そんな水臭えことを仰有《おつしや》っちゃあ、親分がお恨《うら》み申しやす」

「よいと申すに」

言って、膝《ひざ》前の茶碗《ちやわん》の蓋《ふた》を取ると、片手で湯呑《ゆのみ》を持った。

一口含んで、

「今は、休みか？」

「へい。一段落、土台工事が済みやしたので一服しているところでござんす」

「そうか。――皆の元気な顔も見たい。……わたしの方から普請場を見せてもらいに行こう」

「そ、そうして頂けりゃあどんなに皆も喜びますか」

巳之吉の面に歓喜が溢《あふ》れた。

吉良邸内の模様を、典膳よりは巳之吉の方が知っている。庭下駄《げた》が別座敷の縁前《えんさき》にあったのをいそいで巳之吉は取って来て、典膳の足許《あしもと》へ揃え並べた。

吉良家の家来たちに、食扶持ほしさの押しかけ付け人と見られる侘《わ》びしい人だと知ったら、巳之吉をはじめ、白竿組の若い者らは泣いて憤慨するだろう。

「何もそんな居づれえところにおいでなさらずとも……」

長兵衛はそう言って無理にでも浅草へ連れ戻るかも知れない。

なるべくなら、だから白竿組の者たちの前で、冷遇される自分の姿を見せたくなかった。誰のためでもない、亡き千坂兵部の信頼にこたえ、上野介を衛《まも》るには典膳はぜったい付け人に必要な剣客なのである。本当の、典膳の値打を知っているのは幽明、境《さかい》を異にする千坂兵部だけだろう。

巳之吉に案内されてゆっくり典膳は庭から邸内の模様を見てまわった。

「先生、そちらじゃござんせん、普請場はこ、こっちでござんすよう——」

別の方へ回るのを慌《あわ》てて引留めるのへも、

笑いながら、間取りの様子をそれとなく調べて引返した。二千五百余坪の邸内である。何処《どこ》に隠居の上野介が起居し、子息左兵衛佐義周《すけよしちか》が居るか、食客扱いの典膳にどうせ家臣らは教えもせぬに違いない。

ようやく彼方此処《あちこち》に坐り込んで鳶職《とびしょく》や人夫の一服している普請場へ来た。怺《こら》えきれなくなったか巳之吉はそんな若い衆を見回しては、

「先生だ。せ、先生がおいで下すったぞォ……お、親分は何処にいなさるんだ？」

目を血走らせる。

ハッと坐り込んだ中から白竿組の若い衆だけが跳び立った。

「お……こ、こりゃあ先生！……」

慈父を慕う子供のように馳《は》せ集まって来て、

「お、おなつかしゅうござんす」

「お久し振りでござんす」

典膳を取囲むと、声をつまらせ各自が叩頭《こうとう》した。中には初めて典膳を見る者も多いが、その人の噂は口癖のように長兵衛や兄貴分から聞かされているので、やっぱり目を輝かせて見戍《みまも》って頭をさげた。

すーっと典膳の目頭がうるんでくる。

「……その方らも無事で、なにより」

「へ、へい……」

辰吉が少し離れて別棟《べつむね》の蔭《かげ》にいたのが、とぶように走り寄って来て、

「先生」

声をつまらせ、うなだれると、すぐ、

「だ、誰か早くお長屋へ行って、親分を呼んで来ねえか……」

長兵衛が横っ飛びに駆けて来たのはそれから間もなくである。

「先生」

若い者をかき分け、典膳の前へ棒を呑《の》んだように突立つと見る見る、満面朱を注いだ。

「ど、どうしてこんな所へおいでなさるんでござんす?……」

巳之吉や辰吉のようには単純に喜びきれなかったのだろう、本気になった眼がむしろ悲憤している。

典膳は、うれしかったろうと思う。

「……そちも変りないようだな」

微《かす》かに赧《あか》らんで笑ったが、

「わっちのことなんざどうだってよござんす。そ、それより先生——」

緊張に青ざめて、

「これからずっと、まさか此のお屋敷へお住みなさるんじゃござんすめえ?」

それには応《こた》えず、

「普請はいつ頃出来上る予定だな?」

典膳の表情がふっと真顔になっている。

長兵衛は、ごくんと生唾《なまつば》をのんだ。

「それは……十日のうちに、どうしても仕上げろとの仰《おお》せでござんすが」

「十日?——では此の月中に仕上る予定だな?」

「そのつもりで若え者にゃ夜なべ迄《まで》させておりやす」

「改築の場所は?」

「——御隠居様のお住居を、模様替えしておりやすが……」

奥庭からこの時、大工頭梁《とうりょう》の甚兵衛が何気なく出て来た。典膳の姿に愕《おど》ろいて、慌てて庭づたいに駆け戻る。付近にいた鳶人足がそれを不思議そうに見送ったが、長兵衛以下白竿組の主だった者は、誰も気づかなかった。

枯れ葉が二三、砂利を盛上げた塀際《へいぎわ》から吹き寄せられて来る。

「一度、普請場を見せてもらい度《た》いが」

典膳はさり気なく言って、自分からその方へ歩き出した。ぞろぞろ数人が一緒について来る。

「よろしいんでござんすか？……」

長兵衛はまだ半信半疑の面持で、

「そうだ、大事なことを言い忘れやした……先生、爺《じい》さんは安らかに息を引取ってくれました、一度、先生のお供をして是非とも岡崎とやらの隠居さまをお見舞いしてえ、そう申しておりやしたがね」

「…………」

「岡崎にゃ、先生のおふくろさまがいなさるんだそうでござんすねえ？……」

典膳は何とも答えなかったが、あの媼《おうな》のような刀自《とじ》も既にこの比《ころ》はみまかっていたのである。

——不意に内庭の方から二三人侍が肩肘《かたひじ》張って駆け出て来た。

「退《ど》け退け」

人足どもを突き分けると、

「丹下。——貴公何処へ行く？……」

旅いまだ帰らず

居丈高な言い方に白竿組の巳之吉らはハッと顔色を変えている。

「これら若い衆とは些《いささ》か顔馴染《かおなじみ》ゆえ、普請場《ふしんば》を一度見て参ろうと存ずるが」

典膳はおだやかに答えた。

「それは存じておる。併《しか》し貴公を普請場へ入らせるわけには参らぬわ」

「……何故《なにゆえ》？」

「御家老の仰《おお》せじゃ」

別の一人は更に典膳を見下《みくだ》すようにして、

「貴公、噂《うわさ》によれば以前より堀部安兵衛を存じておるそうじゃの。あれはもと赤穂藩士——まさかとは思うが、一応気がかりの人物じゃ。それと識《し》り合っておっては貴公に異心なきことの見える迄《まで》、我らの方でも要慎《ようじん》をいたすは当然。ま、今は出すぎた事などいたさずと、部屋住みで三度三度のめしにありついておる方が無難ではないか？

――のう？」

ありあり嘲蔑《ちょうべつ》の色が眼に漾《ただよ》っている。

あきらかにいやがらせだ。堀部安兵衛との旧交を気にするぐらいなら、もっと本気で上野介の安全をはかり、大石の東下《あずまくだ》りにも監視の眼を注ぐべきだろう。大石は鎌倉雪ノ下に来て、意外に吉良方に警戒心のないのを知り、堂々と江戸日本橋石町の小屋弥兵衛方《かた》裏手控え屋に乗込んだという。しかもなお上杉の刺客に備えて常に身辺護衛をおこたってはいないのである。吉良の家来共とは雲泥《うんでい》の相違だ。ということは、繰返すようだが、元来、吉良の家来たちはまさか将軍家のお膝《ひざ》もとで徒党を組んだ暴挙などおこせるものではないと思っている。あくまで典膳は千坂兵部におもねって吉良家の扶持《ふち》にありつきに来た――そう見ているのだ。

「な、な、何をぼやぼやしてやがる」

不意に、長兵衛が付近《あたり》の乾分《こぶん》共を怒鳴りつけた。

「もうとっくに休憩の時間は済んでる筈《はず》だ。あと十日っきりねえ仕事だぜ。ぼやぼやしねえで、早く普請場へ行きやあがれ！」

典膳の胸中を察して、吉良の侍への憤懣《ふんまん》をそんな仕方で吐き出したかったのだろう。

或《ある》いは典膳が虐《しいた》げられるのを身内の者には見せたくなかったのだろう。

長兵衛の一喝《いっかつ》で、若い者共はおどろいて一斉に普請場へ去ってゆく。吉良の侍にもこの一喝は出鼻を挫《くじ》いたようだった。

「石原様」

すかさず長兵衛は呼びかけた。

先刻《さっき》典膳が家老小林平八郎と会った時に、側近にいて典膳を蔑《さげす》んだ一人である。

「ごぞんじかは存じませんが、こちらの丹下様は、以前わっち共の普請場で杖突《つえつ》きをして頂いたことのあるお人でございやしてね。申してみりゃあ昔っから普請の進捗《しんちょく》ぶりが一目でお分りなさるお方でござんす。若え者共も、先《せん》……おっと、丹下様が見回って下さるとなりゃあ一段と精を出し、仕事のはかどりも進みましょう、どうぞ、普請のはかどりを進めるためにも丹下様の出入りをおゆるしなすっちゃあ頂けませんかね？」

「ならぬ」

石原と呼ばれた侍は突っぱねるように言って、

「丹下を普請場に入れるなとは御家老よりのお申しつけ。異議があるなら、側役《そばやく》を通じてその方よりお直《じき》に願い出るがよいわ」

そう言って、

「さ、丹下。庭をうろつくほど暇を持て余しておる身なら、我らの碁の相手でも許されるよう、身共より御家老に願いあげてくれる。ついて参れ」

袖《そで》をひるがえして背を向けると、目配せで朋輩《ほうばい》を促した。にやりと銘々笑いあったのが、

「なるほど、貴公の碁の相手なら暇はいくらあっても足らん。はっはっ……よい男に知己を得たわ。のう丹下」

それからガラリと語調を変えると、

「何をぐずぐずいたしておる——早く参らぬか」

典膳は目顔で静かに長兵衛をうながした。

「そちはもう仕事場へ行くがよい。心配せずとも、わたしなれば大丈夫——。よいか、良い仕事をしてくれいよ」

家来たちの侮蔑などはてんで問題にしていない表情だった。

「へい」

長兵衛は顔中くしゃくしゃにして、

「じゃ先生。い、いずれ——」

面をそむけ、にげるように走り去る。

「……お待たせいたし申した」

典膳は家来たちの方へ戻って、それから屋内へ、連れ込まれた。

石原弥右衛門というのは隠居上野介の中小姓の一人だが、碁が何よりも好きで、ただ『待った』を連発し、徒《いたず》らに長考し、形勢非となると屢々《しばしば》相手に悪態をつくので、今では唯一人碁を囲もうという者がない。

そういう侍だったから、根は気の小さい小悪党なのだろうか。小林平八郎に願い出ると、あらためて典膳を家臣一同に自ら引合わせてまわった。

これが各々方《おのおのがた》も姓は承わっておられよう、上杉様御家来長尾竜之進どのに腕を斬落《きりおと》された丹下典膳どのにござる。これが元御旗本丹下典膳にござる、千坂兵部どの生前より目をかけられたる誼《よし》みにて、このたび、当家の食客に相成り申した——一々各座敷をそう言って回ったのである。ともに侮蔑の視線を浴びせて楽しもう、そんな意図もあったのだろう。

典膳は、冷静に一人一人を見きわめた。中小姓・清水一学、同じく大須賀次郎右衛門、祐筆・鈴木元右衛門、足軽小頭・大河内《おおこうち》六左衛門……

或《あ》る屋敷では、上野介の子息左兵衛佐の用人宮石竹左衛門以下、数人の雑談する中で一度に視線を浴びたこともある。彼等の中には、石原如《ごと》き凡愚の家来ばかりとは限らず、典膳を信頼の目で熟視する者もあった。そんな時わずかに典膳の面《かお》は希望に輝いたが――所詮《しょせん》、武辺に於《おい》て一人の堀部安兵衛に対抗し得る者は遂《つい》に見当らなかった――

付け人として吉良上野介をまもる為には、今は典膳みずから堀部安兵衛を斬っておかねばならぬ――

典膳を信頼の目で見た者に新貝弥七郎というのがあった。

上杉家から左兵衛に付けられた中小姓で、まだ十九歳の若侍だったが、赤穂浪士の討入り当夜には獅子《しし》奮迅の応戦をし、新貝の死骸《しがい》の腹から槍《やり》の穂先が出たといわれる。巷説《こうせつ》などでは堀部安兵衛の手にかかって果てた一人である。

また同じく上杉から、上野介の奥方三姫に付けられて吉良へ来た中小姓の山吉新八郎も典膳にはひそかに私淑の意を披瀝《ひれき》した。これも討入り当夜、上野介父子を護《まも》ろうと義士と斬結《きりむす》んで重傷を負い一日後に死亡している。

囲碁気狂《きちが》いの石原弥右衛門などは、当夜、

「南長屋ノ壁ヲ切抜キ、相老町へ逐電　仕《つかまつ》リ候《そうろう》」

小林平八郎と同じく上野介の家老だった斎藤宮内、左右田孫兵衛、岩瀬舎人《とねり》の三重役などは、当夜何か騒々しいので扉《とびら》を明けて覗《のぞ》いたところ透《すか》さず義士にカスリ疵《きず》を負わされたので、

「依《よ》ッテ、屋内ニ相控エ、其ノ後マカリ出候エバ、上野介ドノハ討タレ左兵衛様ハ手傷ヲ負ワレ申シ候」

などと、ぬけぬけ口上している。家老たる身が、主人の討たれる迄「相控え申す」ような面々だった。当夜即死した吉良方の十六人のうち、上野介の家来は小林平八郎以下わずかに四人、あと総《す》べて上杉より付けられた中小姓、役人である。義士の乱入に外へとび出し、あっという間に斬られた小林平八郎などは、他の家老にくらべればまだまだましな方である。

――そんな吉良上野介の側近に蔑視《べっし》され、しかも付け人となった以上はあくまで吉良の身を護らねばならなかった典膳の胸中――暗澹《あんたん》たる懐《おも》いは、蓋《けだ》し察するに余りがあった。

それでも若い弥七郎や山吉新八郎を見出《みいだ》した時にはホッとしたろう。

典膳は食客である。本来なら旦那《だんな》たる左兵衛や隠居上野介には目通りも許されぬが、そんな典膳を直言して上野介に対面させたのも右の小姓二人だった。

——或る日。白竿長兵衛らの急普請で隠居部屋のつづきに茶室の完成した時であった。

上野介はこの数寄屋《すきや》造りの茶座敷を非常に気にしていて、それが見事に早く出来上ったので頗《すこぶ》る機嫌《きげん》の良い折を見はからい、典膳の目通りを願い出たのである。亡《な》き千坂兵部が、特に推挙していた武士であると強調するのを二人は忘れなかったが、併《あわ》せて、茶の道にも嗜《たしな》みある人物だと言い添えた。

ようやく、それで上野介は会う気になった。

上野介は若い頃にはさぞ美男子だったろうと思える老人である。肌が白く、つやつやとして、一見、立居振舞いも優雅であり、赤穂浪士の復讐《ふくしゅう》計画など歯牙《しが》にもかけぬ頑迷《がんめい》な老人とは見えない。

典膳が次の間に通されたとき、上野介は座敷隅の茶釜《ちゃがま》のわきに、ちょこんと坐《すわ》って、典膳へ背を見せて茶をたてていた。

「申上げまする。先程言上《ごんじょう》仕りましたる丹下典膳、これへ推参いたさせました。何卒《なにとぞ》、御引見をたまわりまするように」

「との。丹下典膳にござりまする」

新貝と山吉が敷居際《ぎわ》から手を仕えて上野介の背姿へ目を注いだ。両人の少し後方に典膳は端坐《たんざ》してじいっと老人の頸《くび》すじから背を見入る。

上野介は何とも言わない。茶室と次の間との境の襖《ふすま》影に人の気配のするのは、上野介お気に入りの小姓でも控えているのだろう。

典膳からは襖にさえぎられて、その者の容子は見えなかった。

「………」

しばらく、さやさやと茶筅《ちゃせん》で茶碗《ちゃわん》を掻《か》く微《かす》かな音が上野介の膝許《ひざもと》でした。そのわきの風炉《ふろ》ではシンシンと松風が鳴っている。

「舟松」

茶を点《た》てると隠居はお気に入りの小姓を呼んだ。

「は？」

「客人に一服、これを」

艶《つや》のある良く透る声だ。

「畏《かしこま》ってござりまする」

襖のかげから小姓は膝行《しっこう》して上野介の点《た》てた茶を受取って、目七分に捧《ささ》げ、するすると敷居際まで来ると、

「御免」

山吉、新貝のふたりに断りながら典膳の前まで来て、ぴたりと坐った。

「粗茶にござります」

女にほしいような濃い睫毛《まつげ》をした若衆である。挙措も作法にかなっていた。

「頂戴《ちょうだい》つかまつる」

典膳は誰にともなく一礼して、片手で茶碗を把《と》り上げる。奥高麗《おくごうらい》出来の、地肌の釉《ゆう》色《しょく》の好い茶碗だ。

「その方、兵部とは古い知己かな」

喫《きっ》しおわると上野介が訊《き》いた。自前で、これも小服を喫している。相変らず顔は向けない。

「古いとは申し兼ねますが――」

「権兵衛の娘はその後どうしておるの？」

「…………」

「その方、あれの婿《むこ》であったそうじゃが……今、米沢かな」

「千春を、ごぞんじでござりますか？」

典膳には意外な上野介のことばだ。

「知るも何も、上杉であれは評判の美形であったわ」

上野介はつまらなそうに言ったが、その声はよく透った。

たしかに、千春の父長尾権兵衛は上杉家の家老であり、生前は江戸藩邸にあって千坂兵部の上位にいた。上野介の正室が先代米沢藩主上杉綱勝の妹で、現当主、上杉綱憲は上野介の長男であってみれば、その上野介が千春を知っていて不思議はないわけである。

多分は、典膳が隻腕《せきわん》になった経緯《いきさつ》もこの老人は知っているのかも知れない。どの程度、それが真相をきわめたものかによって、典膳への上野介の扱いぶりも異ってくるわけである。

そんな目で見ると、ことさら背を向けつづける様子までが、何か、意味あり気であった。

「その方がことは」

上野介の方から言った。

「兵部にいろいろ聞かされておったがの。武辺の立つの何のという無骨者は、一切、身は嫌《きら》いじゃ。何ぞというと直《す》ぐ、刀にかけてとほざく。……浅野内匠の粗忽《そこつ》と言い、もうもう血の気の多い手合いは真っ平。……いま思い出しても、いまいましゅうて、ぞっとする」

「――――」

「身はの。世間輩《ばら》が申すように強欲者ではない。考えてもみよ、吉良は高家筆頭――高禄《こうろく》でも第一の家柄じゃ。上杉十五万石の当主は身が悴《せがれ》。いくらでも、金が欲しくば引き出せる。それを証拠に、先年、鍛冶橋《かじばし》のあの屋敷を造営いたす時には、何万両という金が上杉家から出されておるわ。何をくるしんで、端金《はしたがね》にすぎぬ賄賂《わいろ》なぞをむさぼる要があろう。――にも拘《かかわ》らず、浅野内匠が賄賂を呉《く》れぬで身が腹癒《はらい》せのいやがらせをした……そう世間ではもっぱらの噂《うわさ》じゃそうな……何の、赤穂家こそ内匠頭が吝《け》嗇《ち》をかくそうための流言じゃ」

「――――」

「ま、かようなことは、今更、身が口から言わいでもの、お上《かみ》をはじめ天下の諸侯、ことごとく知る者は知っておる」

ズッ、と音たてておのが手の筒茶碗のを吸いおわった。

「お詞《ことば》を返すようでござるが」

典膳は機嫌を損ねぬよう、おだやかな口調で、

「事はもはや左様な理否を論ずる段階をすぎておりましょう。落度は内匠頭どのにあったとせよ、主君を辱《はずか》しめられ、お家は断絶——臣たる者が、これを安閑と見ておられますか、どうか？……この点、立場を代えてお考えになったことはございませぬか……？」

「きいたようなことを申すの」

上野介は落着いている。

「そちの口うらで想像いたすと、あたかも浅野の遺臣どもが、身を主君の仇《かたき》と狙《ねろ》うておるようじゃ。……まあ、それもよいがの」

「狙わぬとどうしてお思いなされますか」

「どうして？」

はじめて横顔を向けた。

「——その方、長尾のむすめが婿であったというに、吉良の家筋も知らぬか」

「————」

「身の妻《さい》は上杉、倅は今の当主、長女鶴《つる》は、その上杉の養女分として薩摩《さつま》大守・島津綱貴《つなたか》が夫人じゃ。次女あぐりもの、同じく津軽の大名が分家に嫁ぎ、また倅弾正大弼綱憲の夫人菊姫は、紀伊大納言光貞どのが息女じゃ。すなわち身は、御三家の舅《しゆうと》であり、また島津の岳父《しゆうと》であり、上杉には実父——。たかだか五万石の赤穂が浪人ごときに、指ひとつさせる身分ではないでの。まこと身を仇と狙いおるなら、上杉はおろか、紀州、島津とて黙って看過はしておるまい。それぐらいのことは、赤穂浪人どもとて知らぬわけはなし、ま、虚勢を張るなれば兎《と》も角《かく》も、——本気で、誰が身を討てようぞ」

「お詞を返すようながら」

再び典膳は言った。

「君辱しめらるれば臣死すとか——。是非善悪を超越いたした丈夫《もののふ》の五十人や百人は、赤穂浪士の中には必ずおりましょう。それらが死を覚悟いたして只管《ひたすら》亡君の恨《うら》みをはらさんと、事を構えますなれば、たとえ紀伊、薩摩はおろか、天下ことごとくがこれを掣肘《せいちゆう》いたそうとも」

「まるでそち自身が赤穂の浪士か何ぞのようじゃ。——もうよい。ふン、似た者同志とはよう言うた。そちの申すこと、亡き兵部とそっくりじゃの」

言うと、もう典膳には目もくれず、

「舟松」

先程の美小姓を呼んで、

「あのような者には勿体《もったい》ない、早う、茶碗を取上げなされ」

さすがに新貝弥七郎と山吉の両人はハッと顔をあげたが、すぐ、つらそうにうなだれた。気の毒で典膳を見ていられなかったのだろう。

典膳は併《しか》し、

「かたじけなく頂戴仕った」

小姓へ礼を言った。すべては、此処《ここ》へ来る時から覚悟の上のことだった。さればこそ千坂兵部が遺書してまで典膳を頼み、典膳また、おのれを知る人のために死ぬ覚悟で、この吉良へ来たのではなかったのか。……

典膳が吉良家で『招かれざる客』の扱いを受けているとは、赤穂浪士たちは夢にも知らない。

「堀部、貴公の申すとおりの人物なら、我らにとって一大事じゃ。何とか、今のうちに手をうっておくがよくはなかろうか？」

言ったのは剃髪《ていはつ》して坊主《ぼうず》頭になり、僧衣まで纏《まと》うた鈴田重八。いつぞやの晩、千春と典膳が七面社を出たところで、すれ違って会釈《えしゃく》をした僧侶《そうりょ》である。

「しかし、本当にその典膳と申す者。吉良の付け人に相成っておろうか？」

毛利小平太が半信半疑で訊《き》いた。

「それは間違いない、拙者——いや愚僧、たしかにこの目で典膳の上杉藩邸へ入るを見届け申してござる。上杉へ赴かば、もはや九分通り付け人になると見て間違いなしとは、堀部、貴公のことばであったな？」

「いかにも言った——」

腕を組み、憮然《ぶぜん》と安兵衛はつぶやく。

「しかし堀部どの」

こんどは木村岡右衛門が顔を向けた。

「千坂兵部存生《ぞんしょう》中なればともかく、兵部の亡き現在、お手前の申されるほど器量人の典膳なればまさか、我らの苦に、武士の情誼《じょうぎ》を尽くさぬ仁とは思え申さんが」

「さよう、それがしも木村どのと同意見にござる。安兵衛どのが、さほど迄《まで》に惚《ほ》れ込まれた武人なれば、よもや——」

「それは分らん」

中村清右衛門がさえぎった。一同の中では播州訛《なま》りの一番つよい浪士である。万事に用心深く、時には苛察《かさつ》にすぎる人物で、堀部安兵衛のこの本所林町五丁目——紀伊国屋店《だな》の道場へ寄食する同志の中では、余り皆に好かれていない。

その清右衛門が、重厚ぶった口調で、

「堀部どのが昵懇《じっこん》いたされておったというは既に数年前のよし、今以《もっ》て一流中の人物なりと言わんも、時の勢いには逆らいかねるが人情——浪々のくるしさから、つい、権門に媚《こ》びぬとは、限らぬ」

「これは異なことを申される。凡庸《ぼんよう》の者なれば知らず、堀部どのが見込まれて申さるるに」

「——」

「さあその堀部どのさえ、分らぬと腕をこまぬいておるではないか。身共が軽々に申しておるのではないぞ」

「また、扶持《ふち》を失い、家族と別れての浪人暮しの生計《たっき》——その苦しさは、お互い、身を以て味わされておるでの。われらのように亡君の恨みをはらさん大義の為なれば知らず、ただの浪人者が、いかい武芸の立つ身とて……のう、堀部どの一人へ情誼をつくせとは、望む方が無理ではあるまいか」

「では、まさしく付け人になったと貴公は見られるか？」

「何もそう気負立つことはあるまい。拙者はただ、物の道理を申しておるまでよ」

安兵衛を囲んで協議していたのはいずれも剣道指南と看板をかかげた堀部宅に身を寄せる面々なので、他の同志のように商人や医者の風態は似合わず、みずからも腕に覚えはあると日頃言っている連中である。

中村清右衛門のように苛察すぎる人間は別だが、概して安兵衛には夙《つと》に私淑し、その見るところを疑わない。

堀部安兵衛ほどの者が一目おく相手なら、丹下は余程の剣客に相違ない、と彼等は口々に言い、討入り当夜に無用の怪我人《けがにん》を同志の中に出すくらいなら、此《こ》の際、われらの手で斬《き》るべきだと鈴田重八などは極論した。

「いかに鬼神とて我らが忠誠の前に何程の事やある。のう堀部、貴公が手をくだし難《にく》いなら、我ら数人がかりで処置いたしてもよい」

「さよう、鈴田どのの申されるとおり。いかに武辺の立つ相手なりとも我ら心を一にして打ち懸れば、よも仕損じは致すまい」

「おぬしはどうじゃ？」

「むろん同道いたす」

「おぬしは？」

「堀部さんが行けと言われるなら、むろん」

中村清右衛門を除いて、毛利小平太、中田利平次、横川勘平、小山田庄左衛門、ついには最年長者の木村岡右衛門までが時を藉《か》さず典膳を斬《き》るべしとの意見に同意した。器量もあり、武芸も立つ典膳が付け人になっているのでは、どんなことで上野介の身柄を上杉藩邸へ移さぬとも限らない、討入り当夜の典膳の抗戦より、その方が怖《おそ》ろしいというのが坊主に変装した鈴田重八の見解なのである。言われてみればその通りである。

「いつ斬るのじゃ？」

中村清右衛門が重厚ぶって訊いた。自分を除外されたのが肚《はら》に据《す》えかねるか、鋭い目を重八に注ぐ。内心では堀部安兵衛についで我こそ一刀流免許の腕前と自負しているので、この中村を除外するとは笑止なり――そんな皮肉もこめた眼である。

重八は返辞をしない。「――堀部、貴公の意見をきかせい」

と言った。

一同も安兵衛を見た。横川勘平はこの時三十六歳、横川祐悦なる浪人の妾腹《しょうふく》の子で、歩行《かち》で五両三人扶持の小身者だったが、兇変《きょうへん》の時は城下に近い塩硝蔵の番人を勤めていたのが、直《ただ》ちに赤穂へ馳《は》せつけ、籠城《ろうじょう》の徒に加わろうとして慰撫《いぶ》せられて一たんは帰宅したが、城明渡しと聞くと髪冠を衝《つ》いて城中に入り、「切腹してお目にかけよう」と疾呼して、内蔵助を感嘆させ遂《つい》に同盟に加えられた血気の志士である。この十五年七月に安兵衛方へ門弟として居候《いそうろう》してから横井勘兵衛などと変称して、敵情偵察に力をつくした。木村岡右衛門は、安兵衛と同じく旧《もと》は馬回り役をつとめて百五十石を受け、石田左膳と変名していた。毛利小平太は水原武右衛門と名乗り道場の師範代を自認していた。鈴田重八は物頭役で百六十石、永く国詰の身だったから江戸で顔を知られぬのを幸便に托鉢《たくはつ》して主に上杉家の周辺を偵察していたのである。

「何故《なにゆえ》黙っておられる？」

いつまでも安兵衛が腕組した瞑目《めいもく》をとかないので毛利小平太が一膝《ひざ》詰めた。

「各々《おのおの》の申されるのも道理だが」

ややあって安兵衛は眼を開いた。淋《さび》しく笑うと、

「千坂兵部が死後を托するほどの相手。この堀部が挑んでも、武運我にあると見て、互角。……各々を軽視するのではないが、よし、各々の手で討ちとめたと致したところで、いま典膳を手にかけては却《かえ》って吉良方に要らざる警戒心をおこさせよう。——斬るなれば」

「し、しかし堀部どの。一刻を猶予《ゆうよ》いたして若《も》し、上野介が身柄を上杉へ移されるようなことあっては」

「それは分る。わたしも実はそれで悩んでいる……しかし、典膳の言を容《い》れて上杉へ移る上野介殿なれば、千坂兵部の生前すでにそれをしておるべきが至当ではなかろうか？……」

「――――」

「けっして、典膳を斬らぬとは言わぬ。斬るべきなれば、各々の手をわずらわせる迄もなくこの堀部安兵衛、宿願の成否を賭《か》け、いのちに代えても斬る」

「！……」

「しかし、今はまだそれより前に為《な》すべきことがあるような気がする。吉良家の絵図面、上野介の動静、身辺にある上杉差向けの家来の数――」

「…………」

「日傭頭《ひようがしら》前川忠太夫の言によれば、増築普請《ふしん》の名目にて邸内に何らかの仕掛けがある由《よし》、それも一応は探索しておかねばならず……多少、わたしにおもうこともあれば、典膳の処置はこの堀部に委《まか》せてもらえまいか。大石どのへ、わたしから話してみるが……」

「大丈夫かの？　貴公に互角と言われたで申すのではないが、それほどの奴《やつ》なればいよいよ以て」

「だから斬るべきなれば斬ると言っておる」

安兵衛がきびしく言ったので鈴田重八も黙り込んだ。

「拙者にはなお危惧《きぐ》はあるが」

したり顔に中村清右衛門がチラと重八を冷笑し、

「堀部どのにここは一番まかせるべきであろう。たしかに目下は上野介が動静をさぐることこそ肝要。まずは、それからじゃ」

誰ももう相手にしないが、言う通りには違いない。

吉良邸の絵図面は、ずっと以前に堀部安兵衛が手に入れている。併しこれは前住者の松平登之助時代のもので、いくらか参考になる程度にすぎず、それを吉良邸の裏門近くに米屋五兵衛と称して店を出していた前原伊助と神崎与五郎（あずまや善兵衛）が惨澹《さんたん》たる苦心を以て火事だといえば屋根にかけあがり、風雨だといえば物干しにあがって吉良邸を見渡しては、少しずつ補正していった程度にすぎない。岡野金右衛門（九十郎）がこの米屋の店員ということで、吉良の長屋連とも懇意になり、いつしか家中の子守女のおつやと懇《ねんご》ろを通じる恋仲となって、神崎がこれを苦笑し、

同志のものの初恋を見て時雨《しぐれ》を、

神無月《かんなづき》しぐるる風はこゆるとも同じ色なる

末の松山

と詠んだのもこの頃のことだった。岡野はこのおつやを利用して邸内を巨細《こさい》に探ることが出来たが、典膳の実情を少しずつ報《し》らせて来たのも岡野である。

その夕刻、安兵衛は大石内蔵助を宿所に訪ねた。

江戸へ乗込んでのちの大石は一党の領袖《りょうしゅう》株たる吉田忠左衛門、小野寺十内、原惣右衛門らと会議をひらき、若手の連中を四組に分けて毎夜、吉良・上杉両家の様子を偵察させるのを怠らなかったが、とくに上杉邸の動きには注意を払わせ、且《か》つ吉田忠左衛門なども自ら出動して探索にあたり、兵学上の見地から地理をきわめて、上杉家から助勢を送った場合、どこでどう防ぐかを吟味したという。討入り当夜は吉良邸にちかい本所の無縁寺（回向院《えこういん》）を引揚げ場所と定めてあったので、堀部安兵衛の方は此の辺の道幅、間数、道路を巨細に測量し、追手討手に対する進退懸引に細心の注意を払っていた。

ただ、義士はすべて陪臣の身だから、高家吉良上野介の風貌《ふうぼう》に接した者はひとりも

ない。従って面相を知らない。そこで或《あ》る日、途上で上野介の乗物に相違ないと思われる行列に出会った時、浪士らは、

「よいおりだ、顔を見知っておこう」

と、土下座をした。当時の習慣で、ある家中の者が主家の親類の主人に路上であった時、こうした礼をとれば、相手は乗物の戸をあけて答礼することになっている。それを利用したら、みごとに相手はひっかかり、戸をあけて、

「いずれの衆じゃな?」

と声をかけた。まさしく上野介である。

「松平肥後守家中にて、軽き者にござる」

一人が応《こた》えて遣《や》りすごしたが、同志のもとへ戻って鬼の首でも取ったようにこの話をすると、

「馬鹿《ばか》。何故その場で仕止めんか」

言った者があり、内蔵助にたしなめられたというが、討入り当夜の寸前、この二人はいずれも脱走している。

さて安兵衛が日本橋三丁目小山屋弥兵衛の控え屋へ行くと、大石は新麴町の吉田忠左衛門宅へ会議に出たばかりだという。

「主税どのも同道か」

同志の一人、近松勘六がのこっていたので尋ねると、

「さよう。何かよい話の様子にござるが」

勘六は活《い》き活《い》きと目を耀《かが》やかした。安兵衛は、ではそちらへ回ってみよう、独り言につぶやいて直《す》ぐ控え屋を出た。内蔵助のもとへ出入りする時は、目立たぬように編笠《あみがさ》で面体をつつみ、服装も時々かえて、裏口から出入りするようにきめられている。

吉田忠左衛門は田口一真と偽名し、表向きは兵学者である。医者に変装した原惣右衛門、吉田沢右衛門、豪傑の不破数右衛門などが吉田宅には同居している。安兵衛が這入《はい》ってゆくと、会議中の一同は、

「よい時に来た、迎えを出そうと思っておったぞ」

いずれも歓喜を面に溢《あふ》らせて目迎《めむか》えた。

花を折って

「何事ですか」

「されば卜《と》市《いち》在邸の日時を確かめることが出来申したぞ」

座敷の末席にいる小野寺十内が言った。卜市はすなわち卜一、上の字で、上野介の符牒《ふちょう》である。

「いつですか」

さすがに安兵衛の顔も引緊《ひきし》まる。

「まあ坐《すわ》りなされ」

上座の大石内蔵助と並んでいた片岡源五右衛門が嬉《うれ》しそうにおのが隣りの席を示した。

大石はただ黙って安兵衛の視線をうけとめている。会議に列しているのは大石以下、当家主《あるじ》の兵学者たる吉田忠左衛門、原惣右衛門、小野寺十内、近松勘六に片岡、不破の両人である。このうち原、小野寺のふたりは医者の態に偽装している。

片岡源五右衛門が言った。

「おぬしも斎《いっき》どのには接近してくれておったが、大高源吾がいよいよ卜市の確かな動静をさぐり出したのじゃ」

「いつです？」

「今の予定では、六日」

「六日？……」

あと僅《わず》か三日後である。とっさに、安兵衛は典膳のことを想《おも》ったろう。

「されば、いよいよ腕が鳴り申すぞ」

不破数右衛門が大きなしゃがれ声で言った。不破は松の廊下当時から、浪人暮しだから、大石の前でも案外遠慮しない。

「斎どのへ、何ならお主もたしかめてみられるとよい」

近松勘六が小づくりな顔を向ける。

当時江戸の富豪で、紀伊国屋に比肩《ひけん》された一人に中島五郎作という者があった。本宅は霊巌島《れいがんじま》にあり、店は京橋三十間堀にあって、有名な町人だが、内蔵助は京都堀川塾の伊藤仁斎の門人だった頃、この五郎作と学友だった。

東下《あずまくだ》りの後の一日、内蔵助は五郎作をおとずれたところ、五郎作はおどろき、且《か》つなつかしんで、

「御出府のことはかねて噂《うわさ》に聞いておりましたが、なかなか御苦労なことで」

と言った。内蔵助の江戸入りの目的を見抜いていたのである。

「何のことを申されておるか……」

内蔵助があいまいに笑うと、

「大石さまは伏見の羽倉先生を御存じだそうでございますな」

と言う。

「伏見の？……神主をしておられた斎どののことか？」

「さようでございます。あのお方が、何でもひと頃、吉良様をお弟子にしておられましたそうで」

五郎作は語り継いだ。

「今でも吉良家御家老の松原多仲と申されるお人が、折々、弟子分として斎先生の許《もと》へ出入りしておられるそうでございます。いちど、斎先生をお訪ねなされてはいかがでございますか、先生の方でも、よく大石様のお噂が出ておりますが」

「――――」

内蔵助がふと、警戒の眼になると、五郎作は逸早《いちはや》くそれを察して説明した。

羽倉斎というのは国学者荷田春満《かだのあずままろ》のことである。代々、伏見稲荷《いなり》神社の神職の家柄だったが、彼は早くから家職を退いて古学（日本学）の宣揚に力《つと》め、学を興《おこ》すには政治の中心たる将軍お膝許《ひざもと》に限ると江戸にとどまった。五郎作はその斎に自分の持家の一つを無家賃で提供していろいろ後援していると言うのである。

五郎作の面上には誠心が溢《あふ》れている。内蔵助は思案したが、やがてこの申出をうけ、五郎作と同伴で斎の許を訪ねた。

羽倉斎は喜んで迎え入れ、

「何かと御心労のほどお察し致すぞ」

と言い、五郎作のことばの通り、上野介の子息左兵衛佐の家老たる松原多仲が今以《もっ》て折々たずねてくると何気なく洩《も》らした。

上野介の様子を知るにはくっきょうの手づるである。その場はさり気なく雑談にまぎらせたが、羽倉宅を辞退した足で両国米沢町に堀部弥兵衛老を訪ね、この事を謀《はか》った。

弥兵衛は言った。

「大夫が自重なされたは甚だ結構であるが、さようの手づるを利用せんという手はござらん。安兵衛をつかわし、よくさぐらせてみましょうわい」

安兵衛は剣も立ったが、当時海内一《かいだいいち》の儒者と称された細井広沢《こうたく》と親交のあるほど、学問にも意を通わせている。その安兵衛なら羽倉斎に接近して、話題に困ることはあるまいと舅《しゅうと》は見たのである。当の安兵衛に異論のある筈《はず》はないので、委細を含んで羽倉に近づいたわけだ。

ところが、一方、五郎作は大石に或《あ》る日こういうことを言った。

「手前の茶の師匠は御老中小笠原佐渡守さまお抱えの四方庵宗徧《そうへん》でござりますが、よく吉良様のお茶席に招かれ、手前も両三度お供をいたしたことがございます」

「茶会に？」

「はい」

浪士中第一の風流人で、茶の道にも造詣《ぞうけい》深いのは大高源吾である。内蔵助は早速源吾に命じて四方庵宗徧に弟子入りさせた。源吾は町人姿に変装し、大坂の呉服商と名乗って弟子入りして、茶の湯の指南をうけながらそれとなく吉良家の様子をうかがっていたところ、先頃、その源吾が顔色変えてとんで帰って来た。

「四方庵宗匠より、来る六日朝に吉良屋敷にて茶会の催しある由《よし》をうけたまわってござる。されば、五日の夜は在邸うたがいなし」

そう報告したというのだ。

大高源吾の報《し》らせに浪士が狂喜したのも無理ではない。今迄《いままで》にも、上野介の動静の風説はまちまちで、近く羽前米沢の上杉藩邸に引移ることになったと聞いた者があり、いや、芝三光町の上杉中屋敷へ転居するそうだと聞き込んだ浪士もあり、ともかく、安兵衛を除いては、上野介の上杉入りを惧《おそ》れて同志の面々気が気でなかった。吉良の実子・上杉綱憲は当時病気中で、当然、上野介が見舞いのため上杉邸を訪問すること多く、そんなことから上杉邸に転居されてしまうのではないかと危惧《きぐ》したのである。

安兵衛は、この点では安心していた。丹下典膳が吉良邸にいるのは、上野介が転居するつもりのない証拠だと見たのである。余人はともかく、典膳は一命にかえても上野介を守り、千坂兵部への信義を果そうとするだろう。従って、上野介がいよいよ上杉邸へ移るなら、典膳も行く。たとえ妻千春とのことで、どれほど不愉快な想いをさせられると分っていようと、典膳はおのれの感情をおしころし上杉家へ行くにちがいない。だから吉良邸に彼がとどまっている限り、上野介に転居の意志はないも同然と見たのである。――もっとも、これは安兵衛ひとりが胸にふくんでいることで、まだ大石にも明かしてはいなかった。

が、いずれにしろ、上野介が五日夜には本所松坂町に在宅は疑いなし、という確報を喜ぶ気持に変りはない。ただ、典膳のことをおもうと、他の同志のように手放しでは安心していられなかったのである。

「どういたした？　貴公、この快報に接したというに、一向うれしそうに見えん」

不破数右衛門がふといぶかしげにまじまじ安兵衛を見遣《や》った。

「いや、別に――」

あいまいに笑う。大石主税や当の大高源吾が、大石の命令で同志の主だった者へ吉報をふれまわり、今はこの座敷へ戻っていた。報らせを聞いて、ぞくぞくと同志も集まって来ているので、敢《あえ》て典膳のことは伏せておいたのである。

そのうち、舅の弥兵衛老人が来た。赤垣源蔵が来た。奥田孫太夫、岡野金右衛門、潮田又之丞……踵《きびす》を接して続々と浪士は詰めかけて来る。安兵衛の道場にいる毛利小平太や鈴田重八も馳《は》せつけて来た。いずれも歓喜と緊張と昂奮《こうふん》に目を輝かせ、顔を紅潮させているので二十余人が集まると広座敷はむんむんする人いきれだ。

兼てより、既に覚悟と準備は十分出来ている。決行の日を待つばかりの何カ月だったから、来《きた》る六日を以て決挙すべし――忽《たちま》ち意見の一致をみた。

大石内蔵助も、

「では六日を期して」

と言った。

いよいよ十二月六日に討入りとなれば、既に覚悟はついているものの、妻子縁者に別れの書面を書き送り度《た》いと考えるのも人情で、夫々《それぞれ》に意気旺《さか》んな言を吐きながら引揚げていった。

「堀部どの、よろしく頼み申すぞ」

言って出てゆく者もある。討入り当夜の武具は槍《やり》、長刀、まさかり、弓、竹梯子《たけばしご》、げんのう、鉄《かな》てこ、大のこぎり、銅鑼《どら》、かすがい、チャルメラの小笛など、全《すべ》て本所林町の安兵衛宅に預けられていたからである。

安兵衛には、併《しか》し、「よろしく頼む」というのが典膳の処置のことに思えたろう。

鈴田重八なんぞは、坊主頭《ぼうず》をひたいから天辺《てっぺん》へ撫《な》で上げ、

「ところで貴公、あの話を大夫《たゆう》どのに致したか」

そっと安兵衛の耳許に囁《ささや》いた。

「まだ」

くびを振って、これからしようと思って居る——沈んだ表情で腕組を解かなかった。

舅の弥兵衛が誰よりも上機嫌《じょうきげん》だったのは、老先短い身に、もう一日も早く敵讐《てきしゅう》を屠《ほふ》り度いと兼々焦慮していたからだろう。嬉しさ余って、婿《むこ》の安兵衛には殊更《ことさら》注意をはらわなかった。黙っていても婿の安兵衛なら義士中、第一の働きをするにきまっておる。そう信じて大安心した為もある。それに一人娘——安兵衛の妻たるこうを手許におい ているので、ことさら安兵衛に視線を注いでは、何か、夫婦の別れを惜しみに米

沢町へ来てやってはくれんか、そんな催促をするようにも思われそうなので、一そう婿どのを無視しておいたのである。

　さてその弥兵衛老人も、心ばかりの酒宴に加わってのち、

「各々《おのおの》、では五日夜に」

挨拶《あいさつ》して帰宅していった。大石父子と、吉田忠左衛門、不破、小野寺十内、それに典膳のことを気にかけて毛利小平太と鈴田が安兵衛のそばに残った。今言い出すか、言い出すか、小平太は何度も安兵衛の顔色を見る。

「大夫どの」

　とうとう安兵衛がきり出した。

「実は少々内密の用談があるのですが」

「内密？……我らが同席して居《お》っては話せぬか」

討入りの日取もきまった今になって、内密の相談とは意外なので吉田忠左衛門が訊《き》く。一同もいぶかしげな目を注ぐ。

「拙者代って話し申してもようござるが」

　鈴田が一膝のり出すと、

「いや、わたしが話す」

安兵衛はさえぎった。それから黙って大石を見た。

内蔵助の聡明《そうめい》な瞳《ひとみ》が、これも少時安兵衛の表情を読むと、

「主税、その方は退《さが》っておりなさい」

主税が座をはずすのでは、他の面々も残るわけにはゆかない。

酒宴の食膳《しょくぜん》はその儘《まま》にして一同が中座すると、

「話というのは？」

内蔵助は真直《まっす》ぐ安兵衛を見た。

「いつぞやお耳にいれておきました丹下典膳のことです」

「――――」

「どうやら、本気で吉良どのを護《まも》るのではないかと……」

「お手前の判断でそう申されるのか、それとも何か、確証でも」

「確証と申すほどのものはございませぬが。ただ」

瑞林寺の住持が洩《も》らしたという典膳のことば――死力をつくして討とうとし、死力をつくして討たれまいとするきびしい争い、それが武士道の仇討《あだうち》だと典膳が言った話を、安兵衛は有体《ありてい》に告げた。吉良邸の長屋の子守女と懇《ねんご》ろになった同志岡野金右衛門

の獲《え》た情報では、最近上野介が茶の会に招かれて、出歩くことがますます多くなったのを見て、或る日、典膳はその袖《そで》を摑《つか》み、

「今少し所業をお慎しみ下さりますするように」

誠心を披瀝《ひれき》して諫言《かんげん》したという。

「何をおそれてつつしむのじゃ？　赤穂浪士かの？……ふン、身はこれでも米沢上杉家が当主の実父じゃ。赤穂の田舎猿どもに何が出来る」

言って袖を払い除《の》け、

「丹下、居候《いそうろう》の分際でチト出過ぎておろう。控えい無礼者」

側近の家来たちは足蹴《あしげ》にせんばかりだったという。

瑞林寺の住持のことばは、鈴田重八が聞き込んで来たのだが、岡野金右衛門の情報とまさしく符合する。

「――武士の誼《よし》みは察しておる男と存じておりましたが、この様な情報を岡野がもたらすようでは、我らも一応の手段は講じねばなりますまい」

と安兵衛は憂《うれ》いをつつんで言った。

「手段とは？」

内蔵助という人は滅多に自分から意見は吐かない。

「あれだけの遣い手が討入り当夜、吉良邸におりましては同志に、ずい分と怪我人《けがにん》が出ましょう。それは覚悟の上と致しても、もし、彼が才覚にて御敵ト市どのを隠しぬかれるようなことがあっては、痛恨これに過ぎざるはなし」

「———」

「よって、爾前《じぜん》に斬《き》るべしと鈴田などは意気巻いておりますが」

「お手前にも斬れぬ程の相手なのかの？」

「！……」

「堀部」

大石は脇息《きょうそく》から身をおこした。

安兵衛が浅草に白竿長兵衛を訪ねたのはその翌朝である。

以前、白竿組が典膳の「杖突き」で脇坂邸の普請《ふしん》に入っていた時、一度顔を合わせたきりだが、白竿組隆盛の因ともなったその普請を蔭《かげ》で斡旋《あっせん》してたのが堀部安兵衛だったのは長兵衛も知っている。

もっとも、安兵衛がそうしたのは典膳の面倒を見てくれる長兵衛の俠気《おとこぎ》へ、感謝のためだったか、千春を典膳にひと目会わそうとした為《ため》だったかは今以て分らぬが、長兵衛にとって、安兵衛が悪い人《にく》でないことだけは確かである。

普通なら、よくお出掛け下さいましたと、手をとって座敷へ案内するところだ。

――が、今はちがう。うらめしくも堀部安兵衛は赤穂の浪士なのである。

「なに堀部さま？……お一人でおいでなすったか？」

お三を前に、茶の間の長火鉢《ながひばち》で、朝の御飯を喰《た》べていたのが思わず箸《はし》を止めた。

この頃は、吉良邸の急普請も何とか済ませ、めっきり寒さのきびしくなった空模様をよそに、終日、屋内にいることが多い。冬は普請場の仕事もなく、起きぬけに丹前を引っ掛けた儘の不断着姿である。

「おふたりでいらっしゃっておりやすが」

「おさむれえか」

「へい」

「まさか先生じゃねえだろうな？」

「そうじゃござんせん。とにかく、お通ししておきやしたが」

「お三」

箸を置いた。

「着物を出してもらおう。好い分をな」

襟へ手を添えてスッと立つ。

お三は顔を俯《ふ》せ、黙って次の間へ行った。典膳が何のために吉良邸の付け人に入ったか、うすうすはお三も聞かされていた。そこへ安兵衛の訪問である。

「兄《あに》さん、唐桟《とうざん》でいいかえ」

たんすの鐶《かん》を鳴らしていたのが、声をかけて来た。

「それでいい」

長兵衛は次の間へ入る。

「おめえは、座敷へ来ちゃあいけねえぜ、茶や菓子なんぞも若え者に持たしな」

着物に仕立おろしの羽織を重ねると、身づくろいをして長兵衛は居間を出た。

訪ねて来ていたのは、堀部安兵衛と毛利小平太である。

「よくおいで下さいやした。わっちゃあ長兵衛でござんす」

敷居際《しきいぎわ》で挨拶すると、其処《そこ》に坐《すわ》り込んで容易に座敷へは入らない。

「いってえ、どんな御用件でござんすね？」

「その方に折入って頼みがある」

「何でございやしょう、まさか、丹下様のことじゃあござんすめえね？」

長兵衛はまっすぐ二人を見較《みくら》べ、

「折角ながら、もし、そのお話でござんしたらお伺いいたすだけ無駄になりやしょう。どうぞ、お引取りを願います」

毛利小平太が安兵衛の面《かお》を見た。

どちらも町家へ訪ねているので差料《さしりょう》を脇《わき》へ置いている。安兵衛は暫《しば》らく長兵衛の様子を見戍《みまも》って、

「何か誤解をしておるのではないか」

「？」

「わたしと丹下さんとの間に、恩讐《おんしゅう》は何もない。実は長々の浪人暮しをいたしておったが、こんど越後新発田《しばた》の故郷へ戻ることに相成っての。ついては丹下さんに別れの挨拶をしたい……。存じてもおろうが、わたしは元浅野家の禄《ろく》をはんだ身、丹下さんは今吉良屋敷におわす身だ。表立て訪ねたのでは、世間の要らぬ誤解も招く。丹下さんとて、痛くもない肚《はら》をさぐられぬとも限らぬ、それで、その方に何とか会えるよう な手筈《てはず》をととのえてもらえぬかと、そう思って参った——」

「？……」

「むろん、場所その他は一切、その方の思うままにまかせる、深川あたりの茶屋でも

よし、船遊びの船でもよし、何なら、この家《や》の座敷内でもよい……」

長兵衛よりも毛利小平太が微《かす》かな驚ろきの目で、顔を見た。構わずに安兵衛はつづけた。

「もう一人、じつは紀伊国屋文左にこれを頼もうと存じておったが、あいにくと上方《かみがた》へ旅に出て、おらぬ。そうなると、町家の者に面倒を見てもらうには、その方を措《お》いて心当りがない……、何かと心づかいをかけて済まぬが、きき届けてもらえまいか」

「わっちの、この家でもいいと仰有《おっしゃ》るんでござんすね？」

安兵衛はうなずいた。

「お一人でおいでなさるんでござんすかい、それとも――」

毛利小平太を見る。

「むろん、わたし一人で会う」

きっぱり、言う。

「堀、堀部……」

小平太がいよいよ驚ろいて「貴公まさか――」

目に狼狽《ろうばい》を走らせた。

それが長兵衛の胸にコチンと来た。

「ようがす、丹下さまがどう仰有るか存じませんが、たしかに、お引受けいたしやしょう」

言って、

「——で、いつ、お逢《あ》いなさりてえんでござんすね？」

「出来るなれば、今夜。おそくとも明日夕刻までには……」

「今夜？」

「越後へ戻るとなると、何かと雑用があるのでな」

長兵衛は呼吸《いき》をとめて、じいっと安兵衛を見た。——

「今夜で、ござんすね？」

念をおすと、

「ようがす、丹下様が何と仰有るか、とにかく行って参りやしょう。……で、どこへその御返事に伺えばいいんで？」

「本所林町五丁目——わたしの道場へ来てもらえると有難《ありがた》い」

必ず返事を報《し》らせに行く、長兵衛はそう行った。毛利小平太が何か言いたそうに安兵衛の顔を見ている。安兵衛は構わず差料を摑《つか》んですっと立ち、

「では頼んだぞ」

座敷を出た。不精無精に小平太が跡へつづいた。

「お茶も差上げませんで」

長兵衛は丁寧に玄関まで送り出したが、居間へ戻ると、一時《いっとき》、腕組をして動かなかった。

お三が着替えの用意をして這入《はい》って来たのは、かなり経《た》ってからである。安兵衛の辞去したのは知っている。普通なら、すぐ不断着を持って来るところだ。後《おく》れていた間だけお三はお三で思案していた証拠である。

「着替えないの？　兄さん……」

わざと何でもなく言ったが目をあわすのは避けていた。襟あしにほつれ毛が見える。近頃は、人が変ったようにお三は無口だ。何かを諦《あき》らめきった侘《わ》びしい未婚女の翳《かげ》がある。

「要らねえ。すぐ出掛けなくちゃならねえ……帰《けえ》るのは、三、おそくなるかも知れねえよ」

典膳を此処《ここ》へ招くのは却《かえ》ってお三には罪だ。堀部安兵衛と、どんな覚悟で典膳が会うにしろ、此処へは典膳の方で来ないというかも知れない。

長兵衛は、堀部安兵衛の訪ねて来た真意を或《あ》る程度は読んだ。安兵衛と典膳の出会う場所には、だから何処《どこ》までも離れずについてゆく肚をきめたのである。

供の若い衆は連れなかった。

吉良邸へ着く。安兵衛の林町とは同じ本所だ。町人は表玄関へは訪ねて行けないが、門番と顔馴染《かおなじみ》なので念のため典膳の在否を問うと、

「おお、おられるぞ、あのお方は、一度もお屋敷からお出なさらぬ……お長屋におられる筈じゃ」

門番の口調は、丹下典膳への好意に満ち溢《あふ》れていた。吉良侍の思わくがどうあろうと、下々の者は正直にその人柄を見る。長兵衛が典膳を慕う如《ごと》く、ひとつ屋敷に暮していれば、思い遣《や》りのあるその優しさを門番たちも慕わずに居《お》れないのだろう。

長兵衛は勝手知った邸内をまっすぐお長屋へ行った。

雪の夜

本所林町の堀部安兵衛の道場へ長兵衛がやって来たのはその日ももう暮れ方になってからである。

毛利小平太から白竿屋での経過を聞かされた鈴田重八などは長兵衛の返事がおそすぎるので、

「堀部、貴公裏切られたのではないか」

目の色を変えた。毛利、鈴田とも典膳の恐るべきことは一応信じている。とくに鈴田などは、いつぞや七面社の付近で千春と連立った典膳に行き会ったが、五六歩行きすぎてからハッとした。さとられたな？……瞬間そう感じたからである。

それぐらい鋭い典膳のことだ、安兵衛が今明日中に逢《あ》いたい、と言ってやった意味の裏を早くも読んで、上野介を吉良邸から連れ出しているのではないかと勘ぐったのだ。

「あれは、そんな男ではない」

安兵衛は一語そう言ったきりで、あとは黙り込んだが矢張り沈痛の顔色ははれなかった。鈴田や毛利小平太は典膳に会えば、即座に斬《き》ると意気込んでいる。斬れるぐらいなら、安兵衛とて鬱《うっ》気《き》はしない。……

道場には米沢町の弥兵衛老人から差回された下僕が一人、安兵衛以下、寄食する同志らの世話をやいていた。それが白竿長兵衛の来たことを告げた。

道場とはいっても、剣道指南の看板を出しているだけで、本格的ではない。それでも同志の武具を預るので、一応は結構はととのえた。家主の紀伊国屋文左が、何も言わず無賃でそれらの普請《ふしん》をしてくれたのである。

安兵衛は自身で玄関へ出た。来るなと言っても今度は、鈴田や小平太が左右について来る。

長兵衛は神妙に待っていたが、

「場所は何処で会う？」

のっけに安兵衛が訊《き》くと、

「丹下様の方へ、たしかにおことばはお伝えいたしやしたところ……今夜や明日でいいのかと、申されるんでござんすが」

「な、何？……」

「わっちゃ只《ただ》、走り使いをしておりやすんで、皆さんにそうコワいお顔をされたんじゃあ、何も申上げようはござんせん」

「明日では早すぎると丹下さんは言ったか？」

安兵衛が訊いた。こんなに炯々《けいけい》たる凄《すご》い眼になった人を長兵衛は見たことがない。

「へい。……たしかにそう仰有いやした。それでもいいのなら、お目にかかると……」

どういう意味か。

いかな安兵衛も判じ兼ねていた時だ。

表口から顔色を変えて横川勘平が駆け込んで来た。

「各々《おのおの》、予定が、予定が変ったぞ！……」

勘平は見馴《みな》れぬ町人がいるので一度、口を緘《かん》したが黙《もだ》しきれなかったらしい。

「卜市どのに目見《まみ》える日取が変った」

と言った。

三人は声をのんだ。

「それは又、何故《なにゆえ》じゃい」

破《わ》れ鐘のように大きな鈴田の声が訊く。

「ここでは、此処《ここ》では言えん……奥へ来てくれい」

草履を脱ぐのももどかしそうに勘平は式台をあがると、ふと安兵衛の様子に気づき、

「堀部どの、貴公は？――」

「よい、あとから行く。皆で先にいってくれぬか……」

冷静すぎるほど落着いた口調だった。理由はまだ分らぬが、討入りの日取が変った

という、おそらくは延びたのだろう。

今にして、明日でよいかと典膳の言った意味が解けたのだ。

「白竿屋――」

半信半疑で小平太や鈴田重八が勘平につづいて奥に入ると、安兵衛は声をかけた。

もうあの炯々たる眼光は消えている。

「足労をかけるが、その方、も一度丹下さんのもとへ出向いてくれぬか」

「？……」

「会う日取は、あらためて当方から申出るより、いっそ丹下さんの方から出向いてもらえると有難い、となもし、それでは困ると申されたら、わたしの方から、日を定めずに訪ねて参るが、その時には必ず立会って頂き度《た》い。そうつたえてほしいのじゃ」

「堀部様が、じゃ、わっちどもの手を経ずに、直接にお出掛けなさるってわけでござんすか？」

「そうなるかもしれぬ、或《あ》いは、丹下さんの方で当方へ出向いて来るかも知れぬ――」

長兵衛には、口惜《くや》しくても武士と武士が暗黙に伝え合う意志と友誼《ゆうぎ》の篤《あつ》さまでは判じきれなかった。

「わ、分りやした。ともかくそのようにお伝えはして参りやすが……」

何か心が残り、それきりでは帰り兼ねている。丹下典膳の吉良邸における様子を、ひとこと、このお武家には話してみてえ……そう思ったのかも知れなかった。

「堀部どの、な、何をしておられる、早う来ぬか……えらいことになった！」

木村岡右衛門がこの時、奥からせき立てに出て来た。

チラとその様子を偸《ぬす》み見て、

「じゃ、わっちゃこれで」

長兵衛は身をかがめる。

「今のこと、くれぐれも頼んだぞ」

「へい、たしかに承知をいたしやした。ごめんなすって」

長兵衛は急ぎ足に道場を出ていった。

討入りの日取がのびたのは、前晩五日に、将軍家が松平右京大夫の邸にお成りという触れが出て、六日の茶会は延期される情報が入ったからである。

「そ、それはまことかい」

鈴田重八は地団駄《じだんだ》ふんで口惜しがったが、

「残念ながら事実に相違ござらぬ。拙者しかと沙汰《さた》のほどは確かめ申した」

勘平は言って、

「それに、大夫《たゆう》どのもこの触れの出た以上は、卜市どの在宅の如何《いかん》にかかわらず、公儀をはばかり思いとどまる以外にはない、と申され、吉田どのや小野寺老もこれに同意いたされた」

「しかし、公儀をはばかるとは異な理由じゃな、どうせ、われらの致すこと公儀をはばかって出来ることではござらぬぞ」

例により中村清右衛門が播州訛《なま》りで一家言を吐く。誰も相手にしなかった。

安兵衛は、水に心のほとびるような柔らぎを感じていたろう。

上野介の茶会の延期されたのは無論、口惜しい。しかし、そのため上野介の在邸が明らかでないことを間接に典膳はしらせてくれたわけなのである。吉良邸に討入ってかんじんの上野介が不在では、千年の悔いをのこす。徒党を組んでの義挙は二度とは繰返しがきかない。典膳は、赤穂浪士らの忠義無比の苦衷は十分にみとめ、武士の誼《よし》みはとおしながら、一たん敵の立場に立つ以上は、正々堂々と吉良上野介を護《まも》りきろうというのだろう。何という清々《すがすが》しい心映えか。且《か》つ何という剣客としての自信だろうか。

そう思うと、義士の一人として主君の怨《うら》みをはらしたい義務感とは別に、武芸の上の好敵手たる丹下典膳と死力をつくして技を競ってみたい意欲が勃然《ぼつぜん》と湧《わ》きおこるのを安兵衛は感じたのだった。これ迄《まで》は何か典膳に挑んでゆくのをためらうものが安兵衛の内にあった。この時から、無心に、典膳との勝負を求めてゆける自分になれた。その清洌《せいれつ》さに心が晴れて来たのである。

——安兵衛が、吉良邸に於《お》ける典膳の本当の待遇のみじめさを知っていたら、或いはこうまで勃然たる意欲は燃やし得なかったかも知れない。そうすれば、丹下典膳の運命も少しは違っていたかも知れぬ。

運命は典膳に悲劇的だった。安兵衛が心から典膳への闘志をもやした時、再び吉良邸に討入る日は定められた。

即《すなわ》ち十二月十四日——

十四日に年忘れの茶会が吉良邸で催される、という情報を最初に探知して来たのは横川勘平である。

上野介と茶の湯の付合いをしている、僧侶《そうりょ》が本所にいた。勘平はつてを求めてこれ

と懇意にしていたが、ある時たずねて行くと、

「よいところへ参られた。この書状を読んで下さらんか。おはずかしながら愚僧かいもくの文盲《もんもう》での」

と言う。

茶の湯にたしなみがあるほどの者、まして、お経を読むのが商売の僧侶で、文盲の筈《はず》がない。それが代りに読んでくれというので半ば疑いながら書面をひらくと、なんと吉良家からの手紙で、この十四日に年忘れの茶会をいたすについては、参会を願い度し、という文面である。勘平は、かつがれているのではないかと思ったそうだ。あるいは、赤穂浪士の一味と知って、故意に試しているのではあるまいか――と猶《なお》も半信半疑でいると、

「ほう、十四日にの。では早速乍《なが》ら、返書の方も代筆していただけると有難いのじゃが」

「身共がですか」

「さよう、間違いなく出席つかまつる、との」

この僧侶が何者かは記録にないので今では分らない。よほど、腹芸の出来た坊さまだったのであろう。

勘平は、言われる儘《まま》に代筆したが、ふと思いついて、

「吉良殿なら、それがし住居の近所でござる。ついでにお届けいたしてもよろしいが」

僧侶の顔をまじまじ見戍《みまも》って言った。

「それは有難い。是非ともそうして頂き度いの」

「では身共がお預りいたして、よろしいな？」

「結構結構」

返書まで届けさせるというからには、十四日、茶の湯の会のあることは絶対、間違いないと見てよいわけだ。

勘平は飛び立つ思いで僧侶の許《もと》を辞した。

その足で帰路、本所吉良邸に立寄る。勘平は安兵衛の道場に寄寓《きぐう》しているので浪人の儘の姿である。名を三島小一郎と変称していたが、門番へは僧侶の代理の旨《むね》を告げ、玄関に入って、取次の者に念のため、「来る十四日の茶会に出席いたされる旨の返書を、ことづかってござるが」

それとなく実否をただすと、

「それはかたじけない。御出席ねがえるのじゃな」

安堵《あんど》したふうに言う。もはや間違いはない！……心に狂喜して、玄関を出る。こうなれば、少しでも邸内の模様を見届けておこう、という欲が出た。道を誤ったように見せかけて表門へは出ず、玄関わきから表庭の方へわざときょろきょろ見回しながら歩いた。

ぎくっ、とその勘平が立停った。長屋の横手から、すーっと出て来たのが隻腕《せきわん》の武士。

何気ない様子で近づいて来る。

丹下典膳であることは勘平にも一目で分った。こちらも何気ない態度を見せようとしたが、射すくめられて足が前へ出ない。

──なるほど怖《おそ》るべき剣客である。これが付け人になっていたのでは、五人や十人は斬伏せられる覚悟はせねばならぬと思った。

同志がほぼ五十人。そのうちの十人がこの隻腕の付け人に対《むか》ってゆかねばならぬとすると、残る面々で果して吉良を仕止め得るか？

付け人は丹下典膳ひとりではない。浪人が討入ったとなれば上杉方からも応援は馳《は》せつけると覚悟せねばならず、事と次第で、大変なことになろう……

どんなに犠牲を払っても討入り前に、典膳だけは斃《たお》しておかねばならぬと勘平はとっさに思った。

赤穂浪士約五十人のうち、武人派と自他ともにゆるす遣い手は先《ま》ず堀部安兵衛、不破数右衛門の両人に指を屈し、ついで本所三ッ目横丁の、同じく紀伊国屋店《だな》に剣道指南の看板を掲げる杉野十平次。他には武林唯七、奥田孫太夫、鈴田重八、毛利小平太、赤垣源蔵らを数えるが、その他はどちらかといえば忠義の志は篤《あつ》くとも、武辺事《ごと》で人にぬきんでるほどではない。一般に安兵衛と並んで武人派と言われる奥田孫太夫は、実は五十六歳の老齢で、本望成就《じょうじゅ》ののち細川家で切腹する時に、自分は腹の切りようを知らぬと正直に述懐した人である。堀部を筆頭に、杉野、赤垣、毛利、鈴田——そんな面々を誘いあわせて是非とも丹下典膳を仕止めておかねばならぬと決意した。横川勘平の胸中には、一種、悲壮な覚悟のあったのは当然といえよう。

「——お手前、どちらへ行かれますか？」

勘平の前まで来たとき、典膳の方から声をかけた。物静かで、好意すら感じられる態度だった。

「拙者、十四日の茶会に出席の僧侶より返書を頼まれ、持参いたした者にござるが、道を、間違えたらしゅうて」

「ほう、道を。——それは御迷惑……わたしが御案内いたそうか」

おだやかに嗤《わら》われると背中に冷汗が伝った。「そ、そう願えれば」

「——こちらです」

さきに立って典膳は歩く。ついて行くと、

「お見受けいたしたところ、赤穂の御家中らしいが」

「…………」

「堀部どのに、会われることがありますか」

「?——」

「やはり、御存じらしいな」

「お、お手前……?」

思わず手が鍔《つば》にかかった。

典膳は見向きもしないで、

「堀部さんに会ったらことづけて頂き度い——先日のお申込み、そろそろお受けいたす時機が参ったのではなかろうか、となと」

「!」

「白竿屋をわずらわす迄もない、とそう伝えて頂けば分る筈」
「貴公、では、われらの？……」
「それ、門はあれにある――」
典膳は指さして前方を示すと、
「ここまで来ればお分りになろう。……十四日、たしかにお出掛け下さるな？」
言って、早や、くるりと背を向けると小声に李白《りはく》の詩をうたいながら立去った。
君は潁水《えいすい》の緑なるを思い
忽《たちま》ち復《ま》た嵩岑《すうしん》に帰る
帰る時　耳を洗うなかれ
我が為に其《そ》の心を洗え
心を洗わば真情を得ん
耳を洗わば　いたずらに名を買うのみ
謝公《しやこう》終《つい》に一たび起《た》ちて
相与《とも》に蒼生《そうせい》を済《すく》わん
…………
勘平は本所林町の道場に帰ると、

「堀部どの、堀部どの」

大声に呼ばわって奥の間へ駆け込んだ。

「卜市在邸の日を見定め申したぞ」

「何」

安兵衛の周囲には例によって毛利、鈴田、木村らの面々が雑談をしていたが、

「い、いつじゃそれは」

座敷の端にいる坊主頭《ぼうず》の鈴田重八が身をねじむけて勘平を見上げた。

勘平は文盲と自ら称する僧侶より手紙を見せられたこと、その返書を直接吉良邸に届け、事実をたしかめたところ正《まさ》しくこの極月《ごくげつ》十四日に、年忘れの茶の湯の会が催される手筈をつきとめたと話した。

「大出来じゃ」

鈴田は膝《ひざ》を叩《たた》く。

「すぐ大夫どのにお報《し》らせ申せ」

木村岡右衛門が、そろそろ白いものの混った鬢《びん》をふるわせ、声をせかせて下僕を呼びつける。

直《ただ》ちに使者は石町の本部へ趨《はし》った。報告を聞いた内蔵助は、念のため大高源吾を例

の四方庵宗匠の許へ遣わし実否をたしかめさせたところ、間違いなく十四日吉良邸では会があり、当の宗匠も招待されているという。

もはや間違いはない。

十四日は、あたかも亡君の命日である。この夜を期して吉良邸討入りの大方寸《ほうすん》はたてられた。――これが、十二月十一日。

この夜から、雪が降り出した……

丹下典膳を斬《き》るべき案は、横川勘平が典膳に出会った吉良邸での模様を話した時、即座に一同の間できまった。鈴田重八、毛利小平太、横川勘平、中村清右衛門、それに安兵衛の五人で典膳を襲おうという案である。

勘平は、丹下典膳の恐ろしさを目《ま》のあたりで見ているので、不破数右衛門や杉野十平次、武林唯七にも応援を頼んだらと率直に意見を出したが、

「何の、丹下とてよも鬼神ではあるまい。そう多勢がおし掛けては却《かえ》って人目に立つ。相手はひとりじゃ、我等して力をあわせば十分」

僧衣のそでを捲《まく》り、鈴田が毛深い胸を撫《ぶ》して言った。安兵衛もこれに同意したので、五人で典膳を邀《むか》え撃つことになった。

ところで、その場所である。呼び出しをかけるのが吉良方に知れて変に警戒されてはまずい。典膳自身は従容《しようよう》と対《むか》ってこようが、襲撃するのが赤穂浪士だと吉良家の者にさとらせぬ必要がある。――そこで、やはり白竿長兵衛を使いに立てるのが穏当だということになった。

毛利小平太がこの役を引受けた。

日時は十二月十三日夜、場所は典膳の指定にまかせること。但《ただ》し、出来るなら吉良邸より離れた方がよい――

小平太は右の趣意をもとに白竿長兵衛を訪ねていった。十二日夕景のことである。

雪は小歇《こや》みなく降りつづける。

「大丈夫かのう……堀部、貴公が行かねばその白竿長兵衛とやら、承知いたさぬのではあるまいか」

「しかし、典膳は拙者に、白竿屋などわずらわさずともよいと申してござるぞ、毛利なれば過日堀部どのと同道つかまつっており申すで、まさか断りはいたすまい」

「しかし人入れ稼業の元締をいたすほどの奴《やつ》、噂《うわさ》ではなかなかの男と申すで、ひとすじ縄では行かんかも知れん」

「――大丈夫と思うが」

安兵衛が言った。いよいよ明日典膳に対決するかと思うと、一時は虚心に立ち対えそうだったのが、やはり、心の重くなるのを感じる。毛利や鈴田では、みすみす典膳に斬らせに行くようなものだ。安兵衛自身さえ、互角に渡り合えるかどうかも内心は心もとない……典膳を討つことについては、今朝もあらためて大石に相談にいった。

「お手前ら五人で討つと言われるなら、この内蔵助、反対はせぬ。何分にも御辺の才覚に俟《ま》つほかはない。——ただ、本望成就のための爾《じ》前策《ぜんさく》とは、さとられぬよう——ぬかりはござあるまいが、頼みおき申すぞ」

と言った。

「わたしの一命に代えてもかならず——」

そう答えて戻って来たのである。

毛利小平太が合羽《かっぱ》に真白く雪をのせ遽《あわただ》しく馳せ帰って来た。

「きまったぞ!……確かに典膳は承知いたした」

討入り

「場所は？」

「七面社じゃ。明夕刻六ツ半には、かならず推参いたすと申しおった――」

小平太が説明するところによると、白竿長兵衛は、典膳に呼び出しをかけることに非常な難色を示したが、

「当方の意を伝えてくれればよいのじゃ。強《し》いてとは申さぬが、ともかく、出向くだけは出向いてくれよ」

「御返事はどうあろうと構わねえと仰有《おっしゃ》るんですね」

「構わぬ」

それでようやく腰をあげた。そろそろ日も暮れ出して一きわはげしく降りしきる雪の道を吉良邸まで行く。

「身共はこのあたりに待っておる」

適当なところで小平太は民家の軒下に雪を避けて待った。この時、皮肉なことに米

屋五兵衛に化けた前原伊助が通りかかって、

「お。……」

目をとめたが小平太はわざと素知らぬふりで顔をそむけたそうだ。後年、毛利小平太が脱落者のひとりに数えられるのはこの時の素振りの他所他所《よそよそ》しさが前原に誤解された為《ため》だろう。

しばらく待っていると、見るからに打潤《うちしお》れて長兵衛が吉良邸の辻《つじ》を曲って来た。あまり元気がないのでてっきり断られたかと、

「いかがいたした？　典、典膳は承諾いたさぬか？」

じろりと、それを白眼で睨《にら》み、

「あすの六ツ半、谷中《やなか》の七面社でお待ちなさるそうでござんすよ」

言ってから急に悲憤を顔に溢《あふ》らせ、

「わ、わっちにとっちゃ、丹下様はかけがえのねえ御恩人だ。どんなお話合いをなさるかは存じませんがね。明日の七面社にゃ、必ず、この長兵衛もお供について参《めえ》りやすと、そう、堀部様に仰有っといて頂きやしょう」

「何その方も同道いたす？」

「当り前だ。お前さま方にゃ、先生のお気持はこ、これっぽっちも分っちゃいなさら

ねえ……だ、だれがお一人で行かせますかい」

言い捨てて目頭を拭《ぬぐ》いながら逃げるように雪の中を走り去ったという。

「ふむ、長兵衛まで付いて参ると申すか」

播州訛《なま》りの中村清右衛門が重厚げに腕組したが、

「丹下さえ仆《たお》さば我らの目的は達する。長兵衛などはその場の模様次第じゃ。斬《き》るもよし逃すもよし。……そうか、いよいよ承知いたしおったか」

鈴田は押入の奥にしまってあったおのが大小を久しぶりに取出して鍔元《つばもと》から切先へ、にえの深い備前物の刀身にじっと瞳《ひとみ》を凝らし、呻《うめ》くが如《ごと》くにつぶやいた。

「明日が典膳、それが済めば十四日にはいよいよ本望成就《じょうじゅ》か……久しい苦難の一年ではあったぞ……」

翌晩——

雪はいっこう降り歇《や》まない。江戸の町中が銀一色の大雪に静まり返っている。待ちかねた六ッ時がくると、一人一人、前後して五人は雪の外へ堀部の道場を出た。

暮六ッ（午後六時）ともなると常でも途絶えがちな寺町辺に人影は全く無い。雪は容赦なく降りつづけ五人の合羽《かっぱ》は綿をかぶせたようになった。足跡が雪の道に数列、点々と穴を残してゆく。

七面社に着いたのは予定どおりほぼ六ッ半。

先頭を進んでいた僧衣の鈴田重八が門前でぴたりと停《とま》った。

「来ておる。……これを見い」

指さしたのは雪の上に仄《ほの》かにくぼんだ足跡。それも四つ。

「長兵衛も参っておるぞ」

毛利小平太が堀部安兵衛を返り見、

「斬ってもよかろうな？」目で訊《き》いた。

安兵衛は最後尾から辿《たど》り着いたが、これには黙って、

「わたしが最初に入ろう――」

石の階《きざはし》をゆっくりのぼる。

門は閉めてない。

境内の石畳がこんもり土から嵩高《かさだか》に雪を盛り上げていた。足のすべらぬよう、石畳に添った土の側を安兵衛は歩いた。左右に毛利と横川勘平がつづいた。重八は石畳、中村は少し離れて石畳の一方の側を行く。

雪は霏々《ひひ》と降りつづける。

まして夜のことで前方にそれらしい姿は容易に発見出来ないが、

「来、来ましたぜ先生」

長兵衛の呻《うめ》く気配がし、同時に舞う雪より迅《はや》く黝《くろ》い影が社殿の脇《わき》へ走った。

五人はもう無言で近づいた。いずれも笠《かさ》をかぶっている。早くも小平太と中村が顎《あご》紐《ひも》を解き、後ろに笠を抛《な》げ上げた。

黒っぽい着流しの人影が廂《ひさし》の横から静かに現われ出た。五人は弧を描いて典膳と長兵衛を囲む。

「――丹下さん、堀部です」

正面に数歩の間隔を距《へだ》てて対すると、安兵衛は組んでいた腕をとき、

「あなたに別れを告げに推参しましたぞ」

「…………」

「この期《ご》に及んでは、もう何も申上げることはない。あなたが勝つか、我々の至誠が天にとどくか……丹下さん、わたしは全力をつくして貴方《あなた》を斬る。あなたの方も、存分に懸って来て頂き度《た》い」

言って、合羽《かっぱ》を脱ぎ捨て、業物《わざもの》に手をかけた。

典膳の表情はよく見えなかったが、浪人髷《まげ》が無言のうちにみるみる白く雪をのせていった。

「先、先生……何故《なぜ》黙っていらっしゃるんです。何故この人たちに吉良邸での本当のことをお話しなさらねえんで？……か、懸っちゃいけねえ先生。……あ、あ、相手は五人だ、い、いけねえ、本当のことを」

「長兵衛、その方出ては危い……退《さが》っておれ」

上体が半身になると、ゆっくり隻腕《せきわん》の手が刀にかかった。

「ま、待っておくんなせえ皆さん、どういうわけでこんな目に先生をおあわせなさるのか、わっち共にゃ分らねえと仰有りゃあ」

「退《ど》け長兵衛」

「いいや、どきません。——堀部さん、お前さんだって確か、浪人なすった時期がおありじゃあござんせんか、え？　元はと言やあケチな浅野のお殿様から起ったことだ、それを」

「おのれ町人」

「長兵衛危いと申すに」

脇から、嚇怒《かくど》した鈴田重八が突如抜討ちを仕懸けるのへ、長兵衛の肩をどんと押し、間一髪のがれさせる。鞠《まり》のごとく長兵衛は雪に横転した。

そうなると、既に私闘の火ぶたは切られたも同じである。

した。

「――毛利小平太、相手をいたすぞ。――来い」

すらりと太刀を抜くと、同時にキラリ、キラリ……安兵衛以外の三人が左右で抜刀
典膳は徐《おもむ》ろに刀を抜いて、片手下段に切先を下げ、

「堀部さん、あなた方を拙者斬りたくはない。……この勝負、あなたとわたしだけに
きめては貰《もら》えぬか」

端麗な容姿に、侘《わ》びしい笑みを口許《くちもと》が含んで言う。

安兵衛は息をのんで、少時、らんらんと光る眼で相手を見戍《みまも》った。

「――よかろう、いかにもわたしがお相手いたそう」

言って、

「各々《おのおの》は手出しはならんぞ」

顎の紐を解くと雪の夜空高く笠を抛げ上げ、

「丹下さん、いざ」

相州物を抜き放って心地流極意の星眼につけた。

「い、いけません。先生、ほ、堀部さん、どちらもさがっておくんなせえ」

雪をよろばい乍《なが》ら起《た》ち上った長兵衛が二人の中へ割って入ろうとする。

「下司《げす》、控えい」

身近にいた中村清右衛門が矢庭に上段から斬下げた。

「!……」

無言で典膳の身が横に動く。血煙りを噴上げ、どうと朱に染って倒れたのは中村清右衛門自身である。

「お、おのれ……」

もはや制すべくもなかった。鈴田重八が突きを入れ、毛利は脇から抜討ちを懸けた。典膳の袖《そで》が腕の無い肩口で裂けた。鈴田、毛利の両人は水もたまらず「あっ」と叫んで仰反《のけぞ》った。倒れてから両人はぷうーっと背すじより血を奔《ふ》いた。見る見る足許《あしもと》の雪が鮮血ににじんでゆく。

この間、一呼吸の間もなかった。

さすがの長兵衛も声をのんで棒立ちになる。

地底から湧《わ》くように沁《し》み拡《ひろ》がってゆく鮮血に見る見る雪は溶けににじんだ。典膳と安兵衛はその血溜《ちだま》りを距《へだ》て、無言に対峙《たいじ》した。粉雪がそんな両者の間に隙間《すきま》もなく降った。

横川勘平は刀の鍔《つば》を無意識に鳴らしている。それほど力一杯、彼はおのが太刀を小刻みに顫《ふる》える手で握り緊《し》めていたのである。

安兵衛が勝てるとはもう勘平にも信じられなかったのだろう。同志三人を仆《たお》し、冷然と立つ典膳の片手に下げた太刀先には些《いささ》かの息切れもなかった。血のりの付いたその白刃に雪は吸われるように降り注ぎ、音もなく解けていった。

ここで安兵衛までが斬られるようでは、宿敵上野介の首級を挙げるべき本望も挫折《ざせつ》するかも分らぬのである。

……ヒクリ、と安兵衛の肩がけいれんしたのはこの時であった。安兵衛は少しずつ、少しずつ……典膳を凝視して右へ迂回《うかい》し出した。足許の雪を血が浸して来る。斬込むとき滑らぬ要慎《ようじん》に位置を移動したのである。すると典膳も安兵衛の迂回につれて動き出した。二人は亡骸《なきがら》の横たわる場所から徐々に離れた。勘平と長兵衛はともに釘《くぎ》づけになりその場を動き得なかった。

安兵衛の剣尖《けんせん》が、気合をひそめて上下にゆるく浮沈しはじめた、心地流星眼の構えの儘《まま》で。

典膳の片手下段が、すると徐々に青眼に上げられ、尋《つい》で同じく剣尖に波をうたせ出した。両者は、それを互い違いに上下させつつ次第に接近しはじめていったのである。

雪は乱舞しつづけた。

境内は森々《しんしん》と静まり返っていた。

声にならぬ気合が双方の口から同時に出た。二条の銀蛇が雪の一片を切り閃《ひら》めいた。

「典膳」

声を発したのは安兵衛の方である。典膳の片手がだらりと太刀を下げた。典膳はよろめいて枝に白く雪の積った傍《かたえ》の桜の木まで、蹌踉《そうろう》と歩み寄り頭蓋《ずがい》から血を奔《ふ》いてくるりと一回転して雪に倒れた。

典膳の死体は、鼻唇まで一刀を浴びていたが、目は大きくあけて死んでいたそうである。

十四日になった。

討入りの集合時刻は夜半、厳格に言えば十五日の暁、寅《とら》の上刻（午前四時）で、集合所は堀部安兵衛の道場である。

内蔵助はこの日、昼のうちに、にわかに帰国することになったといって、諸払いを済ませたが、夕方頃、小野寺十内とともに駕籠《かご》にのって矢の倉米沢町の堀部弥兵衛宅へむかった。

弥兵衛老はいよいよ今夜討入りというので、同志一同にもれなく招待を発して出陣の祝酒を献じたいから、暇を見て来てくれるようにと触れてあったのである。よろこんで皆は出掛けて行く。内蔵助同様、いずれも家主には明日上方へのぼる等と挨拶《あいさつ》し、店賃《たなちん》を払い、近隣その他縁者へもそれとなく暇乞《いとまご》いをして来た。そうして冬の日の暮れるのをまって弥兵衛宅の酒宴につめかけた。料理は勝栗《かちぐり》(敵に)、敵の首をとってよろ昆布《こんぶ》、名をとれとて菜鳥《なとり》の吸物という具合に、出陣の吉例にかなえてあった。甲斐甲斐《かいがい》しく老妻と安兵衛の妻こうが同志の接待をした。どちらも良い分の不断着に着替えて髪を綺麗《きれい》になでつけてあった。

内蔵助が到着して間もなく、主税が来、吉田忠左衛門父子が来、原惣右衛門も顔を出した。宴《うたげ》がはじまると各自に快よく数盃《はい》を酌《く》んで、さいわい一昨夜来の大雪も歇《や》み、今宵《こよい》は白皚々《がいがい》たる月夜となろう、見通しも利《き》いて本望成就疑いない、これも天の御加護であろうと喜びあった。

吉良邸討入りにあたっての統率大石内蔵助の行装《いでたち》は瑠璃《るり》紺緞子《こんどんす》の着込みの上に定紋付きの黒小袖《こそで》、黒羅紗《らしゃ》の羽織を着して、頭には黒革包みの白革縁《べり》をつけた兜頭巾《かぶとずきん》に紅革の忍びの緒をつけ、腰には黄金作《こがねづく》りの太刀と脇差《わきざし》、軍麾《さいはい》を挟《はさ》んだもので、あらかた映画や芝居の感じに似ている。ただ、芝居では襟に名前を書いているが、実際は名前や生国は右の袖の端に縫付けた白布にかいた。それも皆が皆ではなかった。合言葉は山と川。女子供、逃げる者はこれを追わず、上野介の首級をあげれば、ひきあげの場所へ持参の用意に死骸《しがい》の上着で包むこと。子息左兵衛の首はとっても持参に及ばず。引揚げの出口は裏門たること。吉良、上杉より追手のかかった時は、総勢しずまってふみとどまり、勝負すること。

——すべて、すでに内達ずみの条々である。

討入りの行装は出陣本部たる堀部安兵衛宅に勢揃《せいぞろ》えのうえととのえることになっていた。

さて大石以下おもだった面々が宴に揃うと、弥兵衛老は上機嫌《じょうきげん》で、

「それがし昨夜夢のうちに、生れてはじめて俳句なるものをひねり申した。句になっておるかどうか存じ申さんが、披露いたせばこうでござる」

言って、

雪はれて心にかなう朝《あした》かな

と吟じたので一座は手を拍《う》って喝采《かっさい》した。内蔵助自身もよほど愉《たの》しかったのだろう、手拍子をとりながら、みずから一曲をうたった。

唄《うた》はいつ果てるともなかったが、そのうち、集合の子《ね》の刻近くなったので、先《ま》ず同

志をその座に残し内蔵助は十内とともに、集合本部たる安兵衛の宅へむかった。

安兵衛宅にはすでに同志が陸続とあつまっている。

同じ本所三ッ目横丁の杉野十平次宅、本所二ッ目相生町《あいおいちょう》（吉良家裏門通り）米穀商・前原伊助宅にそれぞれ集まってから、時刻を期して堀部安兵衛方へ集合する手筈《てはず》に定められていたのである。

この時はまだ、誰も討入りの装束は着込んでいない。道場と奥座敷に車座になり、親しい者同志さり気なく談笑していた。或《あ》る者は討入りの頭巾《ずきん》にそっと辞世の句を書いて縫いつけている。金子《きんす》一歩《いちぶ》を襟へ付ける者もある。出陣にあたって鳥目百文《ちょうもく》ずつを、各自に持参するよう定められているが、これは長働きをして空腹になった場合の給物の用意で、もし早々に深手を負うた時には見苦しいから捨てるように申合わされていた。襟へ一歩金を縫いつけたのは討死をして、死骸を引取ってくれる者の為なのである。中には木村重成の故事にならって頭巾へ香を焚《た》き込んでいる者もあった。

大石内蔵助が到着したと知ると、彼等は一様に居ずまいを直し、はればれした眉《まゆ》をあげて銘々が会釈《えしゃく》をした。同志の中には、よもやと思ったのに義に背いてか、まだ姿をあらわさぬ者がいる。誰が脱落し、誰が最後まで行を偕《とも》にするか。微妙な心理のあやは一同の胸底に翳《かげ》を落しているので、内蔵助の到着をほっとして、はればれと見上げたのだろう。

内蔵助は厳粛のうちにも微笑を含んでそんな誰彼の会釈にこたえると、彼等のかたわらを通り、

「堀部は何処じゃな?」

一人に尋ねて奥座敷へ入った。

四五人が、安兵衛を中に此処《ここ》でもひそやかな酒宴を張っていた。杉野十平次、赤垣源蔵、武林唯七ら武人派の面々である。何となく荘重な面持で横川勘平の青ざめた顔も混っている。

安兵衛は内蔵助のはいって来たのを、

「これは」

目迎えると座を移って上座に据《す》えた。それから複雑な目顔で、無言に会釈をした。手首に白い包帯を巻いていた。昨夜の傷である。

「身共にも一献いただこうか」

内蔵助は小野寺十内と並んで座につくと杉野十平次へ言った。

「は。では拙者から」

十平次は手ずから徳利を携えて大石の前へいって、注ぐ。

昨夜、典膳を仆《たお》したあと安兵衛は大石の許へ赴いてありの儘を告げた。同志毛利小平太、鈴田重八、中村清右衛門。右三人の即死を愬《うった》えると、

「そのことは他の同志には内密にいたしておくように」

大石は言った。典膳ほどの付け人は恐らくもういるとは思えぬが、事を明かして、同志に要らざる不安や危惧《きぐ》をいだかせてはならぬ、内分にするようにと言ったのである。

杉野十平次らは、だから右の三人が既に死んでいるとは知らぬ——

とかくするうちにいよいよ出発の寅の刻近くなったので、各自、武装をととのえた。集まった総勢すべて四十七人。

一同は雪と十四日の月で真昼のように明るい通りを粛然と押して、吉良邸の屋敷辻《つじ》ちかくに到着した。四十七の黒い影は雪の上を鮮やかに隈取《くまど》っている。天地セキとして義徒の雪を踏む足音のみが微《かす》かに鳴る。塀に沿うて一たん整列した一同は、総帥《そうすい》大石内蔵助の最後の荘重な命令を聴いた。

「今こそ我等不俱戴天《ふぐたいてん》の仇《かたき》を屠《ほふ》って本望を遂げる時が参った。各々《おのおの》我とわが手を砕き、

粉骨砕身きっと敵のしるしを挙げられたい。万一、夜が明けても首尾よく仇を討取れぬ場合は、一同武運の窮《きわま》るところ、是非に及ばず、此家に火を放《か》け、其中に飛び込んで切腹する以外にはござらぬ。ぬかりなく、存分の働きを致されるように」

その声は凜《りん》として暁の雪空に響いたが、落着いて非常に静かな声だったそうである。一同思わず武者振いして、骨鳴り肉《しし》動くのを禁じ得ない。ここで同勢は東西二手に別れ、表門と裏門に向った。

東組　表門の方

家の内へ斬込《きりこみ》　九人

槍《やり》　片岡源五右衛門

同　富森助右衛門

同　武林　唯七

長太刀　奥田孫太夫

ほか五人

場の内(玄関固め)

長太刀　大高　源吾

刀　近松　勘六

半弓　神崎与五郎
同　早水藤左衛門
　　ほか二人
表門の内
槍　大石内蔵助
同　原惣右衛門
同　堀部弥兵衛
　　岡野金右衛門
　　横川勘平
　　ほか三人
人数〆《しめ》て二十三人
西組　裏門の方
家の内へ九人
槍　磯貝十郎左衛門
長太刀　堀部安兵衛
　　杉野十平次

赤垣　源蔵
ほか五人
場の内（門内固め）
槍　大石　主税
同　吉田忠左衛門
同　小野寺十内
ほか二人
長屋防ぎ
槍　不破数右衛門
刀　前原　伊助
槍　木村岡右衛門
ほか六人
人数〆て二十三人

吉良家では本年最後の茶会として大友近江守義孝を主賓に、茶の湯を楽しんで客は帰った。跡片付をして、寒夜を衾《ふすま》の中で暖かに寝込んでいた最中《さなか》である。

内蔵助は無言で軍麾《さいはい》をサッと振った。

二挺《ちょう》の竹梯子《たけばしご》が塀の屋根に懸けられる。勇みに勇んだ大高源吾、間《はざま》十次郎、小野寺幸右衛門、岡島八十右衛門などが競って攀《よ》じ登る。

堀部弥兵衛老人までが、負けじ魂で後れじとばかり梯子に手をかける。血気の人々は屋根より次々と雪の上へ飛び下りた。梯子は向うからこちらへと掛替えられ、人々は乗りこえたが、原惣右衛門と神崎与五郎は屋上の雪に足を滑らし、どっとばかり大地に転落した。弥兵衛老には大高源吾が手をかして抱きおろした。

只《ただ》ならぬ物音に愕《おどろ》いた門番三人が、何事かととび起きて来たのを有無を言わさず、一人は突殺し、あとの二人は引捕えて柱にくくりつける。

その間に玄関前正面へ四十七人連署の『浅野内匠頭家来口上書』を結《いわ》えつけた竹竿《たけざお》が立てられた。

去年三月、内匠儀、任奏御馳走ノ儀ニ付、吉良上野介殿へ意趣ヲ含ミ罷《まか》リ在リ候処《そうろうところ》、殿中ニ於《おい》テ、当座ニ遁《のが》シ難キ儀御座候カ、刃傷《にんじょう》ニ及ビ候。時節場所ヲ弁《わきま》ヘザル働キ不調法至極ニツキ切腹仰《おお》セツケラレ、領地赤穂城ヲ召上ラレ候儀、家来共マデオソレ入リ存ジ奉リ、上使ノ御下知ヲ受ケ、城地差上ゲ、家中早速《さそく》ニ離散仕《つかまつ》リ候。右喧嘩《けんか》ノ節御同席御抱留ノ御方コレアリ、上野介殿ヲ討留メ申サズ、内匠末期残念ノ心底、家来共シノビ難キ仕合ニ御座候。高家御歴々ニ対シ家来ドモ鬱憤《うっぷん》ヲサシハサミ候段ハバカリニ存ジ奉リ候得共、君父ノ讐《あだ》ハ共ニ天ヲ戴《いただ》カザルノ儀、黙止シ難ク、今日上野介殿御宅ヘ推参仕リ候。ヒトヘニ亡主ノ意趣ヲ継グ志マデニ御座候。私共死後モシ御見分ノ御方御座候ヘバ、御披見願ヒタテマツリ、カクノ如《ごと》クニ御座候、以上。

元禄十五年極月　日

浅野内匠頭長矩　家来連署

前章にも書いた通り、表門は手をつけず飛び越えたが、裏門には三村次郎右衛門が大かけやを揮《ふる》って之《これ》を打破り、大石主税、堀部安兵衛以下二十三人は疾風《はやて》の如く一度にどっと雄叫《おめ》き入った。

歴史に燦然《さんぜん》たる赤穂浪士の討入りはこうしてはじまったのである。

（筆者が四十七士とせず義士四十六人と書いて来たのは、裏門攻めに加わった筈《はず》の寺坂吉右衛門の行跡に、いろいろ不審の点があるからで、討入り当夜にも門前から姿を消して事実上は参加しなかった。むろん「四家へお預けの上、切腹」の人数にも加わっていない）

討入りから、めざす上野介の首級を挙げ、引揚げにかかったのが卯《う》の刻（午前六時）すぎだから、正味二時間の乱闘だった。隣家の土屋主税邸では、吉良邸の騒がしさに暁の夢をさまされ、高張提灯《ぢょうちん》を煌々《こうこう》と立て連ねて家士が警固した。十内はその方に向って「我等は故浅野内匠が遺臣。亡君の恨みをはらさん為今夜上野介どのの御首頂戴に推参仕った。武士は相身互い、何卒《なにとぞ》お手出しは無用にねがい申す」そう高声に呼ばわって回ったという。

丁度そんな頃である。裏門より攻入った一行のうしろに影の如く添うた一人、ふたりの姿があった。

人影は、丹下典膳の叔父で丹下久四郎とそのお供である。

典膳が浪人して七年。丹下家は叔父久四郎によって辛うじて家名をとどめていた。もともと典膳は丹下家の本家筋にあたる。それが隻腕《せきわん》となり、家を断絶させたので大いに恥じて叔父久四郎とも交渉を絶っていたのが、七年ぶりで一昨十三日の朝、突如、使いを寄越し、今宵《こよい》かならず谷中の七面社へ遺骸引取りにお出《い》で下さるようにと言って来たのである。

典膳が吉良の付け人になっているとは叔父は知らぬ。

「遺骸と申すが、一体、だ、誰の遺骸じゃ？」

使いに尋ねると、

「わっちゃ、何も存じません。ただ、そのようにお伝え申してくれと頼まれて参りやしたので」

「その方の身許《みもと》は？」

「人入れ稼業《かぎょう》白竿組の身内で巳之吉と申しやす」

「今宵、七面社じゃな？」

「へい。なるべくなれば五ッ刻《どき》前にお出で願い度《た》いと……」

「左様か。では兎《と》も角《かく》も罷《まか》り越す」

久四郎はわけは分らぬ乍《なが》らに同日、七面社へ出向いてみると、既に典膳は安兵衛の刃《やいば》に仆《たお》され事キレていた。その死骸に取縋《すが》って、声をあげて男泣きに慟哭《どうこく》する白竿長兵衛——

叔父久四郎に遺骸を引取りにと頼むからには、最初から安兵衛に典膳は斬《き》られる覚悟だった。そう思うと、横川勘平もさすがに暗然とうなだれていた。安兵衛は久四郎が典膳の叔父と知ると居ずまいを正し、

「武士の義に殉じる道に二つはござらぬ。いずれ、典膳どのの友誼《ゆうぎ》に酬《むく》いる日も参ろ

うか」

そう言って鈴田重八ら三人と、典膳の死骸を、雪の降りしきる中で手分けしてねんごろに取片付け、さて十五日払暁《ふつぎょう》、丹下さんに代り我等の壮途をお見届け下さるようにと頼んだのである。それで丹下久四郎はひそかに義士の壮挙を見届けに来た。尚《なお》、つけ加えておくと、久四郎の他にも、大石内蔵助の一族で大石三平、堀部弥兵衛の甥《おい》堀部九十郎、近松勘六の忠僕甚三郎なども夫々《それぞれ》義挙のなりゆきを案じて夜もすがら門外を徘徊《はいかい》していたという。

夜明けの卯の刻、ついに上野介の首級は挙げられた。一同は本望成就《じょうじゅ》して晴れやかな面持で泉岳寺に引揚げた。天下は義士への仰讃《ぎょうさん》で沸きたった。さまざまな伝説と虚実おりまぜた挿話《そうわ》、逸話が四十六士の身辺を飾った。

そんな中で、只一人、くるしい酒をあおり、連日男泣きに泣いていたのは白竿屋長兵衛である。

「ば、馬鹿《ばか》な……誰がいってえ偉えんだ。……誰が赤穂浪士に本当に尽くしたんだ。吉良の付け人にまでなって……分らねえ、わっちにゃ、お侍のすることは分らねえ……なあお三、な、泣くんじゃあねえよ……」

解説

尾崎秀樹《ほつき》

さきごろ取材のために愛知県幡豆《はず》郡吉良《きら》町（というより三州吉良といったほうが早わかりだが）へ行った。

吉良家の菩提《ぼだい》寺である華蔵寺や、荒神山で名高い吉良の仁吉《にきち》、あるいは吉良家の付け人の一人清水一学（一角）の墓に詣《もう》で、『人生劇場』の作者尾崎士郎の生まれた辰巳屋《たつみや》あとを訪ねて、おきまりの「吉良の赤馬」を買いもとめたあと、町の史跡保存会の副会長だという人物に会った。そのおり郷土の作家尾崎士郎なきあと、赤穂《あこう》事件について相談するにはだれが適任だろうかという質問をうけ、あれこれ思いめぐらすうちに「五味康祐先生はどうでしょう」と切り出された。私はそういわれてすぐこの『薄桜記』を思い出し、さらに討入り前夜、谷中《やなか》七面社の境内で、典膳《てんぜん》と安兵衛《やすべえ》が、ひとりは片手下段から青眼にかまえ、他は心地流星眼のまま、乱舞する雪のなかに対決するすがたを思いえがいたものだ。

吉良側の人物を主人公にした小説は、ふるくは森田草平の『吉良家の人々』（中小姓山吉新八郎）から、尾崎士郎『吉良の男』（付け人清水一学）までいくつか数えることができる。しかし上杉家の家老千坂兵部《ちざかひょうぶ》の臨終のたのみをうけて吉良家用人となる丹下《たんげ》典膳の場合は、それらとは根本的にことなる色調で染めあげられている。

『薄桜記』は昭和三十三年七月二十一日より、翌三十四年四月十七日まで、『産経新聞』の夕刊に、岩田専太郎の挿画《さしえ》とともに掲載されたが、連載のはじまるまえ作者は次のように書いた。

「吉良の附け人にやむなくさせられた丹下典膳の史料は余り一般に知られていない。典膳は隻腕《せきわん》の剣客で、義士討入に際して赤穂浪士にもっとも怖《おそ》れられた人物である。隻手の遣い手だったことから、名をもじって丹下左膳などと無頼の徒のモデルにされてしまったが、人間的にもう少し出来た男だったように思う。典膳はまた、江戸小石川中天神下の堀内《ほりうち》道場で中山安兵衛と同門だった。

そんなことから、親友安兵衛のために殉じた剣客の悲劇を赤穂義挙の裏話として書いてゆきたいと思う」

吉良家の武士たちで殺されたものは、小林平八郎、斎藤清左衛門、大須賀治部右衛門、新貝弥七郎ら計十六人（一説では十七人）、負傷者は二十数人だったという。討入り前夜死んだ典膳の名前はもちろんそのなかにない。大衆文学の主人公は、たとえ完全な虚構のものであっても、りっぱに実在しうる。丹下典膳もその例外ではない。もし典膳が実在したかいなかをどこまでも追求したい読者がいたとすれば、私はためらうことなく捕物名人半七について述べた野村胡堂《こどう》の言葉──「在りと信じる人には実在し、無いと観ずる人には架空の人物であったに違いあるまい」を処方するとしよう。

丹下典膳という名前は、チャンバラ小説ファンにはなつかしい姓氏と名前から合成されている。「姓は丹下、名は左膳」の「丹下」と、剣の自由人『鞍馬天狗《くらまてんぐ》』の本名「倉田典膳」の「典膳」だ。ほうきのようなあかちゃけた毛を大たぶさに結いあげた片眼片腕の怪剣士は、林不忘の手で大岡政談余聞として登場し、川口松太郎によって千葉周作道場のホープとされ、一転して五味康祐のペンの冴《さ》えにつれ、またまた忠臣蔵異説の花をさかせる。享保《きょうほう》から嘉永《かえい》にとび、さらに元禄《げんろく》へさかのぼる丹下左膳こと典膳の神出鬼没ぶりは、文字どおり超人の名をはずかしめない。しかも『薄桜記』にはもう一人、これまた丹下左膳や典膳にまさるとも劣らない義士銘々伝中の人気者堀部（中山）安兵衛が登場することで、さらに興味を加える。『薄桜記』の典膳は大坂城番遠山主殿頭《とのものかみ》政亮の組に属し、知行三百石を禄《ろく》す旗本の出身。愛妻千春《ちはる》の不義を大坂勤務中耳にしたことから、思わぬ運命をたどることになり、妻とは離別、それに怒った千春の兄長尾竜之進の刃《やいば》にかかって左腕を斬《き》り落される。これが五味版丹下の隻手のいわれとなるわけだが、記憶力のいい読者のために一言しておくと、初代丹下左膳はたしか右腕がなかったはずで、五味一刀斎のペンのすごみは、奔放な空想力を駆使して、左膳の真の由来をナゾ解きしたことになろう。

千春への思慕を抑え、お家断絶後、世をすねた生きかたをみずからに強《し》いる典膳を、人生の影の部分にたとえれば、おなじ堀内道場の出身でありながら、女難といわれるほどに女性からしたわれ、引く手あまたな好条件のなかで堀部弥兵衛《やへえ》の養子となり、浅野家へかなりな高禄で召しかかえられる中山安兵衛の軌跡は、陽《ひ》の当る箇所に比せられるであろう。高田の馬場の決闘で一躍江戸の街のスターになった安兵衛は、吉良邸討入りのさいごまでツキがついてまわる。典膳と安兵衛の明暗二筋道はさながら、人生の光と影をえがいて、ついに典膳の死に行きつく。この運命の双曲線は、むしろ音楽の対位法を思わせるくらいだ。

この手法は作者の得意とする方法で、天白ガ原に秘剣をきそう柳生連也斎《やぎゅうれんやさい》と、鈴木綱四郎の対置にも活《い》かされ、『二人の武蔵』や『二人の荒木又右衛門』にも形をかえて現われる。『風流使者』の藤木道満のシチュエーションもその変型だといえなくはない。こういったコンポジションを好んでえがくのは、人生の明暗図やコントラストに敏感である著者の資質のあらわれかもしれないが、同時に古典音楽への造詣《ぞうけい》がもたらしたゆたかな構想力だというように私には読まれる。ほんらい大衆文学は、サルトルのいう「空無《ネ・アン》」の方法が十二分に生かされたとき、はじめてすばらしいリアリテを持ち得るのだという説をしゃべっている人がいたが、五味康祐・柴田錬三郎といったいわゆる剣豪作家の志す方向も、おそらくサルトルが提起した想像力の問題を大衆的な地盤でこころみたところに魅力がひそむのではなかろうか。

私は赤穂事件を支える変な義士観には反発を感じるが、既成のモラリズムをはなれ、虚構の世界へ一歩ふみこむと、とたんに無限な可能性の領域にさそいこまれる思いがする。それというのも日本の大衆が長い歳月をかけて培《つちか》ってきた庶民的な夢とおもかげが、そこに渾然《こんぜん》とした小宇宙をつくりはじめるからだ。山鹿流《やまがりゅう》の陣太鼓は討入りの夜使わなかったとか、神崎与五郎が馬子の丑五郎《うしごろう》に書いたワビ証文はマユツバだとか、赤垣《あかがき》源蔵は全然の下戸《げこ》で、アルコール気が入ると金時の火事見舞いだったとか、千坂兵部は元禄十三年に死んでいるから事件とは無関係だといった俗説を否定する材料をいくらならべても、大衆のよろこびやかなしみの実態に踏み入るたのしみは味わえない。高田の馬場で十八人の剣客を相手に大立ちまわりを演じ、天野屋利兵衛は男でござると大見得を切るところに、大向うをヤンヤとわかせる妙味もあるというものだ。もっとも昔ながらの講談ネタでは、読む方も、書く方もやりきれない。大衆文学は近代的なマス・メディアの成立とともに誕生した文学の形態だけに、封建色そのままな勧善懲悪や、善玉悪玉物語では現代に通用しない。五味文学の新しさは、それが完全に現代人の新しいモラルに再編成されているところにある。『柳生武芸帳』の新鮮さは、組織のなかの人間を、集団的相剋《そうこく》のうえにえがき、柳生の本態を政治的謀略性でえぐったあたりにひそむ。『薄桜記』も既成の忠臣蔵観に、安兵衛や、吉良家の付人たちの新解釈で追ったところに読物としての特色があるといえよう。

安兵衛は生存中からずいぶん人気の的だったらしく、死後も安兵衛の妻を偽称する妙海尼《に》などという人物まであらわれて、俗説化に一役買っている。安兵衛夫人が吉良邸へ間者としてしのびこんでいたなどという痛快な講談ばなしは、この珍妙な尼僧のタワゴトにはじまるらしいが、そういう人物の登場をうながしたのは、それだけ安兵衛株が高値を呼んでいた証拠といえるかもしれない。緋《ひ》のしごきを手渡された講談のなかの安兵衛のエピソードにしても、死後まで安兵衛夫人を偽称する怪人物があとをたたない事例に照らしても、中山安兵衛は「もてもておじさん」ふうなとんでもない果報者だったわけである。

それにしてもこの『薄桜記』はニヒル剣士の系譜に重要な一ページをきざむ丹下先生と、昏《くら》い影を片鱗《へんりん》もとどめぬカッタツな安兵衛氏の対照をとおして、大衆文学のヒーローのタイプを二大別するふたつの流れをロマンのなかに盛りこもうとした野心作で、それだけ剣のスーパーマンたちを掌中に自在にあやつり得た五味康祐氏の空想力は、彼らふたりをうわまわるペン豪の意気をそなえたものといわなくてはなるまい。

この作品が成功しているかいないかは、作中の丹下典膳や、中山安兵衛が、活字の行間から躍り出し、読者の胸中で勝手に動き出すかどうかにかかっている。たとえ吉良の町に丹下典膳の伝承がなくとも、読者のイメージのなかに典膳が生きるとすれば、それ以上の追善はない。

私が吉良町宮迫《みやばさん》の共同墓地にある清水一学の墓所を訪ねたときには、すでに冬の空はくれ、白木の墓標のまえに供えられた花の色もさだかには見えなかった。私はその白木の墓標がしめす史実のかわりに、丹下典膳の夢をつむぎたい。大衆文学のおもしろさは、そのつむぎ糸のもつれあやなす色あいのなかにつちかわれるにちがいないからだ。

（一九六五年二月、文芸評論家）

本物だけが放つ本物感

荒山　徹

五味康祐《やすすけ》の代表作は『柳生《やぎゅう》武芸帳』だと云《い》われてきた。それこそ不動の定理であるかのように信じられてきた。それにわたしは真っ向から異を唱えるものである。げに良貨は悪貨に駆逐さるるもの哉《かな》——五味作品が読まれなくなって久しい。読まれなくなったとは、つまり新しい世代の読者を得られていないということである。その原因は何といっても『柳生武芸帳』が五味康祐の代表作だなどという〝常識〟にこそある、そうわたしは考える。人は普通、その作家の代表作とされる作品から手にとる。ところが『柳生武芸帳』は、まず第一に未完である！　文庫本上下巻併せて千四百ページを読んだ挙句の果てに、

「早う来ぬと船が出るぞオ」

という船頭の喚《わめ》き声を以《もっ》て、ハイコレマデョ、とポイ捨てにされるのだ。

第二には、その難解さである。機密文書を巡っての複数グループによる争奪戦、と

いう至極単純にして明快なプロットであるにもかかわらず、これがもう独善といおうか不親切といおうか、およそ奇怪千万な叙述方法と小説作法とに翻弄《ほんろう》されて、話の流れが途中で何が何だかよくわからなくなり、結局ついてゆけずに脱落してしまう。代表作だからというので手にとったのに、そんな作品では、もう五味康祐なんか金輪際読んでやるものか、という気になって当然である。かくて五味先生は読まれざる作家になってしまった、とわたしは推察する。

そこで、いっそ「五味と云えば武芸帳」の色眼鏡を外してみると、どうだ、五味先生の作品群には、第一に、きっちりとした結末があって——輙《すなわ》ち、ちゃんと完結していて、第二に、これぞ五味康祐というべき奇怪な叙述方法と小説作法とを以てしながら寧《むし》ろそれが絶妙な味付けにこそなっていて、しかも実に筋がよく理解できて抜群に面白い、という作品が他に幾らだってあるではないか。つまり『柳生武芸帳』に代替しうる傑作には事欠かないのである。『柳生武芸帳』という奇峰に視界を遮られ、それらの超面白作品群が不可視にされている風潮が問題なのだ。

じゃあ、どんなのがあるの？　という問いかけに対する新潮文庫の回答が、まず以て本書『薄桜記』の新装復刊なのであろう。

四十二年前に書かれた故尾崎秀樹氏の解説が残されるというので、作品鑑賞はどうかそちらにあたっていただきたいが、一応、年譜的に記しておくと、本書『薄桜記』は、三十二歳の年に短編『喪神《そうじん》』で第二十八回芥川賞を受賞（ちなみに同時受賞者に『或《あ》る「小倉日記」伝』の松本清張がいる）した五味康祐が、その五年後、三十七歳の年に執筆を開始した作品である。この昭和三十三年、五味先生は『柳生武芸帳』を《週刊新潮》になお連載中であり、さらに同時期『乱世群盗伝』を《オール讀物》に、『風流使者』を《中部日本新聞》など三社連合に連載していたから、なんと怒濤《どとう》の四本併立連載という力業には私など驚き、すくむよりない。

さて、この比類なき一大傑作は、ラストの、雪が霏々《ひひ》と降りしきる谷中七面社境内での剣戟《けんげき》場面に尽きると思う。というか、この纔《わず》か数ページのためにこの長い物語はあるのだ。これまでに無数の時代小説が書かれ、あらゆるチャンバラシーンが描かれ、就中《なかんずく》、五味先生自身も例えば『柳生武芸帳』一作の中で、宇治橋における柳生但馬守《たじまのかみ》グループ対山田浮月斎グループのデモニッシュな集団剣戟、仙洞御所《せんとうごしょ》を舞台にしての柳生十兵衛《じゅうべえ》対霞《かすみ》多三郎の相討ち、品川東海寺での柳生宗矩《むねのり》対宮本武蔵《むさし》（おお！）などという頭抜けたチャンバラをものしているが、それらを束にしても『薄桜記』には及ばない。

正義が悪を倒す〝勧善懲悪〟の面白さでもなければ、弱い者が強い者にどう打ち勝つかといった血湧《わ》き肉躍る一種の成長物語でもなく、どちらが強いかを決する伎倆《ぎりよう》較《くら》べの興趣とも無縁。その他、仇討《あだう》ちや友情ゆえの加勢とか、ミッションとしてとか、そんな要素とは懸隔した剣戟でありながら、剣を把《と》る必然が、それら以上に強い必然としてあり、しかも有象無象を冠絶した、悲壮な美しさを全編に漲《みなぎ》らせた剣戟小説は、古今東西、この『薄桜記』あるのみである。美しさ。そう、『薄桜記』は美しいとしか他にいいようのない剣戟小説なのだ。

ところで、対決する二剣士の一方が四十七士の一人堀部安兵衛なので、何だ忠臣蔵関連かと、冒頭ゲンナリした向きもあろうが、読み終わっておわかりのように、この作品の主題は忠臣蔵ではない。断じてない。五味作品の根本テーマは「不遇」ということであって、不遇者を際立《きわだ》たせるため栄光者が必要で、ゆえに忠臣蔵なる栄光を浴びた堀部安兵衛が対置されただけだ。真の主人公――輒ち五味康祐が書きたかったのは、唯《ただ》の一人、丹下典膳《たんげてんぜん》のみである。

不遇者は常に栄光者の陰であり、竟《つい》に世間に知られることなく、不遇のまま、アッサリと死を迎える。これが五味作品の主題だ。その原型は『二人の荒木又右衛門』という短編に如実《にょじつ》に出ている。かかる小説は普通、不遇者の精神が高潔で栄光者は低劣だという描き方がなされるものだが、五味作品ではそうではない。不遇者のほうが野卑で、栄光者は陽性な好漢であったりする。その両者を五味康祐は対等に描く。対等に描いてはいるが、それはあくまで不遇者を際立たせるため栄光者にも等分の筆を費やすのであって、真の主人公は不遇者のほうなのである。例えば、『柳生連也斎』という名作は、「世間の目や権力に欺《あざむ》かれぬ真摯《しんし》な兵法者」（『柳生武芸帳』）であり、それゆえにこそ不遇者たらざるを得なかった宮本武蔵の、柳生に対する恨みの申し子というべき天才剣士鈴木綱四郎が、栄光者柳生兵庫助の実子連也斎と決闘して敗れ去る話である（勝敗については、「連也斎厳包《としかね》の名が漸《ようや》く世間に知られたのは、鈴木綱四郎との血戦以来である」と作中に言及あり）。タイトルを見て主人公は柳生連也斎かと早合点する勿《なか》れ、これは五味康祐一流の含羞《がんしゅう》と皮肉である。不遇者綱四郎こそ主人公。不遇者に自身を投影する五味康祐先生は、綱四郎が斬られたとは書くに忍び難いものがあったのだろう。勝ったのは果たしてどちら、という有名な論争を生んだのは、作者のそんな切ない、切なすぎる心情からであったろうと思われるし、『二人の武蔵』が後年、勝者と敗者が入れ替わって書き改められた事情も、その辺りに根差しているのではなかろう歟《か》。

話を本書『薄桜記』に戻せば、主人公丹下典膳の不遇ぶりも相当なものがある。三河以来の旗本の家に生まれ、剣の腕も非凡な力量を有しながら、相思相愛だったはずの妻の不義にからんで左腕を斬り落とされて浪人の身に落ちぶれる。そして、かつて親交を結んでいた堀部安兵衛が赤穂浪士に与《くみ》するのとは対蹠《たいせき》的に、心ならずも吉良方につかざるを得なくなるのだが、その吉良方からも侮《あなど》られ、倦《う》んぜられるのである。典膳と安兵衛がラストで対決する谷中七面社が、抑《そもそも》、典膳の人生が転落する因《もと》となった最愛の妻とのラヴ・ストーリーの場であった、というのも不遇さをさらに際立たせて泣かせる。

かかる丹下典膳に、極貧のあまり新婚の夫人を実家に戻さざるを得ず、そのうえ覚《かく》醒剤《せいざい》中毒となって入院し、芥川賞をとったものの受賞記念の時計を質入れし、生活のため心ならずも剣豪小説を書くに至り、志に反して剣豪作家の虚名を得てしまった不遇者五味康祐の心情が、濃く投影されていないはずがない。

その心情とは――などという踏み込んだ作品論、作家論などは、もとより出過ぎた振舞い。『薄桜記』の他には何がある、という問いに答えるのがわたしの任だった。話を元に戻そう。

『如月剣士』、これぞ五味康祐の代表作、と云う人も当然いるはずである。八代将軍吉宗と尾張藩の確執を主題に、陰謀と剣戟がぎっしり詰め込まれ、意外性に次ぐ意外性と、あっと驚きのけぞる展開がてんこ盛りで、しかも錯綜《さくそう》に錯綜を極めたプロットが奇蹟《きせき》のように収拾しているという、超絶の離れわざを見せつける一大傑作。ミステリとしても超一級品である。慥《たし》かに、一般的にいう「完成度の高さ」では、『薄桜記』と『如月剣士』が双璧《そうへき》か。

また『風流使者』を強力に推す声も少なくなかろう。時は維新前夜、水戸黄門を真《ま》似《ね》て仙台黄門を名乗り、助さん角さんを従えて諸国を漫遊する伊達《だて》藩の黒幕——藤木道満なる怪人物の目的は何か？という謎《なぞ》を孕《はら》みながら、直心影流の剣士島田虎之助（男谷精一郎の弟子にして勝海舟の剣師）や、〝音無しの構え〟の高柳又四郎、薩摩藩主島津斉彬《なりあきら》ら実在の人物を縦横かつ伝奇的に動かしつつも、物語はおっそろしく硬質に展開する。終盤近くになって道満の目的が明らかになり、だが志破れて彼が最期《さいご》を迎える場面は圧倒的に胸に迫った。五味作品のみならず総《すべ》ての時代小説で最も感動したシーンは何か？と問われたら、わたしは瞬時も躊躇《ためら》わず『風流使者』における藤木道満の最期を挙げる。

現われた武蔵に、待っていた佐々木小次郎が「その方、いずれの武蔵じゃ」と名台詞を吐く『二人の武蔵』あるを忘るるなとか、中編ながら、あらゆる夾雑物《きょうざつぶつ》を排した、至高の散文詩ともいうべき『女無用』（原題は『反町大膳秘伝書・女無用』。シビれるほどかっこいいタイトルだ。女無用！）が抜きん出ているとか、いやいや、女無用では世の中が成立しない、『色の道教えます』こそ五味康祐らしさが横溢《おういつ》した最高傑作なり――という声もあるだろう。

しかし、わたしがこれぞ五味康祐畢世《ひっせい》の代表作として推したいのは、『黒猫侍』という、ちょっとヘンな題名の長編なのである。これが、とにもかくにもベラボウに面白い！「超」が百億個ついてもまだ足りないくらいの大大大傑作で、伝奇的な趣向といい、先の全然読めないストーリー展開といい、冴《さ》えに冴えわたる剣戟シーンといい、極上のエンターテインメントになっている。陽性なのもいい。『柳生武芸帳』、ありゃ陰性ですからね。キャラクターも最高に際立っている。公卿《くぎょう》でありながら京八流武芸百般の達人という中興上総介《なかおきかずさのすけ》が主人公。これが実は何と中御門天皇（在位一七〇九～一七三五）の兄（もしくは弟）というから驚きでしかも武士に憧《あこが》れて大納言《だいなごん》を辞し、江戸の貧乏長屋で浪人暮らしをしているという、もう笑ってしまうぐらい無茶苦茶な設定なのだ。おい、いくら何でもそれはないだろう、てめえの作り話にては非《あら》ずやという人のため原文を援《ひ》くと、

「麿《まろ》は武士になりたい。東《あずま》へ下って暴れとうてならん。よいな、まことじゃぞ、武士に相成るぞ」

ことば遣《づか》いまで武家風に、無品《むほん》兵部卿の格式のまま領地千石を賜《たまわ》り中興上総介となった。

ね。こういう主人公だからヒロインも輪をかけてひどい。これも原文を引用しよう。

「あたしは、口は堅いんだよ小父さん」

「…………」

「黒猫のことならそりゃ、知ってるよ。でも話す筋合いは無いもん……勝手に、小父さんが調べるといいわ。だって小父さんは隠密でしょう？　それぐらいは、出来るんでしょ？」

こいつ。

「先刻《さっき》、お目付に七浦へ往《ゆ》けと言われていたわね。往ってごらんよ。そうすれば黒猫のことだって何か分るから……じゃ、さよなら」

「待て」

身を返すのを、慌《あわ》てて呼び止め、

「黒猫の一件、その方、存じていると申したが、首領を存じておるのか。それとも彼等の陰謀をか」

「知らないナ」

少女はニヤッとし、

「往く途中、用心するといいよ。あたいぐらい剣術を遣うの、向うにいくらもいるんだから」

言い捨てると、もう左近の制止はきかず、夜陰へ、風のごとく消え去った。

公儀隠密座光寺左近に初対面からなれなれしくため口をきき、ニヤッと笑う美少女。その正体は、上総介を慕うあまり家出――京都から彼を追いかけてきた清閑寺大納言卿の息女、尚姫さま十八歳である！

ああ！　小説が好きで好きでたまらず、死ぬほど面白い小説を読みたがっている人々、別けてもライトノベルズの若い読者にこそ『黒猫侍』を読んでほしいと、わたしは心底願う。その上で、その上でこそ『柳生武芸帳』を手にとって戴《いただ》きたい！

以上、五味作品の魅力を一言で、と云われれば「本物だけが放つ本物感」と答えよう。模造品の放つ本物感、偽装品の放つ本物感が巷《ちまた》に溢《あふ》れかえっている今だからこそ、読者諸兄には、本物を、五味康祐を手にとって、やはり本物は凄《すご》い！　と唸《うな》って戴きたいのである。

（平成十九年八月、作家）

この作品は昭和三十四年十月新潮社より刊行された。

表記について

新潮文庫の文字表記については、原文を尊重するという見地に立ち、次のように方針を定めました。

一、旧仮名づかいで書かれた口語文の作品は、新仮名づかいに改める。
二、文語文の作品は旧仮名づかいのままとする。
三、旧字体で書かれているものは、原則として新字体に改める。
四、難読と思われる語には振仮名をつける。

なお本作品集中には、今日の観点からみると差別的表現ととられかねない箇所が散見しますが、著者自身に差別的意図はなく、作品自体のもつ文学性ならびに芸術性、また当該作品に関して著者がすでに故人である等の事情に鑑み、原文どおりとしました。

（新潮文庫編集部）

池波正太郎著

忍者丹波大介

関ケ原の合戦で徳川方が勝利し時代の波の中で失われていく忍者の世界の信義……一匹狼となり暗躍する丹波大介の凄絶な死闘を描く。

池波正太郎著

堀部安兵衛（上・下）

因果に鍛えられ、運命に磨かれ、「高田の馬場の決闘」と「忠臣蔵」の二大事件を疾けた赤穂義士随一の名物男の、痛快無比な一代記。

池波正太郎著

男（おとこぶり）振

主君の嗣子に奇病を侮蔑された源太郎は乱暴を働くが、別人の小太郎として生きることを許される。数奇な運命をユーモラスに描く。

池波正太郎著

忍びの旗

亡父の敵とは知らず、その娘を愛した甲賀忍者・上田源五郎。人間の熱い血と忍びの苛酷な使命とを溶け合わせた男の流転の生涯。

遠藤周作著

侍

野間文芸賞受賞

藩主の命を受け、海を渡った遣欧使節「侍」。政治の渦に巻きこまれ、歴史の闇に消えていった男の生を通して人生と信仰の意味を問う。

海道龍一朗著

真剣

―新陰流を創った男、上泉伊勢守信綱―

戦乱の世に、その剣は如何にして無刀の境地へ至ったのか。後世に剣聖と称えられた男と兵法に生きる男たちの物語。歴史時代巨編。

北方謙三著
風樹の剣
―日向景一郎シリーズI―
「父を斬れ」。祖父の遺言を胸に旅立った青年はやがて獣性を増し、必殺剣法を体得する。剣豪の血塗られた生を描くシリーズ第一弾。

北方謙三著
武王の門
（上・下）
後醍醐天皇の皇子・懐良は、九州征討と統一をめざす。その悲願の先にあるものは――。男の夢と友情を描いた、著者初の歴史長編。

司馬遼太郎著
人斬り以蔵
幕末の混乱の中で、劣等感から命ぜられるままに人を斬る男の激情と苦悩を描く表題作ほか変革期に生きた人間像に焦点をあてた7編。

藤沢周平著
用心棒日月抄
故あって人を斬り脱藩、刺客に追われながらの用心棒稼業。が、巷間を騒がす赤穂浪人の動きが又八郎の請負う仕事にも深い影を……。

山本周五郎著
ひとごろし
藩一番の臆病者といわれた若侍が、奇想天外な方法で果した上意討ち！ 他に〝無償の奉仕〟を描く「裏の木戸はあいている」等9編。

隆慶一郎著
死ぬことと見つけたり
（上・下）
武士道とは死ぬことと見つけたり――常住坐臥、死と隣合せに生きる葉隠武士たち。鍋島藩の威信をかけ、老中松平信綱の策謀に挑む！

新潮文庫最新刊

宮部みゆき著
英雄の書（上・下）
中学生の兄が同級生を刺して失踪。妹の友理子は、〝英雄〟に取り憑かれ罪を犯した兄を救うため、勇気を奮って大冒険の旅へと出た。

重松　清　著
ロング・ロング・アゴー
いつか、もう一度会えるよね――初恋の相手、忘れられない幼なじみ、子どもの頃の自分。再会という小さな奇跡を描く六つの物語。

石田衣良著
6TEEN
あれから2年、『4TEEN』の四人組は高校生になった。初めてのセックス、二股恋愛、同級生の死。16歳は、セカイの切なさを知る。

神永　学　著
ファントム・ペイン
―天命探偵　真田省吾3―
麻薬王〝亡霊〟の脱獄。それは凄惨な復讐劇の幕開けだった。狂気の王の標的となった探偵チームは、絶体絶命の窮地に立たされる。

小野不由美著
魔性の子
―十二国記―
孤立する少年の周りで相次ぐ事故は、何かの前ぶれなのか。更なる惨劇の果てに明かされるものとは――「十二国記」への戦慄の序章。

小野不由美著
月の影　影の海（上・下）
―十二国記―
平凡な女子高生の日々は、見知らぬ異界へと連れ去られ一変した。苦難の旅を経て「生」への信念が迸る、シリーズ本編の幕開け。

薄《はく》桜《おう》記《き》

新潮文庫　こ－4－5

昭和四十年四月三十日　発　行
平成十九年十月一日　二十九刷改版
平成二十四年六月二十日　三十一刷

著者　五《ご》味《み》康《やす》祐《すけ》

発行者　佐藤隆信

発行所　株式会社新潮社
郵便番号　一六二―八七一一
東京都新宿区矢来町七一
電話　編集部（〇三）三二六六―五四四〇
　　　読者係（〇三）三二六六―五一一一
http://www.shinchosha.co.jp

価格はカバーに表示してあります。

乱丁・落丁本は、ご面倒ですが小社読者係宛ご送付ください。送料小社負担にてお取替えいたします。

印刷・三晃印刷株式会社　製本・憲専堂製本株式会社

ISBN978-4-10-115105-2 C0193